KB054044

굿바이,
프렌드

GOODBYE, FRIEND

by Gary Kowalski

First published in the United States of America
by New World Library.

Korean translation Copyright ©2014 Booknomad
Arranged through Icarias Agency, Seoul

이 책의 한국어판 저작권은 Icarias Agency를 통해
New World Library와 독점 계약한 도서출판 북노마드에 있습니다.
저작권법에 의하여 한국 내에서 보호를 받는 저작물이므로 무단 전재와 복제를 금합니다.

굿바이,
프렌드

개리 코왈스키 지음 | 김현정 옮김

✦ ⋙⋘ ✦

반려동물과의 이별에 대처하는

우리의 자세

북노마드

굿바이, 프렌드
ⓒGary Kowalski 2014

초판 1쇄 인쇄 2014년 8월 19일
초판 1쇄 발행 2014년 8월 26일

지은이 / 개리 코왈스키
옮긴이 / 김현정

펴낸곳 / (주)북노마드
출판등록 / 2011년 12월 28일 제406-2011-000152호

펴낸이·편집인 / 윤동희

책임편집 / 김민채 황유정
기획위원 / 홍성범
디자인 / print/out(이주원)
마케팅 / 방미연 최향모 유재경
온라인 마케팅 / 김희숙 김상만 한수진 이천희
제작 / 강신은 김동욱 임현식
제작처 / 영신사

주소 / 413-120 경기도 파주시 회동길 216
문의 / 031.955.1935(마케팅) 031.955.2646(편집)
         031.955.8855(팩스)
전자우편 / booknomadbooks@gmail.com
트위터 / @booknomadbooks
페이스북 / www.facebook.com/booknomad

ISBN 978-89-97835-60-7 03800

사랑하는 반려동물을 먼 곳으로 떠나보낸,
그리고 영원한 이별을 준비하고 있는
당신에게 이 책을 드립니다.

––––––––––––––––––––––

차
례

이야기 하나   13   애완동물은 사소한 존재가 아니다

이야기 둘   29   마음에 위안을 주는 네 발의 친구

이야기 셋   49   친절은 집으로부터 시작된다

이야기 넷   65   모든 일에는 다 때가 있다

이야기 다섯   81   착한 동물에게 좋지 않은 일이 생길 때

이야기 여섯   95   평온한 죽음

이야기 일곱   113   동물과 어린아이들에게 축복을

이야기 여덟   133   이 땅에 말을 걸다

이야기 아홉   147   편안히 잠들기를

이야기 열   161   치유가 되는 말 한마디

이야기 열하나   177   영혼의 안내자

이야기 열둘   193   영원한 물음

이야기 열셋   207   삶은 연속체와 같아서

이야기 열넷   217   오늘 그리고 내일

이야기 열다섯   229   마지막 선물

특별
부록

사랑하는 반려동물과
나만의 기념식 만들기　237

읽어볼 만한
244　시와 구절들

어느 가족의
특별한 이별 방법　280

참고 문헌　286

일러두기　291

사용 허가를 받은
인용 및 작품 일러두기　294

296　옮긴이의 말

누군가는 이미 떠났고

또 누구는 이제 막 떠나가려 한다.

그렇게 너도 나도, 우리 모두 떠나가니

애석할 게 뭐가 있겠는가?

그러나 눈앞에 펼쳐진

저 길고 아득한 삶이라는 길 위에

더이상 우리의 만남을 기약할 수 없음에

나의 가슴은 미어진다.

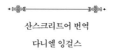

산스크리트어 번역
다니엘 잉걸스

이야기 하나

애완동물은
사소한 존재가
아니다

살아 숨쉬는 모든 것은 죽는다. 금붕어, 흰긴수염고래
는 물론 내가 아끼고 사랑하는 사람들까지도 결국 세상
을 떠난다. 모든 삶이 이렇듯 끝을 맞이한다는 사실 앞
에 우리가 할 수 있는 일은 없는 듯하다. 죽음을 겸허하
게 받아들이고, 결국 끝이 날 단 한 번의 삶을 기쁘게 살
아가는 일은 어렵기만 하다. 소중한 누군가에게 작별을
고하거나 가족처럼 함께 지내온 동물을 떠나보내는 일
앞에서는 더더욱 그렇다. 끈끈했던 관계가 영영 끊어져
버린다는 생각에 말로 표현할 수조차 없는 아쉬움과 큰

슬픔이 밀려온다. 이 책은 곁에 있던 소중한 친구를 잃은 가슴 아픈 경험을 한 사람들에게 도움을 주고자 한다. 고양이나 개 혹은 다른 반려동물들을 우리는 일반적으로 '애완동물(Pet)'이라 부른다. 이 단어는 'Petty'라는 영어 단어와 관련이 있는데, '작은, 하찮은 혹은 종속적인'이라는 뜻을 담고 있다. 오랜 세월, 동물은 사람의 부차적인 존재로 여겨져왔다. 이런 이유에서 동물권리 옹호론자들은 '애완동물'이라는 단어를 아예 없애야 한다고 주장하기도 한다. 하지만 '애완동물'이라는 말 속에는 '가장 좋아하는, 소중한, 특별히 가깝고 사랑하는'이라는 의미도 담겨 있다. 때문에 'Pet'이라는 단어를 둘러싼 논쟁은 동물 애호가들도 함께 고민해봐야 할 문제이다.

❖ ⋰⋱ ❖

최근 반려동물에 대한 사람들의 관심이 커지고 있다. 이렇게 많은 사람들이 동물에 관심을 갖다보니 요즘 사람들은 거의 다 애완동물 애호가라 해도 지나치지 않을 정도이다. 내가 신학생이던 시절, 설교 수업을 담당한 교수님은 학생들에게 설교를 하는 중에는 절대 개와 관련된 이야기를 꺼내지 말라고 당부했다. 이유는 간단했다. 청중들은 개라는 말 한마디에 순식간에 저마다 키우던 개를 떠올리는 데 바빴기 때문이다. 목사가 설교 중 개를 언급한 이유는 어느새 잊히고 신도들은 각자 상념에 젖어 키웠던 개와의 추억을 회상하게 된다는 것이었다.

나의 어머니는 유년 시절 키웠던 개, 플러쉬를 아직도 기억한다. 플러쉬는 스프링어 스패니얼 종 개였는데 영국의 여류 시인 엘리자베스 브라우닝(Elizabeth Barrett Browning)의 개 이름에서 그 이름을 따왔다〔브라우닝의 개는 버지니아 울프(Virginia Woolf)가 개의 자서전 형식으로 쓴 소설의 주인공으로 등장한다〕. 경제 공황으로 모두가 힘든 시절이었다. 고기를 사 먹을 여유가 없었기에 플러쉬는 대신 야채를 먹는 데 익숙해져야만 했다. 주로 감자 껍질과 당근 꼭지를 잘라 넣어 끓인 스튜와 뒷마당에서 따온 복숭아를 곁들여 먹었다. 플러쉬는 귀가 유난히 밝아 한밤중에

복숭아가 땅에 쿵 떨어지는 소리를 들을 만큼 총기가 있었다. 심하게 익은 과일을 너무 많이 먹어 이빨이 시었었는데 어머니는 아직까지도 그 모습을 생생히 기억한다. 그 가여운 개는 잇몸이 다 헐어 끙끙 소리를 내면서도 맛좋은 과일을 참지 못해 허겁지겁 먹었지만 끝내 썩은 과일을 먹고 독이 올라 세상을 떠났다. 60년도 더 지난 지금까지도 어머니(현재 반려동물이 없고 개를 그리 좋아하지 않는)에게는 플러쉬와의 추억이 여전히 눈앞에 선명하다.

우리 모두에게 이러한 경험이 한 번쯤은 있을 것이다. 개 혹은 다른 동물과의 추억, 그들이 가슴 깊이 들어와 마음을 사로잡고 우리 삶 속에서 큰 자리를 차지하게 되는 순간 말이다. 그렇게 특별한 그들이 세상을 떠난다면 우리가 흘리는 눈물은 진실할 수밖에 없다. 온화하고 믿음직스러운 그들이 곁에 있다는 사실은 일상이 되어 우리를 든든하게 해준다. 그들은 우리와 같이 밥을 먹고 함께 즐거운 시간을 보내는 친구가 되어주며, 때로는 함께 외출을 하고 흥미진진한 모험을 떠나기도 한다. 혼자만의 조용한 성찰의 시간을 보낼 때에도 그들은 늘 곁에 머물러준다. 우리는 그들의 애정 어린 따뜻한 마음과 깊은 충성심을 느낄 수 있다. 반려동물과 나누는 감성적 유대감은 세상 그 누구와의 것과도 견줄 수 없을 만큼 강하게 마음에 위안을 가져다준다. 때문에 키우던 동물과의 애착이나 유대관계가 깨지는 순간 우리는 깊은 공허함과 상실감에 빠지게 된다. 우울함이 밀려오고, 마치 온몸에 감각이 없어지는 듯하다. 길을 잃은 것만 같고 화가 나기도 한다.

✦ ┊✿┊ ✦

누군가에게는 애완동물의 죽음이 살아가며 겪는 가장 큰 상실의 경험이 될 수도 있다. 얼마 전, 한 대학교수가 나에게 메일을 보내왔다. 웨스트버지니아 주에 위치한 대학에서 비공식적으로 시행한 연구 조사에 대해 들려주고 싶다는 것이었다. 그만의 수업 방식을 통해 시행한 조사였다. 교수는 심리학개론 수업 첫 시간에 학생들에게

17

살면서 가장 행복했던 순간과 가장 슬펐던 순간을 각각 적도록 했다.

결과는 다음과 같았다. 대부분의 여학생들은 조부모님이나 친인척이 세상을 떠났을 때를 가장 슬펐던 순간으로 꼽았다. 흥미롭게도 남학생들 대부분은 개가 죽었을 때를 가장 슬펐던 순간으로 기억했다. 답이 갈리는 이유가 성별에 기인하는지를 철저히 조사해볼 수는 없었지만, 수많은 젊은이들이 가장 슬펐던 순간으로 애완동물이 죽었을 때를 꼽았다는 연구 결과는 무척 흥미로웠다.

✦ ┄┄┄❀┄┄┄ ✦

누군가의 상실을 인정하고 내 안의 슬픈 감정을 잘 감지하는 것은 상실의 아픔을 치유하기 위한 필수적인 과정이다. 슬픔을 밖으로 표출하면서 아픔을 딛고 나아가는 것이다. 그리하여 상실을 겸허히 받아들이고 마음을 굳건히 다잡게 된다. 내 기분대로 울고불고 소리를 지르고 두 주먹을 불끈 쥐고 이리저리 흔들어대도 좋다. 건강한 방식으로 카타르시스를 느끼고 감정을 분출하는 방법이라면 그 어떤 것도 좋다. 사랑하는 애완동물을 잃는다는 건 아픈 일이다. 당연한 일이다. 그러니 아프다고 말해도 좋다.

감정을 추스르고 지금 느끼는 감정을 다른 사람들에게도 말해보자. 물론 그 누구도 안 좋은 상황을 바로잡아줄수는 없다. 시간을 되돌릴 수는 더더욱 없다. 그 어떤 위로의 말도 내 곁의 소중한 친구가 떠나고 남겨진 빈 공간을 채워줄 수 없다. 애완동물은 결코 사소한 존재가 아니다. 그랬다면 그들을 떠나보낸 상실감을 극복하기가 이렇게 힘들지는 않았을 것이다. 누구도 우리의 슬픔을 말끔히 없애주지 못한다. 다만 다른 사람의 따뜻한 보살핌과 관심을 받으며 우리는 혼자 쓸쓸히 슬퍼하지 않아도된다는 사실에 안도한다. 남도 나처럼 누군가를 잃어봤고 또 그 상실감에 힘겨운 시간을 보낸 적이 있다는 걸알면 자신의 슬픔을 조금 더 잘 견딜 수 있게 된다.

나의 취약한 부분을 남과 공유한다는 것이 다소 멋쩍게 느껴질 수 있다. 의구심이 들어 주저할 수도 있다. '동물 하나 때문에 이렇게 심란해하는 걸 남들이 이상하게 생각하지는 않을까?' 하는 걱정이 들 수도 있다. 실제 비웃는 사람이 있을지도 모른다. 미국의 풍자 작가 개리슨 케일러(Garrison Keilor)를 예로 들어보자. 그는 시 창작 대회에 참여한 한 판사에 대한 만화를 그렸다. 주인공인 판사는 좋지도 않은데 길이만 긴 시를 줄줄이 읽어 내려갔다. 어떤 부분은 동물과의 이별을 꽤나 아마추어 같은 비가(悲歌) 형식으로 담은 구절도 있었다. 하지만 이런 케일러 씨마저도 애완동물을 잃는다는 게 얼마나 가슴 쓰라린 경험인지를 잘 알고 있었나보다. '그 일에는 풍자하거나 웃을 수 있는 부분이 전혀 없다.' 그는 이런 생각을 담아 시를 한 편 적었다. "우리의 고양이 랄프를 추억하며(In Memory of Our Cat, Ralph)" 아래 발췌한 부분을 읽어보자.

우리가 집에 도착하자, 하늘엔 어둠이 깔렸다.

이웃들은 보도 위를 서성이며 우리를 기다리고 있었다.

"유감입니다만, 나쁜 소식이 있어요." 그가 말했다.

"당신 고양이, 그 흑회색빛 고양이가, 죽었어요.

한 시간 전에 주차장에서 발견했어요."

"감사합니다, 알려주셔서." 내가 말했다.

우리는 화단에 구덩이를 팠다.

머리 위로 우거진 라일락 덤불,

고양이는 봄날이면 그 아래 드러눕길 좋아했다.

흙 속을 뒹굴고 풀잎을 먹었다,

그 맛 좋은 봄날에 돋아난 첫 새싹을.

나는 살며시 고양이를 아래에 놓고

테이블보로 몸을 감싸주었고,

그렇게 우리의 오랜 친구는

온 지구를 품고 누웠다.

우리는 재빨리 실내로 들어갔다.

텅 빈 집 안에 앉아 울음을 터뜨렸다.

고요히 가라앉은 어둠 속에서 눈물이 흘렀다.

비슷한 목소리, 그 부드러운 털,

무릎 위를 차지하던 그 가벼운 몸집,

정말로 사랑했기에

힘을 잃어버린 내 마음은 슬픔에 잠긴다.

짧은 생을 타고난 동물을

이처럼 깊은 애정과 슬픔으로 대하는

어린아이 같이 여린 이 내 마음.

◆·❁·◆

　"이 모든 것이 어리석은 일이라면," 마지막 운에서 케일러는 이어갔다. "그럼 어리석게 내버려두지 뭐." 하지만 동물을 잃고 깊은 슬픔에 빠진다는 건 결코 바보 같은 일도 유치한 일도 아니다. 그저 사람이라면 그런 감정을 느끼는 게 당연한 것이다. 사랑하는 애완동물을 떠나보낸 상실감은 무시할 만한 하찮은 일이 아니다. 충분히 보듬어야, 존중 받아야 마땅한 일이다.

최근에는 많은 상담가나 성직자 그리고 치료사들이 이 사실을 서서히 깨닫기 시작했다. 참 다행스러운 일이 아닐 수 없다. 어떤 동물애호협회에서는 반려동물을 떠나보낸 사람들의 모임을 만들어 함께 슬픔을 이겨낼 수 있게 해준다. 자신의 이야기를 들어줄 사람이 필요한 사람들에게 미국동물학대방지협회(ASPCA)에서는 몇몇 주립 수의학교에서 이미 실시하고 있는 전화 상담 서비스를 제공한다. 인터넷을 통해 애완동물을 잃은 사람들의 모임 등에 참여할 수도 있다. 심지어 몇몇 문구 회사에서는 동물을 떠나보낸 사람들을 위해 특별한 위로의 말이 적힌 카드를 제작하기도 한다.

애완동물과의 이별에 대한 사회적 인식이 차츰 변화하고, 행동의 변화로도 이어지고 있다지만 아직은 인식 변화가 부족한 것이 현실이다. 통계에 따르면 최근 미국 가정에서 키우는 애완동물 중 고양이의 수는 8천2백 만,

개는 7천2백 만 마리에 이른다고 한다. 집계되지 않은 다른 동물들, 예컨대 애완용 쥐나 토끼, 앵무새 등을 포함하면 그 수는 어마어마하다. 하지만 아직까지도 애완동물을 잃고 심리적인 안정이나 위로를 받을 곳이 없는 사람들이 해마다 심적으로 큰 고통을 받고 있는 게 현실이다. 이 책이 치유의 손길을 찾는 그들에게 작은 힘이 되었으면 한다.

'책 한 권이 도대체 무슨 도움이 될까?' 이런 의문을 품을 수 있다. 『곰돌이 푸(Winnie the Pooh)』의 저자 A. A. 밀른(A. A. Milne)은 곰돌이 푸가 꿀통을 몇 개씩 해치운 뒤 친구 토끼의 굴로 들어가는 도중 입구에 몸이 끼는 모습을 그렸다. 헌드레드 에이커 우드 마을 주민들이 모두 달려 나와 푸를 빼내려 잡아당겨보지만 몸이 너무 꽉 낀 나머지 소용이 없다. 가여운 푸는 한숨을 내쉬며 눈물에 젖는다. 그리곤 구멍에서 몸이 빠져나올 만큼 날씬해지기 위해 엄격한 다이어트를 해야겠다고 결심한다. 푸는 체념한 듯 친구에게 마지막 부탁을 한다. "힘이 되는 책을 읽어줄 수 있어?" 푸는 친구 크리스토퍼 로빈에게 간절히 부탁한다. "구멍에 꽉 박혀서 옴짝달싹도 할 수 없는 이 가여운 곰을 편안하게 해줄 만한 그런 책 혹시 없을까?"

지금 이 순간 상실의 아픔으로 깊은 슬픔에 잠겨 곰돌이 푸처럼 꼼짝할 수 없다고 느껴진다면 이 책에 담긴 이야기에 귀를 기울여보자. 마음이 냉랭해진 사람들에게 혹은 울분이 터지고 우울한 사람들에게 이 책은 작은 위안이 될 것이다. 지금 당장 몸이 끼어 있는 그 굴에서 벗어날 수 있게 도와줄 것이다. 앞서 곰돌이 푸가 경험했듯이 책에도 해당되는 진실이 하나 있다. 무조건 두껍다고 좋은 게 아니라는 것이다. 작고 얇은 이 책이 전하고자 하는 이야기는 결코 가볍지도 작지도 않다. 애완동물을 잃는 슬픔을 함께 나누고 이겨내는 과정은 절대 사소한 일이 아니기 때문이다.

나는 힘이 닿는 한 모든 걸 다했다.

생각을 떨쳐버리려 발버둥쳐봤다.

잊으려 하였으나 잊을 수 없었다.

네 발로 총총 내 뒤를 따라오던 그 모습을.

하루하루가 지나가고, 온종일을—

내가 향하는 길이 어디이건—

네 발의 친구는 말하곤 했다,

"나도 같이 갈게!"

그렇게 총총 내 뒤를 쫓아오던 그 몸집.

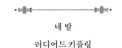

네 발

러디어드 키플링

이야기 둘

마음에 위안을 주는 네 발의 친구

교구 목사로 일하며 나는 동물을 지극히 사랑하는 사람들을 자주 만날 수 있었다. 그들을 통해 사랑하는 개나 고양이를 잃는다는 게 얼마나 고통스러운지도 알게 되었다. 애완동물을 잃고 나에게 찾아와 위로를 받고자 하는 사람도 많았다. 한번은 아침 예배가 시작되기 직전, 자필로 쓴 쪽지를 건네받았다. 안에 담긴 내용은 다음과 같았다.

"우리 교회에 다니는 여성분의 반려견이 지난주에 세상을 떠났다고 해요. 이름은 오트밀이고요. 혹시 예배 시간에 그 소식을 전해도 될까요? 오트밀은 나이가 많은, 그분이 오래 아끼며 키워온 개였어요. 그분은 지금 몹시 상실감에 빠져 있다고 해요." 나는 재빠르게 머리를 굴렸다. 과연 예배를 보기 위해 모인 다른 신자들이 그 소식을 듣고 어떻게 생각할까? 기쁜 마음으로 일요일 아침을 여는 예배 시간에 그런 소식을 전하면 사람들은 어떻게 반응할까? 예배중에 그런 소식을 전하는 게 부적절하다고 느낄까?

고민 끝에 나는 직감을 따르기로 했다. 다행히 몇 주 뒤에 또다른 쪽지 하나를 받았다. 오트밀의 죽음으로 인한 슬픔을 신도들과 나눌 수 있게 해주어 고맙다는 내용이었다. 그저 종교 모임에서 그녀의 소식을 다른 사람들에게 알리고 슬픔을 함께 나누게 해주었을 뿐이지만 개의 주인에게는 매우 깊은 위안을 가져다주었던 것이다.

✦ ❧❀❧ ✦

요즘은 '애완동물'이라는 말 대신 '반려동물'이라는 단어를 선호하는 사람들이 늘고 있다. 그래서인지 나도 동물의 '주인'이라는 표현을 쓸 때 주저하게 되는 경우가 있다. 우리가 반려동물의 법적 보호자로서 그들의 생활을 책임져야 하는 위치에 있는 건 사실이다. 하지만 동물들의 성향이 천차만별이듯 −성미가 고약하고 혹은 익살스럽거나 신경질적일 수도 있으며 또는 지극히 온순할 수도 있다− 그들은 다 똑같은 단순한 소유물이 아니다. 그들을 한 개인의 소유물로 분류할 수는 없는 것이다. 실제 애완동물을 가족 구성원으로 생각하는 이들도 많다. 동물을 사랑하는 사람들은 하나같이 입을 모아 이야기한다. 동물도 좋고 싫음을 구분할 줄 알며 기분에 따라 행동하기도 하고 우리처럼 감정을 느낀다고. 그들은 우리가 '소유한 것'이 아니라 우리와 '함께하는 존재'이다.

　사람만 슬픈 감정을 느끼는 게 아니다. 흥미롭게도 다른 동물들 역시 최소한 죽음에 대해서만큼은 아주 기초적인 이해를 하는 듯 보인다. 그들도 사랑하던 누군가가 죽었을 때 극심한 이별의 아픔을 경험한다. 모리스 테머린(Maurice Temerlin)의 책 『루시: 사람으로 자라다(Lucy:

Growing Up Human)』에서 그는 아내와 유아기부터 키워온 침팬지가 함께 살던 고양이가 죽었다는 사실에 반응을 했다고 말한다.

그때 나는 마당에 나가 있었다. 그 순간 옥상에 있는 루시의 방에서 비명이 들려왔다. 전에 들어 본 적이 없었던 그런 비명이었다. 나는 곧장 옥상으로 달려갔고 고양이는 이미 바닥에 죽어 있었다. 원인은 알 수 없었다. 루시는 방의 다른 편 구석에 서 있었다. 꽤나 충격을 받아 겁을 먹은 듯 보였다.

루시와 고양이는 떼려야 뗄 수 없는 아주 가까운 친구 사이였다. 때문에 루시는 고양이의 죽음에 깊이 영향을 받을 수밖에 없었다. 루시는 고양이에게 시선을 고정시킨 채 마치 조심스레 그 몸을 어루만지려는 듯 손가락을 들어올렸다. 하지만 떨리는 손을 황급히 거두며 차마 고양이의 몸에 손을 대지 못했다.

32

석 달이 지난 어느 날, 루시는 《현대 심리학(Psycho-logy Today)》이라는 잡지를 뒤적거리던 중 자신과 죽은 고양이의 모습이 실린 기사를 보게 되었다. 그러자 루시는 약 5분 정도를 꼼짝도 하지 않은 채 멍하니 있더니 이내 미국식 수화로 몸짓을 반복했다. "여기 루시의 고양이, 루시의 고양이." 루시의 경우만 보더라도 죽음을 슬퍼하는 것은 분명 사람만의 고유한 반응이 아니다. 침팬지 역시 함께하던 친구를 그리워하고 오래도록 슬퍼할 수 있다.

＊⑅＊

사람처럼 눈물을 흘리는 동물도 있다. BC 2세기경 쓰인 고대 인도의 대서사시 「라마야나」에는 코끼리가 우는 모습이 묘사되어 있다. 이후 이러한 현상은 박물학자 찰스 다윈에 의해 확실히 입증되었다. 그는 동물을 한 곳에 가두어두었을 때 일어난 일들에서 그 연결점을 찾았다. 갇힌 동물들이 안쓰럽긴 했지만 그들은 바닥에 "미동도 없이 누워서 아무런 고통의 조짐도 보이지 않고 그저 눈물만 흘렸다. 두 눈 가득 번진 눈물은 쉴새없이 계속 흘렀다."

윌리엄 프레이(William Frey) 박사는 그의 책 『울기: 눈물의 신비(Crying: The Mystery of Tears)』에서 또다른 사례를 살펴본다. 텍사스에 사는 한 여성의 반려견이 차에 치여 죽었는데 그 여성이 키우던 다른 개가 눈물을 흘리며 죽은 개의 무덤 앞에서 몇 주가 지나도록 가만히 앉아 있었다고 한다. 프레이 박사는 이러한 이야기들이 실은 무척 흔한 일이라고 말한다. 일부 전문가들은 그 진위 여부를 두고 이의를 제기하기도 하지만 실제 눈물을 흘렸는지 안 흘렸는지를 군이 의심할 필요는 없어 보인다. 분명 사람만큼이나 동물도 상실로 인한 불안과 공포를 느낀다. 죽음 앞에서 눈물을 흘리는 것은 우리 모두에게 참 자연스러운 일이다. 어쩌면 그건 사별에 대한 지극히 본능적인, 많은 생물들에게서 공통적으로 나타나는 반응일지도 모른다. 모두가 그렇게 죽음을 받아들이기 힘들어

하고 아파한다. 상실의 아픔은 나 혼자가 아닌 우리 모두의 일이라는 사실이 나에게는 조금이나마 위로가 된다. 우리는 혼자가 아니다.

✦ ⟨⟨⟩⟩ ✦

우리 사회에서는 누군가의 죽음으로 비통해하는 일이 사실 쉽지가 않다. 충분히 작별 인사를 나누는 것조차 어려운 게 현실이다. 동물의 경우는 더욱 심하다. 키우던 동물이 죽었을 때 우리가 경험하는 아픔은 사실상 사람이 죽었을 때 못지않지만 많은 사람들은 이를 하찮게 여긴다. 사람이 죽었을 때는 조문이나 애도를 위한 의식이 치러지지만 개나 고양이의 죽음에는 좀처럼 그런 엄숙한 의식이 따르지 않는다. 사람이 죽으면 주위 사람들은 조의를 표하지만 애완동물이 죽었을 때는 누군가의 연민 어린 시선을 받거나 이해를 기대하기 힘들다. 사람이 세상을 떠나면 주변 친구나 가족들이 모여 도움을 주고 든든한 지원을 아끼지 않지만, 애완동물을 잃고 슬픔에 잠긴 사람들은 대개 아무도 없는 텅 빈 집으로 홀로 쓸쓸히 돌아가게 된다. 누군가가 함께 슬픔을 나눠주는 경우는 극히 드물다. 우리는 애완동물이 세상을 떠났다 해도 그와 무관하게 계속해서 할 일을 해나가야 한다. 주변에서 그렇게 요구한다. 마치 아무 일도 없었다는 듯 매일매일의 책임을 짊어지고 나아가야만 한다.

그러나 곁에 있던 친구를 잃는다는 건 무시할 만한 일이 아니다. 누군가의 죽음은 동물이건 사람이건 한 개인에게 큰 영향을 미친다. 사람의 건강에 동물이 얼마나 중요한 역할을 하는지 우리는 이미 잘 알고 있다. 연구 결과에 따르면 개나 고양이를 쓰다듬는 행위만으로도, 단순히 동물을 무릎 위에 올려놓는 것만으로도 맥박이 느려지고 혈압이 낮아진다(손으로 동물을 쓰다듬으며 동시에 이야기를 나누는 행위는 어쩌면 사람과의 접촉보다 이롭게 느껴지기도 한다). 애완동물을 기르는 사람들은 그렇지 않은 사람에 비해 심장병에 걸릴 위험이 적다. 그들은 곁에 반려동물이 없는 사람보다 수명이 더 길다. 실험에 따르면 수족관 앞에 그저 가만히 앉아 있는 것만으로도 생리학적으로 긍정적인 효과가 있다고 한다. 마치 명상을 할 때처럼 말이다.

✦·§❀§·✦

애완동물은 우리에게 어떤 약보다도 좋은 치료제이다. 나는 이 사실을 몇 년 전에 처음 깨달았다. 정신 질환을 앓고 있는 사람들을 위한 재활 시설에서 일하고 있을 때였다. 그곳에는 페기라는 젊은 여성이 함께 생활을 하고 있었다. 그녀는 긴 갈색 머리를 늘어뜨린 채 언제나 아름답게 조금은 수줍은 미소를 띠고 있었다. 그녀는 수차례 손목을 그으려 했다. 페기는 정신분열증을 앓고 있었고 혼자만의 세상 속에서 살아갔다. 나뿐만 아니라 당시 그녀를 담당하던 다른 상담가나 정신과 의사조차도 그녀의 세계를 완전히 이해할 수 없었다. 그녀가 유일하게 놓지 않았던 세상과 연결된 끈은 그녀의 개였다. 순수 혈통의 새하얀 썰매 개 사모예드 종의 알폰스뿐이었다. 때문에 우리는 페기가 의지하는 알폰스가 보살핌을 잘 받고 건강히 자라는 한 그녀 역시 잘 지내고 있다는 걸 알았다. 개의 털을 손질해주고 먹이를 주고 함께 산책을 하는 일과는 페기를 안정시켜주었고 건강한 삶을 지켜나갈 수 있게 해주었다. 개가 방치되어 있다 싶을 때는 페기가 또다시 자해를 할 위험에 놓여 있다는 신호였다. 말하자면 알폰스는 페기의 또다른 자아였다. 털이 복실거리는 네 발 달린 친구는 그녀 안의 숨겨진 삶을 들여다볼 수 있는 통로가 되어주었다.

최근에는 병원과 다양한 치료 시설에서 동물을 통해 사람의 상태를 파악하기도 한다. 동물들이 일종의 지표이자 안내자 역할을 하게 된 것이다. 사실 이건 그리 놀랄 일도 아니며 어쩌면 아주 당연한 일이다. 그 누가 동물들처럼 우리에게 무조건적인 관심을 주며 시키지도 않는데 자연스레 우리를 행복하게 해주겠는가? 동물들은 마치 우리가 스스로를 다치게 하려는 순간을 미리 알고 있는 듯하다. 그들은 본능적으로 우리가 도움이 절실한 상황에 처해 있다는 것을 파악하여 우리를 돌봐준다. 얼마 전 노스캐롤라이나 주에 사는 마이클 워드(Michael Ward) 씨로부터 편지 한 통을 받았다. 그의 글을 읽으며 나는 위에 언급한 동물의 행동에 더욱 확신을 가지게 되었다. "제 여자 친구가 힘든 시간을 보내고 있어요"라고 시작되는 그의 편지는 다음과 같이 이어졌다.

저는 여자 친구를 위로하려고 최선을 다했어요. 하지만 제가 해주는 말들은 때로 아무 소용도 없었죠. 그날 여자 친구는 혼자 있기가 싫다며 제게 밤새 곁을 지켜달라고 부탁했어요. 그녀가 누워서 잠을 잘 준비를 하는데 그 순간 아주 놀라운 일이 벌어졌어요. 제가 키우는 개 그리쉬가 침대 위로 뛰어 올라 여자 친구 배 위에 커다란 검은 머리를 얹더니 밤새 그렇게 누워 있었어요. 그리쉬가 그런 행동을 보인 건 그때가 처음이자 마지막이었어요.

아마 다른 사람들도 저마다 다르지만 비슷한 경험을 해봤을 것이다. 한 가지 놀라웠던 사례를 꼽자면 혼수상태에 빠졌던 소년의 이야기이다. 모든 소생술과 의학적 노력이 통하지 않았지만 소년은 키우던 개 러스티 덕분에 마침내 의식을 회복했다. 뇌 손상을 입은 소년은 열흘간 의식을 잃은 채 누워 있었다. 가족들이 병실에 모여 앉아 이런저런 방법을 고민하던 중 러스티의 이름이 언급되었다. 그 순간 가족들은 소년의 얼굴에서 희미한 표정 변화가 이는 걸 목격했다. 의사와 상의를 한 뒤 가족들은 러스티를 병실로 데려왔다. 러스티는 소년의 손과 얼굴을 핥기 시작했고 마침내 아이는 깨어났다.

상황이 언제나 이렇게 극적인 것은 아니지만 애완동물이 우리가 힘든 시기를 잘 이겨낼 수 있도록 돕는다는 것은 부정할 수 없는 사실이다. "앞이 보이지 않는 어둠 속에서……" 시인 W.H 오든(W.H. Auden)은 자신의 개 롤피에 대해 이렇게 적었다. "너의 침묵은 두 발로 걷는 사람들보다 나에게 힘이 되지."

이처럼 우리에게 위안을 주는 존재가 죽는 일은 큰 충격일 수밖에 없다. 마치 자신의 일부를 잃은 것 같은 느낌이 들지도 모른다. 그러나 안타깝게도 다친 마음을 즉시 치유할 수 있는 방법은 없다. 기계처럼 다시 끼워 맞추듯 조각난 나의 일부를 되찾아줄 방법도 없다. 사람들이 슬퍼하는 방식은 모두 개별적이고 저마다 특수하기에 슬픔을 느끼는 과정은 예측할 수 없는(의지할 수는 있지만) 부분이 있다.

◆◦❊◦◆

슬픔과 치유는 모두 우리 삶의 일부이며 각기 정해진 속도로 이루어진다. 그 누구도 언제쯤 슬픔을 딛고 나아갈 수 있을지 알려줄 수 없다. 대개 며칠 혹은 몇 주가 걸리지만 때로는 몇 달이나 그보다 오랜 시간 동안 슬픔에 잠겨 있을 수도 있다. 전설적인 탭 댄서 빌 '보쟁글스' 로빈슨의 경우가 그랬다. 그는 자신의 삶에 대한 가사를 써 유명해졌다. 그는 남부 지역을 다니며 민스트럴 쇼*와 카니발에서 몇 년간 춤을 춰온 사연을 이야기하며 눈시울을 붉혔다. 15년간을 그렇게 떠돌이 생활을 하며

41

*
민스트럴 쇼 Minstrel show ──────
19세기 중·후반 미국에서 유행했던 코미디풍의 쇼이다.
백인이 얼굴을 검게 분장하고 흑인풍의 노래와 춤을 선보
이며, 흑인 노예의 삶을 희화화했다. — 옮긴이

공연을 한 뒤 그의 개는 "기력이 다해 죽었다"는 노랫말이 나온다. 20년이 지난 후에도 보쟁글스는 여전히 슬픔을 완전히 이겨내지 못했다.

실제 많은 사람들이 호소하는 바가 그렇다. 사랑했던 동물이 세상을 떠나고 몇 년이 지난 후에도 갑작스레 밀려오는 옛 추억 때문에 감정이 북받친다고 한다. 어떤 정신건강 전문의들은 슬픔의 감정이 보통 한두 주면 사라진다고 말한다(많은 문학 작품에서는 슬픔을 '병리학적'인 것과 관련짓는다). 하지만 많은 경우 그들은 그 슬픔의 무게를 무시한다. 많은 고통이 따른다는 사실을 과소평가하고 만다.

내 친구 아이리스는 20년이 더 지난 지금까지도 그녀가 키우던 말 센티멘털 저니(말의 이름을 망아지라고 지었을 당시 유행하던 노래의 제목)에 대해 이야기를 할 때면 목소리가 흔들린다. 그녀는 열여섯 살부터 사십대 중반이 되기까지 인생의 황금기를 그 말과 함께했다. 29년간 매일같이 일상을 공유하며 살을 맞대고 살던 생활은 본능적인 (강한 감정에 따른) 유대감을 만들었다고 한다. 그녀는 말과 자신의 관계는 가족과 나누었던 그것보다 더 끈끈했다고 말한다. "내 삶에서 센티멘털 저니는 부모님, 학교 심지어 남편과 아이들보다도 더욱 영원히 변치 않는 존재였다." 그녀가 말했다. "그러니 어떻게 그런 말의 죽음이 나에게 영향을 미치지 않을 수 있겠어요?"

아이리스는 센티멘털 저니가 죽은 이후 개도 몇 마리 키워보고 다른 말도 키워봤다(키우던 동물이 나이가 들기 시작하면 그녀는 동물이 죽을 것을 대비해 다른 동물을 입양해왔다). 한번은 송아지 한 마리를 도축장에서 데려왔다. 심장에 문제가 생겨 결국 세상을 떠났지만 최소한 살아볼 기회를 줄 수 있었다는 게 얼마나 다행인가! 심지어 해리라는 너구리를 키우기도 했는데 높은 곳에서 떨어져 그만 목이 부러지고 말았다. 수많은 동물들을 돌본다는 것은 결국 언젠가는 그들을 떠나보내야 한다는 걸 의미했다. 아이리스는 주 전역을 돌아다니며 족쇄 덫을 법적으로 금지하는 활동에 앞장섰다. 그녀의 애완동물이 이 끔찍한 기구에 끼여 심하게 짓이겨진 적이 있어 시작하게 된 일

43

이었다. 그녀는 아주 열성적으로 동물들에게 관심을 갖고 그들을 돌보려 한다. 그녀에게 있어 이런 다양한 야생동물들이 없는 삶은 상상할 수조차 없다.

"살아가며 동물을 사랑해보기 전까지……" 소설가 아나톨 프랑스(Anatole France)는 적었다. "사람의 영혼의 일부는 아직 완전히 깨어난 것이 아니다." 동물을 키워본 사람이라면 아마 대부분이 그렇게 느낄 것이다. 애완동물을 기른다는 건 온갖 심적, 육체적 고생을 동반하는 일임에 분명하다. 하지만 그들이 우리에게 되돌려주는 사랑과 애정, 아름다운 추억이 모든 힘든 과정을 해볼 만하게, 그럴 만한 가치가 있게 만들어주는 것이다.

충직한 친구는 든든한 보호막이다.

그런 친구를 사귀는 것은

보물을 찾은 것과 같다.

충직한 친구는 값을 따질 수 없을 만큼

소중하다.

그 가치는 결코 잴 수가 없다.

충직한 친구는 삶의 생기를 불어넣는

약과 같다.

―◆◦⋘◦◦⋙◦◆―

경외 성경

이야기 셋

친절은
집으로부터
시작된다

오랜 세월, 개는 사람의 가장 친한 친구로 불려왔다. 하지만 개뿐만이 아니다. 다른 동물들도 개와 버금가게 아주 좋은 친구가 될 수 있다. 그런 동물들이 한순간에 사라지는 걸 상상해보자. 아마 우리는 평상시보다 조금 더 자신에게 신경을 써야 할 것이며 스스로를 다독여야 할 것이다. 스스로 가장 친한 친구가 되어주어야만 할 것이다.

애완동물이 소중한 이유 중 하나는 바로 그들 덕분에 우리가 허황되지 않은 현실감각을 가질 수 있다는 데 있다. 우리에게 반려동물은 건강한 삶의 예가 되어준다. 내가 지나치게 걱정하기 시작할 때면 나의 개 치누크는 음울해진 나를 다시 북돋아주고 현실로 꺼내준다. 문제 상황을 올바른 시각으로 바라볼 수 있게 도와준다. 또 내가 너무 심각해질 때는 즐겁게 뛰놀거나 신나는 놀이를 함께하자며 나를 이끌어준다. 동물들이 원하는 바는 비교적 적고 기본적인 것들이다. 우리는 그런 그들을 보며 삶의 속도를 늦추고, 조금 더 자신의 상황을 단순화하고 보다 중요한 곳에 집중할 수 있는 방법을 배운다.

특히나 애완동물을 잃고 상심에 빠졌을 때는 더욱더 자신이 필요로 하는 바를 잘 파악하고 스스로를 잘 돌볼 줄 알아야 한다. 예를 들면 다음과 같다.

동물은 먹어야 한다. 당신도 마찬가지이다. 아무리 슬퍼서 입맛이 없다 해도 말이다.

50   동물은 운동을 해야 한다. 당신도 그렇다는 걸 잊지 말자.

아무리 무기력하고 지쳐도 산책을 하거나 체육관에 가자. 동물은 잠을 자야 한다. 운동을 하고 난 뒤에는 푹 잘 수가 있다. 대개 무언가로 속상한 사람들은 불면증에 시달린다.

동물들은 즐겨야 한다. 특별히 즐겨하는 활동이 있다면 스케줄에 꼭 넣어두자.

동물들은 곁에 있어줄 누군가가 필요하다. 상실의 아픔을 겪고 있다면 다른 사람과 교류를 하도록 노력하자. 특히나 혼자라고 생각될 때 말이다.

동물들이 우리에게 가르쳐주는 또다른 깨달음은 규칙적인 일상의 소중함이다. 치누크는 규칙적으로 음식을 먹는 걸 좋아한다. 아침저녁으로 정해진 시간에 맞춰 공원 산책을 하는 걸 좋아한다. 잠자리에 들기 전 비스킷 한 개 정도를 더 먹는 걸 뺀다면 치누크의 이상적인 하루는 놀랄 것도, 새로울 것도 없이 흘러간다.

규칙적인 일상은 사람에게도 매우 중요하다. 때문에 애

완동물을 잃은 직후 무언가 대대적으로 새로운 변화를 시도하는 것은 그다지 좋은 생각이 아니다. 스트레스를 받는 상황에 놓여 있을 때 우리의 판단은 종종 흔들리기 때문이다. 가능하다면 삶의 큰 변화를 만드는 일은 좀 미뤄두자. 한동안은 익숙함을 고수하자. 아마 아직까지는 떠난 애완동물의 빈자리를 채우고자 다른 동물을 키울 시기는 아닐 것이다. 다시는 다른 애완동물을 키우지 않겠다며 굳게 맹세할 시기 또한 아니다. 그저 지금의 상황을 받아들이자.

물론 애완동물을 잃고 나면 우리의 평범했던 일상은 혼란스러워진다. 죽음은 삶의 모습을 한순간에 바꿔버린다. 저녁마다 개와 산책을 하던 일, 일을 나가기 전에 고양이 밥을 챙겨놓던 일 등 일상에 깊이 배어 있던 소소한 습관들은 계속해서 상실을 상기시켜준다. 배우자를 잃은 지 얼마 되지 않은 사람이 습관적으로 아침에 커피를 두 잔 준비하듯 말이다. 이제 우리는 새로운 습관을 몸에 익히려 해야 한다. 신기하게도 우리는 애완동물이 곁에 있

52

을 때보다 그들이 떠난 후에 그들을 더욱 많이 떠올린다. 부재 속에서 오히려 그들의 모습은 더욱 눈앞에 선명해진다.

하나의 상실은 다음에 이어지는 이별을 더욱 두드러지게 만든다. 얼마 전 나와 커피 한잔을 함께 마신 에이미의 경우가 그러했다. 에이미는 작년 가을, 고양이 미튼스를 잃었다. 에이미도 그녀의 남자 친구 크리스도 정확한 나이를 가늠할 수는 없었지만 미튼스는 나이가 꽤 있었다. 미튼스는 15년 전 불현듯 나타나 집 안으로 들어와 마치 집주인처럼 집을 차지했다. 그렇게 함께 지내게 된 게 미튼스와의 첫 만남이었다. 에이미와 크리스는 오래된 농가에서 둘이 함께 살았고, 어느 순간 그들의 삶에 미튼스가 찾아와 삼총사가 되었다. 그들은 함께 소풍을 다니며 방학을 보냈다. 에이미와 크리스 사이에는 결혼 이야기가 오갔지만 늘 미뤄졌다. 그러다 결국 크리스가 승진을 해서 다른 도시로 떠나게 되었다. 당시 에이미의 나이는 서른일곱 살이었고 행복한 가정을 꾸리고 싶어했던 그녀의 꿈은 희미해졌다. 몇 달이 지난 지금까지도 그녀는 미튼스를 그리워한다. 고양이의 죽음은 그녀 생의 아주 중요했던 장의 마침표를 찍었다.

우리는 저마다 수없이 많은 실망과 환상을 간직한 채 살아간다. 상실은 그런 오랜 상처를 다시 불러낸다. 각자의 상황에 따라 어떤 사람은 다른 사람보다 더욱 강한 타격을 입을 수도 있다. 혼자 살거나 의지할 사람이 없는 이들은 특히나 영향을 많이 받는다. 인간의 기본적인 욕구 중의 하나는 자신이 필요한 존재라고 느끼는 것이다. 동물을 키우며 많은 사람들은 매일같이 자신이 쓸모 있는, 필요한 존재라고 느낀다. 자신이 무언가 변화를 만들 수 있는 사람이라는 것을 깨닫는 건 무척 의미 있는 일이다. 적어도 도움을 필요로 하는 한 마리 동물을 위해서라도 말이다. 그런 사람들이 애완동물을 잃는 건 삶의 의미와 목적을 잃는 것과 마찬가지이다.

노인은 애완동물의 죽음을 통해 그들 또한 죽음을 피해 갈 수 없음을 깨닫는다. 부모가 자신을 이해해주지 못한다고 느끼며 가족으로부터 멀어지려 하는 청소년들에게, 개나 고양이는 모든 걸 털어놓을 수 있는 유일한 믿음직스러운 친구가 되어준다. 아이가 없는 커플이나 자녀가 독립한 부부에게 동물은 그 빈자리를 채우는 아들이자 딸이다. 이 모든 각기 다른 상황을 관통하는 한 가지 분명한 사실이 있다. 애완동물을 잃은 슬픔을 이겨내기란 누구에게나 어렵다는 것이다.

어떤 애완동물은 다른 동물에 비해 더욱더 그리울 수 있다. 미국 펜실베이니아 대학의 한 연구에서는 전문 사별 상담가와 애완동물을 잃고 슬퍼하는 사람을 짝지어주어 그들이 동물을 잃는 상실을 조금 더 잘 이해할 수 있도록 돕고자 했다. 조사 결과에 따르면 고양이를 잃은 사람은 개를 잃은 사람보다 더욱 심각한 슬픔에 빠졌다.

놀라운 결과였다. 사회성이 부족한 나홀로족들이 고양이를 더 많이 키워서 그런 걸까? 그런데 과연 그런 외로운 사람들이 개에 비해 독립성이 강한 고양이를 더 많이 키울까? 아니면 고양이와 사람의 관계가 다른 관계보다

55

조금 더 미묘하게 절제되어 다른 동물이 죽었을 때보다 더 큰 충격을 남기는 걸까? 명확한 이유는 알 수 없다. 그러니 그만큼 연구 결과에는 크게 무게를 두지 말아야겠다. 분명한 것은 다른 동물과 마찬가지로 고양이와 개 모두 그들이 떠나간 후에도 오래도록 우리의 애정과 사랑을 차지한다는 사실이다.

✦ ❧ ✦

사람들은 살아가는 동안 갑작스레 찾아오는 삶의 변화나 관계의 결렬 등으로 스트레스를 받는다. 혼란스러운 감정 상태는 우리의 생물학적, 심리학적 방어기제에 타격을 준다. 심리학자 토머스 홈즈(Thomas Holmes)와 R.H. 레이(R.H. Rahe)는 스트레스 이론에 관한 선구적인 연구를 했다. 그들은 1967년 사회 재적응 평가 척도*를 개발했다. 이 척도는 스트레스 지수를 주요 정신적 외상과 가벼운 재난에 따라 여러 항목으로 분류해 사람들이 직면하는 삶의 주요 변화가 개인에게 어느 정도의 영향

●
사회 재적응 평가 척도 ─────
일상에서 일어나는 스트레스를 점수화한 척도.
— 옮긴이

을 미치는가를 수치로 나타내었다. 점수가 높을수록 개인의 건강과 생활이 위험하다는 뜻이다.

배우자의 죽음은 가장 극심한 영향을 준다 하여 충격 척도가 100점이다. 다른 상실에 따른 충격으로는 이혼 (73점), 수감 생활(63점), 파산(39점), 직장 직무 변화 (36점), 교통 법규 위반 범칙금을 내는 것 및 사소한 법규 위반(11점) 등이 있다. 이유가 어찌 되었건 사회 재적응 평가 척도를 고안한 이들은 반려동물의 죽음을 다른 일상적인 생활에서 부딪히는 충격과 더불어 고려하기에는 중요하지 않다고 생각했다. 아마 연구자들은 동물을 떠나보내는 상실감은 대수롭지 않다고 여긴 것 같다. 과속 위반 단속을 당하는 것보다도 스트레스를 덜 준다고 여긴 것이다. 이처럼 많은 사람들은 아직까지도 동물을 중요하게 생각할 필요성을 못 느낀다. 안타까운 일이 아닐 수 없다.

그러나 동물은 그 존재 자체로도 중요하며, 사람에게도 중요한 존재이다. 그렇게 생각되어야만 한다. 임상의들이 애완동물을 잃은 중년 커플들을 인터뷰했을 때 대부분이 동물을 잃는 일을 무척 고통스러운 경험이라고 말했다고 한다. 근친의 죽음보다는 덜 충격적이었지만 먼 친척들의 죽음보다는 훨씬 더 고통스러웠다고 한다. 영국의 한 연구 결과에 따르면 애완동물을 잃은 사람 중의 10퍼센트가 의사를 찾아야 할 정도의 심각한 증상을 보였다고 한다. 이 연구 결과는 홈즈와 라에의 연구와 일치한다. 그 둘은 12개월 동안 합산하여 300점 이상의 점수를 얻는 사람의 80퍼센트가 육체적으로나 정신적으로 병에 걸릴 수 있다고 밝혀냈다. 반면 150에서 299점 사이의 점수를 얻은 사람 중 절반가량도 건강상의 문제가 생길 수 있다고 한다.

앞서 언급한 여러 종류의 충격으로 마음에 상처를 입은 사람처럼 기르던 애완동물이 세상을 떠난 사람들 역시 마음이 약해진다. 잇따라 반려동물을 잃어 슬픔에 잠긴 사람들을 대상으로 연구를 실시한 결과, 죽음으로부터 몇 주가 지난 뒤 동물의 주인 중 90퍼센트 이상이 잠을 설치거나 먹는 데 어려움을 호소했다. 이 두 가지는 모두 임상 우울증의 증상이다. 절반 이상의 사람들이 내성적이 되었고 사회 활동을 기피했다. 약 50퍼센트가 직업 관련 어려움을 겪으며 무기력하고 힘이 없어 하루에서 많게는 사흘씩 출근을 하지 못했다. 애완동물이 죽은 뒤 부부가 별거를 하거나 이혼할 확률이 높아지는 모습도 보였다. 이런 모든 증상들이 말해주는 바는 이렇다. 애완동물을 상실한다는 건 심각한 일이다. 한 사람의 건강, 일 그리고 인간관계에까지 부정적인 영향을 미칠 가능성이 있는 일이다.

❖ ⟨⟨⟨⟩⟩⟩ ❖

애완동물을 떠나보낸 이들에게 나는 일반적으로 스스로를 돌보라는 조언을 해준다. 잘 먹고 충분히 휴식을 취해야 한다. 가능하면 잠시 휴가를 내자. 그도 여의치 않다면 마음 편히 휴식을 취하고 회복할 수 있는 다른 방법을 찾아보자. 스스로의 몸을 잘 관리해야 한다. 가장 친

했던 친구를 잃고 난 뒤 침울해질 수 있다. 진이 다 빠져
버리고 안절부절못할지도 모른다. 충분히 그런 상태가
될 법하다. 하지만 부디 노력해보길 바란다. 최소한 당신
이 부상을 당하거나 다친 동물을 대할 때처럼 스스로를
대하길 바란다. 기억하자. "동물에게 친절히 대하라"는
수칙은 네 발로 걷는 이들에게만 해당되는 말이 아니다.
당신에게도, 우리 두 발로 걷는 이들에게도 꼭 필요한 말
이다.

무슨 일이든 다 때가 있다.

무릇 하늘 아래서 벌어지는 모든 일에는

때가 있나니

날 때가 있으면 죽을 때가 있고

심을 때가 있으면 거둘 때가 있다.

죽일 때가 있으면 살릴 때가 있고

허물 때가 있으면 세울 때가 있다.

울 때가 있으면 웃을 때가 있고

가슴 깊이 슬퍼할 때가 있으면

기뻐 춤출 때가 있다.

무릇 한 세대가 가면 또 한 세대가 오지만,

이 땅은 영원히 변치 않으리라.

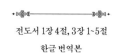

전도서 1장 4절, 3장 1~5절
한글 번역본

이야기 넷

모든 일에는
다 때가 있다

우리 교회에는 5백 명이 넘는 신도들이 있다. 매년 새로 태어나는 아이들을 만나는 기쁨도 있지만 달리 생각해보면 그만큼 세상을 떠나는 사람들 역시 많다는 얘기다. 누군가가 세상을 떠났을 때 추모식을 거행하는 일 역시 내가 하는 교구 일의 일부이다. 추모식마다 상황에 맞게 식이 행해지기 때문에 조금씩 다른 부분이 있지만, 나는 대부분 같은 글귀를 읽으며 식을 시작한다. 전도서의 말씀을 너무 자주 낭송하다보니 이제는 다 외울 정도이다. "무슨 일이든 다 때가 있으며 하늘 아래 모든 일들은

65

저마다의 목적을 이룰 수 있는 때가 있다."

이런 말들은 우리의 삶이 자연의 리듬에 따라 흘러간다는 자명한 사실을 다시금 되새기게 해준다. 계절이 흐르고 우주의 행성을 움직이는 순리처럼 우리의 삶도 그에 따라 펼쳐진다. 별들도 저마다의 수명이 있고 우리도 마찬가지이다. 고대에 성경을 기록한 사람들의 생각처럼 시간을 뛰어넘어 존재할 것만 같은 지구마저도 결국에는 나이가 든다. 세상은 그렇게 균형을 맞춘다. 사그라지는 것들을 놓아주고 피어나는 새로운 생명을 맞이한다.

살아 숨쉬는 모든 생명은 저마다의 계절과 주기를 지니고 있다. 이미 널리 알려져 있다시피 포유류는 몸집이 작을수록 수명이 짧다. 반면 몸집이 큰 동물일수록 오래 산다. 그래서 생쥐나 게르빌루스쥐는 1~2년, 돌고래는 20~50년(종에 따라 다름) 정도 살 수 있다. 사람은 70년 정도 살 수 있다. 몸무게가 많이 나갈수록 기대 수명 또한 높아진다(정확히 0.28배씩 높아진다). 우주가 조금 더 우

66 리에게 너그러웠더라면 개나 고양이의 수명이 어쩌면 우

리와 비슷했을지도 모른다. 그러나 현실은 그렇게 녹록지가 않다. 상실, 다시 말해 죽음이란 삶이라는 방정식 속에 이미 정해져 내재되어 있는 것이다. 삶의 큰 부분을 차지하는 애완동물을 키우는 그 순간부터 우리는 이미 알고 있다. 언젠가 이별을 해야 할 날이 찾아올 것임을.

◆ ❦ ◆

생물의 수명은 선천적인 한계에 의해 정해지는 듯하다. 신뢰할 만한 기록에 따르면 호모 사피엔스는 최대 122살까지 살았다고 한다. 지난 세기 동안 선진국의 남녀 평균 기대 수명이 높아졌지만 누구도 그 이상 높아지리라고는 기대하고 있지 않다. 인체 세포를 실험실에서 배양해보면 일정한 횟수까지만 분열하고 증식한다. 신체 조직이 결국에는 스스로를 재정비하고 재생하는 기능을 잃고 만다는 것을 의미한다. 사고가 많이 난 자동차의 주행 기록계처럼 모든 것들은 닳게 마련이다.

극히 드문 경우이지만 아주 오래 사는 애완동물도 있

다. 호주 빅토리아에 사는 레홀은 블루이라는 개를 키웠다. 블루이는 29년 하고도 5개월을 더 살았다고 한다. 또다른 고양이의 기록도 눈여겨볼 만하다. 영국에 사는 암고양이 태비는 1957년 죽기까지 34년을 살았다고 한다. 모든 동물들이 이런 것은 아니다. 그렇게 오래 사는 개나 고양이는 사실 흔치 않다. 꼭 그렇게 오래 살아야만 하는 것도 아니다. 삶의 지혜 속에 자리한 진정한 의미는 자연의 한계와 순리를 받아들이는 데에 있다.

◆ ⁂ ◆

두 발로 걷든 네 발로 걷든 우리 모두에게는 저마다 주어진 제한된 시간이 있다. 『우리는 어떻게 죽는가(How We Die)』에서 외과 교수 셔윈 뉴랜드(Sherwin Nuland)는 다음과 같이 설명한다. 사망 진단서에 공식적으로 사망 원인(뇌졸중, 암, 폐렴 등)을 규명해야 하는 게 원칙이지만 대다수의 사람들은 단순히 나이가 들어 죽는다. 그러니 특정한 병에 의해 사망을 할 경우에는 한두 가지의 질병

68

이 나이가 들면서 면역력이 약해진 몸을 덮쳐버리는 경우가 대부분이다.

종에 따라 병의 종류는 다르지만 결국 그 원리는 같다. 개와 고양이는 심장병에 걸리는 일이 거의 없다. 육식동물인 그들은 동맥경화에서 끝내 심장마비로 이어지게 만드는 콜레스테롤을 조절할 수 있는 능력이 있다. 반면 퇴행성심질환에는 많이 걸린다. 심장은 펌프와 같아서 다른 기계장치와 마찬가지로 고장 나기를 반복한다. 밸브가 새기 시작하면서 펌프 양이 줄어들며 다른 기관들(신장이나 간과 같은)은 충분한 혈액을 공급받지 못해 제 기능을 하지 못하게 된다. 결국 합병증이 오게 된다.

전문가들에 의하면 개의 20~30퍼센트가 9살이 지나면 어느 정도 울혈성 심부전 증상을 보인다고 한다. 운좋게 그런 증상을 피해간 개도 결국에는 다른 병에 걸리게 된다. 개들이 죽는 가장 흔한 이유는 암과 관절염 때문이다. 나이가 많은 고양이들이 아픈 원인 중에는 암, 갑상선 기능 항진증, 신장병과 당뇨 등이 있다. 하지만 많은

69

경우 동물들이 죽는 이유는 그저 때가 되어 지치고 힘이 없어지기 때문이다.

현대 물리학의 가장 기본적인 주장 가운데 하나는 모든 것이 결국 닳는다는 것이다. 고에너지 시스템은 결국 저에너지로 나아간다. 한동안 사용하지 않아 잊고 있었던 손목시계를 생각해보자. 결국은 배터리가 닳고 만다. 외부의 중재 없이 —누군가 시계태엽을 감거나 새 건전지를 넣는 것 없이— 결국 시계는 멈추고 만다. 어떤 경우에는 외부에서 오는 중재가 삶을 연장시킬 수도 있다. 의학의 발달이 이를 증명한다. 하지만 시계와 마찬가지로 태엽이 버텨주고 기어가 녹슬지 않았더라도 우리에게 주어진 시간은 결국 흘러가고 있다.

시곗바늘이 째깍거리는 횟수가 이미 시계가 만들어진 그 순간 정해져 있다고 생각할 수도 있다. 자신의 부모나 증조부가 장수했던 사람들이 오래 사는 이유를 여기에서 찾을 수 있다. 종에 따라 유전자 구성이 다른 이유와 그에 따라 서로 다른 삶을 살아가는 이유도 여기에 있다. 아래 제시된 여러 반려동물의 기대 수명을 보면 일상적으로 자주 접할 수 있는 동물도 또 이색적인 애완동물까지 평균 수명의 범위는 무척 다양하다. 주로 몸집에 따라 수명이 달라지는 걸 알 수 있다.

햄스터: 1.5~2년

생쥐: 1.5~3년

쥐: 2.25~3.5년

게르빌루스쥐: 3~4년

기니피그: 4~5년

토끼: 5~6년

흰담비: 5~8년

고슴도치: 6~10년

개: 11~13년

고양이: 13~17년

베트남 포트벨리

미니돼지: 20~25년

말: 20~30년

몸집이 큰 포유동물은 더 오래 산다. 물론 예외도 있다. 개는 고양이보다 대체로 크지만 그렇다고 그들이 무조건 더 오래 사는 것은 아니다. 사람이 비교적 큰 동물들에 비해 오래 사는 것을 봐도 알 수 있다. 사람의 수명이 비교적 길다는 것은 축복이지만 동시에 부담이기도 하다. 더 많이 즐기고 누릴 수 있는 시간이 있지만 그만큼 우리보다 앞서 세상을 떠나가는 동물들의 죽음을 목격하고 그 슬픔을 감당해야 한다.

물론 삶의 질은 단순히 수명이 얼마나 긴가에 따라 측정되지 않는다. 오늘날 사람들은 그들의 조부모님 세대보다 더욱 오래 산다. 그렇다고 우리가 더 만족스러운 삶을 산다고 할 수 있을까? 내가 100년을 족히 넘게 산다는 혹등고래에 비해 더 오래 살게 될지는 아무도 모르는 일이다. 혹 내가 더 오래 산다 해도 나는 아마 다정한 거인들인 그들처럼 고요하고 유순하며 너그럽지는 못할 것이다. 12년이 −통계상 수달의 평균 수명− 나에게는 짧게 느껴질지 모르겠지만 나는 기꺼이 내 수명에서 몇 년을 내주고라도 그들이 느끼는 삶의 기쁨의 반만이라도 느끼고 싶을 것이다. 결국 중요한 것은 오래 사는 게 아니라 삶을 잘 살아내는 일이다.

다양한 종들은 저마다 다른 기대 수명을 지니고 태어난

72

다. 한 가지 확실한 건 그들 모두가 출생과 죽음 사이에 주어진 동일한 '생물학적 시간'을 산다는 것이다. 하버드 대 생물학자 스티븐 제이 굴드(Stephen Jay Gould)는 생물마다 몸집과 수명이 다르듯 신진대사에서도 차이가 있다고 한다. 코끼리는 몸집이 커 쥐보다 수명이 길다. 때문에 쥐는 코끼리에 비해 심장이 빠르게 뛴다. 코끼리에 비해 주어진 시간이 짧기 때문에 쥐의 심장은 주어진 시간 안에 더 많은 심장박동수로 더 빠르게 뛰는 것이다. 개, 고양이, 말 그리고 햄스터는 모두 각기 다른 수명 속에서 거의 동일한 횟수로 숨을 들이쉬고 내쉰다. 빠르기가 다를 뿐이지 우리 모두에게 주어진 바는 같다. 우리의 심장은 8억 번 뛰고, 우리는 2억 번의 들숨을 쉰다.

각각의 종들은 저마다의 삶의 리듬에 맞춰 나이들어간다. 동물들이 인간과 다른 속도로 나이가 들고 성장해가듯이 말이다. 개는 그들의 시간 개념 속에서 성장한다. 사람들은 종종 '개 햇수로' 1년이 사람의 7년과 같다고 말한다. 하지만 이런 일대일 대응은 사실상 존재하지 않

는다. 신체적으로 운동 기능이 떨어지는 경우와 정신적
으로 성숙한 경우를 생각해보자. 운동 기능이 떨어지는
6달 된 개는 6살 아이와 흡사하다. 반면 1살이 된 개는
청소년과 같다고 볼 수 있다. 12달 동안 성적으로 성숙
해졌기 때문이다.

개는 2년이 지난 뒤부터 성장 속도가 점차 느려진다.
그 시점부터 개의 1년은 사람의 4년과 같아진다. 그러니
12살이 된 개의 신체 나이는 70세가 다 되어가는 사람
의 상태와 비슷해진다. 수명이 거의 다한 나이가 되는 것
이다. 우리가 볼 때 동물들의 수명은 짧은 것 같지만 사
실상 그들은 제 나름대로의 삶의 척도 안에서 분명 완전
하고 충만한 삶을 사는 것이다. 그들의 방식대로, 그들의
보폭에 맞는 걸음걸이로 살아가는 것이다.

◆ ⬩⬩⬩ ◆

삶은 겨울날 흩날리는 눈송이와 같아서 순식간에 흘러
가고 만다. 사람의 죽음이든 애완동물의 죽음이든 무언

가를 잃는다는 것은 순식간에 사라지고 마는 존재의 덧없음을 절감하게 한다. 다른 이의 죽음 앞에서야 우리는 비로소 깊은 자기반성을 하기 시작한다. 과연 내가 주어진 삶을 잘 살고 있는 걸까? 좀더 완벽해지기 위해서는 뭘 더 해야 할까? 혹은 사는 동안 무엇을 이뤄야 할까? 어디에 가봐야 하며 또 누굴 만나야 할까? 이 세상을 떠나기 전까지 무엇을 하고 배워야 할까? 수없이 많은 질문들이 머릿속에 쏟아지지만 답을 찾고자 한다면 사실 아주 간단하다. 현재를 충실히 사는 것. 죽음을 의식하기 시작하면서 동시에 우리는 현재의 삶을 자각하게 된다. 주어진 생의 날들을 어떻게 보내야 할지에 대해 차근차근 생각해보게 된다.

이 세상에 영원한 것은 없다. 정해진 시간 속에서 모든 것들은 태양 아래 삶을 음미할 수 있는 동일한 기회를 지니고 태어난다. 땅에 꼿꼿하게 뿌리를 내리고 천 년을 사는 미국 삼나무가 있는가 하면 말 그대로 하루를 살고 사라지는 하루살이도 있다. 그러니 모든 생명에게 동등한 기회가 주어진다는 사실을 생각하며 죽음을 겸허하게 받아들이자. 죽음이란 늘 너무도 빨리 찾아온다. 우리에게도, 우리가 사랑하는 동물에게도 그렇다. 그러니 기억해보자. 늘 마음속 깊이 되새겨보자. "무슨 일이든 다 때가 있으며 하늘 아래 모든 일들은 저마다의 목적을 이룰 수 있는 때가 있다"는 사실을.

오, 신이시여, 우리 친구인 동물들,

특히 고통 받는 동물들을 위한

미천한 기도를 들어주소서.

사냥꾼에게 쫓기거나 길을 잃은 동물,

혹은 버림받거나 공포에 떨거나

굶주리는 동물, 죽음을 맞이할 수밖에 없는

그 모든 동물에 대한 우리의 기도를 들으소서.

그들에게 당신의 자비와 연민을 간구하나이다.

그리고 그들을 대하는 사람들이

연민과 부드러운 손길, 따뜻한 말로써

그들을 대하도록 도와주소서.

우리로 하여금 동물의 진정한 친구가 되게 하여

신의 축복을 나눌 수 있게 하소서.

알베르트 슈바이처

이야기 다섯

착한 동물에게
좋지 않은 일이
생길 때

　내 친구 치누크는 꽤 똘똘한 개이다. 하지만 유독 자동차 앞에서는 말을 듣지 않는다. 치누크가 지금보다 어렸을 당시 나는 기본적인 훈련을 시켰다. 자리에 앉기, 몸을 기울이기, 가만히 있기 그리고 부를 때 달려오기 등을 가르쳤는데 지금까지도 시키는 대로 곧잘 말을 듣는다. 그런데 한 가지 부분에서 자꾸 말썽을 부렸는데, 몇 번이나 무모하게 차도를 향해 느릿느릿 걸어가는 것이었다. 내가 아무리 소리를 지르고 휘파람을 불어도 듣지 못한 채 달려오는 차를 향해 걸어갔다.

운좋게도 매번 심각한 부상은 면했지만 그렇다고 그런 일을 겪는 것에 대한 불안이 사라지는 건 아니었다. 치누크가 위험천만한 순간을 면하고 불안했던 마음이 사라지고 나면, 그 자리에는 내 말을 듣지 않은 치누크에 대한 분노가 생겨났다. 애당초 그런 위험한 상황이 벌어지게 한 내 자신이 싫기도 했다. 만일 치누크가 진짜 다쳤다면 내가 얼마나 화를 냈을지는 상상조차 할 수 없는 일이었다.

◆∗◈∗◆

매년 수천만 마리가 넘는 동물들이 교통사고로 목숨을 잃는다. 안타까운 일이다. 애완동물이 아무런 이유 없이 고통스럽게 죽는다는 것 혹은 그저 집을 나가거나 길을 잃고 사라져 돌아오지 않는 일은 특히나 받아들이기 힘든 상실의 경험이 된다.

때 이른 죽음(트라우마나 질병 혹은 무언가의 손상)은 전도서에 나오는 위안 섞인 조언의 말들을 전복시켜버리고 만

82

다. 결국 삶도 뜻밖에 끝나버릴 수 있는 것이다. 모든 일이 때가 정해진 게 아닐 수도 있다는 것이다. 교통사고 외에도 파보바이러스나 독성 물질도 종종 어린 개들의 목숨을 앗아간다. 백혈병, 당뇨병, FIV(고양이 AIDS) 등은 어린 고양이의 목숨을 빼앗는 주범이다. 막상 그런 일이 닥치면 분노나 죄책감, '했었더라면'과 같은 후회가 밀려들어 상황을 객관적으로 바라보기 힘들어진다.

사랑하는 동물의 죽음을 눈앞에서 목격했을 때, 감정의 골은 무척 깊어진다. 몇 년 전 리처드 조셉(Richard Joseph)이 지역 신문사 편집자에게 보낸 편지를 읽고 나는 그 사실을 깨달았다. 그가 키우던 비키라는 개는 과속 차량에 치였다. 수신자 칸에는 "내 개를 죽인 남자에게"라고 쓰여 있었다. 편지의 내용은 매우 민감한 사안을 다루었고 이내 미 전역의 신문에 실리게 되었다. "당신이 어딘가 무척 중요한 곳에 가고 있었길 바라네요. 화요일 밤, 베이베리 도로를 가로질러 크로스 하이웨이를 그렇게 빨리 달릴 때 말입니다"라고 편지는 시작했다.

당신이 의사라 위급한 상황에 놓인 누군가를 치료하거나 혹은 산모가 아이를 출산하게 되어 황급히 달려가고 있었다고 생각하면 어쩌면 우리 마음이 한결 편해질지도 모르겠습니다. 하지만 우리가 목격한 건 쏜살같이 달리던 당신의 차가 드리운 검은 그림자와 빨간 미등뿐이었습니다. 믿기지 않겠지만 그럼에도 불구하고 당신에 대해 꽤 많은 걸 알고 있습니다. 당신은 개가 다가오는 걸 뚝뚝히 봤고, 브레이크를 밟았고, 쿵 하는 느낌을 받았고, 컹컹 짖는 소리와 내 아내의 비명을 들었을 겁니다. 당신의 반사적 행동은 당신 양심보다 한 수 위인가 봅니다. 당신 용기보다도 강한 듯합니다. 우린 알 수 있지요. 왜냐하면 당신은 더 속력을 냈고 그 자리를 최대한 황급히 벗어나려 달렸으니까요.

✦•❅◈❅•✦

개의 주인이 정원 문을 닫느라 잠시 개의 목줄을 놓친 것은 사실이다. 그 짧은 순간에 개가 차도로 뛰어들어 결국 죽음을 맞이하게 된 것 역시 사실이다. 그런 의미에

84

서 조셉은 자신의 부주의로 인한 잘못을 스스로 인정했고 책망했다. 하지만 운전자가 사고가 일어나는 순간 차를 멈췄어야 할 책임도 분명 있었기에 조셉은 씁쓸한 감정을 누그러뜨리기가 힘들었다.

글을 기고하고 몇 주 사이에 조셉은 수십 통의 동정 편지를 받았다. 대부분 애완동물을 잃어본 경험이 있는 사람들로부터 온 것이었다. 그들 모두 비슷한 불안감에 휩싸이고 무언가 불완전한 마음으로 괴로워했던 사람들이었다. 죽음은 급작스럽고 예상치 못했던 일이다. 범인이 누구인지도 명확하지가 않다. 작별을 고할 시간적 여유조차 없는 경우도 있다. 이런 비슷한 이별을 경험해본 사람들은 그가 사건 이후 무척 지치고 충격을 받았으리라는 것을 알았던 것이다.

조셉은 앞선 경험을 통해 슬픔과 치유에 관한 몇 가지 소중한 가르침을 얻었다. 뺑소니차에 치여 목숨을 잃은 자신의 개를 보며 인간 본성에 대한 그의 믿음은 철저히 무너졌다. 사람이 어찌 그렇게 잔인하고 냉담할 수 있을까? 동시에 그에게 쏟아진 분에 넘치는 격려와 위로의 말들을 통해 여전히 사람들에게는 인간다움이 굳건히 남아 있다는 걸 느꼈다.

조셉은 그 사건을 통해 불행을 기회로 바꿀 필요성에 대해서도 다시 생각하게 되었다. "상실은 슬픔을 불러온다……" 그가 말했다. "슬픔은 때로 격렬해지고 분노로 변하기도 하며 그러한 분노는 그 대상을 파괴할 뿐 아니라 분노를 느끼는 당사자를 다치게 한다." 그는 신문사에 편지를 씀으로써 자신의 분노를 밖으로 분출할 수 있었다. 다른 수많은 사람들에게 운전을 할 때 조금 더 조심해야 한다는 경각심 또한 불러일으킬 수 있었다. 그의 편지를 읽은 누군가가 주의를 더 기울이고, 그로 인해 어떤 교통사고를 막을 수 있었다면 그것으로 충분히 감사한 일이었다.

이렇듯 편지를 쓰면 마음을 짓누르던 슬픔을 조금이나

마 떨쳐낼 수 있다. 조셉은 문학가이자 전업 여행 작가였다. 때문에 그는 자신이 쓴 글이 가져올 영향을 조금이나마 예측할 수 있었다. 그에 비해 일반 사람들은 보통 능숙하게 글을 쓰거나 표현하는 게 어렵다. 감정이 격한 상태에서 편지나 메일을 쓰는 건 사실 위험한 생각일 수도 있다. 하지만 마음속에 담긴 분한 감정을 분명히 표현하는 건 도움이 된다. 우리 같은 경우 편지를 쓰고 휴지통에 버리면 그만이다. 친구에게 내가 얼마나 화가 났는지 털어놓는 것도 한 방법이다. 그러니 분노를 밖으로 표출하자. 도움이 된다면 침대를 마구 두들기며 그 위에서 뛰어도 좋다. 내가 느끼는 분노의 감정을 충분히 존중하여 분출하되 떠나보내야 한다.

분노와 공격성은 주로 스스로가 통제가 되지 않는다고 느낄 때 분출된다. 사람들은 스스로 운명을 개척하고 조정하며 살아가고 싶어한다. 하지만 죽음은 그런 사람들의 바람을 철저히 무시한다. 애완동물에게 화가 날 수도 있다("내가 부를 때 오지 않고 왜 굳이 그렇게 차도로 뛰어들어야 한 거지?"), 제멋대로 혹은 비이성적으로 보이는 행동을 하고 싶어지기도 한다("그 운전자의 목을 비틀어버리고 싶군. 그 여자는 대체 왜 운전중에 앞은 안 보고 통화를 하고 있던 거지?"). 혹은 마치 세상에서 일어나는 온갖 좋지 않은 사건 사고의 책임이 다 하나님께 있다는 듯이 원망을 하게 된다.

기르던 개가 죽은 뒤 남겨진 다른 두 동물에게 일시적으로 강한 적대감을 느꼈다는 사람도 있다. 남겨진 동물에게 무의식중에 이런 질문을 한 것이다. "내가 제일 아끼던 아이가 떠났는데 왜 너희는 아직까지 그렇게 잘 살고 있는 거니?" 옆에서 그녀를 지켜보던 친구가 그녀가 남겨진 동물들을 잘못 대하고 있다는 걸 지적해주고 나서야 그녀는 자신이 얼마나 화가 나 있었는지 깨달았다. 그런 그녀의 행동이 스스로를 남겨진 반려동물들로부터 멀어지게 하고 있었다. 어쩌면 그들이야말로 상실의 아픔으로 괴로워하는 그녀에게 가장 큰 힘이 되어주던 친구들이었는데 말이다.

분노를 어디로 표출하든지 그 생리학적 원리는 거의 같

다. 위협을 느낄 때 우리 몸은 반사적으로 작용하여 신체 기관을 다스리는 자율신경계가 작동하기 시작한다. 맥박이 빨라지며 숨을 가쁘게 쉬고 근육이 수축하여 방어 태세를 취하게 된다. 하지만 화가 난 상태는 상황을 적절히 다스리는 데 아무런 도움도 되지 않는다. 단순히 사건 자체에 반응을 하여 오히려 그 사건이 우리를 지배하게 한다.

슬픔의 단계 중 분노는 예측이 가능하다. 처음에는 충격과 무감각 상태에 빠진다. 불신과 거부가 따라오기도 한다("이건 있을 수 없는 일이야!"). 이후 현실 상황을 인정하면서 이별을 했다는 사실을 깨닫고 아파한다. 이 단계에서는 여러 가지 복합적인 감정들이 표면으로 드러난다. 슬픔이란 단순한 하나의 감정이 아닌 이런저런 반응들이 뒤섞인 하나의 큰 무리이기 때문이다. 흔히 격렬한 분노, 불안, 무력감 등을 느끼게 된다.

이러한 아픔은 피할 길이 없다. 감정이란 때로 파도처럼 밀려오는데, 사별을 당한 사람이 예기치 못한 순간에 눈물을 흘림으로써 아픔을 극적으로 극복할 수도 있다.

그러니 감정의 기복을 억누르기보다 썰물과 밀물처럼 오고갈 수 있는 충분한 공간을 만들어준다면 낙담이라는 파도의 물결은 덜 찾아오게 될 것이다. 결국 지나치게 심각한 감정의 수렁으로 빠지지 않을 수 있게 된다. 충분한 시간을 갖고 깨진 조각들을 다시 주워 매일의 삶이라는 구조물을 조립해나가게 된다. 그리하여 죽은 자와의 끈끈했던 관계 속에서 생겨나는 에너지를 새로운 관계에 재사용하게 된다.

각각의 단계는 규범적으로 정해져 있다기보다는 자연스레 설명되는 것들이다. 사람이 겪는 경험은 저마다 다르며 그들이 느끼는 감정은 모두 존중받아 마땅하다. 그러니 몹시 화가 나는 순간 이렇게 생각해보자. 내가 지금 화가 나는 게 전혀 이상한 일이 아니라는 사실을. 더이상 화를 내기도 지겹고 세상과 갈등을 겪는 일이 싫증이 난다면 이번에는 이렇게 생각해보자. 이러한 불협화음이나 격동하는 감정은 영원히 지속되지 않는다는 걸, 결국 다 지나갈 일이라는 것을 말이다.

살아가며 좋지 않은 일이 생길 때 우리는 희망을 잃고 상실감에 빠질 때가 있다. 상황을 받아들이기 당혹스럽고 배신을 당한 것만 같다. 당연한 마음이다. 그런 상황 속에서는 화를 내고 슬퍼할 자격이 충분히 있다. 하지만 삶은 우리가 또다른 마음가짐을 갖기를 바란다. 용서하고 상황을 받아들이고 넘어갈 줄도 알아야 한다. 조셉의 말처럼 화를 풀 수 있는 자신만의 건전한 방법을 찾는다면 기분이 한결 나아지게 하는 것에서 나아가 장기적으로 세상을 좀더 나은 곳으로 만드는 데에도 도움이 될 수 있다.

보세요, 하나님, 제 코트가 누더기가 되었답니다.

집에서 짠 것처럼, 낡고, 올이 다 늘어났지요.

제가 지녔던 그 모든 열정, 그 모든 힘,

그렇게나 열심히 하고

제 욕심을 채우지도 않았습니다.

하지만 지금

저는 제 가엾은 머리를 흔들어

가슴속 깊은 고독을 모두 바칩니다.

하나님, 두꺼워진 제 뻣뻣한 다리로

여기 당신 앞에 서 있습니다.

당신께 아무런 도움도 되지 못하는 하인.

아! 당신의 그 선량함,

부디 제게 부드러운 죽음을 주소서.

아멘.

———————————

늙은 말의 기도
카르멘 베르노스 드 개즈톨드

이야기 여섯

평온한
죽음

생이 끝나는 순간은 불현듯 찾아오게 마련이다. 삶이란 늘 그렇듯 수없이 많은 '예외'들로 가득하기에 때로 불가피한 상황 속에서 우리는 애써 죽음을 택해야 하기도 한다. 우리는 동물을 위해, 내가 사랑하는 사람을 위해 아름다운 마지막 선택을 한다.

얼마 전 가까운 친구의 아버지가 세상을 떠났다. 몇 해째 치매와 당뇨로 고생을 하며 건강이 악화되어간 아버지는 여러 복합적인 질병으로 끝내 생명 유지 장치에 의존할 수밖에 없는 상황이 되었다. 회복되리라는 가망은 전혀 보이지 않았다. 결국 가족들은 아버지의 고통을 끝내드리고자 장치를 제거하기로 마지막 결정을 내렸다.

많은 사람들이 이러한 죽음을 경험한다. 어쩌면 해방이자 아름다운 '놓음'의 죽음 말이다. 마침내 아버지를 놓아드리는 순간이 왔다. 마음을 굳게 먹었던 친구였지만 아버지의 곁에 앉아 서서히 잦아들어가는 모니터 속 맥박 수치를 보고는 여전히 너무나 고통스러워했다. 그녀에게는 늘 친구 같던 아버지가 이제 영영 떠나는 것이다. 그녀의 삶의 아주 큰 부분을 차지했던 아버지는 그렇게 과거 속으로 희미해져갔다.

◆⋅⦅⊛⦆⋅◆

죽음을 의식적으로 선택했다 하더라도 우리는 누군가가 떠나가는 순간을 애써 체념하고, 후회하며 스스로에게 계속해서 물음을 던지기도 한다. 동물이 편안히 눈감을 수 있도록 안락사를 택한 순간에도 혼란스러운 감정을 느끼며 속으로 비슷한 질문을 되뇌게 된다. "내가 과연 옳은 일을 하는 걸까? 다른 현실적인 대안은 없을까? 내가 만약 아프고 상처받은 동물이라면 과연 어떤 선택을 할까?" 애완동물이 만성적으로 고통을 받고 있거나 몸을 움직이지 못하게 되었을 때 우리는 생각한다. 활기차던 동물이 더이상 마음껏 뛰놀지 못하게 되었다는 사실이 그들의 삶의 질을 떨어뜨렸다는 것을 말이다.

안타까운 마음이 들 테지만 여전히 애완동물의 입장이 되어 깊이 공감하고 그 아픔을 이해하는 일은 어렵기만 하다. 어쩌면 불가능할지도 모른다. 동물이 아픔을 느끼는 건 당연한 일이다. 그런데 동물도 사람이 건강이 악화될 때 느끼는 정신적 고통을 느낄까? 사람과 달리 애완동물의 경우, 언제까지 치료를 이어가야 할 것이며 어느 시점이 되어야 금전적으로 혹은 심리적으로 부담이 될까? 이런 질문들에는 사실 정확한 답이 없다. 우리는 수의사의 도움을 받아가며 스스로 판단을 내려야 한다. 스스로의 결정을 다시 한번 돌아보고 생각해볼 시간은 충분하다.

만일 안락사하기로 마음을 굳혔다고 생각해보자. 이제 우리가 할 수 있는 일은 일련의 과정 동안 동물이 겪게 될 괴로운 감정을 최소화하기 위한 절차를 밟는 일이다. 스스로를 위해 그리고 사랑하는 동물을 위해 말이다. 죽음의 순간 곁을 지켜준다는 건 중요한 일이다. 빛을 잃어가는 동물을 두 눈으로 마주하는 일은 힘겹지만, 끝을 보지 못해 마무리되지 않은 물음들을 안고 살아가는 건 더더욱 어려운 일이다. "고통 없이 눈을 감았을까? 마지막은 평화로웠을까?" 등 직접 보지 못해 알 수 없었던 남겨진 물음들은 우리를 더욱 아프게 한다.

어떤 사람들에게는 애완동물의 죽음을 목격한다는 건 생각만으로도 지나치게 고통스러운 일이다. 때로 수의사는 주인에게 자리를 잠시 피해달라는 부탁을 할 수도 있다. 맥박이 잦아든 작은 동물의 혈관을 찾는 일은 쉽지 않기 때문이다. 주인이 옆에서 근심 어린 눈빛으로 주위를 맴돌고 있다면 더더욱 그렇다. 그래서 오랜 경험을 토대로 주인의 감정적인 필요를 민감히 파악할 수 있는 수

98

의사는 사람들이 애완동물의 마지막 순간, 불안감 대신 따뜻한 보살핌과 안정감을 전해줄 수 있도록 돕는다.

◆·:◈:·◆

요즘 사람들은 병원보다는 집에서 임종을 맞기를 선호한다. 보다 친숙한 환경이 편하기 때문이다. 수의사는 동물들에게도 그런 서비스를 제공하기 위해 가정을 방문하기 시작했다. 나의 친한 친구들의 경우가 그랬다. 그들의 개 벤이 떠날 때 나는 수의사 옆에서 함께 벤의 마지막 순간을 지켜보았다. 벤은 커다란 블랙랩 종이었다. 벤과 내 애완견 치누크는 종종 공원에서, 해변에서 함께 신나게 뛰어놀곤 했다. 그래서인지 나도 벤의 임종을 지켜야겠다는 마음이 들었다. 기도를 하고 잔잔한 기타 연주에 맞춰 시를 낭송하는 자리에 내가 함께 있어야 한다고 느꼈다. 수의사의 일이 모두 끝난 뒤 가족들은 벤을 바깥에 놓인 부드러운 담요 위에 내려놓았다. 그리고는 뒷마당에 묻어주었다. 평온하게 추모하는 분위기 속에 잔잔한

99

작별이었다. 물론 죽음이 늘 그렇게 평화롭지만은 않다. 마지막 순간이 오면 몸에 극심한 변화가 일어난다. 장기의 근육이 이완되고 방광이 조절되지 않아 배설물과 소변이 나올 수도 있다. 몸이 축 늘어져버리거나 경련이 일어나며 입 밖으로 공기를 내뿜는다(이른바 임종시 가래 끓는 소리를 일컫는다). 모두 반사 행동이다. 동물들은 의식이 없으므로 어떤 일이 일어나고 있는지 더이상 알지 못한다. 하지만 간병인의 입장에서는 그 모든 광경을 차마 지켜보기 힘들 수 있고, 아픈 기억으로 남을 수도 있다. 그러니 가장 좋은 방법은 미리 준비를 하는 것이다. 벤의 가족들처럼 계획을 잘 세우고 은총이 가득한 가운데 개가 아름답게 떠날 수 있도록 말이다.

간호를 하는 일은 몹시 고되며 불안한 일이다. 그렇지만 우리는 떠나가는 동물들의 곁에 머물며 그들에게 편안함과 안정감을 주는 친구가 되어주어야 한다. 죽음으로 향하는 애완동물의 마지막 순간 우리는 그들에게 정서적인 도움을 줄 수 있다. 고양이나 개가 우리가 해주는 따뜻한 말들을 얼마나 알아들을 수 있을지는 모르지만 (내 생각에는 우리가 생각하는 그 이상일 듯하다), 우리는 계속해서 표현을 해주어야 한다. 부드럽게 이야기를 하고 앞으로 일어날 일들에 대해 간단히 설명을 해주면 ―주사 한 방에 졸음이 밀려올 테고 그다음, 고통이 사라지고 지친 몸이 편안해질 것이다― 그들도 분명 직감적으로 우리의 말 속에 담긴 감정을 느낄 수 있을 것이다.

잠시 집을 비우거나 출장을 갈 때 나는 앞서 설명한 방법으로 개에게 이야기를 해준다. 내가 어디에 가는지, 얼마 동안 가 있는지, 내가 없는 동안 어떻게 보살핌을 받게 될지 그리고 언제 내가 다시 돌아올지 등을 하나하나 설명한다. 개가 내 말을 다 알아듣느냐 마느냐는 그리 중요하지 않다. 중요한 건 내가 충분히 대화를 하고 확신을 심어주고자 최선을 다했다는 사실 그 자체이다. 치누크도 우리의 대화 덕에 마음이 편안해진 듯 보인다.

죽음이란 일시적인 헤어짐을 넘어서 영원한 이별을 의미한다. 그러나 그 안에도 여전히 일시성이라는 원리가 내재해 있다. 그러니 떠나가는 동물들에게 그들이 잠시 여행을 떠난다고 말해주는 건 어떨까. 고통과 아픔이 없는 곳으로의 여행. 우리가 얼마나 그들을 보고 싶어할지, 우리 가슴속에 그들이 얼마나 특별히 남아 빛나게 될지 등을 이야기해주자. 껴안아주고 보듬어주자. 말과 행동을 통해 우리에게 그들이 필요하다는 것보다 그들에 대한 우리의 사랑을 느끼게 해주자. 우리 자신을 위해 그들이 이 세상에 조금 더 머물러 있기를 강요하기보다는 그들의 시간에 맞춰 제때 떠나갈 수 있게 해주자. 우리 목소리에서 묻어나는 걱정과 근심 때문에 동물들은 곧 자신에게 커다란 변화가 일어날 것을 예감할지도 모른다. 하지만 그들은 알 것이다. 우리가 마지막까지 그 곁을 지켜줄 것임을, 결국 아무것도 두려워할 필요가 없음을.

동물들은 때로 사람들이 생각하는 것 그 이상으로 이 모든 일들을 더 잘 이해하고 있다. 수의사인 던(Dauwn)

과의 대화를 통해 그런 결론을 내렸다. 그녀는 동물학을 공부했으며 동물을 다루는 일에 경험이 많았다. 그녀가 키우던 말 헤이스팅스를 안락사하기로 결정했을 때 그녀는 수술에 매우 적극적이었다. 친구들을 초대하고 따뜻한 보살핌과 편안한 분위기를 만들었다(지인들을 불러 혼자 감당하기 힘든 과정을 함께 보내는 건 언제나 좋은 방법이다). 모두 참석한 자리에서 그녀는 쇠약해진 헤이스팅스가 생이 끝나기 전 마지막으로 마장마술(馬場馬術)을 할 수 있도록 도왔다. 헤이스팅스의 뛰어난 승마 동작들과 기술들은 건강하던 시절의 자랑이자 기쁨이었다. 던은 계속해서 헤이스팅스에게 말을 걸고 또 행동을 통해 그녀가 얼마나 그를 생각하고 있는지를 느끼게 해주었다. 그런 뒤 던과 친구들은 낮은 목초지로, 일찍이 텅 빈 듯 공허해져버린 지상의 끝을 향해 발걸음을 옮겼다.

모든 것이 완벽했다. 조화롭고 아름다운 마지막이었다. 계획적으로 잔잔히 치러진 끝맺음이었다. 먼 바다로부터 오고가는 조수의 물결처럼 흔들림 없이 고요했다. 수의

103

사가 할 일을 마친 뒤, 던은 마구간으로 돌아왔다. 헤이스팅스가 떠나고 그곳에 남겨진 다른 말들이 던을 보고 나지막이 흐느끼기 시작했다. 불안에 떠는 망아지의 마음을 편안히 해주고자 할 때의 숨소리가 섞인 울음이었다. 동료가 떠났음을 그들도 알고 있었다. 할 수 있는 한 온 힘을 다해 그들은 던을 그리고 서로를 달래주고 싶던 것이다.

◆ ❈ ◆

동물들은 우리를 위로해줄 뿐만 아니라 힘든 시간에 우리를 인도해주기도 한다. 생명을 지닌 모든 것들은 태생적, 본능적으로 온갖 역경을 무릅쓰고 삶을 이어가고자 끈질기게 버틴다. 한편 모든 것을 내려놓고 피할 수 없는 운명을 받아들여야 할 시간이 왔음을 선천적으로 직감하는 능력도 있다. 던이 칼리아라는 암탕나귀를 키우며 경험한 바가 그랬다.

104 칼리아는 15년간 건강한 삶을 살아왔다. 말의 나이로

따졌을 때 중반의 나이밖에 되지 않았던 칼리아는 심각한 병을 앓았다. 식물 중독이었다. 독은 서서히 간으로 퍼져나갔고 칼리아는 메마르고 쇠약해져갔다. 더이상 일어설 힘이 나지 않을까 두려운 마음에 눕기조차 주저하게 됐다. 한동안은 수의사가 매일같이 비강 영양 튜브를 통해 음식과 약물을 투여해도 거부하지 않았다. 하지만 어느 날부터 웬일인지 칼리아는 수의사의 손길을 거부하기 시작했다. 치료와 약물을 억지로 강요할 수도 있었지만 던과 지인들은 칼리아의 의사를 존중하기로 했다.

"우리 둘 다 이제 때가 되었음을 알았어요. 무엇보다 칼리아가 우리에게 말해주는 듯했어요. 아주 또렷했어요. 마치 영어로 이야기를 하는 듯 이제 준비가 다 되었다고 말하는 듯했어요." 그녀가 말했다.

칼리아는 온 힘을 다해 걷기 시작했다. 휘청거리는 다리를 애써 내딛으며 건초가 있는 창고로 향했다. 평소 창고에 있을 때 마음이 편안해지던 칼리아는 그렇게 고요하게 침묵이 가라앉은 그곳에서 마지막을 맞이하려 했던 것이다. 이번에는 눕는 것을 망설이지 않았다. 준비가 다 되었던 것이다. 칼리아는 진정제를 거부하지 않았다. 마침내 그녀의 숨을 거둬간 시퍼런 주사 바늘을 통해 흘러드는 안락사 약물까지도 아무런 거부 없이 받아들였다. 마지막 순간까지 그녀의 눈빛은 부드러웠고 모든 것을 믿고 떠난다는 듯 편안해 보였다. 던은 확신했다. "떠나던 마지막 날 칼리아는 결정을 내렸을 거예요." 칼리아는 주변 사람들에게 생명의 존엄함과 용기를 지니고 죽음을 마주하는 교훈을 가르쳐주었다.

◆ ·❁· ◆

뉴욕에 살고 있는 한 수의사는 작은 동물들을 주로 상대해온 결과, 동물들도 마지막 순간이 오면 자신의 시간이 다했음을 안다고 굳게 믿는다. 동물들도 떠날 준비를 하고 떠나간다는 것이다. 지방동물보호협회를 총괄하고 있는 코니 하워드(Connie Howard)도 생각을 같이한다. 그녀는 미국 버몬트 주의 영하권 날씨에 자신의 고양이가

106

어느 날 어쩐 일인지 현관 밑으로 자꾸 숨어들어갔다고 한다. 동물들이 흔히 낮잠을 자는 곳이 아니기에 그녀는 의아해했다. 코니는 고양이가 아팠다는 사실조차 몰랐다. 그러나 말기 신장병을 앓고 있던 고양이 스스로는 자신에게 무슨 일이 일어나고 있는지 알았던 것이다. 고양이는 죽기 전 자신이 할 수 있는 최선을 다했다.

죽음의 문턱에 서 있는 애완동물이 문지방을 잘 넘어갈 수 있도록 절차를 밟고 도와야 하지만, 정작 사람들은 대부분 스스로 준비가 되지 않은 상태인 경우가 많다. 어찌할 줄을 몰라 한다. 어떤 사람들은 자신의 동물이 '자연스럽게' 눈을 감기를 바란다. 하지만 이런 자연스러운 죽음이란 때로 꽤 고통스러우며 그 고통의 시간을 연장시킨다. 결국 자연의 순리에 따라 맞이하는 죽음이 동물이 감당하기엔 너무 가혹하다고 느껴질 때 우리는 코니 같은 사람이나 수의사를 부른다. 그렇게 한밤중 의학의 힘을 빌려 고요히 눈을 감을 수 있는 자비를 베푸는 것이다.

누구도 그들을 탓할 수는 없는 노릇이다. 선택적으로

다른 동물의 생명을 끝내는 일은 우리가 살아가며 내리
는 수많은 결정 중 가장 어려운 일일지도 모른다. 애석하
게도 우리는 용기가 없거나 혹은 치유가 불가능한 상황
에도 헛된 긍정적인 생각에 사로잡힌다. 그리하여 고통
스러운 죽음의 시간을 연장시키고 만다.

'안락사'라는 말의 원래 의미는 '편안한 죽음'이다. 물
론 죽음이란 언제나 예기치 못한 순간에 들이닥치며, 우
리가 원하는 정확한 때에 찾아와주는 법이 없다. 나는 죽
음을 단순히 삶이 끝나는 일이라고 생각하지 않는다. 죽
음은 그 이상이다. 죽음은 적이 아닌 우리의 친구가 될
수도 있다. 안락사는 현명한 선택으로 여겨지는 경우가
많다. 불필요한 고통 대신 아픔이 없는 편안한 죽음을 맞
이하게 해주기 때문이다. 사랑하는 동물의 마지막 순간
이 고통스럽지 않고 평온할 수 있도록 해주는 방법이다.
사랑하는 누군가의 아픔을 덜기 위한 따뜻한 마음에서 나
오는 선택이라면, 어쩌면 안락사는 현명한 선택일지 모른
다. 서로의 아름다운 성장을 위한 길이 될 수 있다.

저 뽀얀 금빛 발을 핥고 있는,

아 어여쁜 나의 셀레스티노,

신은 이 땅에 아름다운 것들을 만들었지,

하지만 우리 사랑스러운 고양이는

그 모든 걸 뛰어넘지.

빛나는 황금과 견고한 철 그리고 시원한 폭포,

맛좋은 견과류, 복숭아, 사과

그리고 멋진 화강암.

이 모두가 보기 좋은 아름다운 것들이지,

하지만 우리 사랑스러운 고양이는

그 모든 걸 뛰어넘지.

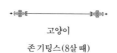

고양이
존 기팅스(8살 때)

이야기 일곱

동물과
어린아이들에게
축복을

....

아버지는 내가 다섯 살 때 돌아가셨다. 알고 있는 단어가 부족했기에 그때 내 감정을 표현하기는 어려웠지만 돌이켜보면 나는 아주 깊은 슬픔에 빠져 있었다. 친구들이 저마다 아빠에 대한 이야기를 할 때면 목구멍을 타고 올라오던 슬픔의 응어리가 생생히 떠오른다. 친구들의 대화는 어린 나이에 도무지 이해할 수 없었던, 나에게 들이닥친 운명을 다시금 상기시켜주었다.

어른들이 내가 조금 더 그 상황을 이해할 수 있도록 도와주었더라면 좋았을 것이라는 아쉬움이 남지만 당시 분위기는 달랐다. 어른들은 어린아이들이 안 좋은 사건들에 대해 알지도, 느끼지도 못하게 그들 주위에 벽을 쌓고 아무런 이야기도 해주지 않았다. 그것이 아이들을 '보호하는' 방법이라 여겼다. 어떤 어른들은 말도 안 되는 유치한 설명을 해댔지만 그런 대답은 오히려 더 많은 의문을 불러왔다. 유치원 선생님 한 분이 나에게 말했던 것처럼 말이다. "하나님이 땅에서보다 천국에서 아버지가 더 필요했대."

지금 부모이자 목사가 된 입장에서 나는 우리 아이들이 죽음을 잘 받아들일 수 있도록 도울 최상의 방법을 생각해본다. 솔직하게 단도직입적으로 이야기를 해주는 것이다. 사람의 죽음이 되었건 애완동물이 되었건 말이다.

아이들은 편안한 분위기, 질문을 해도 괜찮다고 느껴지는 상황에서는 질문을 아주 잘한다. 하지만 문제는 어른들이다. 그들은 때로 어떻게 답을 해야 할지 어쩔 줄 몰라 한다. 자기 마음이 불편해서 그러거나 아이를 냉혹한 현실로부터 지켜주고 싶다는 잘못된 이유에서 그럴 것이다. 하지만 아이들에게 신뢰감을 주는 것이 최선의 방법이다. 어른들이 자꾸 주제를 회피한다는 걸 느끼면 아이들은 더욱 부정적인 결론을 내릴 수 있다. '상황이 너무 무섭고 걱정될 만큼 좋지 않아서 대화 주제를 돌리는 거구나'라고 생각할 수 있다. 편안하게 안심을 시켜주며 솔직히 터놓고 이야기를 나누면 아이들의 걱정은 오히려 많이 누그러질 것이다.

한 가지 더 알아두자. 아이들이 묻는 '질문 뒤에 숨겨진 질문'을 들으려 하자. "왜 제 고양이가 죽은 거죠?"라는 단순한 정보를 구하는 질문이니 간단한 사실에 대한 답만 해주면 된다. 하지만 같은 질문이라도 죄책감이나 헤어짐 등 다른 속뜻이 담겨 있을 수 있다(예를 들어, "제가 고양이의 죽음을 불러왔나요? 저도 죽는 건가요?"). 이런 종류의 물음에는 자신이 이해받고 있다는 사실을 답해줌으로써 편안함과 심리적인 안정감을 주어야 한다. 물론 아이가 초등학교 저학년이 아닌 이상 "제 애완동물이 왜 죽었죠?"라는 물음은 철학적이거나 심오한 질문이 아닐 것이다. 어린아이들은 아직 그런 추상적인 사고를 할 만큼 정신적으로 성숙하지 않다. 그러니 대답하기 전에 아이가 진정 무엇을 묻고 있는지, 무엇을 알고 싶어하는지를 잘 파악하자.

또한 되도록 사실을 말하도록 하자. 애완동물이 죽고 나면 더이상 볼 수도, 들을 수도, 아무것도 느낄 수도 없다는 점을 아이가 충분히 이해할 수 있도록 설명해주자. 더이상 움직이지도 않고 다시 살아 숨쉴 수 없으며 주변 상황에 대해 아무런 고통도 느끼지 못하며 무감각해진다는 사실까지도 말이다. '우리가 잠을 재운 거야'라는 식의 완곡한 표현은 피하자. 이런 표현 때문에 아이는 죽음과 정상적인 수면의 차이에 대해 혼동을 느끼고 밤에 잠들기를 두려워할 수 있다. 애완동물이 아파서 결국 죽었다는 것을 설명하고자 한다면, 한 가지 덧붙여 말해주는 걸 잊지 말자. 아프다고 해서 꼭 모두 죽는 게 아니라는 사실을 말이다. 그렇지 않으면 당신의 아이는 기침, 감기 혹은 다른 어린아이들이라면 종종 앓는 질병으로 자신도

116

심각한 결과를 맞이할 것이라는 두려움에 휩싸일지 모른다. 그러니 그저 아이에게 솔직하게 말해주자. 모든 살아 있는 것들이 죽는 건 맞지만 어린아이들이 걱정할 일은 아니라고. 아주 오랜 시간 동안은 마음을 놓고 안심해도 된다고 말이다.

유치원생들은 생의 최후와 비가역성, 다시 말해 죽음에 대한 이해가 부족하다. 그들은 마법 같은 환상을 생각한다. 때문에 스스로가 어떤 면에서 애완동물의 죽음에 책임이 있을지 궁금해한다. 조금 더 나이가 든(여섯 살에서 아홉 살) 아이들은 죽음을 귀신이나 괴물과 연관 짓는 경향이 있다. 그들은 애완동물을 죽인 그 무시무시한 존재가 자신까지도 해치려 하는 건 아닐까 걱정한다. 아이들은 가상과 현실을 구분하기 힘든 그들만의 세계에서 살아가기 때문이다. 그러니 죽음에 대한 아이들의 질문에 단도직입적으로, 구체적인 사실에 바탕을 두고 대답해주어야 한다.

아이들을 정직하게 대하는 것 외에도 중요한 것이 있는

117

데, 그들이 감정을 표출할 기회를 주는 것이다. 어떤 아이에게는 사소한 일일지 모를 애완동물의 죽음이 또다른 아이에게는 큰 정신적 외상을 입힐 수 있다. 때로 당신의 아이가 얼마나 깊이 영향을 받았는지 파악하기 힘들 때가 있다. 아이들은 스치는 작은 일에도 슬퍼하게 마련이며 눈물을 흘리다가도 어느 순간 전혀 무관심해진다. 그러다 또 너무 지치고 기분이 나쁘다 싶으면 다시 슬퍼한다. 그러니 일단 아이의 감정이 좋지 않다고 생각하는 편이 낫다. 아직까지 겉으로 슬퍼 보이지 않을지라도 말이다. 러트거스 대학교의 심리학자 저넷 존스(Jeanette Jones)의 아동발달에 관한 연구에 따르면 아이들은 일반적으로 애완동물을 잃는 일을 가장 슬픈 경험으로 여겼다고 한다.

✦ ❊ ✦

부모도 모르고 있던 자신만의 '애완동물'이 세상을 떠나 슬퍼하는 아이들도 있다. 사실 그리 보기 드문 일은 아니다. 아이들은 이웃집 정원에 살던 두꺼비나 혼자 비밀스레 친목을 다져온 야생동물들을 하나씩 마음에 두고 있게 마련이다. 우리 교회의 종교 교육 책임자도 어린 시절 동네에 혼자만 알고 지내던 애완동물 때문에 슬픔에 잠겼던 기억이 있다고 한다. 그녀와 친구들은 동네 근처 나무가 우거진 곳에서 작은 장례식을 치렀다. 그 자리에는 그들이 묻어주었던 지렁이, 죽은 새와 한때 살아 숨쉬던 각종 생물들이 묻혀 있었다. 자세한 것들은 기억하지 못하지만 무덤은 반월형으로 놓였고 아이들은 동물들을 위한 장례식을 거행하는 것과 똑같이 식을 해주었다. 이런 과정을 통해 아이들은 삶이 마감하는 순간에 대한 자신만의 두려움과 환상을 파악할 수 있다. 때로 그런 감정 상태는 지나치게 극심해서 다루기가 힘들고 묻어두기가 어렵다. 감정을 직접 마주할 수 있을 만큼 강인해지기 전까지 아이들은 화를 내거나 집착을 통해 표면으로 감정을 드러낸다. 혹은 특정한 어떤 행동을 통해 표출하기도 한다.

죽음과 죽어감에 대한 연구로 이름을 알린 엘리자베스 퀴블러-로스(Elisabeth kubler-Ross)의 경우가 그러했다. 어린 시절 그녀는 토끼 몇 마리를 키웠다. 그녀는 토끼와 더없이 가까웠는데 세쌍둥이였던 그녀는 종종 부모님이 자신에게 관심을 가져줄 시간이 부족하다고 느꼈다고 한다. 사실상 토끼들만이 유일하게 엘리자베스를 다른 두 쌍둥이 자매들과 항상 구별할 수 있는 듯 보였다. 엘리자베스는 그들에게 매일 정성스레 밥을 챙겨줬다. 아마 그래서 다른 자매들과 엘리자베스 사이의 미묘한 차이를 토끼들은 알았을 수도 있다.

어느 날, 아버지는 엘리자베스에게 토끼장에서 토끼 한 마리를 골라오라고 하셨다. 정육점에 가기 위해서였다. 아버지는 그날 저녁식사에 토끼를 올릴 계획이었다. 6개월 후 아버지는 한번 더 구운 고기를 먹고 싶어했고 그렇게 계속해서 토끼를 골라오라고 시키셨다. 마침내 아버지는 엘리자베스가 가장 아끼던 블랙키를 지목했다. 그녀는 최후의 수단으로 토끼를 풀어주며 달아나라고 간곡

120

히 부탁했다. 하지만 토끼는 그녀에게 너무 정이 많이 든 나머지 자리를 떠나려 하지 않았다. 마지막 순간 결국 엘리자베스는 그 잔인한 심부름을 마친 뒤 어머니에게 고기를 가져다드렸다. 정육점 주인은 동물을 죽이게 되어 유감이라고 말했다. 주인은 그날 엘리자베스에게 블랙키가 여자 아이라 일러주었다. 이제 하루 이틀만 지나면 그녀는 정육점으로 한 배에서 난 아기 토끼들을 모두 가져다준 꼴이 되는 것이었다.

엘리자베스는 그 잔혹한 폭력을 느끼며 수십 년 동안 그 일을 기억 속에 꾹 눌러두었다. 성인이 되고 수백 명의 말기 환자들을 부정, 분노, 타협, 우울, 수용의 5단계 심리적 정서를 통해 치료하면서야 비로소 그녀 자신의 부정을 극복하고 몇 십 년간 마음속에 담아뒀던 분노를 올바로 인식할 수 있었다. 퀴블러-로스가 스스로의 참담한 두려움을 이겨내고 나아가 다른 사람까지 치유하게 된 모습을 통해 우리는 정신적 충격의 회복 가능성을 엿볼 수 있다.

다행히도 그런 충격적인 상실을 경험하거나 무신경한 부모를 견뎌야 하는 아이들은 많지 않다. 하지만 애완동물이 죽는 경우 많은 이들은 사랑했던 존재를 잃은 뒤 찾아오는 충격, 분노, 죄책감과 슬픔을 맛보게 된다. 죽음 자체를 아직 완전히 이해하지 못하고 자신이 느끼는 감정이 무엇인지 명확히 설명하지 못하더라도 말이다. 아이들은 시간을 두고 띄엄띄엄 슬퍼한다. 편안하지 않다고 느끼는 상황에서는 감정을 마음에 숨기고 있다. 아이들은 죽음이 무엇인지에 대해 고민하고 이해하기 위해 수년을 더 보내야 할 것이다. 어쩌면 자라나며 지적 그리고 감정적 성숙의 단계를 거치며 일전에 겪은 죽음으로 인한 충격을 불러내 다시 경험하고 새롭게 느낄지도 모른다. 그런데 한 가지 명심해야 할 사실이 있다. 아이들의 세계에서는 크고 심각한 일이 어른들에게는 한없이 사소해 보일 수 있다는 것이다. 그러니 우리는 아이들의 입장에서, 그들의 세계에서 아이들이 느끼는 바를 존중해줘야 한다.

122

어린아이들은 대부분 동물을 숭배의 대상이자 경이로운 기쁨의 존재로 여긴다. 아이들은 자신의 세계를 부분적으로밖에 이해할 수 없을지 모르지만 그들의 범위 내에서만큼은 아주 깊이 느끼고 인식한다. 작년 여름 나는 아이들이 바라보는 세상이 어른과 어떻게 다른지 확실히 알게 되었다. 나는 당시 여섯 살 난 아이 둘이 있었고 아이들은 각기 금붕어를 한 마리씩 키웠다. 시골 장에서 빈 어항에 탁구공을 던져 넣는 게임에서 이겨서 받아온 금붕어였다. 아이들은 자기 돈을 써서라도 게임을 해서 금붕어를 타겠다고 고집했다. 상품으로 동물을 나눠주는 건 잘못된 일이라며 나는 부모 된 도리로서 투덜거렸지만 먹히지 않았다. 솔직히 말하자면 금붕어를 키우는 건 나에게 그저 성가신 일이었다. 결국 금붕어를 받아 그물과 물고기 밥 등 각종 필요한 용품을 샀고 결국 이런 '공짜 상' 덕에 족히 20달러쯤 되는 돈을 썼다.

내 예상대로 물고기를 잘 키우려 많은 노력을 기울였음

에도 불구하고 두 마리 모두 며칠 만에 죽고 말았다. 마당 한쪽에 있는 빨랫줄 아래 작은 십자가를 세워두고 묻어주었다. 내가 놀랐던 건 두 아이가 물고기가 죽고 난 이후에 몇 달이 지나도 물고기에 대한 생각에 깊이 잠겨 있었다는 사실이었다. 딸아이가 학교에서 쓴 일기장에는 물고기 로지(아이가 가깝게 지내던 놀이 친구들에게 항상 붙여주던 이름)의 그림이 수두룩했다. 일 년 뒤에 아들이 쓴 자서전식의 에세이에는 물고기에 관한 이야기가 주를 이루었다. 할아버지와 할머니나 주일학교 얘기보다도, 운동 혹은 내 생각에 아이가 중요하게 여기는 듯했던 물건들보다도 더 많은 부분을 차지했다. 다음해 봄이 되었고, 나는 어느 날 저녁 물고기 묘가 있던 자리에서 은은한 사과꽃 두 송이가 가지런히 놓여 있는 걸 목격했다.

나에게 물고기는 그저 성가신 존재였지만 우리 아이들에게 금붕어 두 마리는 그 자체로 충분한 의미를 지니고 있었다. 그들은 삶의 무상함과 그를 초월하는 사랑의 상징이었다. 물론 아이들은 그 두 개념을, 아니 단어조차

124

알지 못했다. 하지만 아이들의 마음속에서 그것들은 마치 마법의 주문처럼 크게 작용했다. 아이의 내면세계에 자리잡은 알 수 없는 걱정과 상상력이 자아낸 반쪽짜리 가능성들을 어떻게 이해하고 공감할 수 있을까? 어른들은 아이들이 제 수준에 맞게 문제를 해결해나갈 수 있도록 도울 수 있다. 여기 그 방법들을 한번 살펴보자.

1。 기념일을 만들자: 아이들과 애완동물을 위한 기념일을 계획하자. 죽은 애완동물을 어디에 묻어줄 것인지 아이와 함께 의논하자. 표지판을 만들고, 무덤을 잘 꾸며주자. 사람들은 마지막 떠나보냄의 순간에 사랑과 존경을 표해야 한다. 아이건 어른이건 나이는 중요하지 않다.

2。 책 속 이야기를 들려주자: 애완동물과 이별한 청소년들을 위해 쓰인 괜찮은 책들이 많이 있다. 집 근처 도서관 사서에게 문의를 해서 아이의 나이와 상황에 알맞은 책을 추천 받아 읽어주자.

3. 애완동물을 위한 짧은 시를 짓자: 다섯 줄로 이뤄진 가장 단순한 형식의 시이다. 다음과 같은 행 구조를 따른다. (1) 대상을 명명하거나 알려주는 명사 한 개를 쓰고, (2) 두 개의 형용사를 덧붙여 앞의 명사를 묘사하고, (3) 첫째 줄에 쓰인 명사가 무얼 하는지 세 개의 동사로 표현하고, (4) 짧은 문구로 요약한 뒤, (5) 첫째 줄의 명사를 반복하거나 동의어를 쓰자. 여기 예시를 한번 살펴보자.

쌔미.

날렵하게, 발을 단단히 딛고 서 있네.

슬금슬금 다가와, 달려들지만, 그만 놓치고 말지.

아마 그런 아이는 이 세상에 또 다시 없겠지.

쌔미.

4. 애완동물의 그림을 그리거나 포스터를 만들자: 아이가 가장 좋아했던 동물의 특징들을 다시 떠올려보도록 하자. 펜과 페인트를 통해 아이들은 말로 표현하지 못하는 감정을 표출할 수 있다.

5。아이를 돌보는 사람들에게 애완동물의 죽음을 알리자:
어른들과 마찬가지로 아이들도 누군가가 자신의 감정을 알
고 슬픔을 나눌 때 좀더 상황을 견디기가 수월하다. 선생
님, 생활 지도 상담가, 학급 친구들은 다친 아이의 마음을
어루만지며 공감해줄 수 있다.

6。애완동물 용품을 기증하자: 아이가 바란다면, 혹 누군가
감사히 받아줄 곳이 있다면 아직 상태가 괜찮은 애완동물
의 가죽끈, 밥통 등 여러 용품을 동물 보호소에 기증하자.
아끼던 애완동물이 쓰던 물건들이 다른 동물에게 도움이 될
수 있다는 사실이 얼마나 위로가 되는가!

✦᭰᥊᭰✦

어떤 부모들은 슬픔에 잠긴 아이를 위해 죽은 동물의
빈자리를 가능한 한 빨리 다른 동물로 채워주고 싶어한
다. 하지만 그런 결정을 내리기에 앞서 아이와 먼저 상의
를 해봐야 한다는 사실을 기억해두자. 아직 또다른 애완

동물을 받아들일 준비가 되지 않은 아이에게 덜컥 동물을 선물하는 건 바람직하지 않다. 아이와 충분히 상의를 해보면 다른 동물을 키워도 괜찮을지 혹은 언제가 적합한 시기일지를 파악하는 데 도움이 될 것이다.

늘 그렇듯 솔직한 대화가 필요한 법이다. 죽음에 대해 알고 있는 혹은 짐작할 수 있는 것들뿐만 아니라 죽음의 그 불확실함마저도 아이와 공유해야 한다. 물론 솔직한 물음에는 응당 솔직한 답을 해줘야만 한다. 아이들에게 얼버무리지 않고 터놓고 삶의 마지막에 대한 이야기를 나누자. 그래야만 아이들은 우리 모두를 둘러싼 삶의 이 알 수 없는 수수께끼 속에서 한층 굳건한 믿음을 키워나갈 수 있을 것이다.

세상에 대한 절망이 내 안에 자라나고

내 삶과 나의 아이들의 삶이 어찌 펼쳐질까

하는 두려움에

아주 작은 소리에도 소스라쳐 잠에서 깨는 밤이면,

나는 오리들이 물 위에서 아름다운 자태를

뽐내며 쉬고,

큰 왜가리들이 먹이를 찾는 곳으로 가

드러눕습니다.

그렇게 나는 야생이 가져다주는 평화 속으로

들어갑니다.

그들은 슬픔을 미리 염려하느라

제 삶을 혹사시키지 않습니다.

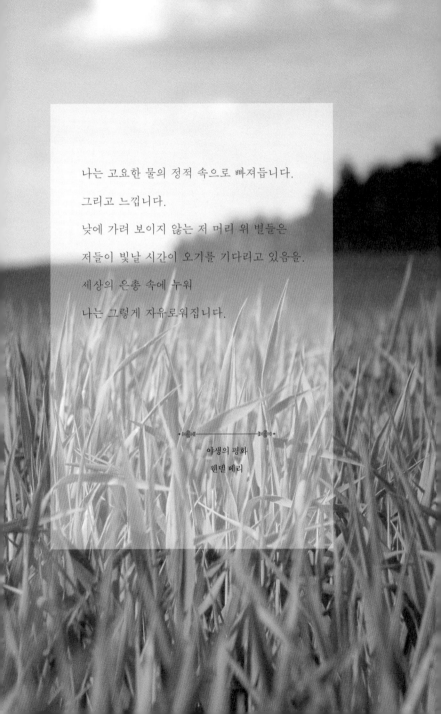

나는 고요한 물의 정적 속으로 빠져듭니다.

그리고 느낍니다.

낮에 가려 보이지 않는 저 머리 위 별들은

저들이 빛날 시간이 오기를 기다리고 있음을.

세상의 은총 속에 누워

나는 그렇게 자유로워집니다.

야생의 평화.
웬델 베리

이야기 여덟

이 땅에
말을 걸다

....

마음이 다치거나 무언가에 억눌린 듯 힘겨운 날이면 나는 자연으로부터 위안을 받는다. 집 근처에 펼쳐진 깊고 조용한 호숫가를 걷다보면 자연은 어느새 내 삶의 표면을 휘감았던 문제의 이면으로 나를 데려가준다. 고요한 자연 안에서 다시금 내 마음을 회복한다. 나무 꼭대기를 비추는 햇살은 내 영혼의 불빛이 시들어갈 때 다시 불을 붙여준다. 세상이 나에게만 너무 불공평하게 느껴질 때, 스스로에게 한탄스레 "왜 나에게만 이런 거야?"라는 질문을 하게 될 때, 나는 좀체 들리지 않던 답을 자연 속에서 얻곤 한다. 이건 사실 나에게만 해당되는 특별한 일이 아니다. '자연'은 위대한 고전 종교문학으로 꼽히는 구약 성서 가운데 한 권인 「욥기(The Book of Job)」에서 계속해서 반복적으로 다루어진 주제이다.

이야기는 한 남자에 관한 일화로 이뤄진다. 남자가 어떻게 자신이 처한 불행한 상황에 대처했는지 살펴보기로 하자. 욥에게는 불행이 끊임없이 들이닥쳤다. 욥의 잘못은 아니었다. 먼저 욥은 키우던 소와 가축들을 잃는다. 다음으로 아내와 아이들이 죽고 마지막으로 자신의 건강조차 안 좋아지고 만다. 부와 명예를 지녔던 욥은 이제는 이웃들의 연민의 대상이자 놀림거리가 되고 만다. 욥은 분한 마음에 왜 자신의 삶만 이렇게 되었느냐 역정을 낸다. 무고한 사람에게 이처럼 사악한 일들이 들이닥칠 때 도대체 정의란 어디 있단 말인가? 그는 외친다. "내가 신과 직접 이야기를 하고 내 상황을 따지고 싶다."

이런 상황 속에서 욥의 친구 셋이 찾아온다. 그들은 선의에 찬 마음을 지녔지만 비교적 무신경한 친구들이었다. 과연 집을 잃고, 생계 수단을 몽땅 잃고 가족마저 잃은 사람에게 무어라 말해줘야 할까? 여기저기 물집이 잡힌 채 잿더미 속에 앉아 깨진 냄비로 아픈 상처를 긁어내고 있는 사람에게 도대체 무슨 말을 해줄 수 있을까? "나도 그 기분 잘 알아"라는 말은 어쩐지 도움이 되지 않을 듯 보인다.

상실의 아픔을 경험한 사람에게 위안을 줄 수 있는 말을 찾기란 결코 쉽지 않다. 하지만 주의를 한다면 몇 가지 실수는 피할 수 있다. 조언을 주는 말("그렇게 심각하게 받아들이지 마."), 고통을 과소평가하는 것(애완동물의 경우. "동물일 뿐이잖아."), 혹은 슬퍼하는 사람에게 전혀 도움이 되지 않는 긍정적인 위로를 해주는 것("하나님의 뜻일 거야." 혹은 "다 잘 되려고 그러는 걸 거야.") 등은 부적합한 말들이다. 안타깝게도 욥의 친구들은 이 모든 실수를 그에게 한다. 그들은 비판보다 연민이 필요한 이에게는 도움이 되지 않았다. 혼을 내기보다는 손을 꼭 잡아줄 사람이 필요한 사람에게는 부적절한 위로였다.

이웃 사람들은 욥을 함부로 대하고 이해해주지 않았다. 그 와중에 욥은 계속해서 신에게 시위했다. "아, 내가 신이 어디 있는지 찾을 수만 있다면 그의 자리로 찾아 간다면! 내 상황을 들려주고 억울한 내 이야기를 다 털어놓을 테지." 욥은 그의 불만과 요구 사항들을 항목별로 적어 놓고 신에게서 이 세상에 대한 설명과 변명을 듣는다. 신의 대답은 인간의 관점에서 봤을 때 지독히 불합리해 보이는 부분이 많았다. 그렇게 욥은 소원을 성취한다! 전지전능한 신이, 천지의 창조주가 대대적으로 그 앞에 모습을 드러낸 것이다.

하나님은 욥에게 자연의 경이로움을 바라보라고 말한다. 눈과 우박이 내려앉은 서리 낀 창고, 바람과 비의 숨겨진 원천, 저 높이 아치 모양의 구름과 머리 위에 빛나는 별자리…… 무엇보다 하나님은 욥에게 놀랍도록 다양한 동물들의 세계에 대해 생각해보라고 말한다. 산양, 황소와 다 자란 종마, 사나운 악어와 하마. "매가 떠올라서 날개를 펼쳐 남쪽으로 향하는 것이 어찌 네 지혜로 말미

136

암음이냐?" 하나님이 욥에게 이의를 제기한다. "독수리가 공중에 떠서 높은 곳에 보금자리를 만드는 것이 어찌 네 명령을 따름이냐?" 이 이야기의 마지막 장은 세계적으로 가장 인상적이고 영감을 주는 구절을 담고 있다. 독자들은 글 속에서 그려지는 창조의 에너지가 생생히 깃든 거칠고 자유로운 세상의 이미지에 놀란다.

◆◦{❀}◦◆

「욥기」가 특별한 이유는 성경에서 가장 긴 현현(顯現)을 담고 있기 때문이다. 여기서 말하는 현현은 신의 존재가 드러나는 순간을 말한다. 「욥기」에서 하나님은 예상치 못했던 모습으로 등장한다. 모든 답을 거머쥔 권위자가 아닌 심문을 하고 질문을 구하며 때로 풀 수 없을 듯한 수수께끼를 낸다. "내가 땅의 기초를 놓을 때에 네가 어디 있었느냐?" 하나님이 묻는다. "네가 깨달아 알았거든 말할지니라."

상실의 순간에 우리는 욥처럼 수많은 질문에 휩싸여 마

음이 괴롭다. 두서없이 들이닥친 삶의 불협화음 뒤에 과연 숨겨진 화음이 있긴 한 걸까? 교훈이 그 안에 담겨 있는 걸까? 희망은 어디서 찾을 수 있단 말인가? 「욥기」는 죽음을 둘러싼 불확실성은 보편적인 것이며 이에 대해서는 쉽고 빠른 답도 없다고 말한다. 하지만 '모르는 것'은 어쩌면 역설적이게도 앎을 향한 관문일 수 있다.

'질문들'은 '탐색'으로 이어진다. 의미를 찾는 과정 자체가 치유와 구원이 되는 것이다.

그리하여 욥은 답을 구한다. 물론 그가 예상했던 답은 아니다. 그의 고충은 여전히 풀리지 않고 그는 불만에 대한 논리적인 답을 얻지도 못한다. 대신, 그는 영적인 체험으로 빠져든다. 장엄한 자연을 통해서였다. 욥은 마지막 장에서 하나님에게 이렇게 이야기한다. "내가 주에 대하여 귀로만 들었사오나 이제는 내 눈으로 주를 보나이다." 이성적인 입증을 통해서가 아니었다. 욥은 심오한 인식의 전환을 통해 다시금 삶의 아름다움을 음미할 수 있었다.

138

치유란 어쩌면 우리가 발을 디디고 있는 땅보다도 더 가까이 우리 곁에 존재하는지 모른다. 「욥기」를 통해 내가 깨달은 바가 그렇다. 물론 누구도 종교적인 자각을 인위적으로 만들 수는 없다. 하지만 욥처럼 우리는 플레이아데스 혹은 오리온이나 작은곰자리와 함께 큰곰자리를 올려다볼 수 있다. 그리고 무한함의 어렴풋한 빛을 볼 수 있다. 바다 옆에서 그 광활하고 불가사의한 힘을 감지하며 그에 반해 우리가 지니고 있던 스스로의 문제가 차츰 작아짐을 느낀다. 연구에 따르면, 병원에서 창문 너머로 아스팔트 건물이나 벽돌, 콘크리트가 보일 때보다 나무와 잔디 그리고 새들이 보일 때 환자들이 훨씬 더 빨리 회복했고 치료받는 데 약이 덜 들었다고 한다. 자연의 세계는 회복과 재생의 속성을 지닌다. 우리는 이를 통해 마음과 정신뿐 아니라 몸까지 치유할 수 있다.

◆⋅❀⋅◆

　몇 년 전 이 사실을 다시 한번 되새긴 기회가 있었다. 사별을 당했거나 임종을 기다리고 있는 사람들을 위해 지역 호스피스 프로그램의 일환으로 봉사를 나선 성인 남녀와 만남을 가졌을 때였다. 그날의 화두는 영성이었다. 강사는 한 사람씩 질문을 던졌다. "당신의 영혼이 높이 솟아오를 때는 언제입니까?" 그날 만남엔 스무 명 정도가 참석했다. 그중에는 퀘이커교인, 가톨릭신자, 유대인 등이 있었고, 특별히 종교가 없는 사람들도 있었다. 방 안에는 서로 다른 배경에서 온 사람들이 가득했지만 그들에게는 한 가지 공통점이 있었다. 모두 자연을 통해 다시 생기를 얻고 회복을 했다는 것이다. 해가 지는 황금빛 하늘을 지긋이 바라보고 수목 한계선 너머로 하이킹을 할 때, 수킬로미터에 걸쳐 펼쳐지는 풍경은 우리 모두의 마음속에 무언가 깊은 일렁임을 자아냈다. 다른 곳에서 기쁨을 찾는 사람도 있다. 음악이나 침묵 혹은 성서나 예배 역시 같은 역할을 해주었다. 그러나 우리 모두 이

140

땅과 바다, 하늘의 힘에 한껏 고무되고 영감을 받는다는
사실에는 예외가 없었다. 우리가 「욥기」에서 읽었던 다
음 구절처럼 말이다.

이제 짐승들에게 물어보라. 그들이 너를 가르치리라.

공중의 새들에게 물어보라. 그들이 너에게 말해주리라.

아니면 땅에게 고하라. 그리하면 그것이

네게 가르쳐주리라.

또 바다의 고기들도 네게 선포하리라.

이것들 중 그 어느 것이 주께서 이 일을 이루신 줄

알지 못하겠느냐?

모든 생물의 혼이 그의 손 안에 있느니라……

모든 생명 속에는 저마다 신성한 원리가 있다. 우리가
애완동물을 그토록 소중히 생각하는 이유 중 하나는 그
들이 우리에게 삶의 기적을 상기시켜주기 때문이다. 하
지만 그들이 우리 곁을 떠났을 때에도 세상은 여전히 근

사하다. 그들은 우리에게 가르침을 주고 우리를 변화시키는 대단한 능력을 품고 있다.

삶의 선율을 잃어버렸는가? 그렇다면 시간을 내어 자리에 앉아 숲속 시냇물의 노랫소리를 들어보자. 실의에 빠져 낙심해 있지는 않은가? 산에게 속삭이고 있는 새들의 지저귐에 귀를 기울여보자. 우리가 마음을 열고 받아들이기만 한다면 지구상에 우리와 함께 살아가고 있는 생명들은 우리의 고통을 달래줄 수 있다. 그들이 비록 '왜?'라는 우리의 질문에 일일이 명쾌한 답을 말 그대로 '말'해주지는 못하겠지만 독수리의 날개를 떠올려보자. 그들의 날개는 우리가 좌절하고 있을 때 우리를 하늘 위로 힘껏 솟아오르게 해준다.

따뜻한 여름 햇볕이여,

다정하게 이곳을 비춰라.

따뜻한 서풍이여,

부드럽게 이곳에 불어라.

위의 푸른 잔디밭이여,

가볍게 누워라,

가볍게 누워라.

잘 자라, 내 사랑아,

잘 자라,

잘 자라.

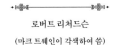

로버트 리처드슨

(마크 트웨인이 각색하여 씀)

이야기 아홉

편안히
잠들기를

우리 신도들은 매주 뉴잉글랜드 어느 예배당에 모여 예
배를 드린다. 구식 건물 옆으로는 작은 정원이 하나 있는
데 그곳에는 먼저 떠난 신도들의 유해가 안치되어 있다.
푯말을 따로 세워놓지는 않았다. 그저 추억만이 그 자리
를 메우고 있을 뿐이다. 유골 단지나 보관 용기를 땅 밑
에 묻어둔 것도 아니다. 그리하여 유해는 다시 땅으로 돌
아갈 수 있었다. 대리석 묘비나 단단한 화강암 기념비를
세우는 일은 나에게 중요하지 않았다. 그런 돌과 달리 삶
을 소중하게 만들어주는 것들은 예컨대 사랑과 우정으로

147

무척 유약하고 깨지기 쉬운 것들이다. 하지만 정원을 아름답게 꾸며주는 꽃처럼 사랑과 우정 또한 언제나 피고 지기를 반복하게 마련이다.

　아주 먼 옛날부터 사람들은 유해를 그렇게 땅에 묻어왔다. 이는 인류의 시작과 그 시기를 같이할 정도로 아주 오랜 관습으로 전해졌다. 어쩌면 이 관습은 인류의 역사보다 더 오래되었을지도 모른다. 다른 종들에게서도 이와 비슷한 의식을 찾아볼 수 있다. 코끼리는 동무가 죽었을 때 흙과 덤불로 시신을 덮는다. 마치 사람이 친구나 가족이 죽어 땅에 묻을 때와 같은 방식이다. 오소리 또한 같은 방식으로 시신을 처리한다고 한다. 무덤 주변을 빙빙 돌며 구슬프게 훌쩍이기도 한다. 어떤 이유에서건 – 마무리를 짓기 위해, 죽은 자에게 존엄을 표하기 위해 혹은 우리 스스로도 완전히 이해하지 못하는 어떤 원시적 필요를 충족시키기 위해 – 결국 인간도 동물도 같은 목적으로 유해를 묻는다. 떠나간 이의 잔해를 그들이 태초에 생겨난 땅으로 보내주고자 하는 것이다.

고대인의 무덤에는 다른 동물의 유해가 함께 묻혀 있기도 하다. 고고학자들은 이스라엘 북부 지방에서 두 개의 해골이 나란히 묻혀 있는 무덤을 발굴했다. 나이가 지긋한 사람과 몇 달 된 개의 유해였다. 그 둘은 그렇게 약 1만 2천 년 전에 함께 묻힌 것이다. 감동적인 것은, 사람의 손이 개의 어깨 쪽에 조심스레 놓여 있었다는 점이다. 마치 개를 쓰다듬거나 보호하려는 듯 보였다.

함께 묻힌 동물을 보며 한 가지 의문이 생길 수 있다. 그럼 동물을 고의로 죽였을까? 아니면 그렇게 함께 묻힌 경우는 개든 사람이든 죽은 이를 따라 목숨을 끊은 것일까? 어떤 경우이건 발굴 과정에서 드러난 개와 사람의 모습을 통해 우리는 시간을 초월하여 연결되어 있는 사람과 애완동물을 볼 수 있다. 죽음을 초월하는 그런 관계 말이다.

◆◦§❀§◦◆

발레리 포터(Valerie Porter)의 책 『충실한 벗들(Faithful

Companions)』에서는 동물을 숭배한 고대 이집트 사람들에게는 개들을 위해 장례식을 치르는 게 흔한 일이었다고 한다. 이집트의 법으로 특별히 보호를 받았던 개들은 신전의 수호자로 여겨졌으며 사후에 미라로 만들어졌다.

'아누비스'는 지하세계 입구를 지키는 신으로 죽은 자의 영혼과 저승길을 함께 지났다. 개의 형상을 −자칼의 머리− 한 이 신비로운 모습의 아누비스는 짐작건대 현세의 평범한 개과 동물들을 남다르게 만들어주었을 것이다. 동물을 초자연적인 존재로 숭배하던 문화에서조차 애완동물을 현실적인 존재로 사랑하고 보살폈을 것이라 믿는 이들도 있다. 이집트 고왕국 파라오 쿠푸의 피라미드 근처의 석판에는 파라오로부터 그의 개에 대한 다음과 같은 글귀가 새겨져 있다. 이는 당시 사람들이 동물들에게도 개인적인 관심을 가졌다는 걸 보여준다. "이 개는 그 주인의 수호자였다. 주인은 개를 의식에 따라 묻으라고 명했다. 왕족들이 쓰는 관을 주고 향과 고급 리넨을 양껏 사용하게 하였다."

고양이도 역시 소중히 여겨졌다. 이집트에는 '바스트(bast)'라고 불리는 고양이 여신이 있었다. 고양이가 죽고 난 뒤에는 그 시체를 미라로 만들어 보존하고자 많은 노력을 기울였다. 방부 처리를 하고 관에 넣어 나일 강유역에 묻었다. 애완 고양이를 잃은 사람들은 눈썹을 미는 행위로 애도를 표현하기도 했다.

최근 중동에서 또다른 무덤이 발견되었다. 고고학자들은 450 B.C.E.* 때 것이라 잠정적으로 발표했다. 무덤 안의 동물들은 일제히 자연적인 원인으로 죽은 듯했으며 몇몇은 관절염을 앓은 흔적이 보였다. 남은 뼈대로 보아 그레이하운드 종으로 보이는 개들은 한 마리씩 저마다 세심하게 묻혀 있었다. 귀족 계층 사이에서 귀히 여겨지던 사냥개였던 것이다. 물론 그보다 계층이 낮은 사람들 역시 키우던 동물들을 비슷하게 대우했을 것이다. 영구적인 기념비를 세우지는 못했겠지만 비슷한 무덤을 파고 묻고 기렸을 것이다.

이렇듯 반려동물들을 위해 적합한 안식처를 마련해주

•
B.C.E. ———
Before the Common Era 비크리스트교도에 의한
B.C.에 대한 기호로 기원전을 뜻함. ─ 편집자

고자 하는 마음은 오래전부터 내려온 전통이다. 물론 매장이 실용적인 측면도 있다. 시체를 땅 속에 묻으면 영구적이고 위생적인 처리가 가능하다. 또다른 의미에서 매장은 자연도 죽음을 비통해한다는 미신에서 나온 관행일지 모른다. 새로운 삶이 뿌리내리기 전에 토양을 갈아엎고 잔디밭을 갈아야 한다는 것이다. 오늘날까지 북아메리카와 유럽에서는 애완동물을 위한 특별한 장례 방식이 100년 넘도록 행해지고 있다.

몸집이 작은 동물에게는 뒷마당 정도가 적합하다. 개가 죽었다는 소식을 듣고 정신을 잃고 쓰러질 정도로 유난히 화를 내고 히스테리를 부리던 한 여성은 남자 친구의 말에 따라 직접 무덤을 파고 두 손으로 직접 개를 그 안에 안치했다. 그녀는 덕분에 도움을 많이 받았다고 한다. 무덤을 흙으로 메우고 그 위에 '사랑이 잠든 이 곳'이라는 글귀를 새긴 돌을 세웠다. 그 모든 것은 그녀의 개를 위한 실질적인 절차였다. 정성스러운 이별의 표현을 통해 그녀는 힘든 시간을 이겨낼 수 있었다.

152

죽은 동물의 몸을 스스로 처리하다보면 우리는 돌이킬 수 없는 죽음을 객관적으로 직시하게 된다. 상실로 인한 슬픔을 조금 더 편히 누그러뜨리기도 한다. 물론 동물 장례식을 맡아 해주는 업체를 부르는 것을 선호하는 사람도 있다. 화장하기 위해 수의사나 동물병원 혹은 지역 동물보호단체에 도움을 구하는 이들도 있다. 절차는 모두 다를지 모르지만, 죽음이 드리워진 상황에서조차 삶이 결코 끝나지 않았다고 믿고 싶은 마음은 모두 같다. 작가 메리 캔트웰(Mary Cantwell)은 《뉴욕 타임스》에 그녀가 키우던 고양이의 죽음에 대한 글을 썼다. 글을 통해 그녀는 이별의 과정에서 의식적인 절차를 밟아야 할 필요성에 대해 말한다.

봄이 되면, 꽁꽁 얼어붙었던 땅이 풀리고 나는 영안실에 안치되었던 작은 상자에 담긴 유해를 받게 될 것이다. 나는 칼립소의 잔해를 한적한 시골에 가지고 가서 해변의 자두 덤불 아래 묻어줄 것이다. 그곳에는 내 첫번째 고양이와 큰딸의 새끼 고양이가 함께 안치되어 있다. 그곳에는 고양이 석상이 몸을 웅크린 채 나뭇가지 아래 놓여 있다. 실은 정원 장식용으로 친구에게서 받은 선물이었는데 지금은 묘비 역할을 해주고 있다. 매장을 하는 과정에서 간단한 의식이 치러질 것이다. - "안녕, 칼립소"라는 말과 작별의 축배- 이 모든 게 거창해 보이고 바보 같아 보일지도 모른다. 하지만 나는 전혀 개의치 않는다. 형식을 갖춘 의식을 치르는 것은 내가 삶을 타개해나가는 과정 속에서 나를 부축해주는 목발이다.

하지만 의식을 치르는 건 우리에게 목발 이상의 역할을 해준다. 의식 절차는 우리가 보낸 시간을 신성하게 해준다. 의식을 통해 동물과 함께했던 특정한 순간들은 그 의미를 찾고 중요해진다. 애완동물이 우리 삶에 찾아와 잠시 존재했다는 식의 찰나의 순간으로만 기억되지 않도록 해준다.

154   앞서 나온 절차상에서 사람들이 꼭 엄숙하고 슬픈 표정

을 지어야 하는 것은 아니다. 진지하되 결코 침울하지 않을 수도 있는 것이다. 나의 친구는 앵무새의 장례식에 함께할 작은 장난감 인형들을 모았다고 한다. 묘비명도 기발했다. '그녀는 자신이 고양이라는 사실을 결코 알지 못했다.' 이런 마지막 인사가 다소 경솔해 보일 수도 있겠다. 하지만 웃음과 눈물은 떼려야 뗄 수 없는 사촌 같은 것들이 아닌가? 누군가의 죽음을 기념하고 식을 치르는 것은 힘든 삶의 시기에 안주하려는 것이 아니다. 가슴 저미는 죽음의 순간이 가져다주는 감사해야 할 것들, 오히려 다행이다 싶은 일들을 기념하기 위한 것이다.

애완동물을 묻는 것은 사람을 매장하는 것보다 거창하지 않고 간소하게 치러진다. 사람들은 대개 비공식적인 작별을 선호하며 저마다 색다른 방식으로 동물과 이별한다. 물론 마지막 인사란 그런 절차 못지않게 진실된 일이어야만 한다. 리처드 마이어(Richard Meyer)와 데이비드 그레드올(David Gradwolh)은 〈내 생애 최고의 개〉라는 글에서 두 가지 묘지를 비교한다. 군 묘지인 샌프란시스코

국립묘지와 군 관계자들이 키우던 동물이 안치되는 근처 프레시디오 애완동물 묘지가 그곳이다. 전자에는 다소 삭막해 보이는 모습으로 정갈하게 동일한 흰 푯말이 줄 지어 세워져 있다. 동물 묘지에는 저마다 집에서 만들어 온 묘비들이 이곳저곳 활기를 띠며 조금은 촌스러운 장 식을 달고 자리를 뽐내고 있다. 살아 있는 식물이나 조 화, 헬륨 풍선이나 색색의 리본들이 달려 있고 계절에 빛 바랜 개와 고양이들의 사진이 놓여 있다. 그 옆에는 '추 잉 껌'이 봉지째 쌓여 있었다. 묘비에 새긴 글귀에는 소 박하고 진실된 마음이 담겨 있었다. 초록 물 도마뱀 제인 의 묘비도 마찬가지였다.

그녀는 꼬박 10년을 살았다. 나에게는 최고의 도마뱀이었 고 그런 제인을 나 에밀리는 무척 그리워할 것이다. 제인의 친구였던 랜달, 폰초, 넬리, 이구아나 아저씨, 토끼 루시 그 리고 그녀를 사랑했던 다른 수많은 이들도 그녀를 가슴 깊 이 그리워할 것이다.

156

사람의 기념비와는 달리 동물의 묘비에 남길 글귀는 꼭 차분하게 절제하여 새길 필요가 없다. 오히려 즐겁고 유쾌한 글귀가 더 많다. 물론 동물들 역시 충분한 예우를 갖추어 묻혀야 한다. 스물한 발의 축포도, 국기로 싼 관도 필요 없으며 심지어 관악단의 연주가 그들이 떠나는 길을 빛내주는 것도 아니지만 말이다.

언젠가 치누크를 땅에 묻어야 할 때가 올 것이다. 그때 나는 아마 〈올드랭사인*〉을 부르고 싶어질 것이다. 가족 앨범을 넘겨보면 소중한 사진들과 함께 그 자리를 지켜줄 내 개의 사진도 그 안에 있을 것이다. 나는 많은 눈물을 흘릴 것이다. 커튼을 입에 물고 먹으려던 모습을 떠올리며 한두 번 낄낄거리며 웃을지도 모른다. 한편으로 추억이 담긴 사진들을 보며 안심이 될 것이다. 그들의 유해가 어디에 놓여 있든 —자두나무든 체리 나무 아래이든, 화강암 기념비 아래이든, 바람 속으로 흩어졌든— 우리 동물들은 편히 잠들 것이다. 그들에 대한 기억은 우리 가슴속에 영원히 남을 것이다.

157

●
올드랭사인 Auld Lang Syne ————
영국 시인 로버트 번스의 가곡. '그리운 옛날'이라는 뜻으로 한국에서는 '석별'이라는 이름으로 알려졌다. 이별할 때 부르는 노래이지만 내용은 다시 만났을 때의 기쁨을 노래한다. — 옮긴이

모든 것 속에서 신을 발견하라,

신은 모든 것 속에 있으므로.

모든 존재는 저마다 신으로

가득 차 있으며 신에 대한 책과 같다.

모든 존재는 신이 들려주는

한마디 말씀과 같다.

마이스터 에그하르트
(14세기 독일의 수도원장)

이야기 열

치유가 되는
말 한마디

목사직을 지내며 나는 장례식에서 수없이 많은 추도사를 읽어왔다. 그중 가장 힘겨웠지만 동시에 어느 때보다도 치유가 되었던 순간은 나의 할아버지를 위한 추도사를 전할 때였다. 할아버지와 나는 무척 가까운 사이였다. 때문에 연설을 하는 동안 격한 감정에 휩싸여 쉽게 빠져나오지 못했다. 말을 잇기가 어려워 나는 중간에 몇 차례나 멈춰가며 추도식을 이어나가야 했다. 목소리가 떨려오고 곧 울음이 터질 것만 같은 순간이었지만, 동시에 이상할 만큼 극도로 행복하다고 느끼기도 했다. 할아버지와 나눴던 끈끈한 관계 속에서 나오는 아주 깊은 감사의 마음과 기쁨을 느낀 것이다. 그때의 경험을 통해 나는 깨달았다. 우리가 밖으로 내뱉는 말은 큰 힘을 지니고 있다. 말 한마디가 어떤 풍부한 경험으로 바뀌어 우리에게 다가올 수 있는지를 마음 깊이 깨달았다. 내 안에 존재하는 사랑의 마음을 목소리로 표현하면서 우리는 그 사랑에 생명을 불어넣고 힘을 심어준다. 죽음을 뛰어넘는 강한 힘 말이다.

추모식을 진행하다보면 나는 누군가를 잃고 슬픔에 잠긴 사람들을 만나고 그들을 상담해주기도 한다. 사람들은 사랑하는 이들에게 전할 추도사를 쓰며 밖으로 읽혀질 말의 힘을 믿는다. 말 그대로 추도사에 적히는 '좋은 말들'은 떠나간 사람이 왜 나에게 잊을 수 없는 존재인지, 그가 얼마나 소중한 사람이었는지 등을 짧게 정리한다. 동물을 위한 추도사는 편지나 시의 형태를 취한다. 혹은 회고의 글을 통해 그 동물이 얼마나 사랑스럽고 특별했는지 그 특징들을 돌아볼 수 있다.

162

물론 한 사람의 삶을 두어 마디 말로 요약한다는 것은 절대 충분할 수 없다. 3차원의 세상 속에서 살아 숨쉬는 생명을 2차원적인 종이에 글로 줄여서 집어넣을 수는 없는 것이다. 하지만 소중한 동물을 누구보다도 사랑스럽고 특별하게 만들었던 이유에 대해 하나씩 표현을 하다 보면 우리는 새삼 깨닫게 된다. 이전에는 충분히 느끼지도 또 입 밖으로 말해본 적도 없는 미묘한 감정과 세세한 부분들을 새롭게 발견하게 된다.

◆·❧·◆

지금까지 수많은 추도사를 작성해봤지만, 그건 매번 새롭고 어려운 작업이다. 떠나간 사람의 삶의 본질을 절묘하게 포착하여 글을 잘 작성했을 때에는 목사 일 중에서 그만큼 만족감을 주는 일은 없다고 느끼기도 한다. 어려운 일이지만 참 보람된 일이다. 나의 말 한마디가 변화를 가져올 수 있다는 것을 안다.

나의 말을 적어 내려가는 일에는 몇 가지 좋은 점이 있다. 글을 쓰기 위해서는 먼저 열심히 자료를 모아야 한다. 지난날의 기억의 샘을 흔들어 깨워야 한다. 앞으로 두고두고 간직할 유품을 모으기도 한다. 사진이나 잉크에 찍은 발바닥 등 시간이 지날수록 더욱 소중해질 기념품들을 들추게 된다. 자신이 쓴 글을 소리 내어 읽는 데에도 다 그만한 이유가 있다. 동물들이 우리에게 가져다준 영향을 더욱 강조하고 감각을 곤두세움으로써(혀로 음절 하나하나를 만들어내고 스스로의 음색을 귀를 통해 듣는 것) 동물이 우리에게 지닌 의미를 의식 속에서 더욱 깊이 있는 인상으로 남게 해준다.

모든 추도사에는 도입부와 중반부 그리고 마지막이 있다. 삶의 여정을 그대로 닮아 있다. 글을 쓰는 동안 우리는 중심 줄거리에 초점을 맞추며 중요한 세부 사항들을 빼놓지 않도록 주의한다. 떠나간 사람의 삶 가운데 중요한 순간은 언제였을까? 나의 사랑하는 동물이 우리 삶에 어떤 변화를 가져다주었던가? 삶 속의 경험을 이야기의 형식으로 풀어나가면서 우리는 삶을 더 잘 이해하게 된

164

다. 살아가는 의미를 깨닫게 되고 이야기를 맺음으로써 실제 눈앞에 들이닥친 죽음을 받아들이고 마음을 정리할 수 있다. 끝없는 과정 속에서 이어지는 삶이라는 원고가 마침내 완전히 막을 내린다. 삶이 끝나는 것만이 아니다. 하나의 이야기가 마무리되는 것이다.

◆◦◦◦◦◆

수많은 저명한 작가들은 그들의 애완동물에게 바치는 찬가를 써왔다. D.H 로렌스(D.H Lawrence, 〈렉스〉), 제임스 서버(James Thurber, 〈개에 관한 짧은 묘사의 글〉), 메이 사튼(May Sarton, 〈털이 달린 사람〉), E. B. 화이트(E. B. White, 개 데이지에 관한 사망 기사 끝을 이렇게 장식했다. "그녀는 삶의 냄새를 킁킁 맡으며 세상을 떠났고, 그 일을 즐겼다."). 극작가 유진 오닐은 그의 작품 『아주 특별한 개의 마지막 유언(Last Will and Testament of an Extremely Distinguished Dog)』에서 그의 달마시안 개 실버든(시드)이 편히 쉴 수 있는 마지막 안식처를 상상 속에서 이렇게 그려보았다.

식사 시간마다 항상 즐거움이 넘치는 곳.

저녁이면 영원히 타오르는 백만 개의 불꽃이 있는 곳.

따스한 모닥불 가에 웅크리고 앉아 불꽃을 바라보며,

지상에서의 용감했던 젊은 날들과

주인의 사랑에 대한 추억을 떠올리며

꿈꿀 수 있는 곳.

　반려동물을 위한 추모시를 지은 시인들도 있다. 영국의 낭만주의 시인 바이런 경은 영국 뉴스테드 수도원에 위치한 자신의 개 보우썬의 묘비에 다음과 같은 시를 남겼다.

이곳 근처에

그의 유해가 묻혔도다.

그는 아름다움을 가졌으되 허영심이 없고,

힘을 가졌으되 거만하지 않고,

용기를 가졌으되 잔인하지 않고,

인간의 모든 덕목을 가졌으되

그 악덕을 갖지 않았다.

그 친구의 무덤을 기리고자 여기 묘비를 세운다.

내 생애 진정한 친구는 단 하나였고,

여기에 그가 묻혔도다.

✦ ❧❀❧ ✦

명문가여야만 의미 있는 추모사를 쓸 수 있는 것은 아니다. 유명한 시인이나 베스트셀러 작가일 필요도 없다. 실제 내 동료 목사 엘리자베스 타복스(Elizabeth Tarbox)는 무척 깊은 감동을 주는 추모사를 적었다. 좋은 친구가 내 곁을 떠날 때 몰려오는 슬픔과 회상의 감정이 잘 드러나는 글이었다. 나는 오래도록 그녀의 글을 흠모했고 교구 회보에 실린 추모사를 보자마자 스크랩을 해두었다. 신중하게 잘 고른 단어들이 모여 한마디의 말이 되고, 결국에는 그 말이 우리 삶을 송두리째 흔들어 깨울 수 있다는 걸 그녀의 글은 여실히 보여줬다.

나탈리는 황금빛의 흰 기니피그였다. 입술은 도톰했고 살집이 있던 배는 통통했다. 우리는 사랑과 따뜻한 보살핌으로 나탈리를 우리의 삶 속으로 들였다. 야금야금 시금치와 민들레를 즐겨 먹고 코끝에 딸기 향이 닿을 때면 주체할 수 없는 황홀함에 빠졌다. 나탈리는 그녀의 짝 프랭크에게도 축복 그 자체였다. 그들은 우리를 믿고 새끼 강아지를 보듬게 해주었고 언젠가 새끼들을 다른 곳으로 보내게 되었을 때도 우리를 이해하고 용서해주었다.

나탈리가 아프기 시작하자 우리는 수의사에게 그녀를 데려갔다. 그곳에서 나탈리가 다시는 회복될 가망이 없다는 소리를 들었다. 우리는 마음을 먹었다. 우리 인간에게 주어진 선택이자 방법이었다. 그렇게 의사에게 그녀를 편히 잠재워달라 부탁했다. 그런데 나탈리는 무슨 일인지 그 자리에서 잠들지 않았다. 그녀는 내 무릎에 누워 부들부들 몸을 떨며 한숨을 내쉬었다. 그러다 어느 순간 그 작고 둥그스름한 몸을 내 무릎 위에 남기고 영원히 떠나갔다. 우리가 함께 나눈 아름답던 날들을 남긴 채 그렇게 눈을 감았다.

168   나는 생각에 잠겼다. 이 얼마나 신기한 일인가. 그 작은 동

물이 내 마음을 이렇게 흔든다는 사실이. 5년도 채 살지 못하는 그 작은 생명 때문에 내가 한 동물의 삶을 좌지우지할 수 있는 인간의 권리 앞에서 나의 양심과 사투를 벌이고 있다니. 이 얼마나 이상한 일인가. 이 생명을 잃은 털이 달린 생물이, 이제는 몸만 남기고 떠나간 이 동물 때문에 내가 눈물을 흘린다는 사실이.

나는 기니피그에게 인격을 부여했다. 나는 우리 집에서 그 아이가 편히 쉴 수 있는 보금자리와 존중받아 마땅한 존엄함을 주었다. 어찌하여 나의 사랑으로 그 아이는 설치류의 한 종이 아닌 그 이상의 존재가 되었다. 나의 보살핌을 받아줌으로써 그 아이 역시 나를 존엄하게 만들어주었다. 우리 가정에 아름다움을 가져다주었고 나에게 누군가를 보살피고자하는 마음과 사랑의 감정을 일깨워주었다. 다행이었고 또 감사했다. 그 아이는 나를 신뢰했고 그리하여 그녀의 믿음 속에서 나는 진실로 믿음직한 사람이 되었다.

정말 대단한 일이 아닌가. 아주 작은 생물이 우리의 영혼을 그렇게까지 강렬히 뒤흔들 수 있다는 사실이. 작은 생명일수록 또 우리에게 의지를 더 많이 할수록 우리가 느끼는 책임감은 더욱 커지는 법이다. 순수한 동물들을 보며 우리는 지혜를 배운다. 그들이 걱정 없이 태평하게 사는 만큼 우리는 더욱 그들을 배려하고 보살피고자 한다.

아이를 키우는 부모로서 나는 아이를 돌보고 키우며 스스로도 한층 성장할 수 있었다. 애완동물의 주인으로서도 내가 더욱 사람 냄새나는 한 인간이 될 수 있었던 데에도 동물을 보살피는 일이 한몫했다. 타복스 목사는 나탈리를 위한 추모사를 아래와 같은 기도로 마무리한다. 살아 숨쉬는 다른 생명에게 들려줘도 좋을 내용이다.

위대하신 하나님, 우리가 동물과 친구가 될 수 있게 하소서. 단비 같은 지상에 그들과 함께 존재하는 우리에게 책임감을 심어주소서. 동물을 다룰 때 너그러워지기를, 우리가 가진 힘을 긍휼로 베풀고 잔인함은 피할 수 있기를, 그들의 존엄함을 무시하지 않기를, 그들의 살과 가죽을 헛되

이 사용해 겉모습을 가꾸지 말기를, 그들만의 삶의 공간에서 좋은 삶을 살 수 있는 동물의 권리를 존중해줄 수 있게 하소서. 동물을 다룰 때 잊지 않게 하소서. 모든 생명은 신비로우며 소중하다는 사실을, 모두가 하나님이 주신 선물로서 우리들 사이에 그들이 존재함은 영광이자 축복임을 잊지 않게 하소서.

＊·⊰❀⊱·＊

우리가 과연 이 글 끝에 아멘이라는 말을 붙일 수 있을까? 그런 말들을 통해 우리는 삶의 신성함을 확인한다. 죽음의 그림자가 드리워진 현실 앞에서도 삶이란 그렇게 존엄한 것이다. 이 땅 위에 존재했음에, 선물같이 좋은 시간을 보낼 수 있었음에 감사를 표한다. 독일의 신비주의 사상가이자 신학자인 마이스터 에크하르트(Meister Eckhart)가 했던 말이 생각난다. 우리가 할 수 있던 기도의 말이 오직 '감사합니다'라는 한마디뿐이었다 해도 충분하다. 그 이상도 그 이하도 필요하지 않다.

말은 창조적이다. 누군가에게 동기를 심어주기도 하고 훈계하기도 한다. 종교의식을 통해 축복을 내리기도 하며 서로 다른 생각들을 조화시키기도 한다. 현실 상황을 단순히 설명하는 데 지나지 않고 상황을 변화시키기까지 한다. 말은 누군가에게 상처를 주기도 한다. 그러나 뒤집어 생각해보자. 말을 통해 이 세상을 치유하고 변화시킬 가능성도 충분히 있지 않겠는가? 내가 진심을 담아 건네는 말 한마디로 우리는 다 함께 아름다운 하나의 숲을 이룰 수 있다. 그 어우러짐 속에서 우리는 조화와 평화에 한걸음 더 가까워진다.

오랜 친구 블루가 힘들게 눈을 감아,

집 뒷마당의 땅을 뒤흔들었지.

은빛 삽으로 무덤을 파고,

줄로 꽁꽁 동여맨 블루를 내려놓았지.

나는 모든 힘을 다해, 그의 이름을 불렀지.

여길 봐, 블루, 착한 강아지야.

여길 봐, 블루, 나도 곧 너를 따라갈게!

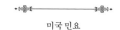

미국 민요

이야기 열하나

영혼의
안내자

인생은 설명할 수 없는 일들로 가득하다. 어쩔 수 없는
부분이 있는 건 사실이지만 나는 과학적으로 입증할 수
없는 현상에 대해서는 회의적인 편이다. 하지만 주변 사
람들의 기이한 경험담을(주로 동물과 관련된) 듣다보면 마음
속에 의문이 생긴다.

어머니가 이탈리아의 도시 시칠리아를 여행할 당시 사
자에 얽힌 이상한 일을 겪었다고 한다. 첫 유럽 여행이었
던 어머니는 동행한 두 친구와 함께 공항에서 택시를 잡
아타고 오후 느지막이 호텔에 체크인을 했다. 다음날 아

침, 어머니는 친구들에게 잠을 잘 이루지 못했다고 호소
했다. "들었어? 아니 한밤중에 웬 사자가 우는 소리 나
지 않았어?" 사자가 으르렁대는 소리 때문에 밤새 잠을
한숨도 자지 못했다는 것이다. 친구들은 의아한 표정을
지었다. 누구도 그런 소리를 듣지 못한 것이다. 시칠리
아에 자주 와본 마틴의 말해 의하면 인근에는 사자가 있
을 법한 동물원도 서커스단도 없었다. 그러다 문득 그
는 깜짝 놀라 눈썹을 찡긋 올렸다. "잠깐만, 생각해보니
까……" 그가 물었다. "지금 우리 호텔이 콜로세움이랑
한 블록도 안 되는 거리에 있다는 거 알고 있어?" 그의
말인즉슨 으르렁대는 소리가 몇 백 년 전 콜로세움에서
펼쳐지던 검투사 경기에서 사용되던 야생동물들의 울음
이라는 것이었다. 나는 그 말을 곧이곧대로 받아들이기
가 힘들었다. 울음소리에 대한 좀더 단순하고 명쾌한 설
명이 필요했다. 그러나 한편으로는 궁금했다. 어머니가
그날 밤 들었던 소리는 정말 무엇이었을까?

178   집에서 기르던 동물에 얽힌 기이한 사건도 있다. 오렌

지색 고양이 오로에 관한 일화인데 사우스캐롤라이나에서 사는 특파원으로부터 들은 이야기이다. 그 가족은 새집으로 이사를 한 지 얼마 되지 않았었다. 오로는 그럭저럭 새집에 적응하고 있었다. 한 가지만 제외하면 말이다. 새집 구석구석을 제집처럼 편하게 드나들던 오로는 거실과 부엌 쪽 식탁이 있는 방 사이의 문턱을 넘을 때에는 언제나 발이 닿지 않게 뛰어넘어 다니곤 했다. 몇 달이 지나고 가족 모두 새집에 잘 적응하고 난 뒤 전에 살던 집주인으로부터 전화가 한 통 걸려왔다. 대화를 하던 중 집주인은 키우던 개가 그 문지방에서 유독 잠을 자기를 좋아했다고 말했다. 그리고 몇 년 전 그 개는 그곳에서 숨을 거뒀다고 한다. 그 문턱에 옛날 개의 체취가 희미하게 남아 있던 걸까? 아니면 고양이는 개의 존재를 조금 더 미묘한 수준에서까지 느꼈던 걸까? 물론 나는 결코 알 길이 없다.

나 역시 동물을 키우던 주인들의 이야기를 듣다보면 어리둥절해진다. 동물이 떠난 이후에도 계속해서 그들의 존재를 느낀다는 사람들이 많다. 나는 성직자 생활을 하며 사별을 당한 사람들을 주기적으로 만났기에 그런 사람을 많이 봐왔다. 나와 마찬가지로 슬픔 전문 상담사들도 이를 잘 알고 있다. 사람을 떠나보내고 남는 사람들은 종종 죽은 사람이 유령처럼 나타나는 환영을 보는 경험을 하게 된다. 사별에 관한 한 연구에 따르면 6명 중 1명꼴로 애완동물이 죽은 뒤에도 계속해서 집에서 동물의 소리를 듣거나 다른 방식으로라도 자꾸 그 존재를 느낀다고 한다. 유령이 되어 나타나는 개와 고양이에 관한 이야기도 많다.

존 골즈워디(John Galsworthy)의 『추억들(Memo-ries)』은 자신이 키우던 스패니얼 종의 개 크리스에게 바치는 책이다. 그는 책에서 크리스와 관련된 불가사의한 사건을 소개한다. 어둡던 12월의 끝자락이었다. 저자의 아

180

내는 크리스 생각에 잠겨 잠시 옛 추억을 떠올리고 있었다. 그러다 문득 새까만 개의 형상이 스쳐지나가는 것을 목격했다. 그림자는 방을 이곳저곳 돌아다니며 크리스가 가장 좋아하던 테이블 밑으로 향했다. 그녀는 죽은 크리스의 망령을 본 것이었다. 크리스는 이미 세상을 떠난 지 오래였다. 그러나 개의 모습은 아주 선명했다. 발바닥이 바닥을 톡톡치는 소리며, 발톱이 바닥을 긁는 소리까지 또렷했다. 쭈뼛쭈뼛 그녀 앞으로 다가와 치맛자락을 부드럽게 감싸는 털의 감촉도, 스치듯 느껴지던 묵직한 무게까지 모든 게 진짜 같았다. 그러다 그녀는 일순간 주문이 풀린 듯 꿈에서 깼다. 어딘가에서 들려오는 소음이었는지 다른 곳으로 잠깐 정신이 팔렸다. 다시 방 안으로 시선이 돌아오자 개의 모습은 서서히 사라져갔다.

＋｛⚙｝＋

죽은 애완동물의 모습을 보는 건 대개 환영이라고 여겨진다. 무의식이 때로는 지나치게 창의적인 경우가 있지

181

않은가. 저 멀리서 들려오는 개 짖는 소리가 마치 그리운 옛 반려견의 울음이 되어 들려온다. 마당 나무에 달린 가지가 집 벽면에 부대끼며 긁히는 소리가 어느새 사랑하던 애완동물이 현관문을 발로 긁던 소리가 되어 들려온다. 어떤 사람들은 애완동물이 죽은 뒤 동물의 꿈을 꾼다. 때로 꿈속에 나타난 그들의 모습은 아주 선명하여 괜히 안심이 되기도 한다. 꿈속에서만큼은 우리가 마지막으로 기억하고 있는 늙고 아픈 동물의 모습은 온데간데없이 사라지고 건강하고 활기 넘치는 모습이 나타난다. 마음속 일부에서는 우리에게 이 세상 너머에 무엇이 기다리고 있는지 두려워하지 말라고 말하고 있는 듯하다. 그러한 무의식의 말 안에 지혜가 담겨 있을지 모른다.

불쑥 나타나는 이상한 환영들을 전부 무의식이 작용했다고 단정 지을 수는 없다. 얼마 전 반려동물과의 묘한 경험에 대한 이야기를 들었다. 진저는 이미 몇 년 전에 죽은 개였다. "진저는 우리 남편에게 하나밖에 없는 소중한 애완견이었어요." 스테파니가 말했다. 45년간 결혼

182

생활을 하는 동안 키워온 14마리의 개 중에서도 진저는 특별한 존재였다.

11월 그 운명의 날, 스테파니의 남편에게 치명적인 심장마비가 왔다. 그녀는 재빨리 119에 전화를 걸었고 이내 응급구조대원들이 도착해 침실로 빠르게 달려 들어왔다. 스테파니는 손자와 그녀의 이웃과 함께 복도 끝 주방에 앉아 있었다. 뒷마당으로 난 테라스로 향하는 문은 잠겨 있었고 밖에는 당시 키우던 개 두 마리가 있었다. 두 마리 다 눈에 잘 띄는 곳에 있었다. 응급구조대원들은 그동안 방 안에서 남편을 살폈다.

"구조원들이 남편의 의식을 찾고자 애쓰고 있던 중……" 스테파니는 기억을 더듬어가며 말을 이어갔다. "한 구조대원이 세 번씩이나 크게 소리를 질렀어요. 개를 방 안에서 좀 내보내달라고 외쳤죠. 우리는 크게 대답했죠. 그 안에는 개가 한 마리도 없다고, 모두 테라스에 있다고." 구조원들은 도대체 무슨 개를 말하고 있던 걸까? "응급차가 남편을 황급히 싣고 병원으로 향한 뒤에 구조대원들이 본 개가 남편이 아끼던 진저라는 사실을 알게 되었어요. 남편을 데려가기 위해 기다리고 있던 거였죠."

침실에 나타났던 그 알 수 없는 개의 형상을 과연 어떻게 설명할 수 있을까? 우리의 감각으로 느끼고 볼 수 있는 그 이상의 무언가가 이 세상에는 정말 존재하는 걸까? 결국 언젠가 우리 모두 그렇게 다시 만나게 되는 걸까? 종교에서는 그렇다고 한다. 많은 전통적인 이야기 속에서는 놀랍게도 개가 등장하여 죽음의 땅으로 사람을 안내하고 인도한다. 이집트인들에게 죽은 자들의 나라를 다스리는 신은 아누비스였다. 머리는 자칼이고 몸은 인간의 형상을 한 아누비스는 미라를 만드는 일을 했으며 저승으로 가는 길에 심장을 수호하기도 했다.* 고대 그리스에 나오는 케르베로스는 저승세계를 지키는 머리가 셋 달린 거대한 개이다. 고대 인도의 힌두교 성전 리그베다에서는 처음으로 죽음을 맞이한 사람을 어둠의 개 두 마리가 이끌고 들어간다. 두 개는 죽은 자의 심장을 그들의

184

저승세계로 가져간다.

◦◦◦◦◦◦

비슷한 예가 더 있다. 고대 중국의 상왕조 시기에는 무덤 깊숙이 개를 함께 묻었다. 당시 동물은 '저승사자'로 여겨져 조상들이 있는 저승세계로 사자(死者)를 이끌어준다고 믿었다. 옛 중앙아메리카 사람들은 개의 형상으로 만든 도자기를 영혼의 안내자로 생각했다. 서부 멕시코에서는 2천 년도 넘은 무덤에서 개 도자기가 발굴되었다고 한다. 기독교 전통에서는 중세 교회에 묻힌 무덤에서 종종 개 형상의 조각상들이 발견되었다. 마스티프, 스패니얼, 그레이하운드 등 흔치 않은 종을 포함한 다양한 대리석 조각상들이 죽은 사람의 발치에 함께 묻혀 있었다. 〈사람의 가장 친한 친구:사후를 지켜주는 수호자〉라는 글에서 앤 애슈비(Ann Ashby)는 유명한 미술사가 케네스 클라크(Kennth Clark)의 말을 인용한다. 케네스는 무덤에서 나오는 조각품들에 대해 이렇게 추측한다. "그것

185

•
아누비스 Anubis ———
이집트에서 처음으로 미라를 만든 신이라 여겨진다. 인간의 사후 재판을 집행하는 오시리스의 법정에서는 죽은 자로부터 심장을 받아 그것을 '진리의 저울'에 얹어 측정하는 임무를 갖고 있어서, 죽은 자가 천국에서 다시 살아날 수 있는가에 관한 결정을 하는 데 중요한 역할을 하는 신이다. ─ 옮긴이

들은 수호 동물이나 주물의 형상으로 모든 문명사회에서
으레 그렇듯 무덤에 함께 넣어져 죽음의 강을 건너는 영
혼과 동행하게 된다."

　이렇듯 수많은 전통사회에서 개를 이승 저편으로 이끄
는 사절로 정한 까닭은 무엇일까? 인류학자들은 사회마
다 존재하는 이러한 유사성과 믿음, 의식에 대해 이렇게
설명한다. 멀리 떨어져 퍼져 있던 사람들 사이에 문화가
확산되고 또 산발적이나마 접촉을 할 수 있게 된 데서 그
이유를 찾을 수 있다. 어쩌면 개들 스스로의 기묘한 귀소
본능 덕에 그런 막대한 자리에 오르게 된 것일지도 모른
다. 1920년대에, 여섯 달 난 콜리-쉽독 종 바비라는 개
는 오리건 주에서부터 인디애나 주까지 집을 찾아와 유
명해졌다. 바비는 휴가중 가족을 잃어버린 뒤 곧장 여섯
달 동안 3천 마일을 걸어 집으로 돌아왔다. 이탈리아의
어떤 개에 관한 이야기도 놀랍다. 그 개는 나폴레옹 군에
참전한 주인을 따라 러시아로 갔다. 강을 건너는 중 떠다
니는 얼음 조각 때문에 주인을 놓쳤지만 1년 뒤 주인을

186

찾아 돌아왔다. 유럽을 반 바퀴 돌아서 온 것이다.

✦❖✦

앞서 나온 사례들 중에는 전해 내려오는 꾸며낸 이야
기가 있을지도 모른다. 내 개의 경우는 맛있는 저녁식사
가 기다리고 있지 않고서야 스스로 집으로 찾아올 수 있
을지 의문이 들 정도이니 말이다. 동식물 연구가들은 조
금 더 치밀한 연구를 토대로 야생으로 다시 동물들을 보
내주고 있다. 알래스카 주의 배로라는 도시에서 우리 안
에서 길러진 다섯 마리 회색 늑대는 배로로부터 175마
일이 떨어진 야생으로 보내졌다. 그중 한 마리는 험난한
길을 지나 다시 태어난 곳으로 돌아왔다. 다른 네 마리는
풀려진 대로 길을 따라가던 중 건널 수 없는 댐이나 채
광 굴착 등을 만나 여정이 끝날 때까지 온갖 좌절을 겪
었다. 또다른 경우도 있었다. 미국 슈피리어 호수에 있는
로열 섬에 살던 늑대들이 울타리를 넘어 빠져나왔다. 결
국 도로 잡혀 집으로부터 30마일 떨어진 곳으로 보내졌

지만 다음날 그들은 원래 살던 집으로 다시 돌아가 있었다. 결국 자신이 살던 집으로 돌아가고 마는 동물들의 놀라운 이야기들은 시대와 문화를 넘어 늘 전해져 왔다. 개나 개 종류에 속하는 동물이 있는 곳에서는 언제나 설명하기 힘든 일들이 일어나 우리의 궁금증을 자아낸다.

길을 찾아오는 이러한 동물들의 재주는 일반적인 감각이나 평범한 수준을 뛰어넘는다는 점에서 참 비범하다. 개들은 어떻게 그게 가능한 걸까? 그러니 이런 생각이 드는 것도 당연하다. '삶의 마지막 여정을 떠나는 순간 개들보다 더 좋은 반려자가 있을까?'

어쩌면 앞서 이야기한 진저나 다른 많은 신비로운 사건들에 대한 설명은 간단할 수도 있다. 우리가 죽어 길을 떠날 때 영혼의 길잡이가 되어주는 개가 실제 존재할 수도 있다. 지금도 우리를 기다리고 있는지도 모른다. 하지만 이러한 궁금증과 질문에 대한 답은 우리가 가늠할 수 있는 수준을 벗어나 있다. 여전히 궁금하긴 하지만 말이다. 그러나 나도 그리고 당신도 아마 계속해서 궁금해할

것이다. 언젠가 떠나야 할 그 순간이 찾아와 직접 눈으로
목격하기 전까지는 말이다.

찬란한 빛을 향해 갔구나.

우리를 두고 고통 없는 곳으로.

네가 껑충 뛰어 건넌 저 수수께끼의 강,

우리도 천천히 뒤따라 건너가노라!

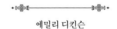

에밀리 디킨슨

이야기 열둘

영원한
물음

살아 숨쉬는 생물에게는 죽은 것과는 명백히 구분이 되는, 말로 표현할 수 없는 뚜렷한 존재감이 있다. 삶과 죽음의 경계는 육체가 서서히 온기를 잃어가는 그 순간까지도 뚜렷한 차이를 보인다. 버몬트 대학의 사회학자 로비 칸(Robbie Kahn)은 나에게 이와 관련된 경험을 얘기해주었다. 그녀의 개 세라가 떠나가던 마지막 순간, 세라가 내뱉은 한 번의 작은 숨결이 얼마나 큰 차이를 만드는지 절실히 느꼈다고 한다. 로비는 세라 곁에 앉아 있었다. 세라는 어슴푸레 물빛이 어린 공기를 들이마셨다. 숨을 들이쉬고 내뱉는 간격은 점차 길어졌다. 그러다 마지막 숨결이 세라의 몸을 남겨둔 채 빠져나왔다.

그 순간 방 안을 휘감던 공기가 달라졌다. 변화는 즉각적이었고 마치 손으로 만져질 듯했다. 두 개의 심장 소리가 들리던 방 안에는 이제 단 하나의 심장 소리만이 남아 있었다. 로비는 이렇게 그때를 회상했다. "그후 나는 세라가 떠나던 순간을 떠올릴 때마다 궁금했습니다. 지금까지도 그렇고요. 도대체 어디로 그렇게 잽싸게 사라질 수 있을지, 어떻게 그렇게 순식간에 떠날 수 있을까? 하는 의문이었죠." 영혼이라는 것은 단순히 죽는 그 찰나의 순간 사라져버리는 걸까? 아니면 어떤 식으로든 달아나버리는 걸까? 사람들은 수천 년이 넘도록 이러한 수수께끼 같은 물음을 두고 고민을 했다.

◆◦✿◦◆

수수께끼 같은 인간의 불멸이 동물에게도 있는 것인지, 그들 역시 죽음을 무릅쓰고 살아남을 수 있을지에 대한 물음에는 이렇다 할 답이 아직 없다. 로랜드 고릴라 코코가 미국 수화를 배웠을 때 사람들은 코코에게 이런 질문을 했다. "고릴라들은 죽으면 어디로 가니?" 그러자 코코는 조련사에게 몸짓으로 대답했다. "편안한 / 구멍(바닥에 있는 구멍이라는 동작) / 안녕(작별 키스를 하듯 입술에 손가락을 스치며)." 코코의 대답을 통해 우리는 알 수 있었다. 이 세상이 끝나면 그 너머에 무엇이 있을지, 그건 사람만의 물음이 아니었다. 다른 종들도 그런 생각을 하고 있었던 것이다. 사후 세계에 대한 코코의 생각이 당신과 나의 생각과 그리 다를 게 없다는 사실에 겸손한 마음이 들지도 모르겠다.

천국에 대한 사람들의 생각은 저마다 다르겠지만 한 가지만큼은 모두가 수긍할 것이다. 천국은 우리 곁에서 삶의 매순간을 더욱 아름답게 빛내주는 동물이 없는 공간이다. 완벽할 수 없는, 부족한 공간이라는 것이다. 진줏빛 출입문에 '애완동물 출입금지'라는 표시가 붙은 파라다이스란 결코 매력적인 목적지일 리가 없다.

수많은 종교적인 전통에서 이 점에 대해 이야기를 해 왔다. 성경에서 유일하게 이 문제를 직접적으로 다룬 책은 전도서이다. 삶에 대한 다른 수많은 수수께끼들처럼 전도서에서는 이 문제에 대해 불가지론을 조심스레 표했다. "인간과 짐승의 운명은 서로 다를 것이 없어서 이가 죽듯 저도 죽는다⋯⋯ 인간의 영혼이 위로 올라가고 짐승의 영혼은 저 아래 땅으로 내려가는 줄을 그 누가 알랴."

사람과 다른 생명을 지닌 것들이 죽는 일은 운명의 문제이다. 그러니 이 운명이란 각자의 믿음에 따라 달라지는 것이다. 나는 개인적으로, 땅에 묻히고 싶은지 혹은 화장을 원하는지에 대한 물음에 "마음대로, 나를 놀라게 해봐요!"라는 대답을 하는 여자들의 말에 공감한다. 결국 알 수 없는 것이다. 무엇이든 놀랄 수밖에 없는 일이다.

동양에서는 전통적으로 동물이 사람으로 또 그 반대로 환생을 한다는 정교한 이론들을 내놓는다. 자타카 우화에는 부처님이 전생에 영양, 원숭이, 코끼리, 개, 공작 그리고 다른 수많은 동물이었다는 이야기가 나온다. 이러한 이야기들을 관통하는 한 가지 공통점이 있다. 이야기 속 동물들은 인간에게 가르침을 주는 선생이자 모범으로 그려진다는 것이다. 이기심 없는 수사슴이 한때 자신을 사냥하려 했던 왕의 목숨을 구해준다는 내용을 봐도 쉬이 알 수 있다. "내 자신이 한때 그 수사슴이었다"라고 부처는 말한다. 이러한 전통에서 동물은 사람과 마찬가지로 깨달음과 해방이 가능하다.

유대교에서 구원이란 사후에 개인적으로 받는 것이 아니라 집단적으로 받는다는 개념이었다. 하지만 성경에서는 하나님의 자비가 모든 살아 있는 것들에게 미친다고 암시하는 수많은 증거가 있다. '이는 삼림의 짐승들과 뭇 산의 가축들이 다 내 것이며' 하나님께서 말씀하셨다 (시편 50장 10절). '산의 모든 새들도 내가 아는 것이며 들의 짐승도 내 것임이로다' (시편 50장 11절). 메시아적 비전인 샬롬은 본래의 완전한 조화와 통합을 회복한 세상을 말한다. 사자와 양이 어우러져 앉아 있고 어린아이가 그들을 이끄는 그런 곳이다.

초기 기독교인들 역시 인간과 함께 천국에 있는 동물들의 모습을 그렸다. 1∼5세기 사이 초기 기독교도의 피난처가 된 지하 묘지 속 그림에서는 예수님의 모습이 양치기로 묘사되곤 했다. 비둘기가 앉았던 예수님의 어깨에 기대 쉬고 있는 양의 모습을 볼 수 있다. 종종 팬파이프나 리라를 손에 쥐고 주변에 모인 새와 동물들을 위해 연주할 곡조가 언제든 준비된 듯했다. 사자와 늑대, 뱀과 거북이나 개와 돌고래 등 많은 동물들이 주위에 모였다. 예수님의 모습은 초목의 흐름과 옥수수와 장미, 올리브와 포도와 같은 지상에 피어나는 계절의 생명력을 휘감고 있었다. 303 C.E.[*]기독교 주교 순교자 성 키리아쿠스의 무덤과 그 전(前) 세기 도미틸라의 카타콤[*]현장에서도 예수님은 사실상 그리스의 신 오르페우스와 구분이 되지 않을 정도였다. 정력이 넘치는 젊은이로, 흘러내릴 듯한 튜닉[*]을 입고 머리에는 화관을 쓴 모습으로 그려졌다. 초기 기독교인들에게는 확실히 그들이 숭배하는 예수 그리

•
C.E. ─────
Common Era 비크리스트교도에 의한 A.D.에 대한
기호로 기원후를 뜻함. ─ 편집자

•
카타콤 Catacomb ─────
초기 그리스도 교도의 지하 묘지. ─ 옮긴이

스도가 동물들의 구세주이기도 했던 것이다.

　세기를 거듭할수록 동물에 대한 태도는 변해갔다. 그리하여 1611년 킹 제임스 판 성경이 나올 당시에 창세기의 'nefesh chaya'라는 말은 아담에게 쓰일 때는 '살아 있는 혼'이라고 번역되었지만 다른 종을 일컬을 때는 '살아 있는 피조물'이라 번역되었다. 정통 기독교에서는 동물들이 인간과 동일하게 사후 세계를 공유한다는 것을 부정하기 시작했다. 물론 몇몇 신학자들은 이에 반대의 목소리를 냈다. 감리교 창시자 존 웨슬리(John Wesley)는 복음을 전도하려고 말을 타고 25만 마일을 달렸다. 그는 천국에 가도 충직한 그의 말을 만날 수 있으리라 확신했다고 한다. 유명한 신학자 C.S 루이스(C.S Lewis) 역시 동물이 사후 세계로 간다는 사실을 인정하며 다소 괴이한 말을 했다. 어쩌면 지옥에 가면 죄를 지은 인간을 모기가 형벌하여 고통을 줄 수도 있다는 것이다.

　이슬람교도들 사이에서는 이슬람교의 영원한 낙원의 상징인 잔나에 어떤 동물이 인간과 함께할 수 있는지에

199

●
튜닉 Tunic ─────
고대 그리스나 로마인들이 입던, 소매가 없고 무릎까지
내려오는 헐렁한 웃옷. ─ 옮긴이

대한 논란이 여전히 뜨겁다. 예언자 요나의 고래와 솔로몬의 개미에게는 천국의 문이 열렸다. 코란에서는 낙타와 말, 노래하는 새들이 앉아 있는 나무에 대한 이야기가 나온다. 회교 교리를 분명히 밝힐 권위자가 단 한 명도 없는 상황에서 가르침과 해석은 다르게 나타난다.

✦ ⋅⟨⟨⟨⊕⟩⟩⟩⋅ ✦

「마하바라타」는 인도의 대서사시이다. 그 안에 실린 좋아하는 이야기를 하나 소개하고자 한다. 이야기 속 영웅 유디스티라는 싸띠야(진리)와 다르마(법)의 화신으로 알려져 있지만 사실 그의 진짜 캐릭터는 결말에 가서야 완전히 드러난다. 유디스티라와 그의 형제들은 마지막 순례 길에서 힘겹게 히말라야 산맥을 올라간다. 하지만 다른 네 형제들은 그간 쌓아온 업보의 무게를 이기지 못하고 하나둘씩 미끄러진다. 아무런 죄도 흠도 없던 유디스티라만이 정상에 올라 신들의 왕 인드라를 만난다. 그는 영웅 유디스티라를 황금 마차에 태워 천국으로 데려갈 준비를 한다. 단, 한 가지 조건이 있다. 인드라는 유디스티라에게 천국에는 개를 데려갈 수 없다고 말한다. 영원한 삶을 누리기에 동물은 그만한 가치가 없다는 것이다. "천국에는 개를 데리고 온 사람을 위한 자리는 없다." 전지전능한 인드라는 단호하게 말한다.

이에 유디스티라는 이렇게 답한다. "오, 과거와 현세의 신이시여, 이 개는 제게 무척 헌신적입니다. 저와 꼭 함께 가야 합니다. 제 가슴은 이 개에 대한 연민으로 넘칩니다." 연민이란 고대 인도의 성전인 베다에 나오는 큰 가르침이다.

하지만 인드라는 계속해서 유디스티라를 설득한다. "다른 모든 것은 단념했으니 개도 포기할 수 있지 않겠는가?" 더없이 행복한 천국이 기다리고 있지 않은가. 하지만 유디스티라는 친구를 저버리지 않는다. 설사 그것이 천국으로 향하는 길을 포기하는 일일지라도 말이다.

"자신에게 헌신적인 누군가를 버리는 일은 엄청난 죄악이라고 합니다." 그것은 브라만이나 성자를 죽이는 행위처럼 나쁜 일이라고 유디스티라는 주장한다. "위대하신 인드라 신이시여, 그러니 이런 이유에서 저는 오늘 제 행복을 좇고자 개를 버리지 않을 것입니다." 이것은 굳은 약속이었다.

이렇게 극기의 순간이 최고조로 치닫는 찰나 갑자기 개는 신으로 변한다. 유디스티라를 시험하던 바로 인드라 신이었다. 그러자 천국으로 가는 문은 사람과 개 모두를 위해 열린다. 그리하여 사랑하는 반려견 스바나(산스크리트어로 개를 뜻함)는 하늘에서 빛나는 몸으로 자리를 차지하게 된다. 밤하늘에서 가장 밝게 빛나는 지금의 시리우스 자리가 바로 그것이다.

나는 이런 전래동화 같은 옛날이야기들을 좋아한다. 설사 신화에 지나지 않더라도 말이다. 신화란 너무 선명해서 마주하기 힘든 진실을 상상의 색을 입힌 유리창 너머로 들여다볼 수 있게 해주는 유일한 창문이지 않은가? 그런 이야기들은 어두운 밤을 조금 덜 외롭게, 빛나는 별들이 우리를 반기며 조금 더 가까이 곁으로 다가오게 해

준다. 저 밖에, 저 하늘 위에 혹은 저 우주 너머에 있다
는 천국이 무엇이든 간에 애완동물을 환영하는 곳이라면
좋겠다.

하나님은 만물을 창조하고

그들에게 우리의 사랑과 두려움을 주었다.

우리와 그들은 하나님의 아이이고

한 가족임을 알리고자 한다.

로버트 브라우닝

이야기 열셋

삶은
연속체와
같아서

　살아가며 우리가 도덕성에 대해 생각하는 순간은 언제일까? 평소에 의식하지 못한 채 살아가다 문득 지금 내가 하는 일이, 내가 바라는 것들이 과연 도덕적으로 합당한 일인지를 의식적으로 고민해보는 순간이 있다. 가끔은 보기 좋게 한방 얻어맞은 듯 우리 머리를 세게 치고 지나가기도 하고 때로는 아주 가볍게 뇌리를 스쳐지나가기도 한다. 나에게도 그런 순간이 있었다. 몇 년 전 아내와 아이를 가지려 하던 때였다.

　어린 시절 심각하게 앓았던 나는 매일같이 규칙적으로

여러 종류의 약을 챙겨 먹어야 했다. 번거로운 일이었지만 사실 나에게 약은 말 그대로 목숨 같은 존재였기에 감사하는 마음이 더 컸다. 하지만 처음 주치의가 절대 아이를 가질 수 없을 것이라는 말을 했을 때 그 역설적인 상황에 당황했다. 먹어온 약의 부작용으로 나는 완전히 불임 상태가 되어버렸던 것이다. 내 생명을 지켜준 약이 새로운 생명을 만들지 못하게 한 것이다.

청천벽력 같은 소식이었다. 자손도 남기지 못한 채 세상을 떠난다면 사는 게 과연 무슨 의미가 있을까? 나는 스스로 되물었다. 그건 내가 이 세상에 남긴 모든 흔적이 사라진다는 것을 의미했다. 매일 아침 나는 집 근처 작은 공원을 산책하고 벤치에 앉아 이런 질문들에 대해 곰곰이 생각했다. 그럴 때면 당시 아직 어린 강아지였던 치누크는 언제나 나를 따라와 내 옆을 지켜주었다.

공원에 앉아 저 멀리 치누크가 뛰노는 모습을 보며 문득 이런 생각이 스쳤다. 삶이란 결국 연속체가 아닐까. 세상의 모든 것들은 서로 이어져 있다. 잔디 위에서 신이

나게 뛰어노는 개, 먹잇감을 찾아 들판 위를 저공비행 하는 제비, 맛좋게 익어가는 블랙베리. 이 모든 생명은 행복한 전체를 이루는 데 하나라도 빠져서는 안 될 필수적인 요소들이었다.

치누크도 나도 이제는 나이가 들었다. 11살이 된 치누크는 관절 밑에 지방종이 생겨 옛날보다 느리게 걷는다. 치누크는 집에 없던 아이가 둘이나 생겨 그 부분에서도 적응을 해야만 했다. 한 아이는 입양을 했는데 치누크는 두 아이 모두에게 똑같이 마음을 빼앗겨버렸다. 그런 치누크의 모습을 보며, 처음엔 피가 섞인 친자식에게 더욱 애착을 보였던 내 모습이 떠올라 놀랐다. 가족이란 같은 피를 나누고 같은 유전자를 공유하고 있다는 사실보다 서로 사랑을 나눈다는 점에서 더 큰 의미를 갖는다는 사실을 나는 치누크를 보며 온전히 이해할 수 있었다.

내가 아이를 갖게 된 건 기적에 가까운 일이었다. 결국 의사들의 말이 다 맞는 건 아니었다. 기적이 정말 일어나기도 했으니까. 의사뿐만 아니라 수의사도 실수를 하는 경우가 있었다. 수의사는 치누크가 겨울을 나지 못할 것이라 말했었다. 의사의 그 말은 갈비뼈를 간지럼 태우는 정도로 넘어갈 일이 아니었다. 나는 명치를 한 방 얻어맞은 느낌을 받았었다. 벌써 2년도 더 된 일이다. 매일같이 진통제 두 알을 챙겨 먹으며 치누크는 여전히 다람쥐를 쫓아다니고 호수를 헤치며 걷는다.

물론 의사와 수의사가 예측하는 장기적인 진단이 맞는 경우가 더 많다. 사람이건 동물이건 우리 모두에게 한 가지 공통된 사실이 있다면 그건 결국 우리 삶이 모두 끝난다는 것이다. 치누크가 죽는 그 마지막 순간, 나는 아마 조금 충격을 받고 휘청거리리라. 물론 이성적으로 판단했을 때 치누크에게는 그리 오랜 시간이 남아 있지 않다. 나도 잘 알고 있다. 하지만 내 마음은 다른 이야기를 하고 있다. 아무리 이성적으로 생각하려 해도 결국 나는 무방비 상태에서 그의 죽음을 맞이하게 되리라. 아무런 준비 없이 다른 사람들이 으레 그렇듯 최후의 일격을 맞이하리라. 하지만 어떤 이유에서인지 나는 더이상 죽음이

210

겁나지 않았다. 예전처럼 놀라지도 않았다. 죽음이란 삶의 연속체 속의 일부임을 이제는 알게 된 것이다.

◆⋅¦⊛¦⋅◆

언젠가 꿈속에서 바라봤던 길이 떠오른다. 꿈속에서 나는 아주 고독한 거리를 따라 운전을 하고 있다. 고가를 따라 양옆으로 빼곡하게 숲이 펼쳐져 있다. 그 순간 사슴한 마리가 덤불 속에서 나타나 길 위로 뛰어든다. 잠시 그 자리에 우두커니 서 있던 사슴은 눈부신 햇살 속에서 밝게 빛난다. 철저히 혼자라고 생각했던 나는 이제 더이상 혼자가 아니었다. 누군가도 나의 존재를 바라봐주고 있었다. 사슴과 나는 놀라움과 강렬한 관심이 섞인 눈빛으로 서로를 바라본다. 그러다 사슴은 순식간에 나타났던 그 모습처럼 재빨리 사라져버렸다. 길 맞은편에 드리워진 숲속 어둠의 그림자 속으로 껑충 뛰어가버렸다.

뒤이어 또다른 사슴이 나타났고 이내 사라지기를 반복했다. 그리고 또 한 마리가 눈앞에 모습을 드러내더니 다

211

시 사라졌다. 나타나는 사슴 한 마리 한 마리를 보며 내 마음에 기쁨이 솟구쳐올랐다. 시간이란 것 역시 이 사슴들처럼 가만히 존재하다 어느 순간 하나씩 눈앞으로 뛰어오르는 것이다. 나는 기도를 한다. 소리를 내지 않고 온몸을 다해 기도를 드린다. 그 순간 내 몸 속 분자들이 외치는 듯하다. "그래 좋아!" "사슴아, 어디 더 나와 봐!" 서로 다른 사슴들이었지만 그들 모두 '다름'이라는 아름다운 본질을 공유하고 있었다.

한때 꿈이란 나에게 아주 분명한 의미를 지녔다. 꿈이란 삶과 죽음, 출생과 부활이었다. 하지만 사슴들을 바라보며 깨달았다. 결국 삶도 그렇지 않은가. 제 모습을 감췄는가 싶으면 다양한 위장 속에서 다시 눈앞에 나타나는 것이다. 섬광처럼 번뜩이며 불현듯 제 모습을 드러냈다가 다시 칠흑 같은 어둠 속으로 모습을 감춘다. 그렇게 일순간 사라지고 마는 삶일지라도, 그 삶이 드러내는 수많은 진귀한 모습 속에는 우리가 충분히 경이와 경외감을 느낄 만한 가치 있는 무언가가 남아 있다.

오고가는 이러한 삶의 물결은 우리 모두에게 흐른다. 이제는 다리가 뻣뻣해진 내 늙은 개가 지난 몇 년 간 사랑으로 키워온 어린 개와 같을 수는 없다. 그렇다고 내 눈에 그 둘 중 어느 하나가 더 예쁜 것은 아니다. 입양한 아들이 내 딸아이와 같을 수는 없지만 두 아이 모두에게서 내 모습을 발견한다. 모든 아이와 생명 속에는 우리 내면의 가장 부드럽고 열렬한 무언가를 일깨우는 본질이 내재해 있다. 모든 '다름' 속에 존재하는 본질이다.

그것은 언제나 그 자리에서, 누군가에 의해 발견되기를 바라며 그 자리를 묵묵히 지키며 기다리고 있다. 때로 시야에서 사라져 보이지 않는 순간에도 늘 사라지지 않고 존재하는 것이다. 우리 눈앞에서 잠시 모습을 감췄던 꿈의 의미는 다시금 우리 눈앞에 나타난다. 사라지고 나타나기를 계속해서 반복하며 삶 속에서 끊임없이 출렁이는 것이다.

우리 스스로가 맞이하는 죽음 다음으로

순수한 사람에게 들이닥칠 수 있는

가장 큰 재앙은 바로

친구의 죽음이다.

우리는 친구가 가져다주는

편안함을 빼앗기게 된다.

친구와 함께 그 우정도

함께 묻어야 하는 걸까?

세네카

이야기 열넷

오늘
그리고 내일

지나간 과거는 바꿀 수도, 되돌릴 수도 없다. 어제는 이미 입 밖으로 전해지는 하나의 이야기일 뿐이다. 반면 오늘과 내일은 아직도 우리 앞에서 일어날 준비를 하고 있다. 오늘 그리고 내일은 우리가 들어가 살아야 할 틀을 만들어준다.

사랑하는 반려동물이 떠난 뒤 우리는 어떻게 행동해야 할까? 바쁘게 살아보는 것도 나쁘지 않은 방법이다. 동물보호단체는 늘 일손이 부족하니 그곳에서 좋은 일에 에너지를 쏟아보는 것도 좋을 것이다. 기르던 애완동물을 떠올리며 동물 관련 기관에 기부를 하는 일도 언제나 환영받는다. 하지만 아무리 많은 돈도 이미 떠나간 동물을 다시 불러올 수는 없다. 우리가 무엇을 하든 이미 일어나기로 예정된 일을 일어나지 않도록 막을 능력은 없다.

이렇게 생각하면 인간이라는 존재는 참으로 허망하다. 주어진 수명은 턱없이 짧고, 덧없는 존재가 바로 인간이다. 무엇보다 그런 사실에 아무런 손도 써볼 수 없다는 것이 우리를 더욱 비참하게 만든다. 하지만 이러한 현실을 깨닫지 못한 채 과도하게 바쁜 상황 속으로 자신을 몰아넣을 경우 자칫 어떤 일에 지나치게 빠지게 된다. 극단적인 활동으로 변질되는 것이다. 강박적으로 집착하게 되며, 몰두하고 있는 일이 상실감과 허무함을 애써 외면하게 하는 일종의 수단이 된다. 정작 우리에게 필요한 것은 정면으로 상황에 부딪히는 일임에도 말이다. 눈앞에 드리워진 어둠을 피해나갈 방법이란 없다. 저 멀리 반짝이는 빛에 도달하기 위해서는 어두운 그림자를 모두 지나야만 한다.

피할 수 없는 상황을 겸허히 받아들였다고 치자. 이제 이런 의문이 생겨난다. 내가 '할 수 있는' 일이 과연 있긴 할까? 선뜻 떠오르지 않을지 모르지만 내가 '취할 수 있는' 자세는 수없이 많다. 인내하고 받아들이며 스스로에 대한 연민을 갖는 일. 우리를 둘러싼 동정 어린 시선에 민감하게 반응하는 일 그리고 아무리 짙은 슬픔의 안개 속에서도 앞으로의 날들에는 새로운 가능성이 활짝 열릴 것이라는 희망을 갖는 것. 우리의 내면은 부정적인 마음보다는 긍정에 찬 마음이 더 크다. 제한되어 있기보다 광활하게 트여 있다. 그런 내면의 중심을 놓치지 않고 잘 지켜나간다면 새롭고 창의적인 삶을 살게 될 것이다. 나를 둘러싼 온 세상이 혼돈 속에서 혼란을 가져다준다 해도 말이다.

＊⊹❀⊹＊

슬퍼하는 것도 시간이 필요한 일이다. 우리는 정해진 일정에 맞춰 슬퍼하고 흐느끼는 게 아니다. 슬픔이 순식간에 사라질 수 있는 것도 아니다. 애완동물을 잃은 슬픈 감정은 서서히 줄어든다. 그 자리에 따뜻하고 즐거운 추억이 남아 마음속에서 점점 확장되어 나간다. 우리는 동물과 함께 나눈 좋은 순간들을 떠올려본다. 흘러간 지난 몇 년을 차분히 되돌아본다. 물론 슬픔을 띤 채, 동시에 아름다운 우정에 대해 감사하는 마음으로 돌아본다. 사랑하고 또 사랑 받았다는 사실이 얼마나 축복인가. 아주 짧은 시간이었다 하더라도 말이다.

절대적인 시간이 필요한 건 사실이지만 단순히 시간이 흘러간다고 슬픔이 모두 해소되는 것은 아니다. 시간을 우리의 편으로 만들어야 한다. 시간에 맞서기보다는 그것이 우리를 새로운 삶의 순환으로 이끄는 길에 함께 발맞춰 나아가야 한다. 그렇다면 과연 시간과 어떻게 협력해야 할까? 세월이 약이라는 말이 있듯이 그렇다면 그 세월이 어떻게 자신의 본분을 다 할 수 있도록 도울 것인가? 이어지는 7가지 조언을 참고해보자. 오늘 그리고 내일의 시간을 위한 지침이 되어줄 것이다.

1。오늘과 내일을 위해, 우리 몸을 관리하자. 건강하게 먹고, 규칙적으로 운동을 하며 제때 숙면을 취하자. 필요하다면 병원을 방문해 진찰을 받자. 피부, 근육, 신경과 뼈 속에 내재된 힘과 삶에 원기를 불어넣는 원동력이 다시 우리 마음에 활기를 불어넣어줄 수 있게 하자.

2。오늘과 내일을 위해, 스스로의 감정을 감싸 안아주자. 혼자 견디기 힘들다면 가족과 친구들에게 도움을 청하자. 상황을 탓하거나 자신이나 남을 원망했다면 이제 용서하는 연습을 해보도록 하자. 그리하여 상실의 아픔에 직면한 자신이 혼자가 아님을 깨닫게 될 것이다.

3。오늘과 내일을 위해, 예측할 수 없는 자신만의 고유한 수명을 받아들이자. 그리하여 하루하루가 가져다주는 기쁨을 느끼자. 불필요한 두려움과 집착은 떨쳐버리자. 과거에 휘말려 후회하고 괴로워하기보다는 과거의 경험이 우리를 한층 풍요롭게 해줄 수 있는 방향으로 바꾸자.

4。오늘과 내일을 위해, 자연에 귀를 기울여보자. 역동적으로 살아 숨쉬는 세상과 내가 연결되어 있음을 느끼자. 깊이 숨을 내쉬며 경건하게 걸어보자. 하늘을 떠다니는 구름과 초록빛 클로버 그리고 다른 모든 생명을 지닌 것들의 아름다움을 깨닫자. 우리가 태어나고 또 결국 돌아가게 될 이 땅과 친구가 되자. 우리 머리 위로 펼쳐진 경이로움과 또 우리가 지금 딛고 서 있는 발밑에 존재하는 모든 것들에 눈을 뜨자.

5。오늘과 내일을 위해, 내면을 가꾸자. 시간을 내어 기도와 명상을 하며 내 자신과 삶에 대해 깊이 성찰하자. 정적을 견딜 수 있도록 연습하자. 글을 쓰고 일기를 써서 입 밖에 내지 않아 불분명했던 것들을 의식의 표면 위로 끌어올리자. 내 자신이 우주의 기를 온몸으로 받는 전달자가 되어보자. 무한한 꿈과 내면의 소리가 우리를 안내해주도록 내버려두자.

6。오늘과 내일을 위해, 내 삶에 신앙을 들여오자. 교회, 예

배당, 절이나 사원 혹은 스스로의 내면의 방 안에서 예배를 드리자. 고대 성서에서 역설하는 변해가는 세상 속에 존재하는 영원함에 대해 깨달을 수 있다. 스스로의 내면의 믿음을 지켜나가도 좋다. 죽음과 헤어짐 속에서도 생의 모든 일들이 결국은 선(善)과 자비의 손에 달려 있다는 것을 믿자.

7. 삶을 지나치게 복잡하게 만드는 일을 피하자. 불과 얼마 전 유난히 침울하던 날, 나는 딸에게 나의 감정을 공유했다. 이 알 수 없는 암울한 기운을 치유할 만한 좋은 게 없을까 물었더니 딸아이가 초등학생처럼 아주 단순한 방법을 제안했다. "아빠, 슬플 때는요, 그냥 재밌을 것 같은 일을 하면 되지 않을까요?" 맞는 말이었다. 적합한 조언이었다. 그 조언을 당신에게도 전하려 한다.

살아가며 치유가 일어나는 순간을 자연스레 받아들일 수만 있다면 우리가 치유될 수 있는 기회는 너무도 많다. 무작정 오늘 혹은 내일이 아니어도 좋다. 결국 언젠가 치유가 '일어날 수 있도록' 하면 될 뿐이다. 하루하루를 잘 견뎌내면 된다. 우리 교회 신자 한 분은 조금 미리 계획을 세운다고 한다. 그렇게 한 번에 이틀 치를 미리 생각해봐도 좋다. 조금 더 친절하고, 조금 더 주의를 깊이 기울이며 자신의 건강한 중심과 한 뼘 더 가까이 지낼 수 있다면 -오늘 그리고 내일의 날들을 위해- 우리는 삶이 가져다줄 마법 같은 치유의 순간을 맛볼 수 있으리라.

다부진 노르웨이 노인은 죽음을 곧

귀향이라 말했다.

그리하여 설화는 녹아 바다로 흘러들어

제 집으로 돌아가고,

돌에 붙은 고사리는 길게 갈라진

제 잎을 펼쳐 빛으로 나아가

돌을 아름답게 하고, 다시 가을이면

잎을 돌돌 말아 흙과 섞인다.

삶의 기쁨을 누리는 수많은 생명들은

매일, 매시간, 어쩌면 매순간

죽음의 그림자 속으로 빨려 들어가고 있을지도,

먼지처럼 와서 다시 먼지로,

영혼에서 영혼으로 돌아가는지도 모른다.

존 뮤어

이야기 열다섯

마지막
선물

교회 신자 중 한 사람이 운영하는 농장에 놀러간 적이 있다. 따뜻한 봄날을 맞아 새끼 양을 보러 오라는 말에 나는 아이들을 데리고 길을 나섰다. 3월의 끝자락, 화창한 일요일 오후였다. 비포장도로를 가볍게 달려 그녀의 집에 도착했다. 집은 낮은 언덕에 아름답게 둘러싸여 있었다. 버몬트에서는 눈길이 닿는 곳마다 그렇게 고즈넉한 풍경을 볼 수 있다. 그만큼 어디를 가나 시골이 가까이 있다.

열일곱 마리의 양 중 암컷 세 마리가 새끼를 배고 있었다. 온몸에 털이 덥수룩한 숫양은 마당에 꼭 묶여 있었다. 우리가 울타리 안으로 들어서자 숫양은 자신이 마치 주인인 양 커다랗고 노란 눈을 치켜뜨며 우리를 쳐다봤다.

새로 태어난 양들은 모두 3주도 채 되지 않은 새끼들이었다. 어린 양이었지만 누구보다 활기가 넘쳤고 건강해 보였다. 근처에 건초로 뒤덮인 낮은 동산을 오르내리며 형제자매들과 이리저리 서로를 밀치며 장난을 쳤다. 그러다 또다시 꼭대기까지 낑낑거리며 마치 중력의 법칙마저 거스르겠다는 듯 힘차게 올라갔다. 그들의 깡충대며 신나게 뛰노는 몸짓은 마치 전염이 되는 듯 번져나가 내 아이들마저 팔짝거리며 뛰놀게 만들었다. 땅 위에는 아직까지 눈이 30센티미터 정도 쌓여 있었기에 우리는 곧 몸을 녹이기 위해 실내로 들어갔다. 그러나 모든 것이 새롭게 피어나는 계절이 왔음에 틀림없었다. 그렇게, 봄이 왔다.

열일곱 마리 중에는 희망이라는 이름의 양이 있었다. 그 작은 생명은 앞서 안타깝게 사산된 양 바로 다음으로 태어나 튼튼하고 건강하게 자라주었다. 때 이른 죽음처럼 가슴 아픈 일은 없지만 시골 사람들에게는 그마저 모두 삶이라는 풍경의 일부였다. 죽음도 삶의 일부라는 걸 잘 알고 있었다. 태어나서 성장하고 늙어가는 모든 일련의 삶의 과정처럼 죽음 역시 다가올 하나의 순서일 뿐이었다. 첨단 기술과 문명 속에서 끊임없이 팽창하고 있는 현대 사회에서 도시인들에게 죽음은 낯설고 두려운 존재로 여겨진다. 온갖 규율과 통제로 인간미를 잃은 부자연스러운 환경 속에서 죽음이 친숙하게 다가올 리가 없는 것이다.

도시나 교외에 사는 사람들에게 애완동물은 아마 우리를 자연의 순환과 이어주는 가장 가까운 고리일지도 모른다. 따뜻한 봄날에 양의 울음소리를 더이상 듣지 못할 날이 올 수도 있다. 가을이면 남쪽으로 날아가는 철새들의 아름다운 합창을 안간힘을 써야만 듣게 될 수도 있다. 하지만 함께 생활을 공유하며 한 집에서 살아가는 애완동물을 통해 우리는 여전히 삶의 경이로운 순간을 맛볼 수 있다. 반려동물들은 여전히 자연의 순리에 따라 살아간다. 그 안에서는 삶의 시작과 끝이 불가분의 관계처럼, 마치 실을 잣고 옷감을 짜듯 하나의 아름다운 작품으로 빚어진다.

◆◦❀◦◆

새끼 고양이가 갓 태어나 처음으로 세상의 빛을 보며 눈을 뜰 때를 떠올려보자. 오랫동안 내 곁을 지켜주었던 충직한 개가 서서히 마지막 숨을 내쉬는 순간은 또 어떨지. 우리가 목격하는 이 두 장면은 모두 삶 속에서 일어날 수 있는 아름답고 굉장한 사건의 양면이다. 무한한 가능성의 세계로부터 태어난, 이 생에 다시 없을 생명이 세상 속으로 나온다. 잠시 자신을 둘러싼 우주를 살펴보고 이내 다음 세대에게 자신의 생명력을 물려준다. 그리고 다시 끝없이 이어진 광활한 우주의 시간 속에서 태어나 삶을 살아간다. 수억만 년 동안 되풀이된 이러한 삶의 양식은 영속되며 계속해서 진화한다.

232

출생과 죽음. 그 누가 이보다 더 아름다운 방식으로 세상으로 들어올 수 있을 것이며 떠나는 순간에는 누가 이보다 더 자연스러운 궤도를 고안해낼 수 있을 것인가? 동물은 우리의 삶을 수없이 많은 방면에서 풍요롭게 해준다. 그들의 활기, 그들의 평온함, 그들의 절개, 그들의 사랑. 그들은 우리에게 죽음이 적이 아니라는 사실을 일깨워준다. 죽음이란 끝없이 펼쳐지는 세상의 여정 속의 소멸과 재생을 위한 단 한 순간일 뿐이다. 그 사실을 깨닫게 해준 것만으로도 그들은 우리에게 충분한 마지막 선물을 전해준 셈이다.

특별
부록

사랑하는 반려동물과
나만의 기념식 만들기

우리 교회 사람이 세상을 떠나면 나는 남겨진 유가족들에게 시, 기도문, 묵상 등 읽을거리를 권해준다. 그렇게 생의 마지막 장을 조용히 돌아볼 수 있도록 해준다. 생각을 정리하고 한데 모을 수 있게 돕는 것이다. 스스로를 통제할 수 없을 만큼 외부 상황에 압도되고 힘겨운 나날 속에서 이런 글들은 차분히 자신의 내면을 들여다보게 해준다. 죽음이란 사람이 살아가며 겪는 삶의 일부이고 결코 피할 수 없는 영적 유산임을 알려준다. 물론 그 안에는 사랑 역시 살아 숨쉬며 영원히 변치 않고 전해 내려온다.

이어질 글들은 특히 애완동물을 잃은 사람들에게 도움이 될 것이다. 고대 로마부터 오늘날의 미국에 이르기까지 몇 세기에 걸친 작가들의 글을 모았다. 나바호족*부터 힌두교 그리고 기독교까지 여러 종교적 관점을 다양하게 볼 수 있다. 일

•
나바호족 Navajo-族 ————
가장 큰 북미 인디언 부족. ─ 옮긴이

부는 떠나간 동물들에게 바치는 헌사의 글이다. 살아생전 그들이 삶 속에서 얼마나 큰 자리를 차지했었는지 혹은 체념과 희망이라는 삶의 보편적 원리를 일깨워줬는지에 대한 이야기가 담겨 있기도 하다. 다양한 글들 속에서 분명 유독 자신에게 의미 있게 와닿는 글을 찾을 수 있을 것이다. 사람들은 모두 죽음이라는 문제를 맞이한다. 시공을 초월해 서로 다른 전통 속에서 그래왔다. 그럼에도 불구하고 우리는 삶에 대한 믿음을 잃지 않을 이유가 있었고 그렇게 지금도 살아가는 것이다.

✦ ❖ ✦

책에 실린 글 중 적합하다 생각되는 글을 애완동물 추모식에 사용해보자. 식은 주로 집에서 혹은 묘지 앞이나 동물의 유해를 흩날릴 공원에서 이뤄질 것이다. 상황이 여의치 않아 매장하기가 힘들거나 유해를 간직하고 싶다면 어디 조용한 구석에 나무나 꽃을 심는 방법도 있다. 땅에 무언가를 심는 건 삶과 재생의 근원인 지상과 우리가 이어져 있음을 상징적으로 보여주는 방법이다. 어떤 사람들은 집 밖에 표지판을 세워두어 애완동물을 추억한다. 액자를 사서 가장 좋아하는 사진을 집 안에 걸어놓기도 한다. 한 가족의 특별한 이별 방법은 이번 장의 마지막에 실려 있다. 어쩌면 당신만의 기념식을 생각해내기에 앞서 참고할 만한 좋은 예가 될 것이다.

홀로 혹은 친구나 가족을 초대해 마지막 기념행사를 할 수 있다. 물론 죽은 동물에게 그리 관심을 갖지 않았던 사람이 마지막 순간 함께하게 될 수도 있다. 동물과 함께 자라온 아이들은 이미 다 자라 멀리 대학에 가 있는 경우도 있다. 개인적으로 동물과 작별 인사를 할 기회를 갖지못한 이들에게는 소식만 듣고 행사에 찾아오는 일이 특히 어려울 수 있다. 동물이 떠나고 얼마간 시간이 지난 후, 상실감에서 조금 헤어난 사람들이 다시 모두 모인 자리에서 추모식을 열자. 그땐 서로가 서로에게 힘이 되어줄 수 있다. 함께 슬퍼하며 아픔을 치유해나갈 수 있다.

나는 추모식을 주관하며 일정 시간 동안 사람들에게 묵념을 하게 한다. 그들만의 생각 속에서 혼자만의 시간을 갖게 해주는 것이다. 물론 행복했던 지난날의 아름다운 추억을 되돌아보며 짧게나마 서로 이야기를 나눌 시간 역시 잊지 않고 갖는다. 그러니 추모 연설을 하고 싶다면 그 시간을 이용하면 된다. 식을 시작하기 전에 읽는 글과 식 마지막에 하는 기도는 간단한 기념식의 시작과 끝에서 추모와 감사의 마음을 환기시켜준다. 애정 어린 헌사의 시간을 신성한 순간으로 만들어준다. 축복과 화합의 말들을 들을 수 있다. 전형적인 추모식은 다음과 같은 사항들을 포함한다.

스스로의 중심을 잡는 일: 먼저 스스로의 중심으로 돌아갈 수 있도록 명상으로 식을 시작하자. 성 프란체스코의 글로 시작해보는 건 어떨까. 바가바드기타의 글이나 이 책에 소개된 다른 영적 전통을 따라보는 건 어떨지. 본인이 생각하기에 삶의 원기를 불어넣어주고 의지할 만한 진리에 기대보자. 당신의 믿음의 대상을 신이라 부르든 혹은 주신이나 어머니인 대지라고 부르든 그건 중요하지 않다. 그 진리와 믿음 안에서 모든 생명은 살아가며 숨을 쉬고 또 새로이 태어날 것이라는 믿음을 갖고 나아가는 것이다.

상실을 인정하는 일: 사랑하는 반려동물의 죽음에 따르는 슬픔에 수식을 붙이자. 고통에 이름을 달아주자. 앞으로 소개될 글들은 슬픔이 가져올 적막하고 황량한 분위기를 전

한다. 추모 행사는 우리가 충분히 울고 슬픔을 밖으로 표출할 수 있을 때에 비로소 의미를 갖는다.

추억을 기리는 일: 기념식을 통해 충분한 애도의 시간을 갖지만 우리에게는 감사할 수 있는 기회 역시 필요하다. 특별했던 모습, 칭찬할 만한 일들 혹은 평범했던 당신의 애완동물의 면면을 기억해보자. 7장 초반부에 실린 존 기팅스가 자신의 고양이 셀레티노에게 쓴 생생한 시구나 뒤에 나올 조지 애플턴의 기도문도 좋다. 살아 숨쉬는 다른 생명의 아름다움을 기리자. 이 책에 실린 시나 기도문을 사용하거나 감사하는 마음을 고스란히 전해줄 글을 직접 적어도 좋다.

희망을 이야기하는 일: 나는 추모식의 마지막을 언제나 앞으로 이어질 삶에 대한 확신과 희망으로 마무리한다. 서로를 더욱 아끼고 주어진 하루하루를 보다 값지게 살아가는 것. 스스로에게 너그러워지고 나를 둘러싼 세상에 더욱 감사하는 마음을 갖는 것은 상실의 경험이 우리에게 가져올 가장 이상적인 모습들이다. 미래에 대한 희망을 나누고 싶어질 수도 있다. 그러니 곰곰이 생각해보자. 당신의 반려동물과 함께했던 시간을 통해 당신은 어떻게 변해 있을 것인가? 어떤 다른 방식으로 살아가고 싶은지 혹은 조금 더 계획적으로 앞으로 이어질 날들을 어떻게 살아가고 싶은지.

   기념식을 계획하는 일에서 한걸음 나아가 애완동물을 정기적인 간격을 두고 기억하고 싶다면 다음과 같은 방법을 고려해보자. 동물이 열 살이었다면 죽은 날로부터 열흘간 저녁상에 초를 켜두자. 책에 실린 글을 함께 읽어도 좋다. 동물과 함께 보낸 해마다 어디에서 무엇을 했는지를 기억해낼 시간을 갖자. 그렇게 추모의 시간을 정해두면 ―죽음 직후 한두 주간 매일 아침이나 저녁 몇 분 동안― 최소한 매일 하루 중 일정 시간 애도의 시간을 확보할 수 있다. 한 달이 지나고 몇 년이 지나도록 동물의 죽은 날을 기억해 기념일을 지키는 것 역시 어떤 이들에게는 매우 중요한 일이다.
   삶 속에서 의미를 만드는 일은 슬픔을 지혜로 바꾸는 방법이다. 삶의 마지막 순간 역시 그렇다. 우리는 스스로가 존재하는 이유를 찾고 그로써 우리의 고통은 더이상 무의미하지 않게 된다. 끊어진 삶을 딛고 나아간다는 것은 죽음을 조금 더 큰 그림 속으로 통합하여 이해한다는 걸 의미한다. 커다란 전체의 일부로서 출생과 죽음을 모두 아우르는 것이다. 삶의 의미와 이유 그리고 이해는 모두 스스로의 내면으로부터만 발견할 수 있다. 물론 다행히도 오랜 세월과 문화를 걸쳐 살아온 시인과 철학자들은 우리가 그 물음에 대한 답을 찾아가는 과정에 아낌없이 도움을 줄 준비가 되어 있다.

읽어볼 만한 시와 구절들

주는 때를 가늠하도록 달을 지으셨고,

해는 그 지는 때를 압니다.

주께서 어둠을 드리우시니 밤이 되고,

숲속의 모든 짐승은 이때부터 돌아다닙니다.

이 모든 피조물이 주만 바라보며,

때를 따라서 먹이 주시기를 기다립니다.

주께서 그들에게 먹이를 주시면 그들은 받아먹고,

주께서 손을 펴 먹을 것을 주시면,

그들은 배불리 먹고 만족합니다.

그러나 주께서 숨으시면 그들은 두려워하고,

주께서 그들의 호흡을 거두시면,

죽어서 본래의 흙으로 돌아갑니다.

주께서 주의 영을 보내셔서 그들을 창조하시며,

땅의 모습을 새롭게 하십니다.

시편 104편

주님, 당신께서 만드신 모든 것들에 대하여

당신을 찬양합니다.

무엇보다도 먼저 낮을 가져오고

우리에게 빛을 가져다주는

형제 태양을 만들어주셔서 감사합니다.

주님, 자매 달과 별들을 만들어주신

당신을 찬양합니다.

하늘 위에 그것들을 만드시고 더할 나위 없이

존귀하게 반짝이게 하셨습니다.

주님, 형제 바람과 구름 낀 고요한 바람 부는

하늘을 만들어주신 당신을 찬양합니다.

주님, 자매 어머니인 대지를 만들어주신

당신을 찬양합니다.

대지는 우리를 키워주고 우리를 돌봐줍니다.

풍요로운 과일과 색색의 아름다운 꽃

그리고 약초를 가져다줍니다.

주님, 자매 육체의 죽음을 가져다주심에

당신을 찬양합니다.

살아 있는 그 누구도 죽음을 피해갈 수 없습니다.

주님을 찬양하고 축복합니다.

감사드립니다.

지극히 겸손한 마음으로 주를 섬깁니다.

아시시의 성 프란체스코

나는 살아서 아름다운 들판에서 빛나는

신성한 물질의 불타는 정수이다.

물속에서 빛을 내고

태양과 달 그리고 별들 아래 타오른다.

나에게는 보이지 않는 바람의

신비로운 힘이 있다.

나는 모든 것들에 깊숙이 스며들어

그들이 죽지 않도록 한다.

나는 삶이다.

힐데가르트 폰 빙엔 / 독일 수녀

나는 모든 존재들의

중심에 있는 참자아요 주인공이다.

나는 모든 존재의 시작이요,

중간이요 끝이다.

이 세상을 밝게 비추는

해와 달과 모든 불빛은

나에게서 비롯된 것이다.

바가바드기타 / 힌두교 성전

땅 위에 걷는 동물도

두 날개로 나는 새들도

너희들과 마찬가지로

공동체의 일부라.

그들 모두는 종말에

그들의 주님께로 불려가노라.

코란 제6장 수라트 알안암(Al-An 'anam: 가축들)

처음에는 하늘과 대지와 흐르는 바다의 수면과

달의 빛나는 천구와 티탄의 별들을

그 속에 있는 정신이 부양했단다.

그리고 마음이 사지 속으로 스며들어가

이 모든 것을 움직이며 그 거대한 육체와 섞였단다.

이 결합에서 인간들과 짐승들의 종족과,

날짐승들의 생명과, 바다가 대리석 같은 수면 아래

감추고 있는 괴물들이 태어났단다.

그 씨앗들은 하늘에서 비롯된 것으로

그 안의 생명력은 불로 이루어져 있지만,

그들은 해로운 육체로 인해 허약해지고

지상의 관절과 죽게 마련인 사지로 인해

무뎌지는 것이란다.

베르길리우스 『아에네이스』 / 존 드라이든 번역

밝고 아름다운 모든 것,

크고 작은 모든 피조물,

슬기롭고 경이로운 모든 것,

하나님께서 이 모든 걸 창조하셨네.

세실 프란시스 알렉산더

식물에 붙어 있는 곤충, 양초의 타오르는 불길
근처를 배회하며 주어진 짧은 생을 보내는 나방—
그도 아니라, 물 한 방울 속에 숨쉬는 삶이야말로
전지전능하신 군주이신 신의 특별한 섭리의
산물이다.

헨리 버그 / 미국 동물 학대방지협회 설립자

오 하나님, 주께서 완전하게 만드신
그 생물들로 인하여 감사드립니다.

코끼리와 물소 같은 큰 동물,
낙타와 원숭이 같은 익살맞은 동물,
개와 고양이 같이 친근한,
말과 소처럼 일하는 동물들,
다람쥐와 토끼처럼 겁이 많은,
사자와 호랑이 같은 위엄 있는 동물들,
노래 부르는 새들을 보며 주님께 감사드립니다.

오 하나님, 주님의 모든 피조물을
지극히 사랑할 수 있는 마음을 저희에게 주소서.
그리하여 그 사랑이 두려움을 쫓아내게 하시고
주님의 모든 피조물이 사람들을
그들의 제사장과 친구로 알게 하소서.

254

조지 애플턴 / 영국 성공회 목사

우리에겐 동물을 바라보는 더 현명한 그리고 어쩌면 더 신비로운 개념이 필요하다. 우리는 동물이 불완전하다는 이유로, 우리보다 훨씬 떨어지는 형태를 받고 태어난 그 비극적인 운명 때문에 선심 쓰듯 보살피려 든다. 그러나 그건 실수, 그것도 대단히 큰 실수이다. 동물은 인간이라는 기준에 의해 우열이 평가될 존재가 아니기 때문이다. 우리보다 오래되고 더 완전한 세계 안에서, 우리는 이미 잃어버렸거나 아예 얻지도 못한 확장된 감각을 갖고 태어난 그들은 정교하고 완벽하게 운신하며, 우리는 절대 듣지 못할 목소리에 따라 살아간다. 그들은 우리의 형제도 아니지만, 그렇다고 미개한 존재도 아니다. 이를테면 다른 부족, 그저 같은 생명과 시간의 그물에 함께 포획된, 지구의 광채와 진통이라는 수용소에 함께 갇힌 동료일 뿐이다.

255

헨리 베스톤 / 『세상 끝의 집』 지은이

모든 것들은 절대자이신 영(靈, spirit)의 작품이다. 모든 것들에는 영이 존재한다. 푸른 나무와 잔디, 흐르는 강물과 높이 솟은 산 그리고 네 발 달린 것들과 날개 달린 것들. 이보다 더 중요한 것은 우리는 이 모든 것들과 사람을 넘어 영이 존재한다는 것을 이해해야 한다는 것이다. 이 모든 걸 우리가 실로 마음속 깊이 이해할 때 비로소 우리는 두려울 것이고 사랑할 것이다. 영을 알 것이고 이로써 영이 우리를 이끄는 대로 존재하고 행동하고 살아갈 것이다.

검은 고라니

하느님의 모든 창조물을, 그 전체를,

모래알 하나까지도 사랑하라.

잎사귀 하나, 하느님의 햇살 하나까지도

사랑하라. 동물을 사랑하고 식물을 사랑하고

모든 사물을 사랑하라. 모든 사물을 사랑하면

사물 속에 깃든 하느님의 비밀을

깨닫게 될 것이다.

표도르 도스토옙스키 『카라마조프 가의 형제들 2』

내가 홀로 사막에서 두려움에 떨고 있을 때,

나는 내 곁에 아이가 있어주길 바랄 것이다.

그러면 두려움이 사라질 것이고 나는 강해질 것이다.

이것이 바로 삶이 아주 고귀하기에,

기쁨으로 넘쳐나기에

그리고 강력하기에 그 자체로써 할 수 있는 것이다.

그러나 내 곁에 아이를 둘 수 없다면

나는 최소한 살아 있는 동물을 곁에 두어

위안을 얻고 싶다.

그리하여 두껍고 딱딱한 책을 통해

경이로운 것들을 가져다주는 이들이

동물의 도움을 얻을 수 있도록 해주자.

동물의 삶 속 생명력이 그들에게

힘을 가져다줄 것이다.

평등이란 모든 것에, 언제나 힘을 가져다주기에.

마이스터 에크하르트 / 중세 독일 신비주의 사상가

"나를 안심시키려는 말은 필요 없어요. 그저 진실만을 원해요. 헤리엇 씨가 아직 무척 어리다는 건 알지만 부디 나에게 말해줘요. 당신 생각에는 어떻죠? 내 동물들이 나와 함께 갈 수 있을 것 같나요?"그녀는 내 두 눈을 뚫어지게 쳐다봤다. 나는 잽싸게 의자로 이동해 앉아 침을 한두 번 삼켰다. "스터브즈 부인, 유감스럽지만 모든 상황이 조금 불확실합니다." 내가 말했다. "하지만 한 가지는 확실해요. 부인이 어디를 가든 동물들도 함께 간다는 사실은요." 그녀는 여전히 나를 빤히 쳐다봤지만 표정은 다시 편안해져 있었다. "고마워요, 헤리엇 씨. 지금 나에게 정직하게 말해주고 있다는 걸 알아요. 헤리엇 씨는 그렇게 믿고 있다는 거죠, 그렇죠?" "네, 저는 그렇게 믿습니다." 내가 답했다. "진심을 다해 그렇게 믿고 있습니다."

릴라는 크리스토퍼가 죽은 직후에 나에게 말했다. "크리스토퍼 호그우드는 우리에게 덩치가 큰 부처 같은 스승이었어요. 우리에게 사랑하는 방법을 가르쳐주었지요. 인생의 모든 것을 사랑하는 방법, 자기 앞에 놓인 음식찌꺼기를 좋아하는 방법을 가르쳤어요. 정말 아름다운 영혼이었지요! 크리스는 순수하게 사랑을 주는 존재였어요."

그건 정말이었다. 크리스는 친구를 사랑했다. 좋은 음식을 사랑했다. 여름의 따뜻한 햇볕, 어린 손들이 쓰다듬어주는 배 마사지를 사랑했다. 크리스는 세상을 사랑했다. 릴라는 나에게 약속했다. "그 사랑은 없어질 수가 없어요. 결코 없어지지 않아요."

크리스토퍼 호그우드는 이 향기롭고 풍요롭고 달콤한 녹색의 세계에서 흘러나오는, 과즙이 넘쳐나는 과일의 맛을 즐길 줄 알았다. 이런 모습을 우리에게 보이는 것만으로도 하나의 커다란 선물이 되었다. 하지만 크리스는 또다른 진실을 보여주었다. 이 돼지는 베이컨으로 생을 마치는 대신 잠자다가 평화롭게 죽을 때까지 14년을 살았고 사람들의 넘쳐나는 사랑을 받았다. 이것은 우리가 항상 실용적일 필요가 없다는 증거이다. 우리는 사회, 종, 가족, 운명이 정해놓은 규칙을 무조건 받아들이지 않아도 된다. 우리는 새로운 방법을 선택할 수 있다. 슬픔의 이야기를 치유의 이야기로 바꿀 힘이 우리에게는 있다. 우리는 죽음과 맞서 생명을 선택할 수 있다. 우리는 사랑의 힘으로 우리의 집에 도달할 수 있다.

현재 돼지 궁전은 비어 있다. 사람들은 이런 질문을 한다. "또다른 돼지를 키울 거예요?" 나는 그 대답을 알지 못한다. 하지만 한 가지는 확실히 알고 있다. 위대한 영혼은 그 모습이나 시간을 불문하고 때가 되면 자연스럽게 우리들 가운데 모습을 드러낸다. 나는 눈을 크게 뜬 채 그것을 지켜볼 것이다.

사이 몽고메리 『돼지의 추억』

시간은 기다리는 사람들에게는 너무 느리고,

두려워하는 사람에게는 너무나 빠르며,

슬픔에 잠겨 있는 사람들에게는 너무도 길고,

기뻐하는 사람들에게는 너무나 짧지만,

현재를 사는 사람들에게 시간은 영원하다.

시간은 흐르고, 꽃은 지고, 새로운 날들,

새로운 길들이 스쳐지나간다.

사랑은 머무른다.

작자 미상, 버지니아 대학에 있는 해시계에 새겨진 글귀

모든 것이 가고, 모든 것이 되돌아온다. 존재의 수레바퀴는 영원히 굴러간다. 모든 것이 죽고, 모든 것이 다시 꽃핀다. 존재의 세월은 영원히 흘러간다. 모든 것이 꺾이고, 모든 것이 새로 이어진다. 존재의 동일한 집이 영원히 지어진다. 모든 것이 헤어지고, 모든 것이 다시 서로 인사한다. 존재의 순환은 자신에게 영원히 충실하다. 존재는 매순간 시작한다. 저기라는 공이 모든 여기의 주위를 굴러간다. 어디에나 중심이 있다. 영원의 오솔길은 굽어 있다.

프리드리히 니체 『차라투스트라는 이렇게 말했다』

하나님, 개의 삶은 허망합니다,
함께 뛰놀고 즐거울지는 몰라도
우리의 슬픔은 -우리를 가슴 아프게 하는-
우리의 삶이 너무나 짧다는 것이지요.

"개의 가장 친한 친구는 사람이다"라고들 하지요.
"혹은 여자 -성인(聖人)이나 악당(惡黨)."
개는 그들의 삶을 동반하여
어린 시절부터 무덤까지 함께하지요.

우리는 너무 빠르게 자랍니다!
세 달이 되면 사람으로 네 살이 되지요.
한 살이면 우리는 주인처럼 다 자라
열여섯 살 혹은 그 이상이 되지요.

2년이면 우리는 스물다섯 살
사람만큼 성숙하지요.

그리고 10년이면 우리는 늙어가
살아 있음이 행운이지요.

부디 우리의 기도를 들어주세요,
우리가 뛰고 짖고 또 코를 쿵쿵거리는 걸
용서해주세요.
이 세상의 사랑을 모두 담기에
우리의 삶은 너무도 짧으니까요!
네.

윌리엄 클리어리, '강아지의 노래'

어느 날 밤, 한 남자가 울부짖고 있었다.

"알라신이시여, 알라신이시여!"

그의 입술은 기도 소리로 달아올랐다.

그러던 중 어디선가 냉소적 외침이 들려왔다.

"그래! 당신의 울부짖음을 들었소,

근데 어디 대답이 있긴 했소?"

남자는 답을 할 수 없었다.

남자는 기도하기를 멈추고 혼란스레 잠에 들었다.

꿈속에서 그는 녹색의 두꺼운 나뭇잎을 걸친

영적 지도자 키드르를 만났다. 키드르가 물었다.

"왜 기도하기를 멈췄는가?"

"아무런 대답을 들을 수 없었기 때문입니다."

"당신이 보이는 그 간절함이 바로 대답이니라."

당신을 울부짖게 하는 그 슬픔이 다시 당신을

조화로운 곳으로 이끌어줄 것이다.

도움을 갈구하는 당신의 순수한 슬픔이야말로

승리의 컵이다.

주인을 향한 개의 울음을 들어라.

그 흐느낌으로 우리는 하나로 연결되는 것이다.

세상엔 아무도 이름을 몰라주는 개들이 있다.

당신의 삶을 내주어 그들의 일부가 되자.

자랄 아딘 루미, '강아지를 사랑하라'

슬픔이란 굳이 애쓰지 않아도 이미 충분하다.

우리의 하루는 사람들이 주는 슬픔으로 채워진다.

닥쳐올 슬픔이 있음이 이리도 확실한데

왜 우린 항상 더 많은 슬픔을 삶에 들이려 하는가?

형제여 자매여, 나는 조심하라 말하고 싶다.

개에게 마음을 주어 눈물을 흘리는 일을.

당신이 지닌 단 하나의 의지에 기대 살던 개가,

깽깽거리며 반겨주던 그 소리가 잠잠해질 때

(그렇게나 고요히!),

당신의 기분 하나하나에 반응을 해주던 그 마음이

사라진다면 —어디로 가든— 영영 사라졌을 때,

당신이 개를 얼마나 아꼈었는지 깨닫게 될 것이며,

개에게 당신의 마음을 주어

눈물을 흘리게 될 것이다.

러디어드 키플링, '개의 힘'

그래 너는 밥을 먹고 네 손을 핥지.

배가 부를 테고 너는 마루에서 즐겁게 뛰놀겠지.

저녁이면 그리고 밤이 오면 안전한 곳으로 돌아가

너는 짚으로 만든 네 보금자리에서

아무런 걱정 없이 잠이 들지.

왜냐하면 나는 네게 믿음을 주었으니까,

약속했으니까

사람인 내 모든 걸 걸고 너의 무한한 감사와

사랑을 지켜주겠다고.

내가 너보다 오래 산다면 나는 네 무덤을 팔 것이니

그리고 너를 그 안에 넣으며 한숨을 짓듯 말할지니,

최소한 친구 하나쯤은 있던 토끼였노라고.

윌리엄 쿠퍼, '나의 애완동물 토끼'

나의 고양이 제프리를 생각하노라.

그는 살아계신 하나님의 종으로, 때를 맞춰

매일 같이 하나님을 섬기노라.

동쪽에서 하나님의 영광을 일견하여

그의 방식대로 섬기노라.

이는 우아함을 잃지 않고 재빨리 몸을 일곱 번

둥글게 휘감으며 행해지노라.

그리곤 그는 기도가 깃든 하나님을 향한 축복의

사향을 잡으려는 듯 껑충 뛰어오르노라.

장난스럽게 몸을 말아 굴리노라.

자신의 할 일을 다 하고 축복을 듬뿍 받은 뒤

이제 스스로에 대해 생각하노라.

이를 위해 그는 열 단계를 거쳐 행하노라.

첫번째로 자신의 네 발이 깨끗한지를 살피리라.

두번째로 뒷발질을 하여 그 자리를 깨끗이 털어내리라.

세번째로 앞발을 길게 뻗으리라.

네번째로 나무에 대고 발톱을 뾰족하게 갈아내리라.

다섯번째로 그 스스로를 씻으리라.

여섯번째로 몸을 씻으며 구르리라.

일곱번째로 그는 몸에 벼룩을 털어내버리리라.

여덟번째로 그는 기둥에 제 자신의 몸을 비비리라.

아홉번째로 지시 사항을 찾아보리라.

열번째로 음식을 달라 청하리라.

자신과 하나님에 대해 생각하듯

그 이웃을 생각할지어니.

하나님이 그가 하는 수많은 행동에 축복을 내리리라.

하늘을 날지는 못해도 아주 잘 기어오를 수 있으니.

세상에 대한 그의 태도는 그 어떤 네 발 짐승 이상이노라.

세상 그 모든 음악을 사뿐히 지르밟듯 음미할 수 있으니.

생을 걸고 헤엄칠 수 있으니.

살금살금 기어갈 수 있으니.

크리스토퍼 스마트, '오 나의 고양이 제프리'

내 무덤 앞에서 울지 마세요.

나는 거기 없어요. 나는 거기 잠들어 있지 않아요.

난 불어오는 천의 바람이고,

눈 위에서 빛나는 다이아몬드 빛이며,

익은 곡식 위로 쏟아지는 햇살이고,

잔잔하게 내리는 가을비입니다.

당신이 아침에 일어날 때,

나는 하늘 높이 날아올라

소리 없이 맴도는 바람일 거예요.

난 밤을 비추는 부드러운 별이에요.

내 무덤 앞에서 울지 마세요.

난 거기 없어요. 난 죽지 않았어요.

작자 미상

그 무엇도 정말로 상실되지 않거나

상실될 수 있는 건 없다.

그 어떤 출생, 정체성, 형태 −세상의 그 어떤 것도,

삶도, 권력도, 눈에 보이는 그 어떤 것도.

출현은 좌절이 아니며, 변화하는 구(球)도

당신을 혼란스럽게 하지 않는다.

시간과 공간은 광대하다− 자연계 역시 광활하다.

월트 휘트먼, '풀잎'

삶이란 무엇인가?

그것은 한밤중 반딧불이의 불빛이다.

그것은 추운 겨울날 버펄로의 숨결이다.

그것은 푸른 잔디밭을 가로지르는

희미한 그림자로 일몰과 함께

제 모습을 감추는 것이다.

까마귀발 / 블랙풋의 추장

오, 주님 저들을 위해, 저 불쌍한 짐승들,

우리와 함께 하루의 고단한 짐과

무더운 열기를 참아내는,

인간의 안위를 위해 자신의 속임 없는 삶을

내어주는 그들을 위해,

그리고 당신이 지혜롭고 강하고 아름답게 창조한

야생동물들을 위해,

우리는 그들을 위해 간절히 기원합니다.

당신의 위대하고 부드러운 마음을,

당신은 인간과 짐승을 모두

구원해주기로 약속했기에,

오, 주여 세상의 구세주여.

대(大) 성 바실 / 가이사랴의 주교

기나긴 삶 속에서

나는 방황하리라.

행복 속에서

나는 방황하리라.

내 앞의 아름다움에

나는 방황하리라.

나를 넘는 아름다움에

나는 방황하리라.

나이가 들어 아름다움을 좇아

여정을 떠나

나는 방황하리라.

모든 건 아름다움에서 끝나리라.

나바호족의 밤에 부르는 찬송가

놀기 좋아하는 것들은 축복받았다.

이는 그들이 사랑과 웃음으로

둘러싸여 있기 때문이다.

걱정이 없는 것들은 축복받았다.

이는 그들을 통해 우리가

마음의 평온을 깨닫기 때문이다.

아무것도 소유하지 않은 것들은 축복받았다.

이는 그들이 영적인 부분에서 풍요롭기 때문이다.

아무런 죄가 없는 것들은 축복받았다.

이는 그들의 모든 것들이

천국에 속해 있기 때문이다.

동물들은 축복 받았다. 그리고 우리도.

개리 코왈스키

참고 역서

- 김정우 지음, 『시편 주석 3』, 총신대학교 출판부, 2010.
- 정창영 풀어 옮김, 『바가바드기타』, 시공사, 2001.
- 최영길 역주, 『꾸란 주해』, 세창출판사, 2010.
- 베르길리우스 지음, 천병희 옮김, 『아에네이스』, 숲, 2007.
- 헨리 베스톤 지음, 강수정 옮김, 『세상 끝의 집: 케이프코드 해변에서 보낸 1년』, 눌와, 2004.
- 표도르 도스토옙스키 지음, 김연경 옮김, 『카라마조프 가의 형제들 2』, 민음사, 2007.
- 제임스 헤리엇 지음, 안재권 옮김, 『행복한 기적을 키우는 사람들』, 현재, 2000.
- 사이 몽고메리 지음, 이종인 옮김, 『돼지의 추억』, 세종서적, 2009.
- 프리드리히 니체 지음, 홍성광 옮김, 『차라투스트라는 이렇게 말했다』, 펭귄클래식코리아, 2009.

278

어느 가족의 특별한 이별 방법

레이디를 추억하며,

사랑스러운 벗이자 지혜로운 스승

그리고 영원한 우리의

장난기 가득한 리트리버!

에롤 G. 소워스

사실 수의사의 말이 그리 놀랍지는 않았다. 우리 사랑스러운 12살 골든 리트리버의 생이 이제 두 달도 채 남지 않았던 것이다. 레이디의 등 가운데 생긴 종양은 빠르게 다른 곳으로 전이되고 있었고 점차 커져갔다. 다리 뒤쪽에 심각한 관절염까지 생긴 상태에서 좋은 소식을 기대할 수는 없었다. 당연한 일이었다. 하지만 이제 죽음은 임박해왔고 우리는 고통스러웠다. 가슴이 무척 아려왔다.

이어진 6주간은 기쁨과 슬픔을 오갔다. 레이디 역시 어찌해서인지 얼마 남지 않은 하루하루를 충분히 음미해야겠다는 걸 알았던 것 같다. 몸이 갈수록 불편해졌지만 레이디는 좋아하는 놀이를 하자며 보챘다. 던진 돌멩이를 다시 물어오는 게 임이었다. 놀이를 할 때마다 단 몇 순간이었지만 레이디는 다시 젊음의 활력을 찾는 듯 보였다.

마침내 종양이 피부로 번지기 며칠 전 수의사가 의료 상자를 들고 집에 도착했다. 우리는 레이디에게 주어진 마지막 몇 시간 동안 그녀가 살아온 삶을 기리고 그녀가 떠나가는 과정을 충분히 곁에서 지켜봐주기로 했다. 후에 레이디를 위한 우리의 이러한 선물이 우리 스스로를 치유하는 데 있어서도 도움이 될 거라는 사실은 꿈에도 생각지 못했다.

공식적인 장례식을 계획하지는 않았지만 나의 아내 메레디스, 우리 아들 마크와 가까운 두 친구 제레미와 헬레나가 나와 함께 모였다. 햇빛이 화창한 날이었다. 우리는 미리 파놓은 무덤에서 약 15미터도 채 되지 않는 동산 중턱에 모였다. 그렇게 함께 추모식을 지냈다. 식에는 다음 네 가지의 사항이 모두 포함되어 있었다.

살다 간 동물의 삶을 기리자

바닥에 앉아 나는 레이디를 들어 내 무릎 위에 조심스레 눕혔다. 무릎 위에 머리를 대고 편히 쉴 수 있게 했다. 한 사람씩 돌아가며 보듬으며 우리는 레이디와 함께 보낸 지난날들을 회상했다. 내 양 볼을 타고 눈물이 흘렀고 나는 레이디가 자주 내 손에 대고 코를 비비던 일을 떠올렸다. 레이디는 돌멩이 되찾아 오기 게임을 하고 싶을 때면 작은 네 발로 춤을 추며 소리 내어 몇 번 짖어댔다. 레이디는 자기 영역을 지키듯 서서 우리 집 소유의 무언가에 낯선 개가 감히 다가오거나 할 때면 매번 짖어댔다. 메레디스는 그 모습을 추억했다. 심지어 종종 정원의 꽃을 마구 헤집어 놓던 레이디의 모습까지도 애정 어린 추억을 상기시켰다.

마음을 안심시켜주자

레이디는 자신에게 주어진 시간이 얼마 남지 않았음을 알고 있었다. 그건 의심할 여지가 없는 사실이었다. 한번은 부드러운 갈색 눈동자로 나에게 오래 눈길을 보냈다. 그 눈빛은 이렇게 말하는 듯했다. "괜찮아요. 저는 준비가 되었어요. 두렵지 않아요. 집으로 돌아가기 전까지 이렇게 저와 함께 있어줘서 감사해요." 레이디를 안심시켜주고자 했던 우리가 오히려 마음의 안정을 찾을 수 있었다. 수의사가 안락사를 시키는 순간에 그 자리를 지켜주는 건 동물을 위한 일이기도 하지만 우리 스스로의 슬픔과 고통을 줄일 수 있는 방법이기도 하다.

모든 것이 일치된 삶으로 이끌어주자

마크와 나는 소리 없이 푹 늘어진 레이디의 몸을 땅 속에 애정을 담아 안치시켰다. 그 순간 신이 평소보다 조금 더 우리 곁에 가까이 다가온 듯 영혼이 부드럽게 들뜨는 듯했다. 우리를 휘감던 공기는 만져질 듯 뚜렷했다. 그리고 우리는 마음속 깊이 알 수 있었다. 모든 일이 다 괜찮아질 것이라는 사실을. 사랑하던 이의 몸을 다시 어머니인 대지의 품으로 돌려보내는 그 짧은 순간 사이 우리는 삶이 얼마나 소중한 것인가를 깨달았다. 그리고 우리 모두가 서로, 또 창조자

283

와 떼려야 뗄 수 없는 불가분의 관계라는 사실 역시 느꼈다.

사랑으로 추억하자

동물 친구들은 우리에게 좋은 스승이다. 그들은 삶의 흐름
에 쉽게 뛰어들고 죽음 역시 확실히 사람들에 비해 훨씬 용
감하게 받아들인다. 이러한 삶과 죽음 그리고 우리가 믿는
환생의 경험을 되돌아보며 우리는 가득한 축복과 깊은 공동
체 의식을 느낄 수 있었다. 마치 레이디의 웃음소리를 다시
한번 들을 수 있을 것만 같았다. 탈진한 몸에서 자유로이 벗
어나 영원한 우리의 장난기 가득한 리트리버.

참고 문헌

Abercrombie, Barbara, ed. Cherished: 21 Writers on Animals They Have Loved and Lost. Novato, CA: New World Library, 2011.

Ashby, Ann. *"Man's Best Friend: Guard of the Afterlife."* Dog World, 7월 1993.
Auden, W.H. *"Talking to Dogs."* Harper's, 1971.

Bly, Robert. News of the Universe: Poems of Twofold Consciousness. San Francisco: Sierra Club Books, 1980.

Butler, Carolyn, Suzanne Hetts Laurel Lagoni. Friends for Life: Loving and Losing Your Animal Companion. Boulder, CO: Sounds True Audio. 1996.

Cantwell, Mary. *"The Soul Knows No Species, nor Does Love."* New York Times, 1990.

Clinebell, Howard. Basic Types of Pastoral Care and Counseling. Nashville, TN: Abingdon Press, 1984.

Frey, William. Crying: The Mystery of Tears. Minneapolis, MN: Winston Press. 1985.

Galsworthy, John. Memories. New York: Charles Scribner's Sons, 1914.

Goodman, Jacki. The Fireside Book of Dog Stories. New York: Simon and Schuster, 1943.

Gould, Stephen Jay. *"Our Allotted Lifetimes."* Natural History 86, no. 7(1977).

Grollman, Earl. Talking about Death: A Dialogue between Parent and Child. Boston: Beacon Press, 1976.

Holmes, Thomas & R. H. Rahe. *"The Social Adjustment Rating Scale."* Journal of Psychosomatic Research 2, (1967): 213-218pp.

Joseph, Richard. A Letter to the Man Who Killed My Dog. New York: Frederick Fell, 1956.

287

Kahn, Robiie Pfeufer. "*Though It's Your Heart's Passion: Healing from the Death of a Family Dog.*" Paper Presented at the American Sociological Association's Sociology of Emotions Conference, New York, 1996.

Katcher, Aaron, ed. New Perspective on Our Lives with Companion Animals. Philadelphia: University of Pennsylvania Press, 1983.

Keillor, Garrison. "*The Poetry Judge.*" Atlantic Monthly, 1996.

Keillor, Garrison. We Are Still Married: Stories and Letters. New York: Penguin Books, 1990.

Kenworthy, Jack. Dog Trainging Guide. London: Pet Library, 1969.

Kipling, Rudyard. Collected Dog Stories. Garden City, NY: Doubleday, Doran & CO, 1934.

Kubler-Ross, Elisabeth. Death Is of Vital Importance. Barrytown, NY: Station Hill Press, 1995.

Kutner, L. "*For Children, the Death of a Pet Isn't Practice for*

Something More Serious; It's the Real Thing." New York Times, 1990.

Lee, Laura. "*Coping with Pet Loss.*" Dogs Today, 1996.

Levinson, Boris. "Human Grief on the Loss of an Animal Companion." Archives of the Foundation of Thanatology 9, no. 2(1981): 5.

Lewis, Richard, ed. Miracles: Poems by Children of the English-Speaking World. New Your: Simon and Schuster, 1996.

Mason, Jim. An Unnatural Order. New York: Continuum, 1997.

Matthews, Peter, ed. The Guiness Book of Records.
New York: Bantam Books, 1995.

McKeown, Donal & Earl Strimple. Yor Pet's Health from
A to Z. New York: Robert B. Luce, 1973.

Meyer, Richard E. & David M. Gradwolh. "*Best Damn Dog We Ever Had: Some Folkloristic and Anthropological Observations on San Francisco's Presidio Pet Cemetery.*" Journal of the Association for Gravestone Studies 12(1995): 206-219pp.

Nieburg, Herbert & Arlene Fischer. Pet Loss: A Thoughtful Guide for Adults and Children. New York: Harper&Row, 1982.

Nuland, Sherwin. How We Die: Reflections on Life's Final Chapter. New York: Alfred A. Knopf, 1994.

Patterson, Francine & Eugene Linden. the Education of Kok. New York: Holt, Rinehart&Winston, 1981.

Porter, Valerie. Faithful Companions: The Alliance of Man and Dog. London: Methuen, 1987.

Searl, Edmund. In Memoriam: A Guide to Modern Funeral and Memorial Services. Boston: Skinner House, 1993.

Serpell, James. In the Company of Animals: A Study of Human-Animal Relationships. New York: Blackwell, 1986.

Temerlin, Maurice K. Lucy: Growing Up Human. Palo Alto, CA: Science and Behavior Books, 1973.

일러두기

책 속에 담긴 모든 이야기와 사건들은 실화에 바탕을 두고 있다. 개인정보 보호 차원에서 혹은 시점이나 인칭을 편히 하기 위해 이름 등 세부 사항들을 바꾼 경우도 있다.

이 책을 작업하는 데 있어 도움을 준 많은 분들과 단체에 감사의 말을 전하고 싶다. 특히 나의 아내 도리 존스에게 고마운 마음이 크다. 아내의 조언은 늘 많은 도움이 된다. 이번에도 역시 책을 검토해주고 좋은 조언을 해주었다. 모나드녹 동물보호단체의 리즈 프러네트(Liz Frenette), 데이비드 월튼(David Walton) 박사, 슬픔이라는 감정에 관한 독창적인 연구를 실시하고 있는 나의 시누 러트거스 대학교의 저넷 존스(Jeanette Jones) 교수, 마이클 워드(Michael Ward), 국제애완동물묘지협회, 매사추세츠 케임브리지의 마운트오번 묘지, 묘비학 관련 협회의 패트리샤 가벨(Patricia Gabel), 마가레트 카터(Margaret

Carter), 로비 칸(Robbie Kahn) 교수, DVM 홀리 치버(DVM Holly Cheever), 디 칼리아(Dee Kalea), 글로리아 쿨리(Gloria Cooley), 자신의 개 레이디에 관한 이야기를 나눠준 에롤 소워스(Errol Sowers), 동물 모형과 묘비명에 관한 조사를 제공해준 앤 애슈비(Ann Ashby), 담당하고 있는 동물보호센터에 있는 동물 사진 촬영을 허가해주고 또 많은 지혜로운 말과 조언을 해준 그레이터 버링턴 동물보호단체의 코니 하워드(Connie Howard), 덫 설치에 반대하는 비영리단체 엔드트랩(Endtrp)의 아이리스 무겐탈러(Iris Muggenthaler), 밸러리 헐리(Valerie Hurley)와 존 컨(John Kern), 노스캐롤라이나 주립 대학의 톰 리건(Tom Regan) 교수. 위 분들과 다른 많은 사람들을 통해 얻은 정보와 도움이 이 책을 가능케 했다.

우리 교회 교인들에게도 감사한 마음이 크다. 6개월간 안식년을 허락해주어 이번 책 작업을 할 수 있었다. 1996년 봄 메릴 연구 장학금을 지원해준 하버드 신학대학원에도 고마움을 표한다. 덕분에 하버드대 도서관과 연구 시설 등을 이용할 수 있었다.

마지막으로 뉴 월드 라이브러리(New World Library) 출판사에 감사의 말을 전한다. 편집 과정상의 도움과 이 책이 전하고자 하는 바의 그 중요성을 믿어주어 개정판과 확장판을 완성할 수 있게 해주었다.

　내 바람은 이렇다. 이 책을 읽고 스스로가 위안을 받길 바란다. 그리고 나아가 혼자만의 위로가 아닌 슬픔에 잠긴 다른 사람들과도 이 책을 나누길 바란다. 이 책을 통해 흐르는 눈물이 그치고 다시 웃음을 찾을 수 있길, 내 노력이 헛된 일이 아니길.

사용 허가를 받은 인용 및
작품 일러두기

이 책에는 작가의 원 저작물 외에도 저작권이 있는 자료들이 실려 있다. 아래와 같이 모두 허가를 받고 사용하였음을 알린다.

작품 사용을 허가해준 모든 분들에게 감사를 표한다.

옮긴이의 말

'살아 숨쉬는 모든 것들은 죽는다'는 이 자명한 사실 앞에 우리가 할 수 있는 건 무엇일까. 삶과 죽음. 이 얼마나 지난한 이야기인가. 우리의 일상에 고요히 스민 듯 숨어 있다가 일순간 우리를 송두리째 흔들고 가는 것. 그것이 바로 죽음이고 생의 이별이다. 끊임없이 이야기되고 반복되며 사유되는 일. 그러나 끝끝내 우리 모두가 아플 수밖에 없는 일. 그 앞에 우리에게 남겨진 어떤 가능성이란 존재하긴 하는 걸까, 묻게 되는 것이 삶이고 죽음이다.

죽음과 늘 닿아 있는, 살아가며 어느 순간 한번쯤은 죽음과 가까워지는 모든 것들. 이 책은 '살아 숨쉬는' 그 모든 존재들의 순간을 기억하고, 돌아보게 되는 또다른 '순간'으로 우리를 안내한다.

동물들과의 행복한 일상을 담은 사진이 이곳저곳 보이고 아름다운 이야기들은 읽히고, 기억되고 또 반복되고 있다. 반려동물과의 삶을 추억하고 이야기하는 데에 요즘 사람들은 참 열심이다. 추억이 될 만한 행복한 삶을 그들과 함께 살아내기 위해 노력하는 것이다. 죽음의 그림자를 늘 드리운 채 살아갈 수는 없는 노릇이다. 언젠가 떠날 것이 분명하니 지금 이 순간에 애쓸 필요가 없다는 것도 말도 안 되는 논리이다. 끝을 늘 염두에 두고 살아가는 삶이란 얼마나 불안하고 쓰리겠는가. 다만 삶의 끝에서 우리를 언제나 기다리고 있을 이별의 순간과 헤어짐의 과정에도 행복한 삶 못지않은 충분한 준비가 필요하지 않을까. 모든 만남에 준비가 필요하듯, 모든 헤어짐에도, 어쩌면 만남 그이상의 준비가 필요하지 않을까. 그 물음에 대한 답과 그 준비의 과정을 담은 책이 『굿바이, 프렌드』이다.

한 지붕 아래 살아가던 동물들을 떠나보내며 우리는 그들을 위해 애도하고 아쉬운 이별의 과정에 눈물짓는다. 단지 그들도 살아 숨을 쉬는 존재였기 때문만이 아니다. 생명윤리니 뭐니 하는 종교를 가져올 필요도 없다. 이것은 사랑 하나로도 충분한 일이다. 그들의 죽음에 아파하고 힘겨워하는 데에 다른 이유가 더 필요할까. 우리는 서로 마음을 주었고, 부딪히며 울고 웃고 매 순간을 함께 보냈다. 그러기에 아픈 것이고 그 이별은 버거울 수밖에 없는 것이다. '살아 있기에'가 아닌 '사랑하기에' 우리의 헤어짐은 슬픈 것이며, 우리는 그들의 마지막 순간을 아름답게, 충분히 편안하게 맺고자 애쓰는 것이다.

언어적 표현이나 문장 자체를 옮기는 과정의 어려움을 토로하는 것은 이 책에서만큼은 큰 의미가 없어 보였다. 텍스트를 정확히 옮기는 일 못지않게 다른 부분에도 더욱 노력을 기울어야겠다는 생각을 했다. 담담하게 써내려간 작가의 말과, 책 속에 실린 이야기들은 동물과 함께 살아보지 못한 이들에게도 충분히 어떠한 울림을 안겨주리라 믿었다. 나는 그것을 오롯이 옮겨야겠다고 느꼈다. 내가 책을 읽으며 경험한 마음의 울림과 아픔을 전해야겠다고 생각했다. 독자들도 그 울림을 고스란히 겪었으면 한다. 결국 삶과 죽음은 우리 모두의 일이 아니던가.

여느 반려동물을 키우는 독자들과 마찬가지로 나도 동물을 키우는 입장에서 작가의 이야기에 밀착하려 노력했다. 책을 읽고 옮기는 내내 어떤 말을 적어야 할지 역시 고민했다. 이제껏 키워본 동물들을 일일이 나열하며 내 경험담을 펼쳐놔야겠다는 생각이 잠시 스쳤지만 이내 접었다. 그저 마음을 다해 읽어주었으면 한다. 동물과의 접촉이 별로 없던 독자들에게도, 실제 반려동물을 키우는 독자들에게도 나는 이 책이 실용적인 조언 그 이상을 가져다주리라 믿는다. 그것은 깨달음이 될 수도, 혹은 뉘우침이 될 수도 있겠다.

　이 책이 사랑하던 반려동물을 잃고 슬픔에 빠져 힘들어하는 누군가에게 작은 위로가 되었으면 한다. 눈앞에 닥친 상황에 무엇을 어찌 해야 할지 몰라 고민하는 누군가에게는 답이 아닌 길을 내어주었으면 한다. 구구절절한 설명이 아닌 마음으로 읽히고 나누어져야 하는, 동물들을 위한 마음의 사용법을 일러주는 책이기 때문이다. 삶과 죽음 앞에서 우리가 느끼는 그 절절함을, 나는 동물들에게서도 충분히 느낄 수 있다는 것을, 어쩌면 느껴야만 한다는 것을 책을 옮기는 과정 속에서 절감했다.

　애도란 끝날 수 없는 것이며, 죽음이란 잊힐 수 없는 일이다. 죽음의 무게와 그에 따르는 슬픔이란 생명의 유무와 경중을 떠나 사랑하는 존재 앞에서만큼은 그 무엇도 예외가 될 수 없는 것이다. 우리는 그 사실을, 이제는 너무도 잘 알고 있지 않은가.

2014년 여름.
김현정

삼성인,
아마조니언
되다

삼성, 아마존 모두를 경험한 한 남자의 생존 보고서

삼성인, 아마조니언 되다

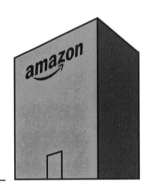

김태강 지음

매일경제신문사

"네 커리어 최종 목표는 뭐야?" 아마존의 상사가 물었다. 직장인이 되고 난 후 처음 받는 질문이었다. 대학원을 졸업하고 삼성에 입사했다. 삼성에서 일하는 시간은 정말 꿈만 같았다. 좋은 선배들 밑에서 최적의 커리큘럼에 따라 업무를 배울 수 있었다. 회사라는 조직에 필요한 프로세스와 시스템을 배우고 경험했다. 충분히 만족할 만한 상황이었지만, 어느 순간 마음속에서 작은 질문 하나가 생겨났다. "세상엔 얼마나 더 다양한 경험들이 있을까." 그리고 일이 손에 익을 무렵 새로운 도전을 하기 위해 삼성을 나왔다. 회사가 인생의 최종 목표가 될 수 없다는 것을 그때 알았다.

아마존에서의 시간은 하루하루가 치열하다. 성과를 무엇

보다 중요시하는 회사에서 우리는 치열하게 경쟁해야 한다. 일 잘하는 사람들은 차고 넘치며 세계 각국에서 날고 기는 천재들도 정말 많다. 그들과 부딪히며 개인의 성장을 돌이켜볼 수 있었고, 아마존 리더십 원칙들을 바탕으로 진정성 있게 운영되는 회사를 보며 감탄했다. 지금의 아마존이 있기까지 그들의 신념이라 할 수 있는 리더십 원칙들은 회사 뿐만 아니라 직원들까지 올바른 방향으로 성장시켰다.

아마존과 삼성은 너무 다르다. 회사는 각자의 상황에 맞는 최적에 문화를 도입했고 이를 잘 유지하고 있다. 삼성에서의 기간이 밑에서부터 차곡차곡 쌓는 수련의 과정이었다면 아마존은 끊임없이 도전하는 시간이었다.

CONTENTS

프롤로그   5

1장   삼성을 나와 아마존에 가다

01 대기업의 점심시간   12

02 PPT를 사용하지 않는 회사   18

03 아마존이 인재를 붙잡는 방법   25

04 우리가 야근을 하는 이유   33

05 회의를 위한 회의를 위한 회의   42

06 어른들의 성적표, 사내평가   49

07 후임을 대하는 자세   55

08 결재 부탁드립니다   62

09 상사에게 좋은 사람 vs. 후배에게 좋은 사람   71

10 우리 말은 이쁘게 합시다   79

TIP   유럽 사람들도 퇴근할 때 눈치를 볼까?   86

2장 **아마존에서 살아남는 법**

01 손님은 왕이다   94

02 때로는 반대해도 괜찮아   101

03 좋은 질문 나쁜 질문   107

04 아마존에서의 출장   116

05 혼자서 하는 일은 없다   122

06 사무실 공간의 의미   129

07 글로벌 기업의 회의 방법   137

08 영어로 일하기   143

09 아마존의 Product Manager   149

10 아마존에도 90년생이 왔다   156

11 좋은 상사가 되는 법   162

12 비효율적인 회의 유형 5가지   170

13 시간을 공유하는 문화   177

14 소프트웨어 엔지니어와 일한다는 것   183

15 UX 디자이너와 일한다는 것   190

TIP 유럽 사람들은 주말에 뭐할까?   196

3장 어떻게 일하며 성장할 것인가

01 동료의 신뢰를 얻는다는 것   204

02 다툼은 어디에도 있다   212

03 닮고 싶은 나의 상사   219

04 일 잘하는 신입사원   227

05 배움에는 끝이 없다   236

06 번아웃과 마주하는 법   242

07 어려운 결정을 내리다   251

08 회사를 '잘' 그만두는 법   259

09 커리어의 끝   266

TIP 아마존에서 느끼는 언어의 온도   272

에필로그   278

1장

삼성을 나와 아마존에 가다

01

대기업의 점심시간

/

"김 대리! 밥 먹으러 가자." 12시가 되면 들려오는 부장님 목소리. 우리의 점심시간은 마치 전쟁에 나가는 한 부대와 같았다. 전우 한 명이 보이지 않는다면 끝까지 기다렸다 다 같이 출발하고 다 같이 돌아오는 전우애가 넘치는 시간이었다. 사내 식당은 어느 외부 식당과 비교할 수 없을 정도로 맛있었다. 특히 삼성전자 기흥캠퍼스의 경우, 삼시세끼 모두 무료 식사가 가능했는데, 한식 양식 중식 등 약 8가지 메뉴를 제공했다. 몸이 좋지 않은 날엔 사전에 신청한 죽을 먹을 수도 있었고 아침에는 해장국, 복날에는 삼계탕도 먹을 수 있었다. 아마 그때부터였다. 다른 곳에서 일하더라도 맛있는 식사를 주는 곳으로 가야겠다고 생각했던 시점 말이다. 삼성에서의 임팩트가 워낙 커서였을까. MBA 취업 관련 통화 중 궁금한 게 없냐는 맥킨지 컨설턴트의 질문에 "너네 점심 뭐 먹어?"라고 물어봤다.

"…" 그래 이 소리다. 아마존의 점심시간. 아마존에는 정해진 점심시간이 없다. 많은 직원들이 12시쯤 점심을 먹지만 보통은 배고픈 사람이 배고픈 시간에 식사하면 된다. 혼자 먹기 적적할 경우 친한 동료에게 "점심 약속 없으면 같이 먹을래?"라고 물어보기도 하지만 대부분 개인 약속을 잡거나 본인 자리에서 일하며 식사를 해결한다.

점심시간 때문에 출근 첫날 얼마나 당황했는지 모른다. 입사 첫날 점심시간이 되고 얼마 되지 않아 사무실에 혼자 남겨졌다. 상사는 한마디 말도 없이 식사를 하러 갔고 어디서 어떻게 식사를 해결하는지 몰랐던 나는 2시가 넘어서야 회사 앞 베이커리에서 샌드위치를 먹을 수 있었다. 당황함과 함께 먹었던 그 샌드위치는 아마 평생 잊지 못할 것 같다. 직원들은 대략 1시간 동안 식사와 휴식을 취하는데 정해진 시간이 아니더라도 다들 본인 자리로 돌아와 업무를 이어서 한다. 전형적인 미국 회사의 문화라고 볼 수 있다. 시간이 되어서 식사하는 것이 아닌 본인이 배고플 때 먹는 자율 시스템이다. 입사 당시만 해도 한국인의 정에 익숙했던 터라 어떻게 이렇게 사람 냄새 하나 없는 곳이 있을까 싶었다. 그런데 이 방식에 적응하면 얼마나 편하고 효율적인지 모른다. 밥을 먹기 싫은 날은 운동해도 되고 일이 너무 많아 식사할 겨를이 없을 경우 일을 마무리하고 식사하러 가도 된다. 온전히 나만을 위한 시간을 내가 필요로 할 때 사용하면 되는 것이다.

절약 정신이 투철한 회사, 아마존

아마존은 점심식사를 제공하지 않는다. 보통 테크 회사들을 생각하면 거대한 카페테리아에서 다양한 국적의 음식을 무료로 준다고 생각한다. 그러나 아쉽게도 아마존에는 공짜 식사라는 복지가 없다. 그리하여 대부분 근처 푸드트럭이나 배달 서비스를 이용하거나 직접 도시락을 싸온다.

돈도 잘 버는 회사가 왜 식사를 제공하지 않을까? 회사의 이런 결정 뒤에는 아마존을 이루고 있는 14개의 리더십 원칙, 그중에서 'Frugality'가 있다. 이 단어는 절약, 검소라는 뜻이다. 아마존은 직원들에게 꼭 필요한 것만을 제공한다. 그리고 이렇게 절약한 돈을 다시 제품에 투자해 고객들이 더 싼 가격에 물건을 살 수 있도록 한다. 이는 아마존에서 가장 중요한

아마존의 리더십 원칙 14

1	고객에게 집착한다 (Customer Obsession)
2	주인의식을 갖는다 (Ownership)
3	발명하고 단순화한다 (Invent and Simplify)
4	리더는 정확하고 옳아야 한다 (Leaders are right a lot)
5	계속 배우고 호기심을 갖는다 (Learn and Be Curious)
6	최고의 인재를 채용하고 육성한다 (Hire and Develop the Best)
7	최고의 기준을 추구한다 (Insist on the Highest Standards)
8	크게 생각한다 (Think Big)
9	신속하게 판단하고 행동한다 (Bias for Action)
10	절약한다 (Frugality)
11	다른 사람의 신뢰를 얻는다 (Earn Trust)
12	깊게 고민한다 (Dive Deep)
13	소신을 갖고 반대하거나 받아들인다 (Disagree and Commit)
14	성과를 낸다 (Deliver Results)

원칙 중 하나이고 직원들도 이에 대해서 크게 불만이 별로 없다(그래도 밥은 좀 줬으면 좋겠다).

또한 'Frugality'에는 다른 뜻도 있다. 넘쳐나는 리소스로 결과물을 내는 것은 대단한 일이 아니다. 인간의 창의성은 조금 더 제한적인 공간 혹은 환경에서 나올 수 있다고 믿기 때문에 더 적은 리소스로 더 많은 결과를 창출하자는 뜻을 가지고 있다. 분기별 진행되는 All-hands(전 직원이 회사 성과에 대한 설명을 듣는 이벤트)에서도 회사 원가 절감에 도움을 주거나 절약 정신을 발휘해 최대 성과를 내는 사람들에게 'Door desk award'를 준다. 이는 아마존 창업자 제프 베조스가 창업 초기 문짝으로 책상을 만들어 사용했던 것에서 유래된 상이다. 그만큼 아마존에게 검소는 매우 중요하다.

직원들 역시 검소함의 중요성을 잘 인지하고 이를 실천하려 노력한다. 개발자들을 담당하는 테크 매니저와 대화를 나눈 적이 있다. 그는 "혹시 고객 경험을 개선할 만한 다른 작은 프로젝트가 있을까?"라고 물었다. 프로젝트를 진행하다 보면 개발자들의 시간이 비는 경우가 있는데, 그 시간을 허투루 쓰는 것보다 다른 프로젝트를 동시에 진행함으로써 개발자들의 시간을 효율적으로 사용하자는 것이다. 개발자들 역시 이 점에 동의했다. 직원들의 이런 마음가짐은 회사의 장기적인 성장에 큰 도움이 된다. 이렇게 생긴 작은 차이가 지속되면 다양한 제품을 더 저렴한 가격에 제공할 수 있고 고객들은 아마존에서 더 훌륭한 경험을 할 수 있다.

개발을 시작하기 전 제품 담당자들은 디자인이나 계획서를 보며 "이게 정말 최선일까?"라는 질문을 던진다. 고객들에게 가치를 제공하지 않는 것들은 빼고 정말 필요한 부분만 남긴다. 이 과정을 통해서 가성비가 뛰어난 제품을 만들 수 있다. 아마존에 검소함이란 단순히 돈을 안 쓴다는 의미가 아니다. 꼭 필요한 것이 아니라면 절약하여 이를 고객에게 돌려주자는 아마존의 고객 집착 정신이 가장 잘 보이는 원칙이다.

식사하는 모습을 보면 한 집안의 분위기를 알 수 있듯이 점심시간을 보면 회사의 분위기를 알 수 있다. 삼성의 경우 팀원 간의 화합을 중시하고 함께 하는 문화인 반면 아마존은 개인주의가 더 강하고 효율성을 중시하는 집단이다. 같이 식사한다는 것은 더 끈끈한 조직력으로 이어질 수 있지만 개인활동을 하기엔 조심스럽다. 반대로 개인활동을 중요시하는 조직은 소통이 자연스럽게 이뤄지지 않기 때문에 정보 교류가 늦을 수도 있다. 누군가에게 아무것도 아닐 수 있는 점심시간이 회사의 분위기와 문화를 만든다. 그러니 어느 조직의 점심 문화가 더 좋다며 따라하기보다 원하는 기업의 문화를 고려해 적절하게 적용하는 것이 중요하다.

02

PPT를 사용하지 않는 회사

/

아마존은 PPT를 사용하지 않는다. 아마존에서는 PPT 대신 글을 작성한다. 짧게는 한 장 길게는 여섯 장 분량의 글을 작성해 회의를 진행한다. 우리에게 익숙한 파워포인트는 사용하지 않는다. 물론 사외 발표를 할 경우 자료를 만들어 가기도 하지만 이는 굉장히 일부일 뿐, 대부분의 직원들은 퇴사할 때까지 파워포인트를 사용할 일이 없다.

노 파워포인트No powerpoint 문화는 나에게 꽤나 충격이었다. 삼성에서 근무할 당시 수많은 파워포인트를 만들어 나름 전문가가 되었다고 생각했다. 그러나 한동안 사용하지 않던 워드를 다시 사용해야 한다는 점은 무척이나 낯설었다. 그렇게 글 쓰는 문화에 익숙해진 지금, 사람들이 아마존에 대해서 물어본다면 아마 이렇게 대답하지 않을까 싶다. 아마존은 글을 쓰는 회사라고.

아마존은 효율성의 회사다. 반복적인 작업이 있다면 어떻게 자동화를 할 수 있을까 고민한다. 그리고 그 모든 시작은 '글'이다. 내가 입사하고 얼마 되지 않아 상사가 이런 이야기를 했다. "네가 만약 두 번 이상 동일한 질문을 받게 된다면, 답을 글로 남겨서 공유해라. 같은 내용을 두 번 설명해야 한다면 이는 시간 낭비다. 그럴 시간에 이 내용들을 글로 남겨 공유해라. 심지어 그게 상사든, 상사의 상사든, 임원이든 상관하지 말고 URL을 공유해라. 그게 우리가 일하는 방식이다."

그 당시 상사의 말은 참 신선했다. 물론 구두로 설명해달라고 조르는 동료들도 있지만 대부분 아마조니언들은 담당자가 사내 사이트에 작성한 글을 읽어보고 이해하지 못했거나 질문이 있는 경우에만 연락한다.

아마존의 보고서

아마존 제품은 글에서 시작된다. 새로운 아이디어가 있는 사람은 노트북을 열고 글을 쓴다. 가장 먼저 작성하는 서류가 바로 PRFAQ. 이는 PR과 FAQ를 합쳐 놓은 형태다. 여기서

PR은 보도자료다. 신제품이 아마존 고객들에게 어떤 가치를 주고 어떤 불평을 해소하는지 설명한 글이다. 이 글은 담당자가 지니고 있어야 하는 나침반과 같은 존재로, 제품을 만드는 중에도 언제든지 돌아와 프로젝트의 방향을 되짚어보는 역할을 한다.

그리고 FAQ는 말 그대로 자주 묻는 질문들이다. 신제품을 마주할 고객이나 이 글을 접하게 될 사람들이 궁금해할 만한 질문과 답변들을 적어놓은 것이다. 이 글을 적다 보면 고객의 입장에서 제품을 생각할 수 있고 더 깊이 있는 고민을 할 수 있다. 아마존의 많은 글에는 FAQ가 있다. 특히 회의시간을 뻔한 질문들로 낭비하기 아깝기 때문에, 사전에 질문과 답변을 명시함으로써 바로 깊이 있는 토론을 할 수 있다. 우리가 알고 있는 아마존의 모든 제품에는 PRFAQ가 있다. PRFAQ가 있었기 때문에 지금의 아마존이 있지 않을까.

아마존 회의 역시 워드에서 시작된다. 임원 혹은 타 부서와 회의할 경우 우리는 글을 읽으며 시작한다. 간단한 구두 회의를 제외한 모든 회의에는 글이 있는데 첫 10분 동안에는 그 글만 읽으며 회의를 시작한다.

내가 작성한 글을 읽었던 첫 회의가 잊히지 않는다. 10분

동안의 정적과 사람들의 얼굴을 빠르게 읽어가며 느꼈던 그 긴장감. 그 모습을 보던 디렉터들은 "긴장하지마. 나도 첫 글을 다른 사람에게 보여줬을 때가 생각나네. 금방 적응할거야"라며 분위기를 편안하게 해줬다. 아마존에서는 왜 PPT를 사용하지 않고 글을 쓰는 걸까.

글은 PPT보다 더 많은 고민을 하게 만든다. 문법에는 문제가 없는지, 문장 흐름은 얼마나 부드러운지, 혹시 어려운 표현이 있어 이해하기 어려운 부분은 없는지. 또한 이 글이 얼마나 논리적인지 다시 한번 고민하게 된다. 끊임없이 고민하며 글을 적다 보면 제품의 단점이나 놓쳤던 부분들에 대해서도 자연스럽게 생각할 수 있다. 실제로 신제품 개발을 목표로 PRFAQ를 작성하다가 아이디어를 접한 사람들이 굉장히 많다. 이처럼 글을 적는다는 것은 내가 하고자 하는 말에 확신을 더하는 작업이다.

두 번째로 글에는 숨을 곳이 없다. 언변이 좋은 사람들에게 PPT는 더할 나위 없는 매개체다. 논리적이지 않아도 충분히 타인을 설득할 수 있다. 이는 듣는 사람 입장에서도 마찬가지다. 발표를 들으며 생각을 정리하는 것이 아니라 발표하는 사람의 생각에 끌려가게 된다. 미팅이 끝난 후에야 반론하고자 하는 내용이 생각날 수도 있고, 나중에 제품이 완성된 후에 후회하는 경우도 있다.

마지막으로 글은 누구에게나 공평하다. 세상에는 다양한 사람들이 있다. 우리는 보통 사람들을 크게 외향적인 사람과 내향적인 사람으로 나눈다. 발표가 아닌 글로 생각을 공유하다 보면 성격에서 오는 차이를 쉽게 극복할 수 있다. 〈하버드 비즈니스 리뷰〉에서도 조직의 건강한 토론 문화를 형성하기 위해서는 내향적인 사람들의 생각을 끌어내는 것이 중요하다고 언급하는데, 그들에게 글은 훌륭한 제안이 될 수 있다.

그동안 내가 근무했던 회사는 전부 PPT 중심이었다. 주간 보고와 같은 서류들은 워드로 작성하기도 했지만, 95% 이상의 자료들은 파워포인트를 이용해 만들었다. PPT가 나쁘다는 것은 아니다. PPT는 서로의 의견을 공유하는 데 좋은 역할을 한다. 다만 글을 쓰는 것 역시 꽤 효과적이다. 물론 글에도 단점은 있다. 글을 잘 쓰지 못하는 사람은 스트레스를 받을 수 있다. 일하면서 글을 많이 쓰다 보니 글쓰기 실력이 자연스럽게 늘고는 있지만, 공대생들이 적응하기에는 쉽지 않은 것도 사실이다. 때로는 종일 글을 쓰다가 퇴근한 날도 있다. 그 덕분에 "아마존에서 어떤 일을 하세요?"라는 질문을 받을 때마다 "저는 작가입니다"라고 농담처럼 말하기도 한다.

PPT vs. 워드

한국에서도 'NO PPT' 문화를 적용한 회사들이 꽤나 있는 것으로 알고 있다. 지인을 통해서 해당 기업에서 근무하는 분과 대화를 나눈 경험이 있다.

"뉴스에서 봤습니다. 회사에서 더 이상 파워포인트를 사용하지 않는다고 하던데 경험해보니 어떠세요?"라는 질문에 그는 한숨을 크게 쉬며 말했다. "회사에서 파워포인트를 사용하지 않는 이유는 많은 직원들이 너무 비효율적으로 일하기 때문이었어요. 오와 열을 맞추고 폰트가 마음에 들지 않는다며 반려되는 경우 많아 NO PPT 문화를 도입하더라구요. 그런데 문제는 글에 익숙하지 않은 상사였어요. 글을 읽는 게 귀찮고 익숙하지 않으니 워드를 사용해서 파워포인트와 같은 자료를 만들라고 하더군요. 오히려 혹 떼려다 더 붙인 격이 아닌가 싶네요."

회사 문화를 바꾸기 위해서는 상사들의 멘탈을 바꾸는 것 역시 중요하다. 특히 글 쓰는 조직이 되기 위해서는 글 쓰는 사람들도 중요하지만 글을 읽고 얼마나 좋은 피드백을 줄 수 있는지도 중요하다.

아마존에서 유럽과 아시아를 담당하는 임원과 분기보고를 한 적이 있었다. 그에게는 25장짜리 문서와 30분의 시간이 주어졌다. 그는 다양한 정보들을 나열하고 우선순위를 매겨 질문을 시작했다. 그때 30분 만에 수많은 정보를 이해하고 가장 중요한 것이 무엇인지 분석하는 그의 모습에 충격을 받았다.

요즘 많은 기업들이 PPT를 없애는 추세다. 그런데 이러한 문화를 성공적으로 정착시키기 위해서는 먼저 윗사람들의 노력이 필요하다. 사내 정책을 바꾼다고 기업 문화가 바뀌는 것은 아니다. 모두가 글을 자주 읽고 핵심 내용을 찾아내는 능력을 키워야만 회사가 전체적으로 글 쓰는 문화를 포용할 수 있다.

03

아마존이 인재를 붙잡는 방법

/

아마존을 포함한 테크 기업들은 최고의 인재 확보와 유지를 위해 많은 투자를 한다. 호텔 뷔페에 견줄 수 있는 무료 점심식사를 제공하는 회사도 있고 바리스타가 커피를 직접 내려주는 회사도 있다. 이직률이 높은 산업 중 하나인 테크 업계에서 과연 아마존은 어떠한 전략을 갖고 인재들을 붙잡고 있을까?

아마존이 인재를 붙잡는 방법에 대해 알아보기 전에 한 가지 짚고 넘어가야 할 것이 있다. 바로 재미다. 사람들은 과연 어떤 일을 할 때 재미있다고 느낄까? 직장인이라면 누구나 고민해보는 질문이다. 3가지 관점으로 앞의 질문을 풀어보고자 한다.

주인의식과 성취감

많은 직장인들이 자신을 가리켜 회사라는 거대한 기계 속의 톱니바퀴라고 묘사한다. 물론 회사마다 다르지만 대부분 상사로부터 내려오는 업무 방식에 익숙해져 수동적인 태도를 취하게 된다. 아무리 김 대리가 일을 잘해도 최 부장이 스포트라이트를 가져가면 성취감을 느낄 수 없다. 성취감은 직장인의 가장 기본적인 동기이고 주인의식이 밑바탕에 있을 때 더 크게 느낄 수 있다. 여기서 말하는 성취감이란 "내가 우리 회사의 자금난을 해결했어"와 같은 거창한 것이 아니다. 사소한 업무라도 고객에게 미치는 영향 혹은 성과가 어떤 변화를 미쳤는지 몸소 느낄 때 우리는 성취감을 느낀다.

그렇다면 아마존은 직원들에게 어떻게 주인의식을 갖게 할까? 아마존은 아마존을 이렇게 정의한다. 세상에서 가장 큰 스타트업. 성장하는 대기업이 이런 표현을 사용한다는 게 아이러니하지만 또 한편으로는 가장 어울리는 표현이다. 그리고 이 모든 시작에는 아마존의 독특한 문화인 '피자 두 판의 법칙'이 있다. 제프 베조스의 설명을 빌리자면, 각 팀은 피자 두 판을 나눠 먹을 정도의 팀원만 있으면 충분하다는 것이다. 많은 사람이 모여 프로젝트를 진행할 경우 소통이 되려 안 좋아지고 업무 효율성이 저하될 수 있기 때문이다. 그 결과 직원들은 엄청난 결정권을 얻게 되는데 이는 아마조니언들이 주인의식을 갖고 일할 수 있는 밑거름이 된다.

특히 나의 직무인 PM은 제품의 CEO 역할을 하게 되는데 때론 이렇게 많은 결정권을 가지고 있어도 되나 싶다. 나는 유럽 다섯 국가와 중국을 포함한 영업 팀으로부터 매주 특이사항을 전해 듣고 마케팅 팀과 함께 캠페인에 대해 토론한다. 사내 변호사, 세무사들과 함께 유럽 세법에 대해서 격주마다 토론하고, 미국과 인도에 위치한 테크 팀, UX 팀과 화상 통화를 하면서 새로운 제품의 방향성을 잡는다. 다양한 팀과 함께 수많은 결정을 내리면서 주인의식이 더욱 굳건해진다. 결과적으로 그만큼 일에 대한 애정이 생긴다.

주인의식을 갖고 일하다 보면 성취감은 자연스럽게 따라온다. 매번 사장처럼 디테일을 살피고 때론 잠들기 전까지 고민한다. 오늘 내린 결정이 고객들에게 영향을 준다고 생각하면 가슴이 두근거리기도 하는데 이런 생각들은 더 좋은 제품들을 만드는 원동력이 된다. 아마존에서는 고객들의 일화 Anecdote를 자주 확인한다. 고객의 소리를 들으며 잘하는 부분과 못하는 부분을 파악한다. 특히 고객으로부터 좋은 피드백을 받을 때는 정말 커다란 성취감을 얻는다.

이외에도 회사는 금전적인 인센티브를 제공함으로써 직원들에게 주인의식을 심어준다. 아마존은 업계 평균 이상의 연봉과 주식을 제공한다. 직급이 올라가거나 어느 정도 경력이 쌓이게 되면 월급을 인상해주는 것보다 주식을 추가 제공함으로써 직원들을 주주로 만든다. 이는 직원들이 회사 성과에 더 깊은 관심을 갖게 하는데 분기별 성과가 나올 때마다 모두가 관심을 가지며 회사 발전을 위한 고민을 하게 한다. 또한 많은 직원들이 회사의 성장과 함께 경제적인 안정을 얻었는데, 같이 성장하는 관계를 통해서 회사에 대한 애착이 더욱 깊어진다.

개인적 발전

누구나 입사하면 회사에 적응하기 바쁘다. 그리고 업무가 어느 정도 익숙해질 무렵 우리는 권태기를 경험한다. 더 이상 배울 게 없다는 생각이 들면 이직을 고민한다. 일이 손에 익어 성과를 내야 할 시기에 왜 우리는 권태기와 마주할까? 〈포브스〉에 따르면 인간은 배우고 진보하려는 자연적 욕구가 있는데 특히 밀레니얼 세대들의 80% 이상이 회사를 결정할 때

개인적 발전Personal development을 주요 선택 요소 중 하나로 고려한다고 한다. '회사의 명성이 좋아서' 혹은 '월급이 높아서'라는 이유로 회사를 선택하는 시대는 지나가고 있다. 앞으로 더 많은 밀레니얼들을 고용해야 하는 회사 입장에서 직원의 개인적 발전과 관련하여 어떤 기회를 제공하는지 돌이켜볼 필요가 있다.

아마존은 한 직원이 한 팀에서 평생 근무하는 것을 바라지 않는다. 예를 들어 아마존 킨들을 평생 담당한다고 상상해보자. 그럴 경우 제품에 대한 전문성을 갖출 수는 있겠지만 한편으로 쉽게 안주할 수 있고 창의성의 한계를 불러올 수 있다. 이를 방지하기 위해서 회사는 직원들이 다른 직무를 찾아 떠나는 걸 권유한다. 물론 마케팅 매니저가 하루 아침에 소프트웨어 엔지니어 업무를 할 수는 없다. 하지만 시애틀 오피스에서 킨들을 담당하는 마케팅 매니저가 내일 뉴욕 오피스 아마존 비디오 마케팅 매니저가 될 수는 있다.

이렇게 회사는 로테이션 프로그램을 통해 직원들이 새로운 자극을 얻고 끊임없이 발전하기 바란다. 또한 각 팀의 노하우를 자연스럽게 공유할 수 있다. 물론 로테이션 프로그램이 항상 옳다고 생각하지는 않는다. 한 제품 혹은 한 직무의 전문가가 되고 싶은 사람도 있을 것이고 끊임없는 발전보다는 워라밸을 우선으로 생각하는 사람도 있을 것이다. 그렇기에 회사 역시 로테이션을 권유할 뿐 강요하지는 않는다.

아마존 리더십 원칙 중 'Learn and be curious'가 있다. 리더들은 항상 새로운 지식을 갈망하고 배움을 멈추면 안 된다는 뜻이다. 덕분에 아마존에서는 "업무가 너무 지루해. 더 이상 배울 게 없어"라고 말하는 사람이 없다. 아마존에서 십년 동안 근무한 동료와 술을 마신 적 있었다. 아마존의 성장을 옆에서 지켜본 그에게 지금까지의 회사 생활에 대해 물어보았다. 그는 불가능할 것 같은 프로젝트를 맡아 훌륭한 동료들과 함께 해결책을 찾을 때마다 엄청난 희열을 느낀다고 했다. 그리고 어려운 프로젝트가 끝나면 더 어려운 프로젝트가 기다리고 있으니 매번 배울 게 많다고 했다.

인간관계

직장생활 중 같이 근무하는 사람들과의 관계만큼 중요한 것은 없다. 퇴사의 가장 주된 원인들은 보통 직장 상사 김 부장, 협업 부서 박 과장, 거래처 이 상무다. 삼성에서는 좋은 사람과의 추억들이 많았다. 물론 매번 좋은 사람과 일했던 건 아니지만 그래도 나의 첫 상사는 참 좋은 사람이었다. 친절하게 업무를 가르쳐주었고 "일은 원래 1년 동안 구경만 하다가 시작하는 거야"라며 나를 다독였다. 팀 이동으로 인해 다른 사람들과 일하며 남의 돈을 번다는 것이 쉽지 않다는 것을 많이 느끼긴 했지만.

아마존에서는 이런 낭만을 기대해선 안 된다. 부서나 상사의 성향에 따라서 다르지만 아마존은 개인주의가 강하다. 일은 가장 기본적인 것들만 알려준 다음 알아서 배우기를 요구한다. 입사하고 얼마 지나지 않아 신규 국가에 제품을 론칭하는 업무를 맡았다. 당시 업무 파악이 다 안 된 상태로 상사와 함께 큰 미팅에 참석했다. 나의 이름이 몇 번 불렸고 매섭게 물어보는 질문들을 이해하지 못했다. 상사를 바라보며 전혀 못 알아듣겠다는 몸동작을 취했다. 곤경에 빠진 나를 구해줄 것이라 여겼는데 그는 "아직 업무 파악 중인가 봐. 다음 주에 이야기하자"며 회의를 마무리했다. 그리고 나에게 "이번 프로젝트가 우리 때문에 지연되는 일은 없도록 해"라는 짧은 말을 남기고 퇴근했다. 그가 했던 말을 몇 번이나 곱씹었는지 모른다. 이제서야 웃으며 이야기할 수 있지만 당시에는 엄청난 스트레스였다. 물론 그 일 이후 업무를 파악하는 데 속도가 붙었고 프로젝트를 잘 마무리할 수 있었다.

　회사가 아무리 노력해도 떠날 사람은 떠난다. 아마존의 이직률은 타 IT기업과 크게 다르지 않다. 이런 잦은 이직률은 산업군의 특징이다. 대부분의 사람들이 몇 년 동안 다양한 회사를 다니며 경험을 쌓고 몸값을 올려 퇴사한다. 다만 흥미로운 것은 아마존은 다시 돌아오는 사람을 손 벌려 환영한다. 새로운 환경에서 색다른 경험을 쌓은 인재들이 돌아와 새로운 시선으로 회사에서 일하는 것이 큰 도움이 된다고 믿기 때문이다. 그리하여 일하다 보면 생각보다 어렵지 않게 재입사자를 만나게 된다. 그리고 그들에게 왜 다시 돌아왔냐고 물어보면 십중팔구 아마존의 도전적인 정신이 그리워서 돌아왔다고 답한다.

04

우리가 야근을 하는 이유

/

삼성은 근무 시간과 관련해 부정적인 이미지들이 많다. 월
화수목금금금, 사무실 불이 꺼질 날 없는 회사라는 말을 입사
전부터 많이 들었다. 아예 없는 말은 아니지만 야근과 관련해
회사에서는 다양한 개선책들을 냈다. 주 40시간만 자유롭게
채워서 근무할 수 있는 자율출퇴근제나 야근 시간에 제한을
둬서 직원들이 퇴근할 수 있도록 권장했다. 허나 이러한 노력
들은 쉽게 조직을 변화시키지 않는다. 오랜 습관을 없애기 위
해서는 상사들이 주도해야 한다. 상사들이 "라떼는 말이야.
얼마나 열심히 일했는데 요즘 애들은 왜 이리 야근을 싫어하
니"라고 생각하지 않고 "직원의 능률과 번아웃 방지를 위해서
야근 자제는 꼭 필요하다"고 생각해야 한다.

언제부터 직장에서의 야근이 자연스러운 일이 됐을까. 직원들에게 급여를 줘서 가치를 만들어내고 이를 바탕으로 수익을 창출하는 게 기업 존재의 이유다. 기업가 입장에서 당연히 최소한의 투자로 최대 매출을 만들어내는 것이 목표일 텐데 왜 그들은 더 적극적으로 야근을 없애려고 하지 않을까? 야근비를 지원하는 회사의 경우 추가적인 지출이 발생한다. 그럼에도 불구하고 과연 그들은 항상 일이 많아서 직원들이 야근한다고 생각할까?(물론 정말 일이 많아서 야근하는 사람들도 많다). 아니면 사무실 불이 꺼지지 않고 누군가 항상 업무를 하고 있다는 것이 그들에게 심리적인 안도감을 주는 것일까? 만약 직원들 중 일부는 6시 퇴근해서 동일한 성과를 낼 수 있다고 한다면 기업가들은 과연 어떤 결정을 내릴까?

물론 야근이 무조건 나쁘다는 것은 아니다. 다만 불필요한 야근과 이로 인한 부작용을 없애는 게 회사나 직원들에게 모두 좋은 결과를 가져올 수 있다. 나의 경험상 야근은 크게 3가지 형태로 나눌 수 있다.

눈치성 야근

가장 빈번하게 발생하는 야근의 형태다. 상사는 아직도 모니터를 보고 있고 동료들 역시 뭘 하는지 모르겠지만 퇴근하지 않는다. 오늘 업무를 마무리했는데 먼저 퇴근하는 게 눈치 보인다. 먼저 간다고 하면 사람들이 일을 안 한다고 수군댈 것 같아 걱정이다. 눈치성 야근은 직급이 낮거나 승진을 앞두고 있을 때 자주 목격된다. 야근한다고 일을 잘하는 것일까? 열심히 한다고는 말할 수 있겠지만 일을 잘한다는 것은 그 사람의 업무를 확인해야 한다. 업의 특성상(예: 시차가 다른 국가와의 미팅) 늦게까지 근무할 수는 있다. 하지만 그런 것이 아니라면 상사가 초과량의 업무를 주었거나 상사의 눈치를 보느라 퇴근을 못 하고 있는 것이다. 그렇다면 눈치성 야근은 어떻게 없애야 할까?

삼성에서의 첫 상사는 야근하는 직원을 반기지 않았다. 퇴근시간이 되면 "할 거 다 했어? 그럼 빨리 가"라며 등을 떠밀었다. 눈치 보여 퇴근하지 못한 우리가 불쌍했는지 매일 같이 쫓아냈다. 얼마 지나지 않아서 부서 이동을 했고 그 곳에서는 퇴근시간만 되면 눈치 싸움을 했다. 사실 이 문제는 간단히 해결할 수 있다. 상사들이 업무량을 올바르게 분배하고 본인들이 먼저 집에 들어가면 된다. 부서원들이 야근을 너무 많이 해서 고민이라면 6시에 퇴근해보라. 효율은 올라갈 것이고 야근 시간이 현저히 줄어들 것이다.

퇴근 직전에 생기는 업무

종일 옆에 있었는데 왜 퇴근하는 사람을 잡을까? 급한 업무가 있다면 양해를 구하고 야근을 부탁할 수는 있다. 하지만 당장 마무리할 필요 없는 업무를 전달하며 퇴근 전까지 달라고 하는 심보는 무엇인가! 퇴근 전에 보내도 다음 날 읽으면서 왜 꼭 퇴근 전에 보내달라고 하는 걸까? 이런 행동을 하는 사람들은 왜 약간의 죄책감도 느끼지 못하는 걸까?

나 역시 비슷한 경험을 했다. 덕분에 선약을 취소하고 늦게까지 남아서 일했는데 추후 이런 일을 막기 위해서 선약이 있는 날은 아침부터 말하고 시간이 날 때마다 상기시켜 퇴근 전 업무를 받지 않았다. 별거 아닌 것 같지만 중요한 선약이 있다면 상사들에게 먼저 말해 퇴근시간에 업무를 지시하는 것이 옳지 않다는 것을 느끼게 해야 한다.

아마존에서도 마찬가지다. 기본적으로 퇴근시간에는 일을 안 주는 것이 당연하지만 급한 업무가 있는 경우 일의 중요성을 설명하면서 야근을 부탁한다. 직원들 역시 중요한 업무 때문에 야근하는 것이라면 크게 불만을 갖지 않는다. 상사 역시 고맙다는 표시를 잊지 않고 한다. 신규 국가 론칭 관련 테스트를 하던 중 문제가 발생하여 누군가 늦게까지 업무를 해야 했다. 내가 담당하던 제품이기에 자진하여 야근을 했는데 디렉터는 그게 마음에 걸렸는지 자정이 다 될 때까지 간간히 메신저를 통해 "감-사-합-니-다"라며 한글로 고마움을 표현했다(구글 번역기를 사용해서). 늦게까지 일을 해야 하는 경우라면 업무의 중요성을 설명해주고 그렇지 않다면 굳이 일을 주지 말자. 직원들도 자신의 삶이 있는 사람들이다. 한번은 회의가 끝난 뒤 매니저에게 관련 서류를 퇴근 전까지 보내주겠다고 말했다. 그러자 그는 "그냥 퇴근해. 네가 지금 보내더라도 나는 내일까지 안 읽을 거야"라며 쿨하게 퇴근했다.

지나친 업무량

가장 중요한 이야기다. 일이 너무 많은데 어떻게 야근을 안 할 수 있을까? 어느 회사든 일의 분배가 잘 되어 있는 부서를 찾기 힘들고, 직원 대비 일은 항상 많다. 회사는 추가적으로 직원을 채용해야 하는데 이는 회사 입장에서 그렇게 쉬운 문제가 아니다. 삼성이나 아마존 모두 일이 많은 회사인데 과연 이럴 때 무엇이 직원들의 퇴근시간을 보장해줄 수 있을까?

아마존에 근무하다 보면 가장 자주 듣는 단어가 있다. 'Prioritization'과 'Escalation'이다. 먼저 Prioritization은 일의 우선순위를 두는 것이다. 일은 항상 많다. 그렇다면 우리는 이 많은 일들을 다 해야 하는 것일까? 아마조니언들은 업무를 절대 끝낼 수 없다고 생각한다. 종일 아니 일주일 동안 잠에 들지 않고 일한다고 해도 끝나지 않을 것이다. 그렇기에 우린 우선순위를 정하고 이에 맞게 업무를 한다. 입사 초반, 한 번은 디렉터의 메일을 10분 만에 답장한 적 있었다. 그러자 나의 상사는 디렉터를 포함해 "이 메일에 답을 주는 게 정말 네 업무 중 제일 우선순위에 있는 일이냐? 직급이 높다고 해서 바로 답할 필요는 없어. 네게 중요한 일부터 했으면 좋겠다"라고 답을 줬다. 몇 분 후 디렉터 역시 동의한다라는 표시로 "+1"이라는 메일을 줬는데, 정말 색다른 경험이었다. "상사의 질문에 답하는 것이 우선순위가 아니라면 굳이 바로 대답하지 마라. 나도 빠른 답변을 기대하지 않을 것이다."

그만큼 아마존에서는 우선순위를 정하고 일하는 것이 익숙하다. 매니저는 매주 나에게 우선순위가 무엇이냐고 물어보고 피드백을 준다.

일은 혼자 하는 게 아니다. 아무리 효율적으로 일해도 타 부서의 도움을 얻지 못한다면 자연스럽게 야근할 수도 있다. 그리고 협력을 얻기 위해서는 그들의 우선순위에 들어가야 한다. 아마존에서는 중요하지 않은 메일을 무시해도 괜찮은 분위기다. 그렇다면 과연 어떻게 타 부서의 도움을 받을 수 있을까?

바로 이 상황에 사용되는 것이 'Escalation'이다. 이 단어는 말 그대로 업무를 상사에게 올린다는 뜻을 갖고 있다. 중요 업무를 요청할 때 해당 담당자의 매니저까지 포함해서 메일을 보내면 된다. 그 후 일의 크기와 중요도에 따라서 임원까지 포함된다. 누군가는 "왜 이런 걸 위에다가 이르고 그래"라며 언짢게 생각할 수 있다. 하지만 아마존의 상부보고는 타 부서끼리 결정하기 난감한 업무의 우선순위를 상사에게 정해달라고 부탁하는 것이다. 물론 그렇다고 해서 상사들이 곧바로 업무 지시를 하는 것은 아니다. 되려 담당자들의 의견을 묻고 회사 전체를 위한 결정을 내린다. 중요한 업무가 타 부서의 우선순위에 들어가지 못할 경우 "이 프로젝트는 타 부서의 우선순위에서 밀려났기 때문에 연기될 것 같습니다"라고 위에 보고하면 되고, 그들 역시 이 프로젝트가 정말 중요하다고 생각하면 다시 그들의 매니저들에게 보고해 우선순위를 정한다. 상사가 프로젝트를 직접 챙기기에 우선순위가 확실히 정해지고 우선순위에서 밀려난 팀들은 따로 구박받을 필요가 없다는 장점이 있다.

물론 단점도 있다. 회사에서 중요하게 생각하는 프로젝트가 아닌 경우 타 부서의 도움을 얻기가 힘들다. 정말 하늘의 별 따기다. "미안하지만 네 프로젝트는 우리의 우선순위에서 벗어났기 때문에 도움을 줄 수 없어. 혹시 동의하지 않는다면 네 매니저와 우리 매니저가 다시 이야기할 수 있도록 자리를 잡아줘"라는 메일을 받게 된다.

반대로 삼성과 같이 일을 빨리 그리고 잘해야 하는 회사에서는 모든 프로젝트들이 빛의 속도로 움직이는 것을 경험할 수 있다. 목표가 확실하기 때문에 모두가 한 마음으로 빠른 성과를 이룩할 수 있다.

얼마 전부터 워라밸이라는 단어가 미디어를 통해 자주 보인다. 삶과 직장 사이에서 올바른 균형을 잡아 삶의 만족도를 높이는 것이 업무 효율성을 높이는 데 도움이 된다는 것이다.

국내 기업들 역시 워라밸의 중요성을 잘 이해하고 있다. 균형이란 올바른 중심을 잡는 것부터 시작된다. 약간의 오차에 의해서 한쪽으로 치우칠 수 있기 때문에 직원뿐만 아니라 회사에서도 그 중심을 잡기 위해서 끊임없이 살펴봐야 한다. 또한 균형이 잡힌 다음에도 이를 유지하기 위해서 서로 더 많은 공을 들이고 이해하려고 노력해야 한다.

05

회의를 위한 회의를 위한 회의

우리는 참 많은 회의를 하며 하루를 보낸다. 출근 후 하루 일정을 공유하는 회의부터 주간보고, 타 부서와 협의를 끌어 내기 위한 회의 등 종류도 다양하다. 회의의 목적 역시 다양 한데 때로는 어떤 결정을 내리기 위하여 모이고 때로는 팀원 들이 어떠한 업무를 진행하고 있는지 파악하기 위해서 회의 를 한다. 회의는 소통을 원활하게 해주며 업무 상황을 주위 사람들에게 알릴 수 있는 중요한 시간이다. 그런데 과연 우리 가 하는 모든 회의가 좋다고 말할 수 있을까?

"부장님이 회의한다고 모이래요"라는 소리와 함께 우리는 회의실에 들어간다. 회의의 목적은 모르겠지만 일단 한 곳에 모인다. 차기 제품 성능 향상을 위한 신규 아이템이 필요한데 신박한 아이디어가 없다. 그러던 중 누군가 무심코 던진 한마디에 모두 주목했고 그 아이디어에 사람들의 경험과 의견을 덧붙여 심도 있는 대화가 이어진다. 회의가 끝나자 다음 일정이 잡힌다. 그 후 사원부터 과장까지 열심히 발로 뛰며 프로토타입 제품 개발부터 평가까지 진행된다. 그렇게 몇 주가 흘러 우리는 제품 성능에 대해 토론하고 어떤 방식으로 평가를 진행할지 이야기한다. 또한 우리가 이 평가를 통해서 배운 것은 무엇이고 해당 기술을 특허로 전환할 수 있는지에 대해서도 논의한다. 느낌이 좋다. 이 기술로 목표 매출을 달성할 수 있을 것 같다.

나의 회의 경험들은 앞과 같지 않은 경우가 더 많았다. 때로는 필요에 의해 회의를 한 적도 있지만 그렇지 않은 경우가 훨씬 더 많았다. 임원보고를 위한 주간보고를 위한 부장님을 위한 차장님을 위한 회의도 있었고, 제품 개발 방향이 보이지 않아 다같이 모여 뭔가가 나오기만을 기다리며 시간을 보낸 적도 있었다. 덕분에 나는 회의를 굉장히 싫어한다. 특히 업무량이 많던 시기에는 회의 목적에 따라 회의에 참석하지 않기도 했다. 물론 무작정 들어가지 않는 게 아니라 상사에게 자세히 설명했다. 전 직장에서는 새로운 아이디어를 내기 위해서 끊임없이 고민해야 하는 포지션이었지만 때로는 회의로 인해 실제 업무들이 지연되는 경우도 많았다.

타인의 시간을 함부로 쓸 수 없다

"시간 되면 잠깐 회의 좀 할까?"라는 말은 아마존에서 가장 듣기 힘든 말 중 하나다. 아마존에서 대부분 회의는 캘린더로 관리한다. 나 역시 입사 후 처음 사용한 방식으로 초반에는 적응하기 무척 어려웠다. 본인의 스케줄을 작성해 회사 서버에 업데이트하면 직원들의 일정이 타인에게 자동 공유된다. 그렇기에 회의를 잡기 전 참석 인원들의 일정을 파악하고 모두가 참석 가능한 시간에 캘린더 초대를 보내면 된다. 여기서 중요한 포인트는 캘린더 초대를 보낼 때 회의 목적에 대해서 자세히 기입해야 한다는 것. 아무리 친한 동료라도 회의 제목만 보낸다면 "미안한데 무슨 일로 회의를 요청하는지 자세히 설명해줘"라는 연락을 받을 수 있다. 그만큼 타인의 시간을 사용할 경우 회의 목적은 무엇이고 이를 통해서 얻고자 하는 결과는 무엇인지 자세히 적는 것이 중요하다. 그렇지 않을 경우 다른 설명 없이 초대를 거절하는 사람들도 볼 수 있다.

미국 회사인 아마존은 개인주의 문화가 강하다. 모두의 시간은 중요하기에 우리는 타인의 시간을 함부로 쓸 수 없다. 설령 그게 부하 직원의 시간이라도 말이다. 일정이 잡힌 시간을 피해서 회의 참석 요청을 보내야 하고 급한 용건이라면 정중히 양해를 구해야 한다.

장점도 있다. 본인이 시간을 효율적으로 관리할 수 있다는 것이다. 단점으로는 타인의 시간에 맞추다 보니 업무 진행이 느려질 수도 있다. 나 역시 입사 초기에 업무를 배우기 위해 많은 사람들에게 메신저를 통해 연락했지만 다들 회의 시간을 따로 잡아 이야기하자고 했다. 그들의 일정표에는 약 3일간 일정이 가득했기 때문에 3일이라는 시간을 기다리는 게 굉장히 답답했다. 물론 지금은 사전에 준비해 이러한 기다림이 없도록 하고 있고, 정말 급하게 회의를 잡아야 할 경우 곧바로 양해를 구해 그들의 시간을 얻어낸다.

우리의 시간은 매우 소중하기 때문에 아마존의 회의는 효율적으로 진행된다. 나는 회의 전 근황을 물어보는 편이다. 상사는 이런 식의 대화가 조금이라도 길어지면 "회의를 하는 이유가 뭐지?"라며 본론으로 들어가려고 한다. 사람들이 겨우 시간을 내서 미팅에 참석하기 때문에 개인적인 이야기는 나중에 하고 최대한 빨리 결과를 도출하는 게 중요하다고 설명하면서 말이다. 그렇다면 아마존에서의 이상적인 회의란 무엇일까. 우리는 먼저 회의 목적과 의제에 대해 설명한다.

"오늘은 EU 세법, 특히 ABC를 다룰 예정이야. 회의가 끝났을 때는 QWE가 확실히 정해졌으면 좋겠어. 관련 서류를 공유했으니 10분 동안 읽고 이야기하자"며 회의 주관자는 서류를 나눠주고 참석한 모든 이는 그 글을 정독한다. 그런 다음 서로의 의견을 공유하고 방향에 대해서 끊임없이 조율하다가 정해진 시간 안에 결론을 내리고 방을 나선다. 회의 시간 안에 결론을 내리지 못하는 경우도 있지만 대부분 결론을 짓고 회의실을 나간다. 혹시라도 결론 짓지 못한 부분이 있다면 관련 담당자들은 추가 회의를 잡거나 이메일로 업무를 마무리한다. 물론 아마존 내 모든 회의가 이상적이지는 않다. 사전 정보가 없는 캘린더 초대를 받은 적도 있었고 목적이 없는 회의에 참석한 적도 있었다. 그럴 경우 "목적이 없는 거 같은데 의제가 확실해지면 미팅하자"며 회의를 마무리 지어도 크게 이상하지 않다. 아마존에서의 회의는 철저한 사전 준비가 필요하다.

다양한 회의를 경험하면서 가장 인상이 깊었던 것은 주간 보고였다. 주간 보고는 관련 부서가 모여 성과지표를 공유하고 현 상황을 공유하는 자리다. 내가 참석한 주간 보고는 1시간짜리 회의였다. 참석하는 부서 숫자에 비하면 그렇게 긴 시간은 아니었다. 우선 엄청난 양의 PDF 파일을 읽으면서 회의를 시작하는데 처음엔 "이 많은 부서들의 현황을 어떻게 1시간 만에 다 들을 수 있지?"라고 생각했다. 부서별 성과를 구체적으로 다루려면 적어도 몇 시간은 필요할 것 같았다. 그러나 예상과 다르게 주간 보고에서는 꼭 다뤄야 할 세부사항만 다룬다. 성공담success story, 모두가 알아야 할 주의사항call-out, 그리고 배워야 할 점lessons learnt을 공유하고 특별한 사항이 없을 경우 세부내용을 물어보지 않고 다음 부서로 넘어갔다. 굉장히 빠른 속도로 회의가 진행되는데 이는 서로 신뢰가 있기 때문이다. 혹시라도 누군가 더 구체적인 내용을 알고 싶어 하면 중간에 질문하면 된다. 아마존에서는 모르는 것을 질문하는 것에 대해 누구도 뭐라고 하지 않는다. 다만 답이 길어질 경우 "미팅 후 따로 이야기하자Let's take it offline"며 다음 주제로 넘어간다.

어떻게 보면 참 이상적인 회의 모습이다. 이런 회의가 가능한 배경에는 회의를 주도하는 리더가 있기 때문이다. 나의 디렉터는 보고를 받는 입장이지만 회의가 느슨해지거나 너무 빠르게 흘러갈 경우 적절하게 끼어들어 흐름을 조절한다. 또한 모두가 놓칠 만한 부분을 날카롭게 질문하면서 적당한 긴장감을 준다. 덕분에 우리는 끝까지 집중하며 논의할 수 있고 그 결과 예상보다 빠르게 회의를 마칠 수 있다.

우리 모두의 시간은 중요하다. 아마존이라는 새로운 환경에서 근무하면서 배웠던 가장 큰 깨달음 중 하나가 아닌가 싶다. 막내 사원도 그들만의 업무가 있고 이를 끝내기 위해서 본인의 온전한 시간이 필요하다. 그러므로 타인의 시간을 빌려야 한다면 목적을 자세히 설명해주고 양해를 구하자. 그렇지 않는다면 우리의 시간 역시 타인에 의해서 목적 없이 이용될 수 있다.

06

어른들의 성적표, 사내평가

/

우리는 태어난 순간부터 평가받는다. 다른 아이들보다 먼저 걷고 엄마라는 단어를 먼저 말한다는 이유로 신동 소리를 듣기도 한다. 학교에 들어가면 시험으로 평가받는데, 이는 고등학교 혹은 대학교까지 이어진다. 그 후 사회로 뛰어들었고, 시험은 더 이상 없었지만 같이 근무하는 상사들이 나에 대한 평가를 하기 시작했다. 일을 잘하는지, 부족한 점은 없는지, 어떤 부분을 개선해야 하는지 등 반년에 한 번씩 팀장님과 작은 회의실에 앉아 이야기했다.

삼성에서는 모든 평가의 마침표를 팀장이 찍었다. 간부들이 팀원들에 대한 평가를 올리면, 다양한 사항들을 고려해 팀장은 최종 고과를 결정한다. 사실 간부가 되기 전 퇴사했기 때문에, 정확히 어떤 방식으로 평가 결과가 공유되는지는 잘 모르겠다. 능력에 따라서 특진을 할 수도 있었고 승진이 늦어질 수도 있었다. 이러한 시스템은 직원들로 하여금 더 열심히 일할 수 있도록 했다. 삼성에서는 나이나 근속 연수보다 능력으로 평가받았다. 여기서 말하는 능력이 뛰어난 사람은 어떤 사람이며 일을 못하는 사람은 어떤 사람일까? 그리고 타인에 의해서 결정되는 것이 진정 공정한 평가라고 할 수 있을까?

당시 삼성은 고과를 결정할 때 상대 평가로 진행했다. 아무리 일을 잘하더라도 나보다 더 좋은 성과를 낸 사람이 있다면 아쉽지만 부족한 고과를 받아야 한다. 물론 누군가의 업적을 객관적으로 표현하기 쉽지 않기 때문에 절대 평가라는 잣대를 들이미는 것은 어려운 일이다. 부서 내에서도 일부는 상위 고과를 받고 일부는 하위 고과를 받아야 한다. 이러한 방식은 평가받는 사람들만큼 평가하는 사람들에게도 고통스럽다. 모두가 열심히 일했기에 평가하기 어려운 순간들이 자주 발생한다. 게다가 팀 단위로 프로젝트가 진행되다 보니 실무자 사이에서 누가 더 뛰어나다 단정 짓기도 어렵다. 그렇기에 부서마다 다른 방식으로 업무 능력을 평가했다. 그중 가장 안타까웠던 점은 야근 시간으로 비교했던 것이다. 모든 부서가 이와 같은 방식으로 평가하진 않았다. 이 방식은 현재 모든 부서에서 금지되었다. 하지만 동일한 고과를 갖고 있는 두 사람 중 한 사람만 승진시켜야 한다면, 그리고 둘 다 누구보다 부지런하고 인간관계도 좋으며 충분히 승진할 만한 능력을 갖춘 사람이라면 당신은 어떻게 결정할 것인가?

당시 나의 팀장님은 공정한 평가를 하기 위해서 노력했다. 1년 동안 본인이 진행한 프로젝트를 요약해 발표하는 방식을 도입했다. 부서 전원이 평가하는 이 방식은 공평했지만 인기투표가 되어버렸다. 평가는 참 어렵다. 결국 누군가 결정을 내려 그 사람의 업무 능력에 점수를 줘야 한다. 그러나 최종 결정권자인 팀장에게 주어지는 고과 대상자의 정보는 늘 부족하다. 팀장은 많은 프로젝트들에 대해서 완벽히 숙지하고 있어야 하지만, 그 프로젝트를 어떤 실무자가 하고 있는지는 전부 알 수 없다. 간부들의 1차 평가 점수를 반영해 결정하지만, 결정권자와 고과 대상자의 거리는 너무 멀다.

그럼 어떻게 해야 할까? 우선 쿼터제를 없애야 한다. 잘하는 사람 3명이 있다면 잘하는 사람 3명 모두에게 좋은 점수를 줘야 한다. 개인적인 관계를 떠나 객관적인 관점에서 평가해야 하는데, 아무래도 이 점이 가장 어렵다. 그 다음으로 최종 결정권자에게 더 많은 정보를 줘야 한다. 단순히 상사의 평가만 받는 것이 아니라 주변 동료, 부하 직원, 협력 부서 사람들에게 정보를 받아 평가하는 방식이 필요하다. 물론 이렇게 하면 팀장은 많은 평가 정보를 읽어야 할 수도 있다. 한 사람당 30분 이상의 시간이 걸릴 수 있다. 윗사람이 어떻게 그 많은 시간을 투자하냐고 말한다면 당신은 그 결정을 내려선 안 된다. 그 고과를 받기까지 직원들은 매일같이 출근하고, 포기하고 싶은 순간에도 마음을 다잡으며 일했다.

아마존에서도 평가는 존재한다. 삼성과 가장 큰 차이는 수많은 사람들을 직접 평가해야 한다는 것이다. 아마존 14가지 리더십 원칙이라는 잣대를 들이밀어, 그 사람은 어떤 강점이 있고 단점이 있는지 적어야 한다. 그리고 단순하게 일을 잘한다, 못한다가 아니라 구체적인 예시를 들어야 한다.

"나는 이번 연도 A와 함께 B라는 프로젝트를 했어. A는 타 부서와의 협조를 이끌어내는 강점을 보여줬는데, 본인이 모르는 내용이 있을 경우 서슴없이 필요 인력들을 끌어와서 문제를 해결했어. 이는 특히 아마존의 리더십 원칙 중 신속하게 행동하고 판단하라Bias for action를 보여줬다고 생각하는데 그 외에도 XYZ라는 프로젝트에서도 나는 그의 능력을 볼 수 있었어."

보통 피드백을 기다리는 사람이 수십 명이 되기에, 평가 시기의 아마조니언들은 노트북을 들고 다니면서 시간이 날 때마다 다른 사람들을 평가한다. 특히 평가에서 가장 중요한 부분은 단점이다. 단점 역시 리더십 원칙에 빗대어 평가하는데, 모두들 진지하게 대상자의 부족한 부분에 대해 개인적인 의견을 남긴다.

결국 이 많은 정보들이 매니저 손에 넘어가게 되고, 그 모든 내용을 이해한 후 매니저는 평가를 내린다. 쿼터제가 아니기에 정해진 수의 고과가 없고, 우리는 매니저의 소신 있는 결정을 받아들이면 된다. 물론 이 방식에도 단점은 있다. 우선 본인이 평가받고 싶은 사람들을 정해서 피드백 요청을 하기 때문에, 친한 동료들에게만 요청한다면 부족한 점들에 대한 피드백은 충분히 받지 못할 수 있다. 물론 아마존의 경우 발전 내용을 써주는 것을 미덕으로 생각하기에 걱정하는 것보다 많은 단점을 들을 수 있다.

올해도 우리는 성적표를 받을 것이다. 생각보다 안 좋게 나오는 성적에 토라질 수도 있을 것이고 공정하지 않다고 생각할 수도 있다. 회사는 가장 공평한 방식으로 평가하려고 노력하지만, 개선을 위해서 가장 중요한 것은 다면 평가를 통한 고과 대상자의 많은 모습을 찾아내는 것이고, 이 구체적인 정보를 취합해 결정을 내려줄 결정권자가 필요하다. 다른 사람 눈에서 결정되는 우리의 성적표. 어쩌면 객관적인 시험 점수가 그리워질 수도 있겠다.

07

후임을 대하는 자세

/

아마존에 후임이 들어왔다. 직장인이라면 누구나 후임에게 업무를 넘겨주거나 반대로 교육을 받아본 경험이 있을 것이다. 내가 삼성에서 경험했던 것과 현재 아마존 후임에게 어떤 식으로 일을 넘겨주는지 이야기해보고자 한다.

나는 삼성에서 사회생활을 시작했다. 5년간 근무하면서 다양한 사람들에게 인수인계를 했다. 삼성은 신입사원으로 입사하기 참 괜찮은 회사다. 입사와 동시에 회사라는 새로운 환경에서 어떻게 적응해야 하는지 알려주는데 이 경험은 마치 어린아이를 앉혀놓고 누군가가 A부터 Z까지 세세하게 다 알려주는 느낌이다. 팀워크를 발휘하여 일하는 방법, 회사생활에 맞는 복장, 회식에서의 자리 배정 등. 이론과 현실 사이에는 보이지 않는 갭이 존재했지만 사회생활을 시작하는 입장에서 삼성은 참 많은 기회를 제공해줬다.

실제 업무는 상사가 직접 가르쳐줬는데 하루에 30분씩 한 달 동안 제품의 이론 및 실무를 배울 수 있도록 시간을 내주었다. 개인과외와 같은 교육 덕분에 업무에 필요한 내용들을 빠르게 습득할 수 있었고 모르는 내용들이 있을 때마다 바로 답을 구할 수 있었다. 실제로 이 기간은 실무를 위한 좋은 토대가 되었고 추후 신규 제품을 개발할 때 큰 도움이 되었다. 특히 상사는 어떤 일이든 서두르지 말라며 "일은 평생 할 수 있으니 천천히 배우면 돼"라는 격려를 많이 해줬다. 수직적인 관계는 찾아보기 힘들었다. 물론 수직적인 팀이 더 많긴 했다. 초기를 제외하고는 그러지 않은 팀에서도 일했었다. 이 당시 배움에 대한 감사함이 컸기에 나 역시 후배들이 들어올 때마다 약 30분씩 한 달 동안 개인과외를 해주려고 노력했다.

하지만 어떤 방식이든 단점은 있다. 특히 초반 업무를 천천히 배워가며 간접적으로 일하다 보니 일을 배우는 속도가 느렸고, 내가 하지 않더라도 다른 누군가가 할 것을 알기 때문에 주인의식을 갖기가 어려웠다. 이를 흔히 오너십Ownership

과 학습곡선Learning curve으로 표현한다. 직접 업무를 하지 않고 제3자 입장에서 보니 실무를 배우는 속도가 눈에 띄게 더디어지는 것을 경험했다. 입사하고 얼마 되지 않아서 다른 팀으로 이동하게 되었는데, 그곳은 이전 부서와 달리 직접 일을 하며 배워야 했다. 사수가 없어 일하다가 혼나는 일들도 자주 발생했고 해답을 찾기 위해서 모르는 사람들에게 물어가면서 일을 배워야 했다. 초반 스트레스는 상당했지만 지금 와서 돌이켜보면 정말 빠른 속도로 일을 배울 수 있었다. 그렇다면 도대체 어떤 방식이 맞는 것일까? 일은 평생 배울 테니 걱정하지 말라는 말도 맞지만, 직원들이 이러한 생각을 갖고 일한다는 것이 회사의 입장에서도 썩 반가운 일은 아닐 것이다.

"천천히 배워도 돼. 다음에 하면 되지"라는 마인드는 직원들의 열정을 조금씩 사라지게 한다. 직급이 높을수록 (아닌 분들도 많이 계시지만) 편한 일만을 찾게 된다. 편한 일에 익숙해졌기 때문일까. 아니면 새로운 도전에서 오는 책임감이 무겁기 때문일까. 그렇다면 이런 문제는 누구의 책임일까.

회사는 직원들에게 새로운 일에 도전할 수 있는 환경과 배움의 기회를 제공할 의무가 없다. 직원들이 좋은 성과를 내주기만 바라면 그만이다. 이런 방식이 문제가 되는 이유는 직원들이 정해진 프로세스를 따르는 게 아닌 새로운 지표를 제시해주기를 바라기 때문이다. 모든 게 급변하는 시대다. 회사가 바라는 인재는 정해진 일을 하는 사람이 아닌 새로운 관점을 가진 사람이다. 하지만 우리가 한 가지 쉽게 간과하는 것이 있다. 바로 입사 전 어느 정도의 능력을 갖추는 것도 중요하지만, 입사 후 회사에서 원하는 인재가 되는 것이 더 중요하다는 점이다.

최근 〈슈퍼 인턴〉을 시청했다. 회사는 그동안 생각하지 못했던 새로운 아이디어를 내거나 원래 하던 일을 더 효율적으로 할 수 있는 인재를 찾는다고 했다. 과연 며칠 정도의 만남을 통해 인재라는 것을 확신할 수 있을까? 기존 인력과는 다른 생각을 갖고 있는 인재를 뽑는다고 하더라도 기존의 방식으로 교육한다면 정말 그 다름이 유지될 수 있을까? 그보다 인재를 찾은 후 어떻게 교육시킬지 고민하는 것이 더 중요하다. 직원들이 편안함에 익숙해지기보다 스스로 도전하고 끊임없이 성장하는 인재가 될 수 있도록 도와줘야 한다.

우리 모두 신입사원이었던 시절이 있었다. 그 당시 우리는 마치 스펀지와 같아 모든 지식들을 쉬지 않고 빨아들였다. 특히 신입사원 때 배우는 업무에 임하는 마음가짐은 은퇴까지 따라온다. 선배의 입장에서, 상사의 입장에서 누군가를 가르치는 것에 대해서 조금 더 깊게 생각해보는 것이 중요한 이유다. 이러한 고민을 하게 된 것은 삼성에서 근무할 당시 들어온 후배 때문이다. 그 후배는 능력 있었고 무서운 속도로 많은 지식들을 습득했으며 필요에 따라서 새로운 아이디어도 제시했다. 물론 사람의 성격이나 능력에 따라서 차이는 있겠지만 그 후 만났던 후배들 역시 영리했고 새로운 지식을 얻고자 하는 갈망이 있었다. 그렇기에 나는 과연 좋은 선배인가 하는 고민과 어떻게 하면 후배들이 열정을 잃지 않을까 생각했다. 편안한 마음으로 업무를 배울 수 있는 환경과 직접 일을 배울 수 있는 기회 사이에서 가장 적합한 밸런스를 찾는 일이 그 해답이었다.

"법무 팀, 세금 팀과 주기적인 회의를 진행하면 좋을 거 같은데, 네가 준비할 수 있지?" 현재 아마존 매니저는 알아서 하라는 식이다. 미국 테크 회사에서 자주 보이는 스타일이다. 그래도 주기적으로 힘든 일은 없는지 그리고 본인이 도움될 일은 없는지 물어본다. 입사 후 3일 정도 지났을까. 런던에서 교육을 받던 중 매니저로부터 메일이 왔다. 본인이 담당하던 회의뿐만 아니라 다른 회의들도 내가 담당하면 좋겠다는 연락이었다. 그 당시만 해도 제품에 대한 지식도 없었고 아마존에서는 어떤 식으로 일하는지도 모르는 상태에서 세법이라는 전문적인 회의를 담당하게 되었다. 무슨 이야기를 해야 하는지, 어떤 식으로 회의를 진행해야 하는지에 전혀 감이 없는 상태로 회의를 진행해야 했고 처음 보는 높은 직급의 타부서원들과 대화했다. 질문하면서도 이게 정말 필요한 질문인가를 여러 번 생각했고 첫 회의가 끝난 후 몰려오는 민망함에 혼자 얼굴이 붉어졌다. 매니저가 원하는 회의였는지 확인하기 위해서 여러 번 피드백을 요청했다. 그때마다 그는 "괜찮은 거 같은데? 처음이잖아. 내가 포맷을 알려주는 게 아니라 경험하면서 가장 잘 맞는 방식을 찾아가는 게 좋을 거야"라고 했다.

삼성에는 모든 업무에 프로세스가 있었다. 허나 아마존은 정해진 방식이 없다 보니 어떤 업무든지 직접 만들어야 한다. 입사 3개월 차에 신규 국가 론칭을 담당하게 되었는데, 어디서부터 시작할지 몰라서 매니저에게 도움을 요청했다. 그는 "나도 안 해봐서 잘 모르겠어. 네가 하고 알려줘"라고 답했다. 굉장히 무책임하게 들릴 수 있지만 적어도 아마존에 입사한 사람이라면 이러한 불분명한 상황에서 답을 찾아갈 수 있는 문제 해결 능력이 있다고 그는 믿었던 것 같다. 물론 초반에는 스트레스를 받으며 일을 배웠지만 더 좋은 방법은 없는지 고민할 수 있었던 시간이었다. 매니저 역시 멀리서 지켜보다가 필요할 경우 짧고 굵은 메시지를 전달함으로써 나를 감동시켰다.

물론 업무를 전적으로 맡음으로써 직원들이 주인의식을 갖고 가파른 학습곡선을 얻는 것이 항상 옳은 일은 아니다. 쉽게 적응하지 못하고 퇴사를 결심하는 사람들도 간혹 보이고 어설프게 일해 프로젝트가 실패하는 경우도 있다. 다만 아마존은 이런 실패의 경험 역시 성장 기회라고 믿고 책임을 묻기보단 실패 원인을 철저히 파악하기를 당부한다.

08

결재 부탁드립니다

/

신입사원 시절, 선배와 함께 결재를 받으러 간 적이 있다. 그 당시 삼성의 결재는 대부분 이메일을 통해서 진행됐지만, 신제품 테스트 전 결재는 해당 공정 담당자를 만나 직접 친필 사인을 받아야만 했다. 때는 무더운 여름날, 선배와 함께 사무실에서 꽤나 떨어진 건물에서 근무하는 공정 담당자를 만나러 갔다. 선배는 당당한 모습으로 서류를 건넸지만 1분도 지나지 않아서 반려되었다. 담당자는 결재 서류의 형식이 옳지 않다며 사무실로 돌아가 다시 출력해오기를 요청했다. 햇살이 뜨거웠던 그 길을 돌아가며 헛고생을 시키는 것이 미안했는지 선배는 머쓱한 표정이었다. 하지만 그 이후에도 두 번의 반려가 있었고, 선배의 표정은 점점 굳어갔다. 당시 나는 아무것도 모르는 신입사원이었는데, 얼마 지나지 않아 담당자의 반려는 그냥 기분 탓이라는 것을 알 수 있었다. 그 담당자와 친했던 다른 선배와 함께 결재를 받으러 갈 일이 있었는데, 아이스 아메리카노는 우리를 헛고생시키지 않았기 때문이다.

어느 정도 업무가 손에 익은 후 나 역시 결재를 받으러 갔다. 그리고 그 공정 담당자는 매번 말도 안 되는 이유로 트집을 잡았고 다시 출력해오기를 요청했다. 과거의 서류와 같은 형식으로 작성해도 문제가 있다고 했고, 세 번의 실랑이 끝에 어쩔 수 없이 해준다는 표정으로 결재했다. 결국 해당 공정 담당자에게 결재를 받는 일은 우리 부서원들이 가장 꺼려하는 일 중 하나였는데, 알고 보니 그 사람은 우리와 기싸움을 하고 있었다. 이렇게 쓸데없이 시간을 낭비하는 게 어이가 없어 하루는 커피를 들고 찾아간 적이 있다. 그리고 결재 서류들을 반려하는 정확한 이유를 알려달라고 요청했다. 그 사람이 알려준 형식과 프로세스를 구체적으로 적어 숙지했다. 그리고 그 후 결재를 받으러 갈 때마다 그 노트를 펼치며 "담당자님이 요청하신 형식에서 벗어나는 게 하나도 없는데 왜 반려하시는 거죠?"라며 따지기 시작했고, 그렇게 몇 번의 마찰이 있고 난 후 더는 헛고생을 하지 않아도 됐다. 물론 이는 특이한 케이스였다.

이 이상한 기싸움에서 배운 것이 있다. 결재와 같이 정해진 형식이 있을 경우, 담당자를 앉혀놓고 수많은 질문을 통해 형식을 완벽하게 숙지해야 한다. 예를 들어 이 결재를 앞으로 당신에게 꾸준히 받을 것인데 원하는 형식이 있는지 또한 정해진 프로세스는 없는지 사전에 묻는 것이다. 시간과 에너지를 줄이기 위함이다.

최근 아마존에서 신규 프로젝트를 시작하면서 비슷한 경험을 한 적이 있다. 타 부서와 처음 진행하는 프로젝트였는데 담당자에게 전화를 걸어 "당신 부서와 이런 프로젝트를 진행하는 게 처음이다. 그런데 나는 정확한 프로세스를 모른다. 지금 준비하는 내용에서 혹시 부족한 게 있나? 원하는 사항이 있다면 지금 이야기해줬으면 좋겠다"고 말했다. 이렇게 일을 진행하기 전 프로세스를 확실하게 숙지한다면 나중에 헛수고하는 일이 줄어든다.

삼성의 결재 방식

삼성에서 모든 일은 결재를 통해서 이뤄졌다. 신규 제품 프로토타입 개발은 상사의 승인과 타 부서의 합의가 없다면 시작할 수 없었다. 비품 혹은 제품 실험에 사용되는 부품 구매 역시 부장님의 합의가 필요했다. 그렇다. 결재 없이 우리는 아무것도 하지 못했다. 특히 삼성은 모든 결정이 위에서 아래로 내려오는 탑다운 구조다. 이에 맞게 결재 시스템 또한 잘 구축되어 있다. 그렇다면 이러한 결재 시스템의 장점은 무엇일까?

우선 어떤 업무를 진행하기 전 상사가 다시 한번 내용을 확인하고 승인하기에 업무의 질을 향상시킬 수 있다(물론 결재권자가 서류를 자세히 읽는다는 가정하에). 연구개발팀에 있었던 나는 결재를 통해 상사의 피드백을 들을 수 있었다. 덕분에 내가 놓치는 부분들 역시 확인할 수 있었다. 또 다른 장점으로 실수를 줄일 수 있다는 것이다. 품질 문제는 회사의 이미지와 직결된다. 불량 제품이 발생할 경우 거래처를 잃을 수 있음으로 실수를 최소화하는 것 역시 중요하다. 그러므로 결재 시스템을 통해 많은 사람들이 확인함으로써 실수를 줄일 수 있다.

허나 단점도 있다. 형식상 결재를 받아야 하기 때문에 며칠 동안 업무 진전이 없을 수 있다. 예를 들면 이렇다. 빠르게 업무를 처리해야 해서 결재 확인 요청을 하면 "기다리세요"라는 답이 돌아오는 경우다. 굳이 이런 작은 결정에도 결재가 필요하나 그리고 이런 작은 일도 내가 직접 결정할 수 없다는 것이 조금 답답하기도 하다. 또한 결재권자가 누구냐에 따라서 불필요한 형식들이 생긴다. 어떤 상사는 특정 폰트를 쓰지 않으면 반려하기도 한다.

우리는 매일같이 결재를 받는다. 반복적으로 결재를 요청하다 보면 굳이 매번 결재를 받아야 하나 싶다. 물론 큰 금액을 투자하거나 신규 제품 개발 혹은 양산 결정을 하기 전에 관련 담당자들에게 결재를 받는 일은 필요하다. 특히 타 부서와 협업해야 하는 일이 많은 경우 결재는 소통할 수 있는 또 다른 창구이기도 하다. 하지만 세세한 부분까지 결재하며 진행하다 보니 업무 속도가 떨어지기도 한다. 직접 결정하고 일을 진행하면 몇 시간만에 끝낼 수 있는 일이 결재 때문에 3일이 걸리기도 한다. 이는 대기업의 딜레마다. 기업이 커지면 책임 져야 하는 일이 많아진다. 회사는 무차별적 결정에서 오는 막대한 피해를 방지하기 위해 다양한 프로세스들을 구축한다. 그리고 그중 가장 안전한 장치가 바로 결재다. 다소 느릴 수 있지만 안전한 방식을 택하는 구조와 직원에게 결정 권한을 줌으로써 빠른 속도로 일이 진행되는 구조. 과연 무엇이 더 좋다고 할 수 있을까? 삼성은 산업의 특성에 맞게 조금 더

촘촘히 짜여 있는 결재 시스템이다. 다만 삼성의 결재 시스템의 상당 부분을 없애면 어떨까 하는 생각을 해본다. 삼성에서 근무했을 때는 결재 없이 일한다는 게 상상조차 되지 않았는데, 결재라는 개념이 상대적으로 적은 외국 기업에서 근무하다 보니 필요한 결재만 유지해도 되겠구나 싶다.

아마존의 결재 방식

아마존은 다른 테크 회사들과 다르게 삼성과 굉장히 비슷한 구조다. 아마존의 매니저는 몇 명의 부하 직원들을 관리하고, 그 위에는 또 다른 매니저가 존재하고 있어 마치 커다란 피라미드 구조다. 우리는 이와 같은 구조를 흔히 계층적 구조 Hierarchical structure라고 부르는데, 조직 구조를 비교해보면 삼성과 얼추 비슷하다. 하지만 조직 구조가 비슷함에도 불구하고 아마존에는 결재 시스템이 크게 없다. 차기 프로젝트에 대해 회의하면서 인력 충원 관련 결재하는 것을 본 적이 있다. 하지만 그 외 프로젝트 방향성 혹은 제품 구매와 관련해 결재받는 일은 찾아보기 힘들다.

아마존은 직원들에게 상상 이상의 결정권을 부여한다. 아마존은 스스로를 세상에서 가장 큰 스타트업The World's biggest start-up

이라고 소개한다. 그만큼 직원들이 그 제품의 대표가 되어 중요한 결정을 내릴 수 있게 한다. 제품을 개발하는 데 어떤 방식으로 개발할 것인지에 대한 최종 결정은 각 담당자가 직접 내린다. 물론 상사 역시 관여하기는 하지만 결국 결정내리는 사람은 담당자다. 매니저는 부하 직원이 가장 좋은 선택을 할 수 있도록 열심히 조언해줄 뿐이다. 상사라고 꼭 답을 알고 있는 것은 아니다. 그렇기에 결재라는 시스템을 없애고 순수하게 논리와 데이터를 가지고 결정한다.

지난 회의 중 제품과 관련해 디렉터는 새로운 기능도 같이 개발 중이냐고 물었다. 그에 대해 이렇게 답했다. "아니 우리가 현재 개발하고 있는 제품에 그 기능은 포함되지 않을 거야. 왜냐하면 이익 대비 투자할 것들이 너무 많아." 디렉터는 "그래 우선순위는 네가 알아서 잘 정했겠지. 네가 우리보다 더 잘 알 테니 좋은 결정해라" 하며 넘겼다.

그렇다고 해서 결재 없이 무조건 한 사람이 모든 결정을 하는 것은 아니다. 아마존 역시 매니저를 포함해 다양한 안전장치들이 있다. 예를 들어 법률 혹은 PR에 문제되지 않기 위해 어떠한 일을 마무리하기 전 다양한 법률과 PR 담당자와 협의해야 한다. 보통 이럴 경우 프로젝트 서류를 준비해 회의실에 모여 글을 읽고, 그들의 의견을 듣는다. 제3자의 눈으로 봤을 때 문제될 만한 내용이 없는지 확인한다. 그 외 모든 결정에는 데이터가 있다. 다음은 내 매니저가 자주 하는 말이다. 아마존에서 좋은 결정을 내리기 위해서는 ① Data, 숫자로 표현할 수 있는가? ② Anecdote, 고객의 소리를 들어봤는가? ③ Gut feeling, 네 직감은 무엇을 말하고 있는가? 이 3가지의 밸런스를 찾으라고 한다. 그렇게 결정을 내린다면 과연 누가 토를 달 수 있겠는가.

아마존에서는 직원이 대부분의 결정을 스스로 내릴 수 있다. 그리고 이에 따른 장점은 많다. 우선 내가 직접 고민하고 결정하기 때문에 구체적으로 파고들 수 있다. 그렇다 보니 더 애정을 갖고 일하게 되고 결과적으로 더 좋은 제품을 완성시킨다. 또한 결정권을 갖게 됨으로써 더 막중한 책임감이 생긴다. 이는 회사 생활에 큰 동기부여가 된다. 마지막으로 모든 업무 속도가 엄청나게 빠르다. 상사가 결재해줄 때까지 기다릴 필요가 없다. 이와 같이 결정권을 직원들에게 줌으로써 아마존은 대기업의 딜레마에서 어느 정도 벗어난 셈이다. 물론 단점도 있다. 혹여나 직원들이 올바른 결정을 내리지 못한다면 그만큼 회사에 막중한 피해를 줄 수도 있다. 하지만 아마존과 같이 인터넷 회사의 경우, 대부분 Two‑way door(다시 되돌릴 수 있는)가 있기 때문에 실패에 조금 더 너그럽다. 그리하여 직원들이 실패할 경우 이를 교육 비용이라고 생각하며 실패를 통해서 배우는 것에 그 누구도 손가락질하지 않는다(물론 반복되는 실수라면 문제가 다르지만).

결재 시스템에 정답은 없다. 조직 구조뿐만 아니라 제품과 산업에 대한 특성을 고려해 결정해야 하기 때문이다. 삼성과 같이 한 번의 불량이 큰 문제를 일으키는 하드웨어의 경우 결재를 통해 실수를 최소화해야 한다. 반면 아마존과 같이 데이터와 논리로 모든 결정이 이뤄지고 개인에게 결정권을 주는 회사라면 결재 시스템이 굳이 필요하지 않다.

09

상사에게 좋은 사람
vs.
후배에게 좋은 사람

/

　점심식사 후 디렉터가 급히 발표할 게 있다며 우리 모두를 휴식 공간으로 불렀다. 혹시나 무슨 사고라도 터진 건가 싶어 걱정되는 마음으로 갔더니 샴페인과 들떠 있는 디렉터가 우리를 기다리고 있었다. 팀내 승진자들이 있다며 그는 기쁜 목소리로 발표했다. 예전부터 업무 대비 낮은 직급에 있던 마케팅 담당자와 다른 부서에서 근무하는 친구가 승진했는데, 한국처럼 대대적인 회식 없이 점심에 간단히 샴페인을 마시며 승진자들을 축하해줬다. 국내 기업도 승진 발표를 하는 시기인 3월이었다. 회사 생활 중 가장 큰 축제기간인 3월. 하지만 누군가에게는 씁쓸한 시기이기도 하다.

　"직장인에게 월급이랑 승진 빼면 뭐가 있겠냐?"

드라마 〈미생〉에서 가장 강렬히 다가왔던 대사다. 개인적으로 이 말이 전적으로 맞다고 생각하지는 않는다. 성취감, 동료애, 소속감 등 충분히 개인이 찾을 수 있는 의미가 많다. 하지만 강도 높은 업무와 무분별한 업무 지시에 정신없이 생활하다 보면 크게 느껴지지 않기도 한다. 그렇다 보니 눈에 보이는 월급과 승진이 가장 중요하게 느껴진다.

한국에서의 진급은 근속 연수와 그 외 평가들로 이뤄진다. 삼성은 국내 기업 중 성과주의 인사제도를 많이 언급하는 회사다. 말 그대로 일 잘하는 사람은 먼저 진급하고 더 많은 기회를 제공받는다. 실제 경험한 바로 틀린 말은 아니다.

나의 상사 중에는 2년 특진해 주변을 놀라게 한 사람도 있었고, 어린 나이에 임원이 된 사람도 있다. 일 잘하는 사람이 있다면 그 사람의 역량을 최대한 발휘할 수 있는 기회를 준다. 하지만 이는 어느 정도 직급이 높은 사람의 이야기다. 신입사원이 입사한 다음 해에 대리를 다는 경우는 거의 없다. 입사 후 첫 진급은 근속 연수로 결정된다. 보통 사원으로 입사하는 경우 4년이 지나야만 대리를 달 수 있다. 그리고 다시 4년 후 과장으로 진급할 수 있는데, 성과에 따라 특진할 수 있는 기회가 생긴다. 예를 들어 진급하기 위해서 4점이 필요하다고 가정하면, 어느 해 상위 고과 2점을 받아 3년 내로 4점을 채울 수 있다. 그럴 경우 특진 대상자가 될 수 있다. 외국어나 회사에서 인정하는 자격증을 소지하면 추가 점수를 받을 수 있다. 그러므로 꾸준히 성과를 낸다면 특진이 충분히 가능한 곳이 삼성이다. 진급은 직급이 올라갈수록 어려워지는데, 점수 외 상사 평가 결과 역시 중요하다. 아무리 점수가 높다 해도 아직 역량이 부족하다고 생각된다면 특진이 안 될 수도 있다.

열심히 일해도 성과가 나오지 않거나 위에서 잘 봐주지 않으면 진급이 누락될 수 있다. 때론 누구보다 열심히 했는데, 오히려 그렇지 않은 동료가 좋은 프로젝트나 좋은 팀을 만나 먼저 진급하기도 한다. 불공평하다. 아무리 불공평한 세상이라고 하지만 안타깝다.

실무자들은 대부분 윗선의 지시를 따른다. 업무 자체에서 큰 어려움이 없기에 대부분 일을 잘한다. 덕분에 누구를 못한다고 평가하기도 어렵다. 그러므로 직장인은 업무뿐만 아니라 상사와의 관계와 타 부서에서 얼마나 인정받는지도 중요하다.

회사에서 만난 흥미로운 캐릭터들이 있다. 나이가 지긋하신 차장님은 불같은 성격에 큰소리로 회의실을 점령해곤 했다. 막상 이야기해보면 디테일에 약하지만 다른 사람들에게 없는 강점을 갖고 있었다. 그 차장님은 모든 숫자를 외우고 회의에 들어와서는 아무렇지 않게 사람들 앞에서 말했다. "제가 알고 있기로는 그게 14%가 아니라 24%로 알고 있는데?" 임원들 사이에서는 숫자와 디테일에 강한 사람으로 평가되었는데 실제로는 아니었다.

또 다른 분은 싸움닭이었다. 타 부서와 업무를 진행하는 도중 후배들이 고생하는 것을 보면 눈에 불을 켜고 달려드는 사람이었다. 항상 따르고 싶은 선배였고 사람 좋기로 유명한 이 사람. 이렇게 굉장히 다른 두 타입의 선배가 있다. 과연 어떤 선배가 더 잘 됐을까?

서글프게도 전자가 더 좋은 평가를 받았다. 위에서 바라봤을 때 알고 싶은 데이터를 항상 갖고 있는 사람. 상사 혹은 임원 입장에서 모든 데이터를 얼마나 정확히 아는지는 크게 중요하지 않았다. 덕분에 차장님은 좋은 프로젝트들을 관리하고 승진했다. 반면 방패막이를 자처한 선배는 조금 천천히 진급했다.

상사를 관리하는 2가지 방법

회사 입장에서 본인의 일을 얼마나 잘하는지도 중요하지만 그 이상으로 잘하고 있는지를 상사에게 보여주는 것 역시 중요하다. 이를 외국에서는 상사를 관리한다Managing upward고 일컫는다. 보통 상사가 후배를 관리한다고 생각하는데, 후배가 상사를 관리하는 것 역시 중요한 일이다. 그리고 여기서 밸런스를 찾는 것이 가장 중요하다. 상사에게만 잘 보이려고 하는 사람은 꼴 보기 싫은 사람이 될 수 있고 후배에게 헌신하는 선배는 인정받기 힘든 세상이다. 대부분 회사 생활을 하다 보면 하나만 선택하는 경우가 많은데 각자의 스타일에 맞게 그리고 같이 근무하고 있는 상사에 맞게 밸런스를 유지해야 한다.

나의 매니저는 둘 다 잘하지만 상사를 조금 더 잘 관리하는 것 같다. 항상 중요한 일이 있을 때 상사에게 언제 알려야 하는지 잘 알고 있으며, 본인의 상사와 굉장히 친밀한 관계를 유지하고 있다. 문제가 생겼을 때 가장 먼저 다가가 이야기할 수 있는 사이다. 나의 경우 그 반대다. 후배 관리에 더 많은 시간을 투자하고 윗사람은 알아서 내 성과를 알아주기 바란다. 매니저를 보며 스스로 많이 부족하다고 느끼고, 이를 개선하기 위해서 여러 노력을 하고 있다.

상사 관리의 좋은 예로 매니저에게 도움을 요청하는 것이다. 도움을 요청하는 게 어떻게 잘하는 모습을 보여주는 것인지 의아할 수 있겠지만 단순히 "못 하겠어요. 도와주세요"라는 말을 하라는 것이 아니다. 매니저와 매주 진행하는 1:1 미팅에서 단순히 내가 요즘 뭘 하고 지내는지 말하기보다는 이번 주 목표를 설명한다. 구체적으로 말하면 다음과 같다.

"이번 주 목표는 A, B, C야. A는 여기까지 진행했는데 여기서부터는 네 도움이 필요해. 이 미팅이 끝나고 관련 자료를 보낼 건데 피드백을 줬으면 좋겠어. B는 15명의 고객들과 미팅을 했는데 총 15명 중 12명은 이런 피드백을 줬고 3명은 다른 의견을 줬어. 내 결론은 다음과 같다. 이 생각을 누구와 최종 합의를 해서 이번 주 내로 법무 팀 승인까지 받는 게 목표야. C는 우선순위에서 뺐어. 내 생각엔 A에 집중하는 게 프로젝트 타임라인을 봤을 때 더 옳은 선택인 거 같아."

이렇게 업무 상태를 설명하고 끊임없이 피드백을 받는다. 다음 미팅에서는 그 피드백을 바탕으로 개선됐는지 보여준다.

또 다른 상사 관리로는 프로젝트를 할 때마다 누구보다 큰 소리로 많은 사람들에게 알리는 것이다. 겸손은 한국인의 미덕 중 하나다. 하지만 외국에서는 내가 잘한 일은 열심히 알려야 한다. 말하지 않으면 누가 어떤 일을 했는지 아무도 모른다. 그렇기에 아마존에서는 어떤 제품이나 개선안을 만들었을 때 주변 사람들에게 론칭 안내문Launch announcement을 보낸다. 말 그대로 '내가 이런 제품을 만들었으니 나 칭찬해줘'라는 의미다. 이렇게 스스로 본인의 업적을 알림으로써 "아 애가 일을 잘하고 있구나"라는 것을 알릴 수 있다.

아마존에서는 승진이 정해진 대로 이뤄지지 않는다. 근속 연수에 따른 진급이 없다. 물론 평균을 나눌 수 있지만 업무능력에 따라서 한 직급에서 굉장히 오랜 시간 머물 수도 있고 굉장히 빠른 속도로 진급할 수도 있다. 나와 같은 직급에 있는 어떤 사람은 아마존에서 근무한 지 13년이 넘었다. 나의 매니저는 입사 3년 만에 진급했고, 몇 년 내로 (굉장히 빠른 속도다) 진급하지 않을까 하는 이야기가 나오고 있다. 그렇다면 아마존은 어떻게 진급을 결정할까? 방식은 생각보다 간단하다. 매니저가 봤을 때 후배 사원이 다음 직급의 업무를 할 수 있는 능력이 있다고 판단되면 추천서를 작성한다. 추가적으로 타 부서 동료들의 피드백도 받아서 서류를 완성하는데, 이를 상사들이 모여 필독 후 결정한다. 여기서 중요한 것은 '얼마나 이 사람이 다음 직급으로 올라갈 수 있는 능력을 갖췄고 이전 경험에서 그것이 드러났는가`다. 큰 반대 의견 없이 결정되면 담당 임원의 단체 메일로 모두에게 알려진다. 아쉽지만 회식은 없다. 점심시간에 샴페인을 가볍게 마시며 서로 축하해주고 저녁에는 퇴근하여 가족들과 축하하는 자리를 갖는다. 자리가 사람을 만든다? 아마존에 적용되는 말은 아닌 것 같다. 되려 자리에 걸맞은 사람이 그 자리를 차지한다.

10

우리 말은 이쁘게 합시다

중국으로 출장 가는 길에 잠시 한국에 들렀던 적이 있다. 당시 지인과 함께 식사를 했는데 그는 새로운 직장으로 이직해 자리 잡는 중이라고 말했다. 그는 내가 알고 있는 사람 중 누구보다 능력이 뛰어났으며 회사에서도 인정받아 승승장구하던 사람이었다. 그런 그가 왜 퇴사했을까. 민감한 문제일 수 있기에 조심스럽게 질문했더니 그는 같이 근무하던 상사에 대한 이야기를 했다. 그 사람 때문에 얼마나 스트레스를 받았는지 모른다며 사람을 잘못 본 것 같다고 푸념을 늘어놓았다.

"너 진짜 죽여버린다." 실제로 지인이 회의 중 상사에게 들었던 말이었고, 이 이야기를 들은 그는 이런 사람과 같이 일하는 게 맞는지 회의감이 들었다고 한다. 결국 그는 퇴사를 선택했고, 새로운 곳으로 이직해 현재는 즐겁게 일하고 있다.

친한 형도 비슷한 이야기를 했다. 그 역시 상사 때문에 극심한 스트레스를 받고 있었는데, 본인을 바보 취급하며 항상 무시하는 상사와 일하고 있다고 했다. 그 상사의 경우 단순히 무시하는 것을 떠나서 업무와 상관없이 능력 비하 발언들을 서슴지 않는다고 했다. 이로 인해 자존감이 바닥을 치고 이직을 심각하고 고민 중이라고 했다. 예전 같았으면 "운이 안 좋네" 하고 넘겼을 텐데, 최근 이러한 문제들을 보며 여러 생각이 들었다. 나쁜 상사들이야 주변에서 쉽게 볼 수 있고, 오히려 존경할 수 있는 상사를 만나기가 더 어려운 현실이다.

입에 욕을 달고 사는 상사들을 주위에서 쉽게 볼 수 있다. 직속 상사 중 그런 사람은 없었지만, 유명한 욕쟁이 상사를 알고 있긴 하다. 혼잣말로 주변 사람들까지 괜히 기분 나쁘게 하는 사람들 말이다. 과연 같은 회사에서 근무하는 직장인들끼리 이런 언어를 사용하는 게 정말 맞는 걸까? 뭐 어떠냐 생각하는 사람들도 있을 수 있다. 이미 적응한 사람일 수도 있고, 원래 회사생활이 이런 거라고 교육받은 사람일 수도 있다. 나 역시 이에 대해 큰 거부감이 없었다. 그런데 막상 외국에서 근무하며 생각이 많이 바뀌었다.

삼성은 인격모독, 인권침해에 대해 굉장히 진지하게 다루는 조직이다. 10만 명의 직원 중 내가 경험한 사람들은 일부일 테니 함부로 일반화하지 않겠다. 그러나 경험상 이러한 문제가 발생하지 않도록 서로 조심하려 노력했고 덕분에 인격적인 모욕을 참아가며 억지로 일해야 하는 경우는 흔치 않았다. 조금 야비하게 혹은 간접적으로 독설하는 사람들은 간혹 있었으나 다들 무시하며 일하는 분위기였다. 물론 모든 조직이 그럴 수 없는 것이, 욕을 달고 사는 상사는 각 부서마다 있을 수 있다. 다만 이게 가벼운 농담인지 아니면 언어폭력인지 구별해야 한다.

아마존에서도 갑질이 존재할까?

아마존에서 근무하면서 이와 같은 생각이 사라졌다. 상사가 후배에게 욕을 한다? 상상도 할 수 없는 일이다. 설령 임원이라도 직원들에게 절대 욕할 수 없다. 물론 업무가 잘못되면 짜증이야 낼 수 있지만, 모욕적인 말을 하는 것은 상상할수도 없다. 특히 선배에게 혼난다는 개념이 익숙했던 나에게, 입사 초기 경험했던 다양한 상황들은 신세계처럼 다가왔다.

자동화 프로젝트 진행 중에 KPIKey Performance Indicator에 오류가 발생했다. 해당 프로젝트에 많은 관심이 쏟아지던 시기였기에 담당 임원도 매주 회의에 참석했다. 밤을 새워서 해결책과 그에 맞는 수치를 찾아냈고, 회의 전 매니저에게 당당하게 이 데이터를 공유하며 자신만만한 표정을 지었다. 그런데 매니저는 진지하게 "너 이거 하려고 몇 시에 잤어?"라며 물었고, 새벽까지 근무했다는 사실을 알게 되자 "퇴근 후에 일하는 거 금지야" 하고는 회의실에 들어갔다.

막상 임원이 들어오자 매니저는 내가 준비한 데이터를 사용하지 않았고 솔직하게 어떠한 문제가 있었고, 해결방안을 가지고 있으며, 추후 같은 문제가 발생하지 않도록 어떤 조치를 할 것인지에 대해 짤막하게 답했다. 그러자 디렉터와 임원 모두 알겠다며 화제를 바꿨다. 내가 예상했던 반응은 이게 아니었다.

"일을 어떻게 하길래 보고가 이런 식이야?" 혹은 "정신이 있는 거야 없는 거야"와 같은 종류의 꾸짖음을 예상했다. 그러나 대책을 보고하자 다들 아무렇지 않게 넘어갔다. 추후 매니저와 대화하다가 이 상황에 대해서 물어본 적이 있다. 그러자 그는 이렇게 말했다.

"상사에게 솔직하게 말하는 것이 가장 중요하다. 이는 아마존의 리더십 원칙 중 하나인 신뢰를 얻는다Earn trust와 연결되는데 무슨 문제가 발생했을 때 무조건 감추려고 하는 게 아닌 오히려 모든 걸 말함으로써 직면하고 있는 문제가 무엇이고, 어떻게 해결할 것인지, 그리고 이러한 상황이 다시 발생하기 않기 위해서 어떠한 조치를 취할 것인지 설명해주는 거야. 이를 통해서 서로의 신뢰를 유지할 수 있어. 혹시라도 상사의 도움이 필요할 경우 부탁하는 것도 좋아. 문제를 더 빠르게 해결할 수 있을 테니까 말이야." 물론 "너 오늘은 새벽까지 일 안 할 거지?"라는 작은 놀림과 함께 말이다.

모든 것들을 보고한다? 보통 상사에게 대부분 좋은 성과만을 이야기한다. 모든 사람이 그런 건 아니겠지만 문제가 될 것 같은 내용은 말하지 않는다. 오히려 이야기하고 싶은 주제로 회의를 가득 채움으로써, 그 방에 있는 사람들의 관심을 다른 쪽으로 쏠리게 한다. 그러던 중 한 사람이 "근데 그때 그 문제는 어떻게 됐지?"라는 질문과 함께 추궁하기 시작하면 회의 분위기는 순간 싸늘해진다. 준비되지 않은 내용을 설명하려는 사람과 이를 끝까지 캐내려는 사람 간의 긴장감에 많은 사람들이 애꿎은 시계만 살펴본다. 과연 누구에게 문제가 있다고 할 수 있을까? 문제를 감추는 부하 직원일까 아니면 문제가 발생했을 때 화를 내며 추궁하는 상사일까?

과거에 나는 상사에게 문제가 있다고 생각했다. 그러나 지금은 다르다. 수많은 프로젝트와 직원들을 관리해야 하는 임원 입장에서, 문제가 무엇인지 세세히 알 수 없다. 그렇기에 임원 보고 혹은 부장과의 미팅을 통해서 업무 상황을 보고받는다. 관리해야 할 부분이 워낙 많기 때문에 디테일을 다 알 수는 없는 그들은 직원들의 보고에 따라서 어떠한 문제들은 평생 모를 수도 있다. 물론 임원에게 보고되지 않은 일들 중 대부분이 자연스럽게 해결된다. 하지만 작은 문제가 추후 큰 문제가 되는 경우도 있기에 상사는 날을 세워 직원들을 관리해야 한다. 허나 이는 악순환을 야기시킨다. 직원들은 무서운 상사의 모습을 피하기 위해 정돈된 내용만을 보고한다.

외국 회사의 상사는 좀 다를 거라고 생각할 수 있다. 그러나 나의 상사들도 화낼 때는 무섭다. 물론 욕을 하지는 않지만 문제가 있을 때 그들은 논리를 앞세워 꾸짖는다. 단순히 화를 내는 것이 아니라 정당한 이유를 말해준다. 마찬가지로 혼나는 사람도 논리가 있어야 한다. 단순히 "죄송합니다. 이번 일정을 맞추지 못했습니다"가 아니다. 이유와 해결방안을 말하고 이를 통해 배운 교훈이 무엇이며 앞으로 이를 방지하기 위해 어떻게 해야 할지도 함께 이야기한다. 모든 실수를 교훈으로 삼고 더 나은 대책을 마련하기 위해 어떤 일을 하고 있는지 공유함으로써 신뢰를 쌓는 것이다.

대화라는 게 종이 한 장 차이지만 참 많은 변화를 불러온다. 후배가 있는 모든 상사들은 본인의 말이 얼마나 논리적인지 고민해봐야 한다. 단순히 선배이기 때문에 잔소리를 할 수 있다고 생각해선 안 된다. 후배에게 인정받고 당당히 의견을 내기 위해서는 논리가 있어야 한다. 아마존에서의 나의 상사가 자주 하는 말이 있다. "내가 아무리 회사를 오래 다녔어도 이 제품에 대한 내용은 너희가 나보다 잘 알잖아. 그러니 내가 해주는 조언들은 귀담아듣되, 결정은 네가 해. 너희가 잘 할 거야."

상사 혹은 선배라는 이유로 언어 폭력을 행사한다면 어떨까? 회사 측면에서는 인재가 다른 기업으로 유출되는 문제가 생길 수 있고 개인 측면에서는 스트레스로 일상이 무너질 수 있다. 욕설보단 논리로 선배라는 것을 보여줄 수 있는 환경. 이 한 끗 차이가 서로의 신뢰를 바꿀 수 있다.

유럽 사람들도 퇴근할 때 눈치를 볼까?

MBA 입학 전 함께 입학 예정이었던 동기들과 여행을 갔다. 그중 미국 시스코라는 기업에서 세일즈 업무를 하던 친구가 있었다. 흥미롭게도 그 친구는 회사에 휴가를 내지 않고 여행을 왔다. 우리가 낮에 서핑, 마사지, 사원 투어 등 다양한 야외 활동을 할 때 그 친구는 호텔에 남아서 일을 했고, 업무가 마무리된 저녁에 다시 만나서 술을 마시고 여행을 즐겼다. 사무실에서 근무하던 방식에 익숙했던 나에게 그 모습은 너무도 신기했다. 회사에서 원격 근무를 승인해주는지 물어보자 그는 웃으며 대답했다.

"회사와 직원들 사이에 믿음이 있으면 되지 않을까?" 팀원들 각자 다른 국가에서 근무 중이고 필요에 따라서 화상 채팅을 한다고 그는 말했다. 그 외 업무와 관련된 내용은 메일이나 사내 메신저를 통해서 소통한다고 했는데 어느 정도 원격 근무를 하는 게 익숙해지면 크게 불편하지 않다고 했다. 당시 그 친구의 말이 너무 비현실적이라고 생각했었는데 몇 해가 지나고 아마존에 입사해 비슷한 환경에서 근무해보니 이제야 이해가 된다.

유럽에 있는 회사들은 직원의 출퇴근 시간을 기록할 수 없다고 생각한다. 그러므로 "오늘 8시에 출근했으니 5시에 퇴근하면 되겠다"라고 생각할 필요가 없다. 본인 외에 근무 시간에 대해서 그 누구도 관심을 갖지 않는다(심지어 상사들도 말이다). 물론 회사에서 정해놓은 시간은 8 to 5이지만 실제로는 라이프스타일에 따라 출퇴근을 결정한다. 룩셈부르크와 독일의 국경에 위치한 도시에서 출퇴근하는 어떤 디렉터의 경우 아침 8시에 출근해서 오후 5시가 되면 "모두들 내일 봐!"라며 호탕하게 퇴근한다. 나의 매니저는 사랑하는 딸과 아침 시간을 보내고 10시에 출근한 뒤 오후 7시가 되면 퇴근해 가족과 저녁 식사를 한다. 누군가는 "야근이 없어 좋겠다"라고 말할 수 있겠지만 실제로 우리는 점심시간 없이 샌드위치를 먹으며 일하고, 퇴근 후 가족들과의 시간을 보낸 다음 다시 일하기도 한다. 그렇기 때문에 눈에 보이는 근무 시간이 전부가 아니다. 스스로의 의지와 일정에 맞춰 일하면 된다.

삼성 역시 직원들이 출퇴근 시간에서 조금 더 자유로울 수 있도록 다양한 제도를 도입했다. 입사 당시 부서에서는 자율출근제를 꽤나 활발하게 사용하고 있었다. 업무에 지장이 없는 선에서 출퇴근을 자유롭게 할 수 있는 제도였다. 점심시간을 제외하고 출근 후 8시간의 업무를 마치면 퇴근한다. 물론 매일 10시에 출근할 수 있는 건 아니었지만 은행과 같은 개인 업무를 봐야 할 경우 눈치 보지 않고 사용할 수 있었다. 그리고 이후 자율출퇴근제 역시 도입됐는데, 이는 자율출근제에서 더 나아가 일주일 동안 40시간을 채우면 되는 제도였다. 예를 들어 월요일에 4시간 근무했다면 남은 4일 중 4시간을 추가 근무해 일주일간 40시간을 채우면 되는 것이다. 불필요한 잔업을 줄이고 업무 능률을 향상하기 위해서 도입된 자율출퇴근제는 마치 가뭄 속 단비 같은 존재였다. 평소보다 일이 없는 날에는 먼저 퇴근하고 다른 날에 추가 근무를 하면 된다. 이를 반기지 않을 직장인이 어디 있을까? 물론 눈치가 안 보인다면 거짓말이지만 나는 유용하게 이 제도를 사용했다. 밤 10시까지 야근한 날엔 다음날 늦게 출근하겠다고 사전 메일을 보내 놓고 조금 더 늦잠을 잤다.

"이렇게 근무하면 사람들이 나태해지지 않을까?"라며 걱정하던 관리자들을 많이 봤다. 이해 안 되는 우려는 아니지만 출퇴근에 대한 자율성이 업무 능률을 저하시킨다고 생각하진 않는다. 매번 정신 줄을 놓고 술을 마신 뒤 늦게 출근하는 것도 아닐 테고 오히려 컨디션을 잘 관리해 가장 좋은 모습으로 출근할 수 있으니 되려 제도 도입 이후 나를 포함한 팀원들의 능률이 좋아졌다. 물론 이를 남용하는 사람들도 있긴 했다.

"저 먼저 들어가 보겠습니다." 나는 퇴근할 때마다 항상 큰 소리로 인사했다. 옆 부서 사람들 모두 들어라! 나는 집에 갈 테니! 이런 생각으로 인사했는데 동료들과 선배들은 이를 참 좋아했다. 그럴 수밖에 없는 것이 삼성에서는 일이 항상 많았다. 당시 퇴근한다는 소리가 나온다는 것은 정말 일이 끝났다는 소리였다. 가장 업무가 많았던 대리 시절에는 휴가의 대부분을 금전적인 보상으로 돌려받았으니 말이다. 당시 화장실 가는 시간까지 줄여가며 일했다. 서로가 고생하는 것을 알기에 퇴근할 때 눈치보지 않아도 됐다.

아마존에서의 퇴근은 간단하다

"나 먼저 들어갈게. 친구가 한국에서 놀러 와서 술 한잔하려고 해." 아마존에서 이렇게 말하면 어색한 기류가 흐른다. 그렇다. 이건 TMI다. 입사하고 얼마 되지 않아 매니저에게 술 약속이 있어 퇴근한다고 말하니 "같이 가자는 소리야? 알았으니 어서 가서 술 많이 마시고 재미있게 놀아"라고 어색하게 답했다.

아마존에서의 퇴근은 간단하다. 책상을 정리하고 짐을 사물함에 넣는다. 그렇게 정리를 마쳤다면 팀원들을 바라보며 "그럼 내일 봐" 이 한마디만 던지면 된다. 출근도 비슷한 모습이다. "미안 오늘 아침에 일이 생겨서 조금 늦었네"라고 할 것이 아니라 원하면 인사를 하지 않아도 된다. 아니면 가볍게 "좋은 아침" 정도의 인사만 건네면 된다. 물론 말도 안 되게 오후에 출근할 경우 팀원들에게 사전 공지를 해야 하지만 말이다.

아마존은 철저한 성과주의 회사다. 물론 아마존이 노력하는 직원들을 인정해주고 발전시키려는 회사인 것도 맞지만 과정보다는 결과를 중시한다. 나의 매니저는 "네가 어디서 어떻게 일하는지는 중요하지 않아. 너희들은 충분히 똑똑한 어른들이기에 내가 모든 걸 알려주고 관리할 필요도 없다고 생각해"라고 자주 말한다.

서른이 넘는 어른들이 모여 일하는데 출근 시간을 왜 관리해야 할까. 직원들은 말 그대로 일만 잘하면 된다. 유럽에서는 입사 후 6개월의 수습 기간이 있다. 그리고 이 기간 동안 해당 직원의 능력이 예상보다 떨어지거나 회사 업무를 따라가지 못할 경우 자유롭게 직원을 해고할 수 있다. 만약 수습 기간 중 해고 통보를 받게 된다면 퇴직금도 받을 수 없고 입사 당시 받았던 보너스를 뱉어야 하니 아주 끔찍한 제도다. 물론 갑자기 해고 통보를 하지 않는다. 상사와 동료들의 신뢰를 얻지 못할 경우, 매니저는 면담을 통해서 개선 방향을 알려준다. 그 후 한 번의 기회를 더 주는데 그런데도 발전 가능성이 보이지 않는다면 누구라도 회사를 떠나야만 한다. 입사 당시 상당수의 직원이 수습 기간 동안 해고당한다는 소리를 듣고 해당 기간 동안 정말 열심히 근무했다(실제로 해고되는 인원은 그렇게 많지 않다). 이렇게 수습 기간을 통해 자신을 증명한다면 그 후 출퇴근 시간이나 원격 근무와 관련해 눈치 볼 필요가 없다. 발리에서 만났던 친구처럼 말이다.

또한 개인적인 사정이 있을 경우 다른 나라의 오피스에서 근무해도 된다. 나 역시 뉴욕 오피스에서 근무한 적이 있고 지인 결혼식에 참석하기 위해서 서울 오피스에서도 근무했다. 동료들 역시 크리스마스 시즌에는 각자 가족이 있는 국가에서 근무하고 필요에 따라서 재택 근무를 하기도 한다. 당시 친구가 말했던 회사와 직원 간의 믿음이 무엇인지 이제 이해가 된다.

2장

아마존에서 살아남는 법

손님은 왕이다

/

"고객이 왕인 거 몰라?" 우리는 뉴스를 통해 많은 갑질 사건을 접한다. 몇몇 고객들은 본인들이 제품 혹은 서비스가 아닌 직원을 구매한 것처럼 그들을 하대하고 무시한다. 그리고 이는 생각보다 자주 발생한다. 극단적으로 백화점 직원들의 무릎을 꿇게 한 사건도 있었고 카페 직원에게 하대하는 사람들도 쉽게 볼 수 있다. 그나마 이런 문제들이 사회적으로 다뤄지면서 개선되는 분위기다.

친절하게 주문하는 손님에게는 반값으로 제품을 제공하거나 불친절한 손님에게는 매장에서 나가 달라고 표현하기도 한다. 물론 이 모든 게 정답이라고 볼 수는 없지만 점차 개선되고 있다는 측면에서 좋은 방향이라고 생각한다. 그렇다면 아마존에서도 손님은 왕일까.

제프 베조스는 아마존을 지구에서 가장 고객 중심의 회사로 만들자고 했다. 그 믿음은 창업 후 지금까지 이어지고 있는데 고객 중심, 고객 집착Customer obsession은 아마존 리더십 원칙 중 가장 중요한 원칙이다. 고객들이 무슨 생각을 하는지, 부서가 갖고 있는 비전이 고객 경험을 어떻게 향상시킬 것인지, 그리고 고객들의 불만 사항을 어떻게 개선할 수 있을지 끊임없이 고민하는 회사가 바로 아마존이다.

물론 나 역시 이 이야기를 처음 들었을 때는 "그렇지 않은 회사가 어디 있어?"라며 가볍게 넘어갔지만 직접 일해보니 이곳은 정말 고객에게 미친 회사가 아닐까 싶다.

모든 회사가 그렇겠지만 매출과 이익만큼 중요한 건 없다. 허나 신기하게도 아마존의 의사 결정에는 더 중요한 요소가 있다. 과연 이게 고객들에게 최상의 경험을 제공할 수 있을까 하는 질문이다. 그 결과, 회의 중 자주 듣는 말은 "신제품이 고객 경험에 어떤 변화를 주지?" "신제품은 고객에게 어떤 가치를 제공하지?" "기존 고객이 받게 되는 영향은 무엇이 있지?" 등 금전적인 질문보단 고객을 위한 질문이 많다. 언제든 고객을 위해서라면 수많은 돈을 투자한 프로젝트도 과감히 포기할 수 있고 금전적인 손해를 보더라도 한 사람의 고객 만족도를 높일 수 있다면 그런 결정을 하는 회사다.

아마존은 고객을 위해 헌신한 사람들을 영웅처럼 대한다. 예를 들어 결혼식 뒤풀이 드레스를 주문한 고객이 사이즈 교체를 요청한 적 있었다. 허나 그녀의 결혼식은 다음 날이었고 영국 지방에 제품이 도착하기에는 시간이 부족했다. 그러자 아마존 직원 중 한 명이 직접 전달해주겠다며 고객을 안심시켰고, 몇 시간을 운전해 제시간에 물건을 건넸다. 이 모든 상황을 바라보던 그녀의 매니저 역시 멋진 결정에 손을 들어줬고 그녀의 활약은 높은 선까지 올라가 지금도 많은 아마조니언에게 회자되고 있다. 한 고객을 위해서 한 직원의 일정을 날려버린다는 것은 회사 입장에서 부정적으로 볼 수 있지만, 아마존에서는 고객에 집착한 직원만큼 뛰어난 인재는 없다.

아마존의 성장 방식

아마존의 성장 방식을 이해하기 위해서는 우선 플라이휠Fly wheel을 알아야 한다. 창업자 제프 베조스가 휴지에 적어 공유했던 이 그림은 고객 경험이 얼마나 중요한지 그리고 이와 연관된 요소들은 무엇인지 쉽게 설명한다. 우선 아마존의 성장

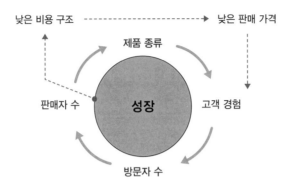

낮은 비용 구조 ----------→ 낮은 판매 가격

제품 종류

성장

판매자 수

고객 경험

방문자 수

제프 베조스가 휴지에 적었던 플라이 휠

출처: 구글

을 위해서는 좋은 고객 경험Customer experience이 밑받침 돼야 한다. 아마존에서 제품을 쉽게 구매하고 좋은 경험을 한 고객들은 더 자주 아마존을 방문할 것이고(Traffic), 이는 더 많은 판매자들을 불러모아 제품을 판매하게 한다(Sellers). 이렇게 많은 판매자들이 아마존에서 물건을 팔면 고객들은 더 많은 종류의 제품들을(Selection) 아마존에서 찾을 수 있을 것이고, 이는 더 훌륭한 고객 경험으로 이어진다. 이 4가지 요소들은 서로를 자극하여 회사를 성장시키고, 동시에 회사는 원가를 절감시켜(Lower cost structure) 판매하는 제품의 가격을 낮추는 데 집중한다면(Lower prices) 이 역시 훌륭한 고객 경험으로 연결

된다. 'Wheel'이라는 단어처럼 각자의 요소들은 다른 요소들에 영향을 줌으로써 회사 성장이라는 바퀴를 빠르게 회전시킨다. 그 중심에는 항상 고객 경험이 자리하고 있고 이 메커니즘은 지금의 아마존이 있기까지 큰 역할을 했다.

제품 담당자Product manager로 근무하고 있는 나는 제품 관련 결정을 내릴 때 다음 3가지를 고려한다. 먼저 다수의 고객들이 어떤 생각을 하는지 이와 관련된 데이터Data. 두 번째는 한 명의 고객이더라도 그들에게서 들었던 일화Anecdote. 마지막으로 제품 담당자가 갖고 있어야 하는 직감이다Gut feeling. 이 중 어느 한 가지가 더 중요하다고 말할 수는 없지만, 3가지의 정보들이 적절하게 있을 때 우리는 고객을 위한 선택을 할 수 있다.

아마존 제품 담당자들에게는 한 가지 두려운 것이 있다. 그건 바로 제프가 보내는 물음표 메일이다. 창업자인 그는 아직도 고객들이 보내는 불만 메일들을 읽고 사안이 심각할 경우 담당자를 찾아 메일을 보낸다. 해당 메일은 '?'라는 제목과 함께 고객의 소리를 담고 있는데, 이 메일을 받은 부서는 비상 상황이 된다. 비록 한 명의 고객에게서 온 불만 사항이지만 그 문제에 대한 원인을 완벽히 찾아야 하고, 어떻게 개선할 것인지 정리해 회신해야 한다. 이는 아마존이라는 회사와 내부 리더들이 얼마나 고객의 소리에 귀 기울이는지 보여준다. 이 역시 부정적인 고객 경험을 최소화하기 위한 장치다. 아무리 모든 부서들이 많은 일을 하고 바쁜 하루를 보내더라도 가장 기본적인 문제를 해결하지 못한다면 이는 나쁜 고객 경험의 씨앗이 될 수 있다.

아마존 제품들을 보면 개발 이유를 쉽게 알 수 있다. 아마존의 음성 인식 장치인 아마존 에코(알렉사)는 '고객이 더 편하게 제품을 주문할 수 있는 방법이 없을까'에서 시작되었다. 자주 구매하는 제품을 매번 웹사이트에 들어가 구매하는 것이 아니라, "물이 다 떨어졌네? 알렉사 물 좀 주문해줘"라는 말로 빠르고 손쉽게 제품을 살 수 있다. 전자책 킨들은 아마존이 처음으로 판매했던 제품이다. '책을 누구나 어디서든 읽어볼 수 없을까' 하는 고민과 함께 개발이 시작됐다. 고객의 입장에서, 고객에게 최고의 경험을 제공하겠다는 신념으로 만들어진 제품이다.

현재 내가 담당하고 있는 제품 역시 비즈니스 고객들의 니즈를 해결하기 위한 것으로, 실적을 확인할 때 이익률을 보는 것이 아니라 니즈가 얼마나 충족이 되었는지를 본다.

아마존은 매출로 이익이 생기면 그만큼 고객 경험을 위해서 재투자하는 회사다. 고객 경험을 굉장히 중요하게 생각하고 이에 굳건한 믿음이 있기 때문에, 아마존 이사회에서도 이러한 투자들에 대해서 크게 관여하지 않는다. 지구상 가장 고객 중심의 회사. 이렇게 우리는 내일도 고객을 왕이라고 생각하고 고객들이 아마존에서 최고의 경험을 할 수 있도록 고민하고 또 고민한다.

02

때로는 반대해도 괜찮아

/

나는 사석에서 반대 의견을 잘 표현하지 않는다. 누군가와 반대되는 의견이 있어도 그저 '다른 의견을 갖고 있구나'라고 생각할 뿐이다. 심지어 다른 사람이 잘못된 내용을 말하더라도 좋게 넘어가기 위해서 굳이 해당 내용을 수정하려 하지 않는다. 본인 의견에 반대되는 이야기를 들었을 때 불편해하는 사람들을 제법 마주했기에 굳이 어색한 분위기를 만들지 않기 위해서다. 하지만 그곳이 회사라면 과연 건강한 회사 문화라고 할 수 있을까?

사람은 완벽하지 않다. 평생 축구를 한 선수들도 승부차기 중 공을 이상한 곳으로 보내고 오랫동안 김밥을 만든 분들도 옆구리를 터뜨린다. 스티브 잡스 역시 세그웨이가 인류 이동

수단에 변혁을 가지고 올 것이라며 확신했지만 (나는 아직도 그럴 것이라고 믿는다. 세그웨이는 너무 재밌다) 실상은 관광지에서만 사용되고 있다. 그만큼 사람이 항상 옳을 수 없기에 조직은 서로의 의견을 모아 옳은 방향으로 가기 위해 노력해야 한다. IT 기업들은 이색 경력을 갖고 있는 사람들을 선호한다. 이는 새로운 관점에서 문제를 바라보는 것이 옳은 결정을 하는 데 도움을 줄 수 있을 것이라고 믿기 때문이다.

그러나 회사라는 조직에서 우리는 얼마나 자유롭게 의견을 피력할 수 있을까. 월요일 점심시간 이후 회의실에 들어간다고 가정해보자. 회의실에는 상무님을 포함한 부서원들이 모여 내년 개발 예정인 제품에 대해 토론하고 있다. 최근 경쟁사들이 급격하게 늘어나면서 우리는 선택과 집중을 해야 한다. 제품 원가를 절감해 낮은 가격으로 치킨 게임을 해야 할까 아니면 고품질 제품을 만들어 하이엔드 시장을 섭렵해야 할까. 평소 고객과 가장 가까이에 있었던 나는 소비자의 니즈를 정확히 알고 있다. 그건 바로 무리 없는 가격대의 제품을 만드는 것이다. 하지만 이전 상무님이 저가 제품 개발을 추진하다가 직장을 잃었기에 이번 상무님은 그 반대로 고품질 제품 개발에 관심을 갖고 있다. 이럴 경우 나는 무슨 말을 해야 할까? "상무님 고품질 고비용 제품은 소비자로부터 외면받습니다. 우리는 작년부터 준비해온 보급형 제품을 개발하는 데 주력해야 합니다. 여기 고객들의 피드백을 봐주십시오"라며 직언할 수 있는가?

회의에서 튀고 싶어 하는 사람은 드물다. 개인이 주목받는 것을 부담스러워하는 사람도 있고 침묵을 택함으로써 타인의 의견을 더 들으려는 사람도 있다. 이 경우 대부분 직급이 높은 사람의 생각이 채택되고 반대 의견은 별로 없다. 왜 우리는 쉽게 목소리를 내지 않을까? 결정권자에게 너무 극단적인 책임을 묻기 때문은 아닐까?

조직에 문제가 생기면 많은 기업들은 책임자를 자리에서 물러나게 함으로써 모든 일을 마무리한다. 하지만 정말 그 사람을 퇴사시키는 것이 근본적인 해결책일까? 회사에서 최종 결정을 내린 사람은 그에 따른 책임을 져야 한다. 차기 제품의 방향성을 결정하는 것과 같은 큰 일에는 큰 책임감이 따라오기에 누구 하나 손들지 않는다. 상무의 아이디어에 반대하고 싶지만 결과적으로 그 아이디어가 옳을 경우 "나는 통찰력 없는 직원으로 평가되겠지?"라는 막연한 두려움이 생긴다. 그렇게 상급자들은 반대 의견이나 대안이 없기에 보통 본인들의 방향으로 밀어붙인다. 물론 상급자들이 이전 경험들을 바탕으로 좋은 결정을 내리기도 하지만 그렇지 않은 경우도 있다.

외국인들과 회의를 할 때 'Devil's advocate'라는 단어가 자주 언급된다. 반대 의견이 있다면 일부러 반대 입장에서 문제를 바라보고 열띤 논의가 이뤄지도록 부족한 부분을 찾아 물어본다. 자연스럽게 "내가 반대 입장에 서 볼게"라고 설명하고 본인의 생각을 피력한다면 분위기가 어색해질까 걱정할 필요도 없고 되려 반대 입장을 취해준 사람에게 감사하게 된다. 간단한 장치가 회의 문화를 건강하게 만들어주는 셈이다. 완벽한 아이디어도 새로운 각도로 바라본다면 문제점이 보인다. 반대 의견을 듣다 보면 좋은 아이디어가 나쁜 아이디어가 되기도 하고 반대로 나쁜 아이디어가 좋은 아이디어가 되기도 한다. 그렇다면 우리는 어떻게 이 장치를 회의실로 가져와야 할까. 가장 쉬운 방법은 반대하는 사람을 정하는 것이다.

동의하지 않는다

아마존의 14가지 리더십 원칙 중 'Disagree and commit'이 있다. 리더는 완벽하게 설득되기 전까지 본인의 의견을 굳히지 않고 논리적으로 맞서야 된다는 뜻이다. 이는 아마존에서 Devil's advocate와 비슷한 역할을 한다. 반대 의견을 내고 싶으면 다음과 같이 토론을 시작하면 된다. "나는 네 의견에 동의하지 않음으로 논리적으로 맞설 거야Disagree and commit. 네 의견에 동의하지 않는 이유는…." 이와 같이 리더십 원칙의 단어로 대화를 시작하면 기분 나쁘게 받아들이는 사람이 없다. 누구든 반대 입장이 있고 이를 설득시키는 것 역시 본인의 의견을 표현하는 방법이라고 생각하기 때문이다. 심지어 아마존에서는 리더십 원칙을 잘 따르고 건강한 토론을 이끌려고 하는 사람들을 더 높게 평가한다. 누군가가 내 의견에 반대할 수 있다고 생각하며 업무를 더 철저하게 준비하는 장점도 있다. 근거에 허점은 없는지 혹시 더 쉬운 방법으로 상대방을 설득할 수 없는지 담당자는 끊임없이 고민한다. 그 결과, 제품들은 더 탄탄한 논리를 바탕으로 만들어진다.

2018년 룩셈부르크에서 워크샵을 진행했었다. 당시 나의 상사가 회의를 진행했고 회의실에는 그의 상사(디렉터)까지 함께 모여 다양한 주제로 토론을 했다. 디렉터는 아마존 비즈니스 유럽 초창기 멤버로 꽤나 높은 직급에 위치한 사람이었다. 그런데 회의 중 디렉터가 한 아이디어에 대해 본인 생각을 이야기했는데 조용히 듣고 있던 나의 상사가 "미안하지만 네 설명은 현재 다루는 주제에서 많이 벗어났어. 그리고 네 생각은 적합하지 않은 것 같아"라고 짧게 설명했다. 부하 직원의 직언에 디렉터 역시 당황하지 않고 "네 말이 맞는 것 같아. 설명해줘서 고마워. 그럼 회의 계속 진행해"라며 자연스럽게 대화를 이어갔다. 이제는 자연스럽지만 그 당시만 해도 충격적으로 다가왔던 이 장면. 아무렇지 않게 받아들이는 디렉터의 모습이 더 충격적이었다.

"소통이란 아래 사람의 직언과 위 사람의 경청에서 시작된다"라는 말이 있다. 만약 조직이 수평적으로 변할 수 없다면 적어도 아래 사람의 직언을 경청하는 문화가 형성되어야 한다. 가식적으로 비위를 맞추는 사람들이 회사에서 인정받게 된다면 반대 의견을 내는 것이 더 어려워질 것이다.

세상에 완벽한 사람은 없고 시장은 쉼없이 변화하고 있다. 이 불안정한 시장에서 기업들은 다양한 의견을 수용해야 하고 직언하는 직원들에게 보상을 주어야 한다.

03

좋은 질문 나쁜 질문

/

　"누구 없나요?" 2010년 G20 폐막 기자회견장에서 버락 오바마의 모습이 한동안 화제였다. 그는 한국이 훌륭한 개최국 역할을 했다며 마지막 질문 기회는 한국 기자에게 주고 싶다고 했는데, 그 기자회견장에는 어색한 적막만 가득했다. 순간 당황한 오바마 대통령은 한국어로 질문한다면 통역이 필요할 것이라며 어색한 미소와 함께 말을 건넸지만 질문하는 사람은 끝내 나타나지 않았다. 그러던 와중 누군가가 마이크를 잡았고 그는 한국 기자가 아닌, 아시아를 대표해 질문하겠다는 중국 기자였다. 오바마 대통령은 그래도 한국 기자들에게 질문을 받기로 했으니 먼저 확인해보자며 차분하게 답변했지만, 끝내 질문하는 사람은 없었고 결국 질문 기회는 중국 기자에게 넘어갔다.

이 영상을 처음 접했을 당시 나는 학생이었다. 해당 영상 댓글들을 보면 '답답하다' '부끄럽다' '교육의 폐해다' 등 부정적인 의견들이 많았는데 나는 조금 다른 생각을 했다. 과연 내가 저 자리에 앉아 있는 기자라면 저 분위기를 뚫고 질문할 수 있었을까?

기자들이 미국 대통령에게 궁금한 내용은 분명히 많았을 것이다. 허나 이전 인터뷰를 통해 얻고자 하는 내용들을 충분히 얻어서 추가 질문을 안 한 것일 수도 있기에, 함부로 이 상황을 부정적으로 이야기하는 것은 옳지 않다. 오랜만에 해당 영상을 다시 보다가 흥미로운 댓글을 발견했다. 저렇게 모두의 시선이 집중되는 분위기에서 질문하면 '관종'이라고 생각할 것이 뻔한데 누가 나서서 질문하겠냐는 댓글이었다.

대학원을 졸업할 때까지 나는 수많은 질문을 던졌다. 그런데 나 역시 질문하기 전 멍청한 질문은 아닐까 그리고 나 혼자 너무 많은 질문을 하는 게 아닐까 걱정했다. 어쩌면 관종이 되는 게 두려웠을까. 그래도 나는 질문에 조금 관대한 환경에서 자랐다. 멍청한 질문을 해도 웃으면서 대답해주는 선생님들이 많았고 조금이라도 괜찮은 질문을 하면 "아주 좋은 질문인데?"라고 칭찬해주는 선생님과 친구들이 있었다. 칭찬은 고래도 춤추게 한다고 했나. 덕분에 더 좋은 질문을 하려고 노력했고 간간히 좋은 질문을 던질 수 있었다.

신입사원 때에는 끊임없이 질문하며 회사에 적응한다. 나의 상사 역시 첫 3개월 동안은 성과를 고민하지 말고 멍청하든 똑똑하든 수많은 질문을 하고 답을 찾아가라고 조언했다. 빠르게 일을 배우고 싶었던 나는 퇴근 후 다른 국가에서 근무하는 아마조니언들에게 연락해 질문했고 그렇게 노트를 빼곡하게 채웠다. 그리고 3개월 후 매니저의 말처럼 더는 질문하지 않았다. 나름 제품에 대해 이해를 마쳤다고 생각했고, 질문을 너무 많이 했기 때문에 더 했다가는 동료들이 화를 낼 것 같았다. 그렇게 몇 개월이 흐르고 매니저와 주기적으로 1:1 미팅을 하는 시간이었다. 아마존에서는 이를 원온원 미팅이라고 한다. 아마존에서 근무하는 매니저의 가장 중요한 업무이기도 하다. 그 당시 제품 개발 진행상황에 대해 설명하고 있었는데, 매니저는 어느 부분에 대해 추가 설명을 요구했다. 디테일까지 제대로 숙지하지 못했던 나는 아는 선에서 설명하기 위해서 대화를 이어갔지만 매니저는 그런 나를 바라보며 다시 설명해달라고 했다. "나에게 제대로 설명하지 못한다면 이해하지 못한 것이고, 완벽하게 이해할 때까지 질문하는 게 맞다." 그렇게 말하고는 방을 나섰다.

그 후 2가지 변화가 생겼다. 첫 번째로는 내가 담당하는 일에 있어서 궁금증이 생기거나 이해가 안 될 경우 끝까지 질문하기 시작했다. 사람들이 많더라도 서슴없이 질문했다. 흥미로운 점은 많은 사람들이 나와 같은 질문을 마음속으로 하고 있다는 것이었다. 완벽히 이해하지 못했을 때 문제가 생긴다면 그 책임은 모두 나에게 있다. 그렇기에 다른 사람들이 이해하는 것보다는 스스로 확실하게 이해하는 게 중요하다.

두 번째는 모름을 인정하는 것이다. 잘 모르겠다고 말하는 것은 처음에만 어색할 뿐 생각보다 어려운 말이 아니다. 모든 것들을 알 필요는 없다. 모른다면 질문해서 이해하면 된다. 우리는 복잡한 업무를 하고 항상 새로운 지식들을 배워야 하는데 그중 하나를 모른다고 하여 부끄러워할 필요가 없다. 너무 당연한 말이지만 모름에도 아는 척을 하는 것이야 말로 진정으로 무서운 일이다.

아마존에서 멍청한 질문은 없다

아마존에서는 궁금한 내용이 있다면 서슴없이 손을 들어 질문한다. 누군가는 임원들과 대화하는 자리에서 "강아지 데리고 출근하면 안 되나요"라는 질문을 했다. 이 뜬금없는 질문에 모두가 좋은 질문이라며 박수를 쳤다. 아마존에는 똑똑한 질문과 멍청한 질문이 없다. 궁금한 사항만 있을 뿐이다. 궁금한 내용을 물어보는 일이 왜 부끄러울까? 우리는 이에 대해서 고민해볼 필요가 있다. 그리고 질문에 대해서 조금 너그러울 필요가 있다.

질문에 너그러운 문화는 임직원 간의 소통을 증진한다. 단순히 윗사람과 아랫사람이라는 관계를 떠나서 서로 의견을 자유롭게 공유할 수 있게 해준다. 질문하는 것은 무지함이 아닌 업무에 대한 관심이다. 모든 것을 완벽하게 알 수도 없기에 내가 모르는 건 다른 사람이 알려주면 된다.

동화 속에 나올 것 같은 사이 좋은 분위기가 중요한 이유는 사실 따로 있다. 소통이 원활하게 되면 혹여나 문제가 생겨도 서로 더 의지하고 같이 문제를 해결하기 위해서 노력한다. 상사가 무서울 경우 안 좋은 소식을 뒤늦게 알리게 되는데, 서로와의 대화가 조금 더 편하다면 이를 사전에 공유해 문제가 커지는 상황을 막을 수 있다.

　나 역시 프로젝트에 문제가 생겨서 정신 없는 시간을 보낸 적이 있다. 특히 일정에 영향이 생겨 매니저와 미팅을 했는데, 그럴 때마다 그는 "네가 한 건 다 처리했으니 이런 걸로 스트레스 받지 마. 타 부서가 지금 늦게 처리해주고 있는 것은 내가 도와줄게"라며 위로해줬다. 디렉터 역시 나를 격려해줬다. 잘 생각해보니 해당 프로젝트의 초기부터 함께 고민하며 서로 질문했고, 그 덕분에 문제가 발생했을 때도 책임을 묻는 것이 아닌 함께 해결책을 찾기 위해 노력했던 것 같다.

　두 번째로 질문은 더 좋은 질문을 가지고 온다. 많은 사람들이 좋은 질문은 똑똑한 사람들이 하는 것이라고 생각한다. 하지만 그렇지 않다. 좋은 질문은 똑똑한 사람보다는 많이 해본 사람이 한다. 여기서 조심해야 할 점이 있다. 단순히 질문을 많이 하는 것이 아니라 질문에 대해서 고민을 많이 해야 한다는 것이다. 회의에서 존재를 어필하고자 간단한 질문도 의무적으로 하는 사람들이 있다. 이런 사람들은 아무리 많이 질문해도 좋은 질문을 할 수 없다.

　마지막으로 질문은 개인의 발전을 위해 필요하다. 좋은 질문은 집중에서 시작된다. 회의 내용을 다룰 때 다양한 시선으로 문제를 바라보고 고민해야 한다. 이는 우리가 새로운 것을 받아들이는 연습이다. 많은 사람들이 어느 정도의 경력 혹은 직급으로 올라가면 새로운 지식을 찾기보다는 경험에서 나오는 노하우를 적절하게 사용하며 일한다. 그 결과 새로운 방식을 접할 때 이해하기 위해 노력하기보다는 자연스럽게 그 일에서 멀어지거나 관심을 갖지 않게 된다. 결국 이 악순환은 개인을 안주하게 만드는데, 좋은 질문을 하기 위한 노력은 이를 방지해준다.

좋은 질문을 하는 법

그렇다면 질문은 어떻게 해야 할까? 가장 좋은 방법은 내용들이 얼마나 납득되는지 이유를 물어보는 것이다. 아마존에서 많이 사용하는 '3 Why'를 적용하는 것도 좋은 방법이다. 결정에 대해서 왜 이러한 결정을 했는지 더 깊게 파고드는 작업이다.

만약 이번 제품을 ABC 방식으로 만들기로 했다면 이는 과연 어떠한 정보들을 바탕으로 결정한 것이고 우리가 놓치고 있는 것이 없는지 고민하면 된다. 무슨 근거로 이런 결정을 내린 건가요? 혹은 왜 이 데이터를 근거로 삼은 거죠? 레이어를 해체하면서 질문하는 것이다. 가장 큰 장점은 질문을 받는 사람의 생각을 자극한다는 것. 질문은 그 무엇보다 효과적인 자극제다. 단순히 자리에 앉아 글을 적는 것보다 누군가와 토론하면서 생각이 정리되거나 고민하던 문제들에 대한 답이 나오기도 한다.

또한 롤모델을 찾는 것 역시 중요하다. 회사에서 일하다 보면 질문을 잘하는 사람들이 보인다. 그럴 때 단순히 "저 사람의 질문은 역시 날카롭군"에서 그치지 않고 이 사람이 왜 이런 질문을 하게 되었을까 생각해보자. 분명히 그 롤모델을 통해 좋은 질문을 할 수 있게 될 것이다. 아마존에서 좋은 상사의 조건은 질문을 잘하는 사람들이다. 나의 상사들은 짧지만 날카로운 질문을 통해서 상대방의 능력을 끌어내기도 하고 부족한 부분을 자연스럽게 고민하게 만든다.

마지막으로 그냥 질문하라. 멍청한 질문은 없다. 내가 궁금한 내용은 다른 사람들도 궁금해 하는 경우가 대부분이다. 혹여나 질문한 내용이 너무 당연해 다른 사람이 좋지 않은 질문이라고 생각할 수 있겠지만, 그러면 또 어떠한가? 과연 우리가 살면서 너무 당연한 질문을 해서 평생 후회하거나 아직까지 부끄러워한 경험이 있을까? 생각보다 사람들은 너그럽고 다른 사람들이 무슨 질문을 하든지 크게 관심 없다. 그리고 서로 이해하는 정도가 크게 차이 나지도 않는다. 당신의 질문은 당신이 생각한 것보다 다른 사람에게 중요하지 않고 멍청하지 않다. 그러니 걱정하지 말고 질문하라.

노벨상을 가장 많이 배출시킨 유대인들의 어머니는 자녀가 학교에서 돌아오면 '무엇을 배웠냐' 보다 '무슨 질문을 했는지'에 대해서 물어본다고 한다. 그만큼 질문이 가지고 있는 힘은 우리의 생각보다 막강하다. 기업도 직원들도 질문의 영향력에 대해서 깊게 고민해봐야 한다. 그 어떤 멍청한 질문도 조금 너그럽게 받아줄 수 있는 마음가짐이 필요하다.

04

아마존에서의 출장

/

아쉽게도 삼성을 다니면서 해외 출장을 가본 적이 없다. 연구개발팀 소속이었던 나는 매일 아침 같은 시각, 같은 장소로 5년 동안 출근했기에 출장에 대한 호기심이 많았다. 회사 카드로 저녁도 사 먹고 호텔에서 일하는 주변 친구들을 보면서 그들이 진짜 어른인 것 같다는 생각이 들었다. 그렇다, 사실 별생각 없이 막연한 동경이 있었다.

아마존에서는 유럽, 미국 팀과 업무를 하다 보니 얼굴을 보고 해결해야 하는 일들이 있을 때마다 출장을 간다. 특히 중요한 프로젝트를 시작하기 전 모든 내용을 파악하고 어중간한 내용을 확정하기 위해서 워크숍을 개최하는데, 실제로 출장을 가면 놓칠 수 있는 부분까지 꼼꼼하게 확인할 수 있고 의견 차이가 있어도 합의점을 빠르게 찾을 수 있다.

앞서 말했듯 아마존은 검소함의 회사다. 아무리 직급이 높아도 비즈니스 클래스를 끊어주지 않는다. 국내 기업 임원급에 해당하는 사람들도 이코노미 좌석을 이용한다. 미국, 특히 시애틀이 아닌 다른 도시에 가게 되면 비행기를 여러 번 갈아타야 하기 때문에 엄청난 피로가 쌓인다. 처음에는 엄청 신났지만 미국 출장을 가야 하는 일만 생기면 장기간 비행이 두려워지는 것도 사실이다. 이런 검소함이 정말 좋은 답안인지는 다시 생각해볼 필요가 있다(검소함에서 얻는 이익 vs. 장기 비행에서 오는 업무 능력 저하).

이번 출장이 특별했던 이유는 처음으로 매니저와 함께 다녀왔기 때문이다. 룩셈부르크에서 워크숍을 진행한 적은 있었지만, 실제로 비행기를 타고 같은 호텔에 지낸 것은 처음이었다. 이번 출장의 목적은 2019년 프로젝트를 어떻게 진행할 것인지 관련 팀들이 협의 및 토론하는 자리였다. PM, UX, Tech 팀들이 모여서 토론했던 이 출장의 결과물은 기대 이상이었다.

글 쓰는 회사인 아마존의 회의이니 각자 담당하는 제품의 계획을 작성해왔고, 서로의 의견을 덧붙이며 완성도를 높여갔다. 테크 팀들도 참석하여 비즈니스 팀이 가고자 하는 2019 비전에 대해서 확실한 설명을 할 수 있는 좋은 기회였다. 그렇다면 이번 출장에서 느낀 3가지는 뭐가 있을까.

까는 문화

아마존은 사회적 응집성을 별로 좋아하지 않는다. 인간관계는 중요하고 동료들과 좋은 관계를 유지하는 것만큼 회사 생활을 즐겁게 할 수 있는 것은 없다. 허나 서로의 관계 때문에 솔직하게 말을 못할 수 있기 때문에 공과 사의 구분은 매우 중요하다.

아마존의 회의에서는 마음에 안 드는 내용이 있다면 언제든 반대해도 의가 상하지 않는다. 특히 이번 워크숍은 까는 문화의 새로운 모습을 보여줬다. 정말 마음에 들지 않는다면 서로 물어뜯고, 다시 물어보고, 왜 이런 식으로 업무를 진행하는지 끝까지 추궁하는 회의들의 연속이었다. 덕분에 제품 이야기를 할 때마다, 담당자는 땀을 흘려가면서 싸워야 했고 그 자리에서 나온 피드백을 반영해야 했다. 물론 이유 없이 비판하는 건 아니다. 모든 주장에는 논리가 있어야 한다. 그렇게 1~2시간 동안 쉬지 않고 토론하고 나면 진이 빠진다.

그 짧은 시간에 서로 갖고 있는 경험을 최대한 열심히 상대방에게 전수한다. 밖에서 보면 거칠어 보일 수 있지만 이를 통해서 제품을 바라보는 관점이 더 다양해진다. 서로의 제품을 더 좋은 방향으로 만들겠다는 일념 하나로 모든 팀원들이 싸우는 이상적인 모습이다. 이 1시간짜리 회의는 지난 1주일 동안 혼자 고민한 것보다 더 좋은 아이디어들을 제공한다. 또한 회의의 끝과 동시에 우리는 아무렇지 않게 농담을 하고 다음 회의를 준비한다. 공이 사라지고 순수하게 사만 남는다. 누구 하나 기분 상하는 사람 없이 다음과 같이 이야기한다. "This is how we show we care and love each other(이건 우리가 서로를 아끼고 사랑한다는 것을 보여주는 방법이다)."

무조건 큰소리 지르고 싸우는 게 아니다. 모든 말에는 논리가 있어야 하고 근거가 있어야 한다. 가장 자주 나오는 말이 "데이터나 고객 일화가 없다면 네 주장을 믿어야 할까"다.

친밀감

앞에서는 공적으로 일한다고 해놓고 사적인 이야기를 꺼내는 게 아이러니하게 보일 수도 있겠지만, 이는 하루 일과가 끝난 후의 일이다. 매니저와 출장을 함께간 것은 처음이었다.

물론 같이 일하지만 보통 퇴근시간이 되면 따로 저녁이나 술을 마시지 않기 때문에 약간의 어색함이 있었다. 그런데 이번 출장으로 식사를 같이 하면서 그 벽이 허물어졌다. 농담도 많이 했고, 맥주를 마시면서 많은 이야기를 나눌 수 있었다. 매니저는 삶의 철학이 확실한 사람이라서 배울 게 많은 출장이었다. 퇴근 후 우리는 항상 맛있는 음식을 찾아다녔다. 점심은 샌드위치를 먹으면서 토론하기 바쁨으로 저녁만큼은 맛있는 음식을 먹었다.

팀원을 더 잘 알게 되면 장점이 굉장히 많다. 서로 도움을 줘야 하는 상황이라면 더 적극적으로 도와주게 되고 서로의 업무적인 고민을 조금 더 진솔하게 말할 수 있다. 아이러니하지만 이렇게 사적인 관계를 돈독하게 함으로써 일을 더 잘할 수 있다.

준비가 없는 출장은 무의미하다

출장은 3일이었다. 짧은 시간 내에 많은 토론을 하려면 많은 준비 시간이 필요하다. 수많은 글을 작성해야 했는데, 실제로 회의 중 마지막 글을 나눠줄 때 미국 팀원들은 "너 이러다가 작가 되겠는데?"라고 했다. 회의를 하던 중 허접한 글을 볼 때가 있다. 아직 준비가 되지 않았거나 TBD_{To be decided}라는 내용이 많다면, 회의에서 더는 토론하지 않는다. 정해진 것이 없기에 피드백을 줄 수 없기 때문이다.

출장에 갈 경우 의제와 적임자를 확실히 정해서 부족함 없이 준비한 후 회의실에 입장해야 한다. 출장이란 비행기와 숙소뿐만 아니라 수많은 돈이 들어가는데, 그 시간은 우리가 기존에 사용하는 업무시간과 다르다. 그러므로 더 많은 준비를 해야 하고, 그렇지 않는다면 철저하게 무시당할 수 있다.

05

혼자서 하는 일은 없다

/

정신없는 일주일이었다. 장기 출장을 다녀오니 회의가 기다리고 있었고, 타 부서 직원들은 출장 내용 공유를 기다리고 있었으며, 윗선에서는 2019년도 프로젝트 시작을 요구했다. 출근하면 점심시간을 제외하고 back-to-back(쉬는 시간 없이 계속 이어지는) 미팅에 참석해야 했고, 겨우 시간을 내어서 서류들을 작성하려고 하면 후임이 와서 질문 공세를 하거나 다른 동료들이 잠시 대화하자며 보채곤 했다. 이러다가 정작 필요한 업무를 하나도 하지 못할 것 같아서 우선순위를 정한 뒤 순위에 들지 못하는 업무를 담당하는 분들에게 양해를 구했다. 그렇게 겨우 나만의 시간을 구해 사람들이 찾을 수 없는 장소에 숨어서 일을 했다. 자주 사용하는 표현이지만 아마존

에서 근무하다 보면 마치 내가 PM인지 작가인지 헷갈릴 때
가 많을 정도로 엄청난 양의 글을 적는다.

"이렇게 쓰면 안 돼. 처음부터 새로 작성해야겠어."

가장 중요한 서류였다. 2019년 프로젝트를 설명하는 서류
였는데, 매니저는 내용이 너무 어렵다면서 마음에 들지 않다
고 했다. 드라마 〈미생〉에서 나오는 것처럼 서류를 던지거나
언성을 높이지는 않았지만 글이 명확하지 않다며 다시 작성
하기를 요청했다. 언제나 그렇듯 그는 크게 가이드라인을 주
지 않았고 내가 직접 고민하기를 원했다.

매니저는 방을 나서기 전 "복잡한 문제에 대한 답을 설명
하는 거라 어려운 건 알겠는데, 지금 네 머릿속에서 해결된
문제를 읽는 독자가 누구인지 생각해봐"라고 말했다. 분명히
2018년도에 작성된 서류와 크게 달라지지 않은 글, 그리고 동
일한 포맷이었는데 도대체 왜 다시 쓰라는 걸까. 바쁜 와중에
이러한 고민까지 해야 하니 답답한 지경이었다. 덕분에 똑같
은 서류를 다양한 방식으로 끊임없이 작성했다.

그 다음 미팅에서 그는 "저번보다는 나아졌는데 아직 멀었
어. 너무 복잡하잖아"라면서 다시 작성하기를 바랐다. 덧붙여
서 이야기했다. "사실 내가 대신 작성해줄 수도 있지만 네가

배우는 과정이라고 생각해. 분명히 도움될 거야." 특히 두 번째 미팅에서는 내가 제시한 해결책에 대해서 마음에 들지 않는다고 그는 말했다. 나는 그를 설득시켜야만 했다. 재밌는 것은 나 역시 예전만큼(입사 초반) 쉽게 "네"라고 대답하지 않았다는 점이다. 되려 그를 설득시키기 위해서 눈에 불을 켜고 싸웠다. 약 20분간의 언쟁이 끝나고 그는 "알겠어. 네가 하려는 게 뭔지 알겠어. 알았으니 글로 잘 표현해봐"라며 미팅을 마무리했다. 미팅이 끝나고 자리에 돌아와 생각해보니 이건 단순한 언쟁이 아니었다. 그가 제시했던 내용 중에서는 분명히 더 보완하면 고객 경험을 더 좋게 개선할 수 있는 부분들이 있었고, 그를 설득시키는 과정 중 나의 솔루션이 왜 고객들의 문제들을 해결할 수 있는지 확신을 얻을 수 있었다.

같은 날, 다른 부서에 있는 동료에게서 연락이 왔다. 팀을 바꾸기 위해서 이리저리 알아보고 있는 중이라고 했는데 내가 근무하고 있는 부서에 오고 싶다고 했다. 특히 나의 매니저에 대해서 워낙 좋은 이야기를 많이 들었기 때문에 그가 어떤지 실제로 같이 일하고 있는 사람의 의견을 들어보고 싶다고 했다. 그렇게 커피를 앞에 두고 그와 이야기하는데, 같은 아마존이지만 그는 나와 전혀 다른 부서에서 근무하고 있다는 생각이 들었다. 강요하는 것을 좋아하고 책임감이 없는 상사와 같이 일하고 있다고 말하는 동료는 일이 힘들어도 배울 점이 많은 상사와 일하고 싶다고 했다. 그러면서 나의 매니저는 어떤 사람이냐고 물어봤는데, 곰곰이 생각해보니 나쁜 점을 찾기가 어려웠다. 다른 사람들과 이야기했을 때도 자주 했던 말이지만 그가 착한 사람인지는 모르겠지만 분명히 본인이 하는 일에 있어서 옳은 사람이었다. 옆에서 하나하나 세심히 살펴주지는 않지만 스스로 직접 경험하고 해답을 찾기 바란다. 그의 스타일을 생각해보니 이번 일 역시 분명히 답이 있을 것이라는 생각이 들었다. 단점을 떠올려보려고 했으나 생각나지 않았다. 그나마 떠올린 단점이 너무 엄하다(He is tough. He is very, very tough)는 것이었다.

그렇게 한 주 동안 나는 많은 미팅과 글쓰기를 반복했고 덕분에 퇴근하고 나면 힘이 쭉 빠졌다. 종일 너무 머리를 쓰다 보니 조금이라도 생각해야 하는 일은 하기 싫었고 덕분에 유튜브나 예능을 아무 생각 없이 보다가 잠을 청했다.

답이 없는 글쓰기의 해답을 찾는다는 것은 생각보다 어려웠다. 특히 복잡한 세금법에 대해 적는 것이기에 쉽게 설명할 방법도 없고, 결정의 이유를 설명하는 것 역시 어려웠다. 이 글은 프로젝트를 같이 진행할 팀에 설명하기 위함이었다. 그러나 벌써 수많은 미팅들을 통해 프로젝트의 방향성과 디테일에 대해 설명했기 때문에 서류에 이렇게까지 힘을 실어야 하는지도 의문이 들었다.

만약 아마존에서 PPT를 사용했다면 어땠을까? 그런데 해답은 생각지 못했던 곳에서 나왔다. 점심시간 밥을 먹으면서 유튜브로 본 동영상에서 이상하게 영감이 떠올랐다. 영상은 아마존의 창립자인 제프 베조스가 1999년도 아마존이 어떠한 회사인지 설명하는 내용이었다. 그는 아마존이 기존 리테일 회사 혹은 인터넷 회사들과 같이 분류되는 것에 대하여 상관없다 말했다. 다만 우리는 고객 중심의, 고객을 위한 회사가 될 것이라고 이야기했다. 이 영상을 보면서 매니저가 떠올랐다. 그와 동시에 작은 깨달음이 머릿속에 스쳤다. 고객. 과연 내 글을 읽는 고객들은 누구인가? 2018년 내 글을 읽었던 고객과 앞으로 내가 마주할 고객들의 차이는 무엇일까? 고객의 입장에서 글을 바라봐야 했다. 그렇게 생각해보니 나의 글에서 현재의 고객들이 오해할 만한 요소가 보이기 시작했다.

깨달음을 얻고 다시 글을 작성하는 데에는 오랜 시간이 걸리지 않았다. 문서를 작성하고 매니저를 찾아가 10분만 시간을 내달라고 했다. 그리고 우리는 회의실에 들어가 문서를 마주했다. 얼마나 시간이 지났을까. 그는 웃으면서 "더 이상 내가 건드릴 게 없겠는데? 이제 어떻게 쓰는지 알겠지?"라고 했다. 이게 뭐 대단한 거라고 나는 만세를 외쳤다. 그 모습이 웃겼는지 매니저는 큰소리로 웃으며 방을 나갔다. 설명하기 어렵지만 분명한 배움이 있었다. 이전에 적은 글들도 다시 어떻게 써야겠다는 표현하기 어려운 감이 생겼다. 하루 만에 엄청나게 발전한 것은 아니었지만 똑같은 글을 쓰더라도 독자를 고려해 글 쓰는 방법을 배웠다.

금요일 퇴근 후 나는 같이 일하는 동료 그리고 동료의 와이프와 함께 맥주를 마셨다. 동료의 와이프는 아마존에서 근무한 지 5년이 넘기에 예전부터 나의 매니저를 알고 있었다. 그리고 그녀가 설명하기로는 나의 매니저는 입사 후 가장 빠른 속도로 진급했고, 그런 그의 파격적인 행보에는 그럴만한 이유가 있다고 했다. 그는 입사 후 동료들과 함께 멘토링 그룹을 형성했고 열과 성을 다해서 주변 동료, 후배들을 가르쳤다. 실제로 그 멘토링을 받은 사람들은 진급 뒤 바레이저 Bar raiser(아마존에서 업무의 질을 높여주는 혹은 문제를 바라보는 기준치를 높여주는 사람들)가 되었다. 정말 많은 사람들이 그에게 멘토링을 요청하기 시작했고, 업무와 병행할 수 없어 그는 더 이상 멘토링을 하지 않는다고 했다. 그는 바레이저로서(조금 더 어려운 인터뷰를 진행하여 지원자의 능력을 평가하는 가장 중요한 역할) 수많은 아마존 채용 인터뷰를 봤다고 했는데, 이제는 다른 바레이저들을 트레이닝 하는 것으로 시간을 유지하고 있다. 동료의 와이프는 그렇게 설명하면서 때론 차갑게 보이는 것에도 이유가 있을 것이고 지금 그 사람과 근무하고 있는 것에 대해서 많은 사람들이 부러워하고 있다고 덧붙였다.

아마존은 미국 회사다. 그렇다 보니 개인주의 성향이 짙다. 내 일은 내 일이고, 네 일은 네 일이다. 서로 간의 보이지 않는 벽은 항상 존재하고 한국과는 다르게 외로운 싸움을 이어나가야 하는 곳이다. 그런데 이번 일을 통해서 회사의 또 다른 면을 봤다. 혼자서 해야 하는 일이지만 실제로 혼자서 하는 일은 아니다. 모든 것을 전임하지만 그 속에는 안전장치가 있었고, 내가 올바른 방향으로 갈 수 있도록 길을 잡아주는 사람이 있었다. 그래 그렇다. 혼자서 하는 일은 없다.

사무실 공간의 의미

/

가려진 커튼 틈 사이로 햇살이 내려와 포근하게 나의 눈을 감싼다. 침대에서 뒤척이며 몽롱한 정신을 가까스로 잡아보니 저 멀리서 파도 소리가 조용히 들려온다. 혹시나 바람이 차가울까 싶어 두터운 외투를 집어 밖으로 나갔으나 햇살은 나를 반겨준다. 얼마나 시간이 지났을까. 느긋하게 숙소로 돌아와 노트북을 챙겨 옆에 있는 카페로 자리를 옮긴다. 그리고는 파도가 보이는 창가에 앉아 커피를 마시며 노트북을 열어본다.

허세 가득한 앞의 글 대부분은 실제로 휴가 때 양양에서의 아침이었다. 그 당시 정말 오랜만에 휴가를 갔는데, 아침의 한가로움을 느끼면서 이런 곳에서 일할 수 있으면 얼마나 좋을까 상상했다. 그리고 그 상상은 현재 '디지털 노마드'라는 이름과 함께 우리 주변에서도 조금씩 나타나고 있다. 디지털 노마드. 유목민을 뜻하는 노마드Nomad에 디지털을 접목시킨 단어로 인터넷과 업무에 필요한 기기, 공간만 있다면 시간과 장소에 구애받지 않고 일할 수 있는 사람들을 일컫는다. 때론 재택근무를 하고 해외여행 중 일이 있다면 해당 국가에서 근무하는 것이다. 자유로운 환경은 직원들의 창의력 증진에 많은 도움을 준다는 스터디 결과가 나오면서 국내 기업 역시 발리에서 1달간 원격 근무해보기 등의 프로그램들을 준비하고 있다. 그만큼 사무실 공간의 의미가 많이 없어지고 있는 지금. 과연 그 공간이 갖는 의미는 무엇일까.

일은 회사에서?

삼성에서의 일은 회사에서 하는 것이었다. 당시 나는 하드웨어 연구개발 직군이었다. 그렇다 보니 제품을 개발할 수 있는 공정 옆에서 일하는 것이 당연했고, 자연스럽게 회사가 아닌 다른 장소에서 근무한다는 생각을 해본 적이 없었다. 삼성 같은 경우 보안에 굉장히 엄격했기에 회사 밖으로 일을 가지고 나갈 수도 없었다. 장점으로는 퇴근 후 일을 할 수 없다는 것. 단점으로는 정말 중요한 일이 생긴다면 밤늦게 혹은 주말에도 출근해야 한다는 점이었다. 직접 눈으로 확인하고 업무를 처리해야 하는 일들이 많았기에 나에게 일은 당연히 회사에서 해야 하는 것이었다.

그래도 나는 사무실로 가는 길을 꽤나 좋아했다. 봄이 되면 파란 잎들이 조금씩 피어나는 게 참 예뻤고, 가을이 되면 노랗게 물들어 가는 단풍을 보는 걸 참 좋아했다(물론 여름에는 항상 비가 왔고 겨울에는 추웠지만 말이다).

그러나 아마존에서 사무실의 제약이 사라졌다. 입사 첫날 우리는 작은 토큰 하나를 받았다. 이 토큰을 노트북에 연결하면 장소의 제약 없이 회사 서버에 연결해 근무할 수 있었다. 소프트웨어 제품을 처음 담당해본 나에게 원격 근무라는 것은 새로운 세상과 마주하는 느낌이었다. 노트북을 들고 출퇴근을 하고 필요에 따라서 일찍 퇴근한 뒤 집에서 일을 마무리한다. 시차로 인해 늦은 시각에 회의가 잡힌다면 굳이 회사에 남아서 기다릴 필요 없이 집으로 돌아가 저녁을 먹고 쉬다가 회의에 참석하면 된다. 몸이 좋지 않은 날에는 병가를 내기보다 조금 더 잠을 청한 뒤 근무할 수 있는 컨디션이 된다면 재택근무를 한다. 혹시라도 고향에 돌아가 가족들과 더 시간을 보내고 싶다면 해당 국가에서 업무를 진행해도 큰 무리가 없다.

"네가 어디서 근무하든 관심 없어. 결과만 가져온다면 어디서 어떻게 근무하는지는 네가 정하는 거야." 매니저가 말했다.

물론 매일 같이 재택근무를 하거나 하와이에 가서 반년 동안 살면서 근무하는 게 가능하다는 것은 아니다. 원격 근무를 할 경우 매니저와 사전에 대화하는 것이 중요하고 또한 그전에 매니저의 신뢰를 얻는 것 역시 중요하다. 아마존은 원격 근무를 할 수 있는 환경이지만, 이를 사용할 것인지는 해당 직원과 매니저의 관계에 따라 결정된다. 원격 근무를 싫어하는 매니저들도 꽤나 있어 정말 특수한 상황이 아니라면 회사에 출근하는 직원들도 많다. 나의 동기는 매니저가 크게 관여하지 않아 자주 재택근무를 하고 또 다른 친구는 최근 임신을 해 주2회 출근하지 않는다.

나는 재택근무를 최대한 지양하고 있다. 나의 업무 스타일 때문인데 재택근무를 해봤더니 회사에서 일하는 것만큼 효율적이지 않았다. 유튜브를 조금 많이 보는 나를 발견했다. 또한 급하게 대화가 필요한 경우 매번 메신저로 연락해 화상 통화를 하는 것도 번거로웠다. 물론 다른 나라로 여행을 가거나 한국에 잠시 귀국할 일이 있다면 원격 근무를 자주 그리고 잘 활용하고 있다. 2018년 지인 결혼식 참석을 위해 한국에 귀국한 적 있다. 휴가를 2주간 내고 조금 편안하게 쉬려고 했는데 한국에 귀국하기 전 급하게 프로젝트를 진행할 일이 생겼다. 허나 비행기표를 벌써 샀고 워낙 친했던 지인의 결혼식이었기 때문에 일정을 변경할 수 없었다. 그래서 매니저에게 자초지종을 설명하고 휴가를 사용하는 대신 한국에서 근무하기로 결정했다. 한국과 유럽 간 시차 때문에 어려움은 있었지만 2주 동안 휴가를 쓰지 않고 한국에서 근무할 수 있었다. 덕분에 사용하지 않은 휴가는 연말에 스페인에 가서 푹 쉬다 왔다.

내 자리가 없는 아마존

아마존은 여기서 한 발짝 더 나아가 사무실을 개조했다. 내가 근무하는 부서는 신규 건물로 이사했다. 새로운 건물에는 아마존의 'Our place'라는 시스템이 도입됐는데 이는 원하는 자리를 사용하는 제도다. 아침마다 출근한 후 본인이 앉고 싶은 자리를 찾아 근무한다. 물론 부서원들끼리 너무 멀어지면 안 되니 회사에서는 정해진 공간 내에서 근무하기를 권장하고 있다. 다른 부서원과 같이 근무해야 하는 날에는 굳이 그 사람의 자리를 매번 찾아가기보다는 바로 옆에 앉아서 근무할 수 있다. 혹은 잘 모르는 직원 옆에 앉아 그 사람의 업무 이야기를 들을 수 있고 새로운 영감을 얻을 수도 있다. 예전부터 미국 IT 기업들이 사무실 자리를 더는 정해놓지 않는다는 영상을 본 적이 있는데 실제로 그런 환경에서 근무하니 이는 참 새로운 경험이었다.

하지만 단점도 있다. 우선 매일 같이 짐을 싸서 락커에 보관해야 하는 번거로움이 있다. 특히 보관 물품이 많은 사람들에게 매일 같이 짐을 싸야 한다는 것은 꽤나 큰 단점이다. 또한 누군가를 찾기 힘들다는 단점도 있다. 정해진 자리가 아니기에 다른 부서 사람을 찾으려면 길을 잃기 십상이다. 메신저를 통해서 우선 그 사람이 출근했는지 그리고 어디에 앉아 있는지 확인해야 한다. 결국 해당 시스템이 도입된 후 대부분의 사람들은 본인들이 정해놓은 자리에 앉아 근무하게 되었고, 이는 원래 취지에서 조금 벗어난 것일 수도 있다.

그런데 최근 이 시스템을 도입한 이유에 대해 생각해봤다. 과연 직원들이 매일같이 다른 자리에 앉고 다른 사람과 대화한다고 해서 회사의 생산성 혹은 효율성이 오를까? 꼭 그건 아니라고 생각한다. 예를 들어 사람들이 출장을 워낙 많이 가기 때문에 기존 인력 대비 조금 적은 숫자의 책상, 의자를 놓아도 사무실을 형성할 수 있다. 때론 모든 사람들이 출근하기 때문에 자리가 부족해질 수 있겠지만 이는 생각보다 잘 발생하지 않는다. 회사 역시 어느 정도의 원가 절감을 할 수 있다. 또한 직원들에게 자율성을 줌으로써 각자에게 잘 맞는 업무 스타일을 찾게 해준다. 친한 동료는 집에서 근무할 경우 생산성이 더 올라간다고 한다. 출퇴근 시간을 낭비하지 않아도 되고 본인이 가장 편하다고 느끼는 장소에서 더 집중해 일할 수 있다고 했다. 나는 햇살이 잘 드는 사무실 창가 자리를 좋아한다. 그나마 사람들이 덜 오는 이 곳에 앉아 있으면 업무에만 집중할 수 있다. 이렇게 유연함을 제공함으로써 자신에게 맞는 업무 공간을 찾게 해주는 것이다. 그리하여 가장 잘 근무할 수 있는 공간이 그 사람의 사무실이 되게 도와주는 것. 그게 진정한 이유가 아닐까.

앞으로 우리는 원격 근무 혹은 디지털 노마드라는 단어를 더 쉽게 접할 것이다. 먼 미래에 입사하는 세대 중 "왜 일을 회사에서 해야 하죠?"라는 질문이 당연한 시기가 올 것이다. 덕분에 많은 회사들 역시 이를 준비하고 있다. 다만 '다른 회사가 하니까' '유명 기업이 창의력을 끌어올릴 수 있다고 해

아마존 스피어는 아마조니언들의 휴식 공간이자 시애틀 랜드마크다.

서'와 같은 이유라면 다시 고민해볼 필요가 있다. 단순히 따라하는 것보다 어떤 환경을 조성했을 때 직원들이 가장 효율적으로 일할 수 있는지를 고민하고 이를 바탕으로 사무실 공간을 재해석해야 한다.

07

글로벌 기업의 회의 방법

/

어려서부터 나는 글로벌, 세계화와 같은 단어들을 자주 접했다. 88올림픽 마스코트인 호돌이가 전 세계를 돌아다니며 각국 문화를 설명하는 책을 읽었고, 《먼나라 이웃나라》를 통해 유럽 문화를 상상했다. 인터넷이 보급되면서 장벽은 무너졌고 지구 반대편에 있는 사람과 얼굴을 바라보며 대화하는 것이 어색하지 않은 세상이 되었다. 돌이켜보면 이 모든 변화가 정말 짧은 시간에 이뤄졌다. 아이폰은 십여 년 전에 출시됐고, 카카오톡은 펭수와 비슷한 연령대다. 유학 시절 국제전화 카드를 구매해 부모님께 연락했던 시절은 이미 지나갔다. 이제 더 이상 물리적 위치는 중요하지 않게 됐다. 글로벌 세상이 되었고 우리는 글로벌 시민이 되었다. 그렇다면 빠른 변

구글에 입사한 사람들에게 주는 누글러 모자

화 속 만들어진 글로벌 회사에서는 어떤 방식으로 근무할까?

구글은 입사자들에게 누글러Noogler, new+googler 모자를 준다.
이는 구글 로고의 색깔을 담은 모자다. 구글 입사자들은 이
모자를 쓰며 "나는 오늘 입사한 사람이야"라는 것을 표현한
다. 애플에서 근무하는 친구의 경우 고성능 맥북 프로를 받았
다고 자랑했고 실리콘밸리 스타트업에 입사한 친구는 아이폰
부터 최신 IT 기계들을 잔뜩 선물 받았다며 사진을 보냈다.
화려한 입사 선물이 당연한 IT업계인데, 그 당시만 해도 아마
존의 검소함을 몰랐던 나는 "아마존은 뭔가 멋진 걸 주지 않

을까?"라는 상상을 했다. 예상과 다르게 입사 첫날 나는 거대한 노트북, 사은품 같은 백팩 그리고 평범한 유선 헤드셋을 받았다. 노트북은 업무에 지장이 없지만 일할 때 빼고는 쓸일 없을 것 같은 제품이었고, 처음 보는 헤드셋 역시 색달랐다. 삼성에서 근무했을 때에는 대부분 대면 회의였고 사무실에 있는 전화기를 사용했기 때문에, 헤드셋을 어떻게 사용해야 하는지 감도 오지 않았다. 아마존에서 헤드셋은 꼭 필요한 아이템이다. 워낙 다양한 팀들이 다양한 국가에 있기 때문에, 대부분의 미팅은 화상 회의다. 그리하여 전화기를 놓고 오는 날은 있어도 헤드셋을 두고 오는 날은 없다.

나는 정말 다양한 국적의 아마조니언들과 일한다. 미국, 영국, 프랑스, 독일, 이탈리아, 스페인, 슬로바키아, 인도, 중국 등 수많은 국가에서 근무하는 아마조니언들과 회의를 하는데, 덕분에 시차에 대한 지식도 많이 쌓였다. 때론 미국에 있는 팀원과 회의하기 위해서 늦게 퇴근한 경우도 있고 아시아 팀과 회의하기 위해서 일찍 출근하는 날도 있다.

아마존 유럽 본사는 유럽의 중심에 위치한 룩셈부르크에 있다. 이 곳에서 유럽 5개국과 관련된 제품들을 관리하고 있는데, 덕분에 해당 국가에서 근무하는 아마조니언들과 더욱 협업하고 있다. 어렸을 적 읽었던 책에서 나온 것과 같이 유럽 국가들은 지리적으로 가깝지만 다른 문화를 갖고 있다. 예를 들어 독일 동료의 경우 감정 표현이 적고 업무 디테일에 매우 강하다. 물론 주관적인 일반화라고 할 수 있겠지만, 내가 경험한 독일인들은 스스로 완벽하게 이해할 때까지 공부했다. 반면, 영국 동료들은 유연한 사고를 갖고 있다. 이탈리아 동료들은 가장 급한 성격을 갖고 있기 때문에 답변을 빨리 주지 않는다면 끊임없이 연락하고, 프랑스 친구들은 아주 긴 여름휴가를 다녀온다. 그 외 화상 회의를 하면 가벼운 농담을 많이 하는데 다양한 국적의 동료들이 있다는 게 때로는 굉장히 재미있는 경험이 된다. 예를 들어 월드컵 시기에는 축구 이야기만 했다. 프랑스가 월드컵에서 우승한 이후 프랑스 동료는 한동안 결승전 이야기만 했고, 독일 친구들은 내가 미팅에 들어오면 축구 이야기를 급하게 멈추고 회의를 시작했다.

대부분 회의가 화상으로 진행되다 보니 얼굴을 본 적 없는 동료들도 많다. 특히 서로 목소리만 들어봤기 때문에, 실제로 만나면 한동안 어색한 기류가 흐르기도 한다. 회사도 직접 만나 일하는 것의 중요성을 잘 알고 있기 때문에, 관련 부서끼리 워크숍을 개최하기도 한다. 한 도시에 모여 중요 프로젝트 회의를 진행하는데, 이를 통해 복잡한 문제들을 빠르게 해결하는 것뿐만 아니라 유대감도 생긴다. 2019년 연말에는 약 30명이 넘는 인원을 시애틀로 초대해 내년 프로젝트 진행 방안에 대해 논의했다. 이 워크숍을 통해 2020년 계획을 결정했을 뿐 아니라 저녁엔 술을 마시며 더 친해질 수 있었다. 물론 한 공간에서 일하는 게 가장 효율적일 수 있다. 하지만 워낙 다양한 인원들이 다양한 국가에 있기 때문에 앞으로도 아마조니언과 헤드셋은 떨어지지 않을 것 같다.

화상 통화의 가장 큰 문제는 소통의 어려움이다. 특히 전화와 같이 목소리로만 누군가를 설득하는 일은 굉장히 힘들다. 과거 MBA 과정 중에도 자주 등장했던 예로 모 글로벌 기업에서 우주 항공 관련된 업무를 화상으로 진행한 적 있었다. 일본 제조사와 미국 제품 담당자가 부품 스펙에 대해 이야기를 나눴다. 시간이 흘러 일본 제조사는 부품을 만들어 보냈고, 미국 제품 담당자는 일정에 맞춰 제작을 준비했다. 그런데 막상 완성품을 만들려고 보니 부품의 크기가 요청한 것과 전혀 달랐다. 어이가 없었던 담당자는 일본 제조사에 전화를 했는데, 알고 보니 서로 생각한 단위가 달랐던 것이다. 미국은 인치를 말하지 않고 제품의 크기를 설명했고, 센티미터가 통용되는 일본에서는 당연히 센티미터라고 생각했다. 물론 얼굴을 보고 회의해도 이런 문제가 해결되지는 않는다. 하지만 전화로 이야기하면 이런 일들이 더 빈번하게 발생한다. 아마존은 소통의 오류를 방지하기 위해 글쓰기를 권장한다. 글로 상세하게 생각을 표현함으로써 회의 참석인들이 내용을 자세하게 이해할 수 있도록 한다.

물론 화상 회의의 장점도 있다. 시차가 다르기 때문에 업무에 공백이 없다. 제품에 문제가 있을 경우 시애틀 직원이 진행하다가 퇴근 전 다른 국가에 있는 동료에게 넘겨주고 퇴근하면 된다. 물론 매번 이렇게 일하지는 않지만 정말 급하게 업무를 진행해야 할 경우 시차를 활용하여 업무 시간의 갭을 없앨 수 있다. 또한 담당자가 고객이 위치한 국가에서 근무함으로써 고객의 소리를 귀 기울여 듣고 본사 직원들에게 공유할 수 있다. 이는 더 좋은 제품을 만드는 데 큰 도움을 준다. 화상 시스템은 배정된 사무실에 있지 않더라도 동일한 성과를 낼 수 있게 하고, 소통의 불편함은 존재하지만 다양한 사람들과 협업하며 더 많은 정보를 얻을 수 있게 한다.

08

영어로 일하기

/

인간은 적응의 동물이다. 나는 조기 유학을 다녀왔지만 첫 사회생활은 한국에서 시작했다. 대학원 졸업 후 곧바로 삼성에 입사했는데, 당시 기본적인 단어들을 생각하지 못할 정도의 한국어 실력을 갖고 있었다. 메일을 쓸 때마다 네이버에 띄어쓰기 검사를 해야 했고 모르는 단어들은 노트에 적은 다음 뜻을 찾았다. 그러나 누구나 그렇듯 점차 일에 익숙해지고, 족히 10분이 넘게 걸리던 메일도 물 흐르듯 작성할 수 있게 되었다. 오는 게 있다면 가는 게 있는 걸까. 막상 한국에서 근무할 때에는 영어를 사용할 기회가 없었다. 한국에서 근무하던 당시 외국 친구가 한국에 방문했는데, 그 친구와 대화를 하다가 "이러다 정말 영어를 까먹으면 어떡하지"라는 걱정을 했다. 정말로 영어 단어가 잘 떠오르지 않았고 내 생각을 전달하는 데도 부자연스러웠다. 그 후 MBA 진학을 위해 영어 공부를 시작했고 약 1년이라는 기간 동안 잃어버린 영어 실력을 다시 찾을 수 있었다. MBA를 졸업한 다음 아마존에 입사했는데, 기쁨과 동시에 한편으로는 영어로 일하는 환경에서 잘 적응할 수 있을까 하는 막연한 걱정도 들었다.

회사 영어와 생활 영어에는 큰 차이가 있다. 일하며 사용하는 영어에는 업계 용어들이 가득한데, 이와 같은 전문적인 용어들은 미국인도 이해하기 힘들다. 영어로 일해본 적 없고 테크 회사에서 근무해본 적 없는 나에게 아마존은 새로운 도전이었다. 마치 연고가 없는 곳에 정착해야 하는 이방인과도 같았다. 회의에 참석할 때마다 얼마나 긴장했는지 모른다. 특히 입사한 지 얼마 되지 않았을 때 상사는 본인이 담당하던 회의를 나에게 넘겼는데, 그때의 부담감은 상당했다.

나는 입사 후 두 개의 회의를 담당했는데 하나는 변호사 및 세금 전문가들과 진행하는 회의였고 다른 하나는 유럽에서 근무하는 영업 팀에 보고 받는 회의였다. 당시만 해도 제품에 대한 이해도도 떨어졌고 영어로 회의를 진행해본 경험도 없었기 때문에, 회의 전날이면 불안함에 잠 못 들었다.

특히 회의 내용을 못 알아들을까 봐 걱정했다. 회의 주관
자로서 내용을 잘 파악해야 하는데 조금이라도 복잡한 내용
을 이야기하면 무슨 말인지 알아듣지 못할걸 잘 알고 있었다.
그렇기에 회의 전 아마존 전화 박스(아마존의 모든 오피스에는 화
상 회의를 할 수 있는 전화 박스가 존재한다)에 들어가 눈을 감고 단
어 하나하나에 집중했다. 듣기에만 집중하여 회의를 미흡하
게 진행했는데 다행히 착한 동료들은 큰 불만 없이 이해해줬
다. 회의가 마무리되면 진행자는 전반적인 내용을 정리해 공
유하고 필요에 따라 다음 회의도 잡아야 했다. 때론 회의 중
어색한 적막이 흘렀기도 했는데 마치 내 잘못인 것 같아 얼굴
이 빨개진 적도 많다.

한번은 상사에게 어떻게 하면 회의를 잘 진행할 수 있는지
물었다. 그러자 그는 이렇게 조언해줬다. "나는 롤모델을 찾
았어. 회의를 잘 진행하는 사람, 글을 잘 쓰는 사람, 아니면
질문을 잘하는 사람 등 어느 분야에 뛰어난 사람을 찾는 거
지. 그리고 그들과 닮아가려고 노력했더니 좀 나아지더라. 너
도 그런 사람을 잘 찾아봐."

롤모델을 찾아 그 사람의 방식을 벤치마킹하는 것. 나에게
가장 좋은 조언이었다. 그 후 여러 롤모델을 찾았는데 매니

저 역시 훌륭한 롤모델이었다. 그는 회의에서 카리스마를 뿜어내며 약간의 긴장감을 형성했다. 주변 사람들의 의견을 잘 수용하지만 내용이 산으로 갈 때 그게 누구든 끼어들어 방향을 바로잡았다. 특히 그는 어려운 내용일수록 딸에게 설명하듯 최대한 간결하게 말했다. 회의 전에는 사람들과 가벼운 농담을 하며 안부를 묻기도 하고 회의 중간마다 간단한 농담도 던지며 필요에 따라 분위기를 푸는 방법도 그를 통해 배울 수 있었다. 이처럼 롤모델을 찾아 새로운 영어를 공부했다. 덕분에 이제는 30명이 넘는 인원이 참석한 워크숍을 매년 주최한다. 나보다 직급이 높은 사람들 사이에서 큰 긴장감 없이 회의를 진행할 수 있다. 물론 아직도 부족한 점은 많다. 다만 이번 기회를 통해 배운 것은 결국 인간은 적응의 동물이라는 것이다.

모든 아마존 직원들이 완벽한 영어를 구사하지는 않는다. 오히려 영어를 제2외국어로 배운 동료들이 주변에서 더 흔히 보이는데, 그들은 모국어 악센트가 짙게 묻은 영어를 사용한다. 그렇다면 그들이 영어를 잘하는 건 아닌 걸까?

예전 한 다큐멘터리에서 반기문 전 유엔 사무총장의 연설을 본 사람들을 인터뷰한 적 있다. 반 전 총장은 간결하게 본인이 전하고자 하는 내용을 전달했다. 하지만 연설문을 들은 다수의 한국인들은 영어를 잘 못하는 것 같다고 말했고 반대로 미국인들은 훌륭한 연설이라며 찬사를 보냈다. 막상 외국에서 생활하면 발음의 중요성에 대해서 질문을 던지게 된다. 자신감 넘치던 반 전 총장의 연설을 들은 미국인 중 발음 때문에 그의 영어 실력이 부족하다고 생각하는 사람은 없었다. 점차 영어를 사용하는 사람들이 다양해지면서 옳은 발음이 무엇인지도 잘 모르겠다. 미국에도 다양한 악센트가 존재하고 영국이나 호주만 비교해도 발음 차이가 심하다. 그러므로 완벽한 영어란 좋은 발음으로 말하는 것이 아닌 본인의 생각을 잘 표현할 줄 아는 것이라고 생각한다. 다수의 미국 사람들은 영어만 할 줄 알지만 우리는 다른 언어로 일한다. 이 자체가 얼마나 대단한가.

입사 초기, 영어로 복잡한 업무 내용을 설명하는 걸 힘들어했다. 상사는 설명이 부정확할 경우 다시 설명해달라고 말하거나, 제대로 설명할 수 있을 때까지 끊임없이 질문했다. 특히 자신을 어린아이라고 생각하고 설명해달라고 했는데 복잡한 문제를 쉽게 설명하는 게 그렇게 어려운 일인 줄 몰랐다. 왜 스티브 잡스의 발표는 누구에게나 흥미로웠는지, 그 역시 얼마나 많은 고민 끝에 준비했을지 이제야 조금 감이 잡혔다. 메일 한 통을 작성하는 데도 오랜 시간이 걸렸다. 삼성에서 근무하던 당시 한글로 메일을 작성하는 것이 어려웠던 것처럼 영어로 메일을 쓰는 것 역시 문법적 오류는 없는지, 단어를 잘못 적은 것은 없는지 끝없이 고민했다.

그렇게 짧지만 긴 시간이 흘렀다. 많은 메일을 보냈고 많은 프로젝트를 보고했다. 더 이상 메일을 쓰는데 두 번 이상 읽을 필요가 없어졌고, 상사에게 보고할 때 스트레스 받지 않는다. 우리는 새로운 환경에 적응할 때 많은 걱정을 한다. 잘할 수 있을까 하는 두려움에 때론 새로운 시도를 망설인다. 하지만 직접 경험해보니 한 가지는 확실하다. 생각보다 두려워할 필요가 없다. 결국 인간은 적응의 동물이더라.

09

아마존의 Product Manager

"왜 제품 담당자Product Manager, PM 포지션으로 지원하신 거예요?" 자주 듣는 질문이다. 우선 업의 연관성 때문이다. 나는 삼성에서 연구 개발 관련 업무를 했다. 물론 하드웨어 제품을 담당했기 때문에 소프트웨어 서비스를 잘 알지 못했지만 고객의 니즈를 파악해 제품을 개발한다는 점에서 비슷하다. 삼성에서는 아이디어를 바탕으로 프로토타입을 만들었고 제품 성능 평가를 통해 양산이 가능한지를 확인했다. 양산하기로 결정되면 다른 부서와 협의해 실제 소비자에게 제품이 전달될 때까지 제품을 관리했는데, 당시 배웠던 소프트 스킬(협력 방법, 문제해결력 등)들은 아마존에서도 유용하게 사용하고 있다.

두 번째로 제품 담당자라는 직책이 멋있어 보였다. IT 기업에 어떤 포지션들이 있는지 전부 다 알지 못했지만 제품 담당자라는 포지션에 대해서는 얼핏 들어본 적 있다. 한 제품의 책임자로서 제품을 총괄한다는 것이 흥미로웠고 또 한편으로는 멋있어 보였다. 특히 한 분야의 전문가는 아니지만 다른 부서의 업무들을 파악하고 그들과 협업하여 최고의 제품을 만들어낸다는 점에서 MBA 과정 중 배웠던 점들을 실제로 접목시킬 기회가 많을 것 같았다.

마지막으로 제품 담당자는 나의 경력으로 지원할 수 있는 몇 안 되는 포지션이었다. 생각보다 IT 기업들은 MBA 경력을 선호하지 않는다. 졸업 후 유명 IT 기업에 취직한 친구들도 있지만 대부분 MBA 과정 전 경력을 살려 취직한다. 마케팅 업체에서 근무했던 동기는 페이스북 마케팅 팀에 입사했고 세일즈를 했던 동기는 마이크로소프트의 세일즈 팀에 합류했다. 이처럼 생각보다 MBA 졸업 후 IT 업계 내 커리어 변화의 기회는 많지 않다.

한번은 구글에서 근무하던 선배를 만나 식사한 적이 있다. 그 선배는 "IT 회사에서 근무하고 싶으면 컨설팅 업계로 뛰어들어 몇 년간 근무하다가 전략 팀으로 입사해"라고 조언해주었다. 당시의 조언은 지극히 현실적이었는데 또 한편으로는

IT 기업의 높은 진입장벽을 실감했다. 나는 화학 공학을 전공했고 코딩에는 젬병이다. 구글이나 페이스북은 제품 담당자를 채용할 때 컴퓨터 공학 전공자들을 위주로 채용한다. 입사 조건에 Computer science degree(컴퓨터 공학 전공)가 필수로 적혀 있었는데 아쉽지만 한편으로 IT 회사들이 이런 인력을 선호하는 건 당연하다고 생각한다. 업계의 언어인 코딩을 할 줄 안다는 것은 제품을 더 자세히 이해할 수 있다는 이점이 있기 때문이다. 그런데 왜 아마존은 컴퓨터 공학을 전공하지 않은 MBA 졸업생들을 채용하는 걸까?

아마존 제품 담당자는 한 제품을 만드는 작은 회사의 사장으로 항상 고객에 집착하고 고객들의 니즈를 파악해 어떤 가치를 전달할지 고민한다. 그리고 이를 바탕으로 제품이 나아가야 할 방향을 결정한다. 이때 제품 담당자는 제품이 현실화될 수 있도록 프로젝트의 방향성을 알려주는 나침반 역할을 한다. 우리는 이 방향성을 비전Vision이라고 부르는데 올바른 비전은 훌륭한 동기부여가 되고 필요한 예산을 얻게 해주며 프로젝트가 산으로 가는 것을 막아준다. 물론 코딩에 익숙한 인재라면 더 좋겠지만, 그보다 제품 담당자에게 더 중요한 것은 비전을 제시할 줄 아는 능력이다.

그렇다면 복잡한 기술 문제들은 어떻게 해결할까? 제품 담당자가 기술 전문가가 아님으로 프로젝트에는 개발자들을 담당하는 소프트웨어 개발 매니저Software Development Manager, SDM나 다양한 프로젝트를 기술적인 측면에서 바라보는 테크니컬 프로그램 매니저Techincal Program Manager, TPM들이 배정된다. 이들은 제품 담당자가 제시한 비전을 기술적으로 구현해내는 역할을 한다. 예를 들어, 제품 담당자가 ABC라는 기술을 만들어 사용자 경험을 개선하자는 결정을 내린다. 그렇다면 TPM과 SDM은 해당 기술을 어떻게 구현해낼 것인지 개발자들과 함께 시스템 디자인을 한다. 제품 담당자들도 시스템 공부를 해서 의견을 낼 수 있지만 기술적 결정권은 전부 이들에게 넘기는 게 맞다. 어떻게 보면 작은 회사의 최고기술책임자CTO라고 할 수 있는데, 그들 덕분에 제품 담당자들은 조금 더 고객의 소리에 집중할 수 있다. 나는 이런 아마존의 구조가 참 이상적이라고 생각한다. 일은 전문가들에게 맡기고 비전을 잃지 않도록 관리하는 것이 굉장히 효율적이기 때문이다. 그 외에도 제품 담당자는 전략, 영업, 마케팅, 법률, 사용자 경험User Experience, UX 등 다른 부서들의 업무를 파악해야 한다. 이렇게 다양한 분야를 이해해야 하기 때문에 큰 그림을 보도록 훈련

받은 MBA 학생들이 최적의 인재다. 특히 아마존 창업 초기, 미국 모 MBA 졸업생들이 많은 프로젝트들을 성공적으로 일 궈냈는데 그들의 성과 때문일까. 아마존은 MBA 학생들을 굉장히 좋아하는 것 같다.

아마존에는 많은 종류의 제품 담당자들이 있다. 우선 미국 제품을 유럽, 아시아, 중동 등 다양한 지역으로 론칭하는 제품 담당자들이 있다. 그들은 해외 확장International expansion 팀에 소속되어 있는데, 그들의 역할은 해당 국가의 문화와 고객들의 성향을 파악하여 공감을 살 수 있는 제품으로 바꾸는 것이다. 싱가포르에 아마존 프라임이 출시되었던 것과 터키에 아마존이 론칭된 것을 예로 들 수 있다. 이런 경험을 통해 얻는 장점으로는 새로운 국가에 론칭한 경험이 생긴다는 것이고 단점으로는 실제 본인의 제품이 아닌 타인의 제품을 변형시키는 것이기 때문에 결정권이 많지 않다는 것이다.

다음으로 제품을 직접 개발하는 제품 담당자들이 있다. 내가 이 분류에 속한다. 현재 나는 유럽 B2B 시장에서 판매되는 제품의 부가가치세를 계산하고 송장까지 발행하는 자동화 서비스를 담당하고 있다. 유럽연합 국가마다 다른 세율을 갖고 있고 발행 방식 역시 다르기 때문에, 초반에는 미국 시애틀에서 개발되다 현재는 고객과 가까운 유럽에서 개발 및 운영을 하고 있다. 장점으로는 내가 만든 제품이기 때문에 주인의식이 생기고 그 누구도 만들지 않은 기술을 개발한다는 점에서 큰 성취감을 느낀다는 것이다. 단점으로는 벤치마킹할 상대가 없으니 어려운 문제를 마주할 때마다 막막하다는 것이다. 물론 어려운 문제를 풀어가며 희열을 느끼기도 하지만 항상 어려운 숙제를 풀어가면서 오는 체력적 소모도 굉장히 크다.

마지막으로는 기존 제품을 유지하는 데 초점을 두는 제품 담당자들도 있다. 아마존에서 말하는 제품이란 특별한 서비스가 아닌 우리가 흔히 마주하는 메인 화면이나 검색 결과 페이지, 제품의 설명이 나와있는 디테일 페이지들도 포함된다. 각 페이지에는 담당자들이 있는데, 이들은 해당 페이지들에 문제가 발생하지 않도록 유지하고 작지만 꾸준히 사용자 경험을 개선하는 역할을 한다. 어떻게 보면 아마존에서 가장 중요한 페이지들을 담당하기에 가장 중요한 업무라고 할 수 있겠다. 이런 업무의 장점으로는 아마존에서 가장 중요한 장치를 만진다는 것이고 단점으로는 워낙 디테일한 부분이므로 생각만큼 급진적인 변화를 가져올 수 없다는 것이다.

개인적으로 제품 담당자라는 포지션에 대해 굉장히 만족하고 있다. 평소 UX 디자이너와 신규 페이지에서의 사용자 경험을 상상하고 개발자들과 함께 이를 어떻게 현실화할 것인지 논의한다. 마케팅 팀과 고객 소리를 바탕으로 신규 제품 론칭 전략을 짜고 영업 팀에는 어떤 식으로 판매해야 할 지 알려준다. 분기마다 변경되는 유럽 세법에 대해서는 법무팀 및 세금 관련 전문가들과 모여 주기적으로 공부하고 고민한다. 물론 많은 정보들을 전부 이해해야 하기 때문에 끊임없이 공부해야 하고 이에 따른 스트레스도 있지만, 또 한편으로 어려운 문제를 풀어나가며 성장한다는 느낌도 얻는다.

매년 어려운 문제들이 숙제처럼 전해진다. 사용자 경험을 개선하기 위한 프로젝트가 될 수도 있고 유럽 세법 변화로 인한 업데이트가 될 수도 있다. 그럴 때마다 우리는 동료들과 모여 함께 복잡한 질문에 대한 답을 찾는다. 그리고 그 답을 만들어가는 과정 속에서 제품에 대한 비전이 흐려지지 않도록 방향을 알려주는 일, 그것이 내가 경험한 아마존 제품 담당자의 역할이다.

10

아마존에도 90년생이 왔다

/

새로운 세대의 등장으로 자유와 개성을 중시하는 문화가 형성되고 있다. 이로 인해 세대 갈등이 큰 화두다. 안정성과 헌신을 최고의 덕목으로 생각해온 기성세대와 달리 인터넷과 함께 자란 신세대의 경우 평균 2년에 1번 꼴로 이직할 정도로 빠른 변화에 익숙한 모습을 보여주고 있다. 기업들 역시 신세대의 등장과 함께 그들의 특징을 잘 인식하고, 더 흥미로운 프로젝트를 맡기려고 한다. 이와 관련하여 〈포춘〉은 업무에만 집중하는 것보다 관리직을 맡고 있는 기성세대와 그 밑에서 일하는 신세대를 조화시키는 것에 집중할 필요가 있다고 했다.

흥미롭게도 앞의 내용은 2019년 기사가 아닌 지금으로부터 약 13년 전 기사 내용을 새롭게 정리한 글이다. 앞에서 언급한 신세대는 현재 많은 기업에서 관리직을 맡고 있는 누군가에게는 꼰대라고 불리는 X세대의 이야기다. 아이러니하게도 현재 X세대들이 바라보는 90년생들의 모습과 그들의 젊은 날들이 크게 다르지 않다. 그 당시 기성세대들은 젊고 패기 넘치던 X세대들에게 불안한 시선을 보냈는데 이젠 그 패기 넘치던 신세대가 기성세대가 되어 비슷한 시선을 보내고 있다. 물론 그 당시 X세대와 지금의 90년생들이 같다는 이야기가 아니다. 자유와 개성을 중시한다는 점에서는 비슷한 모습을 보이기도 했지만, 다른 기사들에 따르면 X세대는 사회적인 성공에 더 초점을 맞춘다. 그에 비하여 〈포브스〉는 90년대생들이 일의 의미와 끊임없는 배움을 갈망한다고 언급했고 국내 기사들은 기성세대 대비 삶에 대한 행복을 중요시한다고 전했다.

최근 들어 90년대생과 관련된 콘텐츠들을 쉽게 접할 수 있다. 관련 책이 베스트셀러가 되어 많은 관심을 받기도 했고 공중파에서도 90년대생들의 이야기를 자주 다루고 있다. 특히 새로운 세대들이 바라보는 삶의 가치가 자주 언급되는데, 90년대생들이 사회와 조직에 가져올 변화에 준비하고 세대 차이를 극복하고자 하는 마음에 많은 사람들의 이목이 집중되는 것 같다.

이 글을 적기 전 최대한 많은 기사들과 논문들을 읽어보려고 노력했다. 꽤나 민감한 주제이기도 하고 쉽게 다루기에는 많은 이해가 필요하다고 생각했다. 나름 조사하면서 한 가지 흥미로운 점을 발견했다. 많은 국내 콘텐츠들이 삶의 의미를 중요시했던 80년대 혹은 그 이전 세대들에 비해 90년대생들은 삶의 재미를 더 추구한다고 이야기한 것이다. 요즘 90년대생들은 워라밸을 중요하게 생각하며 '본인만 아는 세대' 혹은 '쉽게 포기하는 세대'라고 말한다. 베스트셀러인 《90년대생이 온다》에서도 90년대생들은 간단하고 재밌으며 솔직한 것들을 선호한다고 했다. 유튜브, 인스타그램의 출현으로 소비 가능한 콘텐츠가 워낙 방대해진 지금, 90년대생들이 길고 복잡한 것보다는 빠르게 소비할 수 있는 콘텐츠를 선호하는 것은 당연하다. 또한 그들은 다양한 소셜미디어를 통해 생각을 자유롭게 표현한다. 연예인, 인플루언서 외 주변 사람들의 생각을 접하면서 자라온 덕분에 그들은 의사 표현에 더 솔직하다. 하지만 과연 그들이 80년대생들보다 삶의 의미에 관심 없다고 할 수 있을까?

나는 그렇게 생각하지 않는다. 대학시절 무섭게 노는 데 집중하던 80년대 선배들이 있었다. 지금은 모두 사회에 진출해 멋진 모습을 보여주고 있지만, 그 당시만 해도 정말 오늘만 그리고 재미만을 위해 사는 선배들이었다. 반대로 90년대생 후배들은 조금 다른 모습을 보여줬다. 대학교 1학년부터 학점 관리를 고민했고, 방학에도 알차게 보내려고 노력했다. 이렇듯 일반화는 위험하다.

아마존에도 90년대생들이 왔다. 지난 며칠 동안 아마존에서 근무하고 있는 90년대생들은 어떠한 특징이 있을까 고민했다. 하지만 그 해답을 찾기에 한 가지 문제가 있었다. 바로 누가 90년생인지 모른다는 것이다. 친한 동료들 중 술을 마시며 나이에 대한 이야기를 나눈 적은 있지만, 대부분 동료들은 서로의 출생연도를 알지 못한다. 매니저들도 마찬가지다. 내 매니저 역시 최근에야 내 나이를 알았다. 같이 근무한 지 어느덧 일년 반이 다 되어가는 시점에서 이제야 나이를 알았다는 게 새삼 신기했다. 아마존에서 나이는 중요하지 않다. 그러므로 90년대생이 오든지 80년대생이 오든지 심지어 70년생이 오든지 크게 상관없다.

2020년 계획을 세우기 위해 런던으로 출장을 갔다. 그 곳에서 다양한 팀들과 만나 회의를 했는데 일본과 중국에서 온 팀과도 만났다. 하루는 그들과 함께 저녁 식사로 맛있는 스테이크를 먹었다. 그런데 지금 와서 생각해보니 그들은 대부분 나보다 10살은 많았다(아마존 내 경력도 훨씬 많았다). 그럼에도 어깨동무를 하고 사진을 찍고, 마치 친구들과 이야기하는 것과 같이 농담을 하며 나이와 상관없는 시간을 보냈다.

팀에도 90년대생이 있다. 목요일 저녁마다 젊은 사람들끼리 맥주를 마시러 가는데, 이런저런 이야기를 하다 보니 그들이 90년대생이라는 것을 알게 되었다. 그런데 그들은 누구보다 일에 열정적이고 성실하다. 본인들의 삶에 많은 중점을 둘 것 같지만 꼭 그렇지만도 않다. 새로운 것들을 배우려고 하고, 맡은 일은 누구보다 열심히 한다. 뿐만 아니라 팀에 도움이 되는 일이라면 누가 먼저랄 것 없이 나서서 업무를 소화한다. 이런 모습을 보며 우리가 오해하고 있는 것은 아닐까 싶었다(물론 이 역시 일반화다).

혹시 세대 차이라는 것은 우리가 쌓은 심리적인 장벽이 아닐까. 어찌 되었든 살아온 환경이 다른 두 세대 간에 차이가 있는 것은 당연하다. 이는 어느 나라를 가도 존재하고 앞으로도 존재할 것이다. 하지만 마치 젊은 X세대들이 지금의 90년대생들과 크게 다르지 않았던 것처럼 우리는 생각보다 다르지 않을 수도 있다. 환경, 경험 그리고 연륜으로 인해 생기는 세대 간의 간격을 나쁘게 바라보는 것이 아니라 자연스럽게 받아들이며, 그들이 가져오는 새로운 변화에 귀 기울이고 좋은 점들을 수용하기 위하여 노력한다면 서로에게 윈윈이지 않을까?

소크라테스도 "요즘 애들은 폭군"이라며 앞으로 다가올 암울한 미래를 개탄했다고 한다. 이와 같이 새로운 세대에 대한 부정적인 시선들은 몇천 년 아니 몇만 년 전부터 시작되었다. 하지만 새로운 세대는 우리 혹은 그 윗세대가 구축한 환경의 영향을 받고 자랐다. 그러므로 단순히 세대 차이를 겉모습만 보고 판단하는 것이 아닌 그들의 목소리에 귀 기울이고 그 차이를 인정함으로써 서로의 간격을 좁히는 노력이 필요하다.

11

좋은 상사가 되는 법

/

MBA를 같이 수료한 친구들과 저녁식사를 했다. MBA 리더십 프로그램을 통해 입사한 우리는 현재 로테이션을 결정해야 하는 갈림길에 서 있다. 아마존에서는 다양한 경험을 할 수 있도록 로테이션을 권장한다. 경력이 전무한 포지션으로 이동하기는 힘들 수 있으나 새로운 제품과 환경을 통해 시야를 넓힐 수 있기 때문이다. 어느덧 첫 번째 로테이션 필수 기간을 마무리한 우리는 만날 때마다 "옮길 거야?"라는 질문을 한다. 필수 기간이 끝나자마자 다른 부서로 옮긴 친구도 있고, 옮기고는 싶지만 지원한 부서에서 오퍼를 받지 못한 친구들도 있다. 식사하는 내내 친구들에게 팀을 옮긴 이유에 대해 물었다. 흥미롭게도 그들은 매니저 때문에 옮겼다고 답했다.

우리는 수많은 상사와 만난다. 나는 대략 6명의 상사와 근무했다. 다행인 건 무섭거나 사이코패스와 같은 상사를 만난 적은 없다. 닮고 싶은 상사도 있었고 반면에 과연 이게 최선인가 하는 생각이 들었던 상사도 있었다. 상사란 부하 직원의 업무를 관리하고 회사가 필요로 하는 결과를 낼 수 있도록 도와주는 사람이다. 더 멀리 나아가 부하 직원이 꾸준히 성장할 수 있도록 자극제가 되어주는 사람이기도 하다. 그렇기에 상사에 따라 회사생활이 천당과 지옥을 오갈 수도 있고, 커리어에 지대한 영향을 줄 수도 있다. 모두가 좋은 매니저와 일하고 싶어 한다. 특히 아마존과 같이 본인의 의지로 팀을 옮길 수 있다면 매니저가 누구인지가 가장 중요하다. 누군가는 더 좋은 매니저를 찾아 부서를 혹은 회사를 옮기기도 한다. 그렇다면 좋은 매니저의 조건이란 무엇일까?

기준치를 높여주는 사람

앞에서 말했듯, 아마존에는 바레이저Bar raiser라는 것이 있다. 주로 인터뷰 프로세스에서 적극적으로 사용되는 방법이다. 쉽게 설명하면 기준치를 높이는 사람이다. 인재상에 가까운 사람이 나타날 때마다 바로 뽑기보다는 높은 기준치를 갖고 있는 사람의 시선으로 다시 평가해보는 것이다. 〈비즈니스 인사이더〉에 따르면 바레이저들은 지원자가 평균 임직원보다 더 뛰어난 사람인가를 고민한다고 한다. 이 방식을 통해 아마존은 임직원들의 역량 평균치를 끊임없이 올리고 있다. 뛰어난 역량과 성과를 낸 사람들이 장기간의 트레이닝을 거쳐서 바레이저 자격을 얻게 된다. 면접 인터뷰에 들어와 제3자의 시선으로 의견을 마음껏 표출할 수 있고, 많은 사람이 찬성하더라도 판을 뒤집을 수 있는 영향력이 있다. 왜 이러한 이야기를 할까. 그렇다. 내 매니저가 바레이저이기 때문이다.

바레이저는 단순히 지원자의 기준을 높여주는 사람이 아니다. 그들은 부서 내에서도 좋은 성과를 내고 있고 모든 업무의 질을 한층 높여준다. 덕분에 입사 첫 해 작성한 모든 서류에는 마치 빨간펜 선생님이 다녀간 것처럼 빨간 밑줄이 그어져 있었다.

나의 매니저 역시 초기 회사생활이 쉽지 않았다고 한다. 그는 어려운 환경 속에서 본인의 업무 방식과 능력을 발전시켰고 수많은 시행착오 끝내 임원과 매니저 모두에게 인정받을 수 있었다고 한다. 그래서일까? 특히 그는 후배들이 성장할 수 있도록 많은 도움을 주려고 노력한다. 우리가 작성하는 서류나 이메일까지도 지적하며 업무의 기준치를 높여주고 있다. 그 결과 나 역시 다른 부서 사람들의 메일이나 글을 읽다 보면 과연 이게 최선인가 하는 생각이 든다.

한번은 마케팅 콘텐츠를 확인해달라는 요청을 받았다. 담당자 말로는 나의 매니저에게 벌써 승인받았으며 조만간 사이트에 올릴 예정이니 마지막으로 확인해달라고 했다. 하지만 내용을 읽자마자 나는 "이 내용을 우리 매니저가 승인했다는 건가요? 미안하지만 제 기준에는 고쳐야 할 부분이 꽤 많이 있는 것 같은데 저보다 더 높은 기준치를 가진 매니저가 승인했다는 말은 믿을 수 없습니다. 고쳐야 할 부분 표시했으니 새로 작성해서 다시 승인받아주세요"라고 회신했다. 그리고 매니저에게 찾아가 이 내용을 승인한 적 있냐고 물었더니 아니나 다를까 그는 읽어본 적 없다고 했다.

앞의 이야기만 들으면 많은 사람들이 "우리 부장님도 그래요. 매번 다시 하라고 해요"라고 생각할 수 있다. 여기서 중요한 것은 단순히 지적 혹은 무작정 기준치를 높이는 게 아니다. 수많은 경험을 갖고 있는 선배의 입장에서 부족한 부분이 무엇인지 세부적인 코멘트를 해주거나 스스로 깨달을 수 있도록 길을 알려주는 것이다. 당근과 채찍을 가지고 필요에 따

라서 기준치를 높여주는 것. 그게 좋은 매니저의 첫 번째 특
징이다.

네가 말해봐

홀륭한 상사들 중 발표를 잘하는 사람들이 참 많다. 그들은
임원 앞에서도 기죽지 않고 프로젝트 진행 상황들을 잘 설명
하며 어려운 질문에도 논리적으로 답한다. 신입사원 시절부
터 그런 상사와 일하면서 나중에 나도 저렇게 설명할 수 있을
까 생각했다. 시간이 흐르고 나 역시 임원회의에 참석하고 질
문에 답해야 하는 상황이 생겼다. 물론 대부분의 보고나 대답
은 매니저나 혹은 디렉터가 한다. 아무래도 높은 사람들에게
보고하는 것이 그들의 가장 중요한 업무 중 하나이기 때문이
다. 이는 한국이나 외국이나 크게 다르지 않다. 다만 내 기준
에서 참 멋있다고 생각하는 매니저들은 이런 회의에서도 다
른 모습을 보여준다.

그들은 후배들에게 발언권을 준다. 프로젝트의 세부적인
내용을 말해야 하는 상황에서 그들은 주저하지 않고 실무자
들에게 답변할 기회를 준다. 그들은 후배들에게 발언권을 넘
겨줌으로써, 짧지만 어려운 회의에서도 각자의 목소리를 내

는 기회를 제공한다. 매니저들 중 본인이 모든 질문에 대한 답을 알고 있어야 한다고 생각하는 사람들이 많다. 그 결과 회의를 위한 회의를 위한 회의를 열어 바쁜 실무자들을 붙잡고 예상 질문지에 답을 적는다. 하지만 훌륭한 매니저들은 평소에 디테일을 놓치고 있지 않기에 그러한 비효율적인 회의를 진행할 필요가 없다. 오히려 답을 알고 있어도 고생하는 실무자들이 주목받을 수 있도록 배려한다. 나의 매니저는 "이 질문에 대한 답은 전문가에게 맡기겠습니다"라고 말하거나 나를 바라보며 '네가 한번 이야기해봐'라는 몸짓을 한다. 그렇게 그들은 후배들이 조금 어려운 자리에서도 목소리를 낼 수 있게 도와주는 것이 결국 본인을 빛나게 해준다는 것을 잘 알고 있다.

추가적으로 후배의 공로를 상사가 먼저 인정해주는 것 역시 중요하다. 서비스 등록을 위한 프로세스와 UX를 새로 만든 적이 있었다. 기존보다 더 많은 사람들이 손쉽게 제품을 사용할 수 있는 환경을 구축했는데, 예상보다 에이비 테스팅(디지털 마케팅에서 두 가지 이상의 시안 중 최적안을 선정하기 위해 시험하는 방법)결과가 좋게 나와서 많은 사람들로부터 칭찬을 받았다. 그리고 임원회의에서 디렉터가 먼저 "근데 정말 이 개선은 참 기대가 커. 투자 대비 결과물도 좋아 보이고 말이야. 수고했어"라며 칭찬했다. 그러자 임원들도 고개를 끄덕이며 동의했다. 별거 아닐 수 있지만 상사의 칭찬은 활력소다.

따뜻한 말 한마디

결국 회사도 사람과 사람이 일하는 곳이다. 그렇다 보니 일을 잘하고 못하고를 떠나 관계에 대한 고민도 해야 한다. 매니저는 일을 잘하는 매니저와 못하는 매니저로 나뉠 수 있지만, 또 한편으로는 부서원들을 잘 관리하는 사람과 그렇지 못하는 사람으로 평가되기도 한다. 단순히 좋은 지적을 해주거나 업무적인 성장을 도와준다고 하여 그 사람이 좋은 매니저라고 할 수는 없다. 후배들이 본인들의 역량을 최대한 발휘할 수 있게 도와주고 또한 그 성장을 밑거름 삼아 더 어렵고 도전적인 업무를 할 수 있도록 동기부여를 줘야 한다. 그리고 후배들에게 동기를 주는 것은 아주 작은 것에서부터 시작된다.

같은 층에 부서원들을 잘 관리하는 매니저가 있다. 그는 소소하지만 모두가 하나 될 수 있는 이벤트들을 자주 만들었는데, 팀원들과 함께 놀러 가기도 하고 육아 휴직을 낸 후배에게 작은 선물을 주기도 한다. 자리에서 대부분의 끼니를 해결하는 내가 보기에 이런 화목한 분위기는 꽤나 부러웠다. 물론 매니저들 중 화목한 부서 분위기를 만들기 위해서 많은 시도를 하는 사람들도 있다. 하지만 대부분 본인이 좋아하는 것을 하면 모두가 좋아할 것이라고 착각한다. 덕분에 분기별로 등산을 한 적도 있고 원치 않는 회식자리를 가져야 하는 경우도 있었다. 부서원들에게 사랑받는 매니저들은 팀원들이 원하는 것이 무엇인지 사전에 파악하고 투표를 통해 결정한다. 그러니 후배들에게 등산복을 챙기라고 말하기 전 하고 싶은 게 있는지 먼저 물어보기 바란다.

많은 상사들이 객관적으로 자신의 행동을 돌이켜보면 좋을 것 같다. 당신들은 생각보다 중요한 사람이다. 당신의 말 한마디와 행동 하나가 후배들의 하루, 일주일, 일 년 그리고 앞으로의 커리어에 지대한 영향을 미치기 때문이다. 때론 필터링 없이 던지는 당신의 한마디가 누군가에게는 비수가 되기도 하고, 무심코 던지는 칭찬 한마디가 누군가의 하루를 행복하게 만들어준다.

12

비효율적인 회의 유형 5가지

/

크고 작은 회의들은 항상 많다. 내년 전략에 대해 논의하는 회의부터 세법 관련 회의까지 다양한 주제를 가지고 많은 이야기들을 나눈다. 그런데 비슷한 포맷으로 진행되는 회의임에도 불구하고 회의 질은 천차만별이었다. 좋은 회의는 잘 정리된 짧고 명확한 글이 있었고, 이에 걸맞은 좋은 질문들이 있었다. 반면 어떤 회의들은 "이 회의를 하는 이유가 뭘까"라는 생각이 들었다. 심지어 참석해도 얻을 게 없다는 것을 알지만 참석해야 하는 회의들도 있었다. 일년 중 가장 바쁜 시기에 비효율적인 회의로 인해 낭비되는 시간이 아까워 매니저에게 물었다. "A와 관련된 회의는 매번 비효율적이야. 정확한 의제도 없고 결론도 없이 회의가 끝나. 너라면 앞으로 어떻게 할 것 같아?" 그는 약간의 망설임도 없이 답했다. "그 회의 앞으로 참석하지 마. 확실한 의제가 없다면 불참한다고 전해."

물론 아마존과 삼성 모두 효율적인 회의들이 더 많았지만 그 외 비효율적인 회의들도 있었기에 비효율적인 회의 유형에 대해 이야기해보고자 한다.

의제가 없는 회의

회의 참석 요청 메일을 받았다. 무슨 회의인지, 회의를 하는 이유는 무엇인지 전혀 적혀 있지 않은 메일이었다. 심지어 같이 일해본 적 없는 사람이었는데 별다른 소개도 없었다.

모르는 사람이 회의를 요청할 수 있다. 그러나 적어도 누구인지 설명하고, 이 회의를 하는 이유와 이 회의를 통해서 얻고자 하는 의제에 대해서 설명해야 하지 않나? 이런 내용들은 잘 아는 사이라도 꼭 필요한 요소다. 직장인들은 항상 바쁘고 할 일은 항상 많다. 다른 사람의 도움이 필요하다면 적어도 그 사람이 왜 필요한지 적어주는 게 예의다. 그러므로 회의를 주관하는 사람은 의제가 무엇인지 명확하게 알고 있어야 한다. 이를 작성하는 데 많은 시간이 소요되지 않음에도 생각보다 많은 사람들이 비슷한 실수를 한다. "내가 직급이 더 높으니까 상관없어" 혹은 "직접 만나서 설명해주면 되는데 뭘 글로 남겨"라고 생각할 수 있다. 하지만 받는 사람 입장에서는 당신의 회의는 들어가기 싫은 회의로 다가온다. 뿐만 아니라 회의를 주관하는 사람이 일을 못하는 사람으로 각인될 수 있다. 의제는 단순히 회의 요청 시에만 필요한 것이 아니다. 회의 중 대화가 산으로 간다면 주관자는 의제를 바탕으로 올바른 방향을 제시할 수 있다.

사람이 넘쳐나는 회의

얼마 전 집단 지성의 우수성과 관련된 글과 영상을 본 적 있다. 어려운 일이라도 많은 사람들이 머리를 맞대고 고민하면 해답을 찾을 수 있다는 내용이었다. 그러나 회의에서 집단 지성이 필요한 경우는 생각보다 많지 않다. 오히려 더 많은 생각들이 동시다발적으로 쌓이다 보면 결정 과정이 길어진다. 최악의 경우 불필요한 두 번째 회의가 소집되기도 한다.

회의가 효율적으로 진행되려면 몇 명이 참석하는 게 가장 좋을까? 나는 한 파트가 전부 참석하는 회의도 들어가봤고 꽤나 높은 직급의 사람들을 한 국가로 불러 모아 워크숍도 진행해봤다. 그런데 흥미로운 것은 아무리 똑똑한 사람 20명이 있어도 결론을 낼 수 없었다. 주제와 관련 없는 사람들의 발언 시간이 길어지며 대화가 산으로 가기도 했고, 빠른 결정이 가능함에도 불구하고 모든 사람의 의견을 물어보느라 시간이 지체되기도 했다. 물론 참석 인원은 회의 목적과 문화에 따라서 다를 수 있겠지만, 적어도 나의 경험상 4~6명이 가장 효율적이었다. 물론 수많은 사람들의 피드백이 필요할 수도 있다. 그러므로 회의 목적이 무엇인지 주관자가 처음부터 고민해보고 그에 맞는 사람들을 불러오자. 옆 부서 김 과장만 불러서 이야기하면 될 것을 굳이 박 차장과 아래층 최 대리까지 부르지 말자. 그 사람들도 바쁘다.

목적이 불분명한 회의

의제와 더불어 회의를 진행하기 전, 주관자는 이 회의를 통해서 얻고자 하는 게 무엇인지 명확히 알고 있어야 한다. 다른 사람의 의견을 듣기 위한 회의일 수 있고, 부서 간 타협점을 찾기 위한 자리일 수도 있다. 하지만 목적이 없거나 목적이 참석자들에게 정확히 공지되지 않았다면 그 회의는 어영부영 끝날 가능성이 크다.

회의 목적을 명확히 공유하는 사람들의 회의에 참석한

적이 있었다. 그들은 사전 메일을 보내 ① 회의 시간과 장소, ② 참석 요청 인원, ③ 회의 주제와 이에 대한 설명, ④ 회의에서 얻고자 하는 내용들에 대한 설명을 간결하게 작성했다. 별거 아닌 것 같지만 메일을 받는 입장에서 왜 이 회의에 참석해야 하는지 충분한 동기를 얻고 사전에 준비해야 할 것이 없는지 돌아보게 만들었다.

주관자만 말하는 회의

상사들이 주관하는 회의들은 때론 그들의 모노드라마가 된다. 목적에 따라 다를 수 있지만 회의 주관자의 임무는 회의를 주관하는 것이다. X라는 주제에 대해 토론하자고 사람을 불러 놓고 본인의 생각만 이야기할 것이라면 왜 굳이 회의를 주관하는가. 이는 주변에 종종 있는 일이다. 그리고 가장 비효율적인 회의 유형 중 하나다.

주관자는 토론을 위해 꼭 필요한 인원들을 엄선해야 한다. 그런 다음 그 사람들의 생각을 듣기 위해서 촉각을 최대한 곤두세워 끊임없이 주변을 살펴야 한다. 〈100분 토론〉의 손석희처럼 어느 한 사람에게 많은 발언 시간이 주어진다면 적절하게 끊고 다른 사람의 의견도 들어봐야 한다. 또한 주제가 산으로 간다면 뱃머리를 돌려 올바른 방향으로 가게 만드는 것 역시 회의 주관자의 역할이다.

회의록이 없는 회의

"막내야, 회의록 좀 작성해라." 신입사원이라면 누구나 한 번쯤 들어봤을 말이다. 실제로 신입사원에게 회의록 작성을 맡기는 것은 좋다고 생각한다. 그들은 열심히 듣고 모르는 것들을 체크하며 많은 것들을 배울 수 있기 때문이다. 하지만 그런 상황이 아니라면 되도록 회의 주관자가 회의록을 작성하는 것이 좋다. 다른 사람의 발언에 조금 더 귀 기울이고 본인이 원하는 내용들을 최대한 얻어갈 수 있기 때문이다.

회의록은 가능하면 24시간 이내에 공유하자. 단순히 회의 중 나눴던 대화를 적는 것이 아닌 조금 더 구체적으로 적는 게 중요하다. 특히 다음 행동Next action item이 무엇인지 자세히 작성해야 한다.

얼마 전 옆자리에 근무하는 동료가 물었다. "저번 주 C와 관련된 회의를 진행했을 때 누가 참석했지? 그날 분명히 어떤 걸 하기로 했는데 그게 기억이 안 나네. 너 혹시 기억나?"

"회의록에 적혀 있지 않을까? 그 회의 누가 주관했지?"라며 다시 질문했다. 그러자 동료는 답했다. "그 회의 Y가 주관했는데, 그 친구 원래 회의록 안 써." 그는 한동안 메일함을 뒤져가며 필요한 내용들을 찾아야 했다.

비효율적인 회의들은 우리가 매일같이 마주하는 상황이다. 그렇다고 부하 직원이 상사에게 가서 "이런 식으로 회의하지 마세요"라고 할 수는 없다. 하지만 적어도 본인이 먼저 이런 비효율적인 회의를 지양해야 한다. 정말 작은 디테일이고 생각보다 큰 노력이 필요하지 않기 때문에 조금만 더 신경 써서 회의를 주관한다면 분명 더 인정받는 사람이 될 수 있다.

13

시간을 공유하는 문화

/

　여름 휴가로 룩셈부르크에서 비행기 기준 약 2시간 반 정도 떨어져 있는 지중해의 몰타에 간 적이 있다. 몰타는 예전부터 꼭 가고 싶었던 곳이었다. 연초 가족여행을 마지막으로 휴가를 쓰지 않았기에 매니저와 디렉터 역시 좀 쉬고 오라고 하면서 다음의 말을 덧붙였다.

　"회사 시스템에는 나중에 올려도 되니까 먼저 네 캘린더부터 업데이트해줘. 그래야 네가 없는 기간에 미팅을 안 잡을 테니까."

　우리 모두의 시간은 소중하다. 회사를 다니다 보면 임원들의 시간은 소중히 다뤄진다. 그들의 스케줄은 담당 비서가 따로 관리해 일정을 최대한 효율적으로 잡기 위해 노력한다. 정말 바쁜 사람의 경우 하루를 몇 분 단위로 쪼개어 업무를 진행하기도 한다. 회사는 개개인의 생산성에 값어치를 측정해 월급을 준다. 그렇다고 해서 월급이 적은 부하 직원들의 시간이 중요하지 않다고 말할 수 있을까? 회사 측면에서 봤을 때 직급이 높은 사람들의 시간이 더 소중할 수 있겠지만, 그렇다고 하여 최 부장이 월급을 더 적게 받는 김 대리의 시간을 마음대로 사용해서는 안 된다.

아마존의 캘린더

입사 후 나에게 주어진 첫 번째 일은 타 부서와 1:1 미팅을 잡는 것이었다. 앞으로 같이 일해야 하는 동료들의 목록을 받고 연락해 그들의 업무를 파악해야 했다. 한국에서는 주로 상사가 직접 "우리 팀에 새로운 막내가 들어왔습니다"라며 인사를 시켜준다. 그러나 아마존에서는 알아서 연락해 인사해야 한다. 우선 나는 개개인에게 메일을 보냈다. 꽤나 정중한 메일을 보냈던 것으로 기억한다. 그러자 몇몇의 사람들은 답변을 해줬지만 반대로 어떤 이들은 답장조차 없었다. 메일을 열심히 쓰고 있는 내 모습을 본 매니저는 이렇게 말했다. "아마존에서는 굳이 먼저 메일을 보낼 필요 없어. 그들의 스케줄을 확인하고 비어 있는 시간에 바로 미팅 참석Meeting invite을 요청해도 이상하게 보는 사람은 없을 거야. 물론 그 미팅의 목적은 확실하게 적어줘야 하겠지만 말이야."

한국에서 근무했던 나는 회의 참석을 무작정 요청하는 것이 무례하다고 생각했다. 그리고 이런 방식에 익숙해지는 데 오랜 시간이 걸렸다. 그런데 캘린더 문화에 익숙해지자 굳이 상대방에게 연락해 그들의 스케줄을 확인할 필요가 없게 되었다. 덕분에 불필요한 프로세스를 줄일 수 있었다. 스케줄을 확인하고 비어 있는 시간에 회의 요청 메일을 보내면 된다. 무작정 회의하자고 하면 바로 거절 메일을 받을 수 있음으로 해당 메일에는 회의 목적과 배경을 적어야 한다. 아직도 회의 정보가 담겨있지 않은 회의 요청 메일을 받고 있는데, 이제는 나 역시 거절하는 데 어색하지 않다. 반대로 회의를 요청했는데 상대방이 거절하는 경우도 쉽게 경험할 수 있다. 어떠한 이유가 될지 모르겠지만 상대방 역시 회의를 참석하지 않을 권리가 있고, 혹시라도 부득이한 이유로 참석하지 못한다면 사유와 함께 새로운 시간을 제시하면 된다.

캘린더를 사용하면, 시간을 더 효율적으로 사용할 수 있다. 막내 사원도 바쁘다. 그들도 그들의 업무가 있고, 이를 다하지 못하면 야근을 해야 한다. 한국에서는 52시간 근무제가 적용되어 야근이 많이 줄었다는 이야기를 들었다. 하지만 52시간 내 업무를 마무리하기 위해서는 직급과 상관없이 개인의 시간을 최대한 효율적으로 사용해야 한다. 그리고 캘린더 시스템은 업무의 효율성을 높여준다.

혼자 집중해서 처리할 일이 있는 경우, 캘린더에 적으면 된다. 적어도 그 시간에는 회의 요청이 오지 않음으로 개인 업무를 할 수 있다. 이와 같은 문화가 정착되기 위해서는 윗사람들을 이해시키는 것이 먼저일 수도 있겠다. 그들 역시 부하 직원의 캘린더에 선약이 있을 경우 이를 무시하고 업무를 맡기거나 회의를 잡아서는 안 된다. 정말 급한 업무라면 부탁하면 되겠지만 급한 업무가 아니라면 아마존에서는 따로 시간을 잡아 해결해야 한다. 물론 이런 업무 방식이 다른 세계 이야기처럼 들릴 수 있다. 하지만 캘린더 시스템에 동의하고 서로 지키기 위해서 노력한다면, 윗사람들 역시 이 업무 방식이 더 효율적이라는 것을 몸소 체험할 수 있을 것이다.

"부장님이 모이래." 바쁘게 일하는 와중에 이와 같은 소리를 들어본 적 있는가? 쌓인 업무를 처리하기 위해서는 한 시간이 소중하다. 그런데 그 시간에 회의실에 모여 갑작스럽게 논의를 해야 한다면? 만약 당장 급한 일이 아니라면 다른 날 회의를 잡아 논의하는 것이 더 효율적이지 않을까?

물론 캘린더도 단점이 있다. 이 업무 방식이 효율적으로 진행되기 위해서는 우선 회사는 직원들이 시간을 효율적으로 관리한다고 믿어야 한다. 직원들은 생산성을 최대한 발휘할 수 있는 범위에서 스케줄을 잡아야 한다. 그렇지 않는다면 업무보다는 땡땡이를 치는 것에 열중하는 사람들도 있을 것이고, 이로 인해 생산성이 되려 저하될 수 있기 때문이다. 그러므로 캘린더 시스템을 도입할 때 중요한 것은 개개인의 역할과 책임이다. 시간은 자율적으로 사용할 수 있도록 풀어주되 각자가 해야 하는 일을 명확하게 구분해 그들의 생산성을 확인하는 것이다. 이럴 경우 더는 근무 태만이 중요하지 않게 된다. 결국 회사는 직원의 업무 시간을 보는 게 아니라 정해진 업무를 효율적으로 해냈는지 확인하면 된다.

아마존의 캘린더엔 업무 일정만 적는 것이 아니다. 혹시 늦게 출근하거나 일찍 퇴근해야 할 경우, 휴가를 가야 할 경우, 혹은 재택근무를 할 경우 직원들은 모두 캘린더에 적는다. 오늘 저녁 동문회가 있다면 저녁 6시 이후부터 개인 약속이라고 적는 것이다. 이렇게 회사 전체에 공유되는 캘린더에 약속을 적어 두면 그 시간 이후 회의 요청을 받지 않을 수 있다.

또 다른 단점도 있다. 정말 중요한 업무를 진행해야 하는 상황에서 필요 인원의 캘린더가 다른 선약으로 가득 차 있다면 업무의 추진력을 잃을 수도 있다. 이에 아마존에서는 상부 보고escalation를 권장한다. 먼저 상대방에게 양해를 구하고 그래도 그들의 시간을 얻어내지 못한 경우에는 상대방의 상사와 나의 상사를 연결시켜 우선순위를 정하는 방식이다. 때론 이 방식이 더 부담스럽거나 번거로워 어쩔 수 없이 무작정 기다려야 하는 상황이 있을 수도 있지만, 그 외에 얻게 되는 시간의 자율성은 워낙 값지기에 누구 하나 불평하는 사람은 없다.

시간은 금이다. 각자의 생산성은 다를 수 있겠지만 시간 앞에서는 모두 공평하다. 그러므로 타인의 시간을 존중함은 물론 각자의 시간을 더욱 효율적으로 관리한다면, 이는 단순히 개인뿐만 아니라 회사에도 큰 도움이 될 것이다.

14

소프트웨어 엔지니어와 일한다는 것

/

입사 전까지 PM이 정확히 어떤 업무를 하는지 몰랐었다. 그저 멋있어 보였고 새로운 제품을 만들고 담당하는 업무를 할 것이라는 대략적인 이해만 있었다. 그렇게 아마존에 입사했다. 긴 시간은 아니지만 이제야 PM이 어떤 업무를 하는지 조금이나마 알게 되었다.

몇 년 전부터 코딩의 중요성을 다루는 기사들을 쉽게 접할 수 있게 되었다. 국내 초등학교에서 코딩 교육을 의무화한다는 기사를 읽은 적도 있고, 직장인들 역시 미래에 대비해 퇴근 후 코딩을 배우러 학원에 간다는 뉴스를 본 적도 있다. 4차 산업혁명 시대와 함께 따라오는 인공지능, 사물인터넷, 클라우드 등 새로운 기술을 이해하기 위해서는 컴퓨터 언어를 알아야 하고 코딩을 하지 못한다면 일자리를 뺏길 수 있다는 극단적인 소견들도 간혹 보인다. 그리하여 컴퓨터 공학 전공 역시 큰 인기를 얻고 있는데, 아무래도 이러한 열풍은 한동안 식을 것 같지 않다. 그렇다면 우리들이 흔히 말하는 미래의 일꾼, 소프트웨어 엔지니어들과 일한다는 것은 어떤 의미일까?

아마존에 입사한 지 얼마 되지 않아 첫 교육으로 런던 오피스에 갔었다. MBA 프로그램을 통해 입사한 직원들에게 전반적인 회사 소개와 함께 업무 팁을 알려주는 교육이었는데, 개인적으로 소프트웨어 엔지니어와 일하는 방법이 가장 기억에 남는다. 소프트웨어 엔지니어. 말 그대로 코딩을 하는 친구들로 지금 아마존의 모든 소프트웨어 시스템을 구축한 존재다. 기존 하드웨어를 만드는 회사에서 소프트웨어 회사로 이직한 나에게 소프트웨어 엔지니어는 꽤나 멀게 느껴졌다. 그들과 어떻게 일해야 최대 효율을 얻을 수 있는지, 어떤 방식으로 서로 의견을 주고받아야 추후 소통으로 인한 문제가 발생하지 않는지 등 꽤나 당연하지만 중요한 내용을 다뤘다. 이 세션이 특히 흥미로웠던 이유는 따로 있다. 회사 차원에서도 PM과 테크 팀의 협업에 얼마나 관심이 많은지를 보여줬기 때문이다.

PM의 3가지 업무

PM은 크게 3가지 업무를 포괄적으로 이해해야 한다. 먼저, 시장을 이해해서 고객 니즈에 맞는 제품을 만들거나, 기존 제품을 시장 흐름에 맞춰 끊임없이 개선하고 발전시켜야 한다. 이렇게 하기 위해서는 세일즈 팀이나 마케팅 팀과 협업해야 하고, 실제 고객과 만나 그들을 이해하고 그들에게 맞는 비전을 제시해야 한다.

두 번째로는 고객의 니즈를 파악해 제품을 만들거나 개선할 때 최고의 고객 경험을 제공하기 위해서 UX 디자이너와 협업해야 한다. 아무리 좋은 의도로 만들어진 제품이라도 사용하기가 어렵다면 시장에서 외면받을 수 있다.

마지막으로는 테크 팀과 일하는 것이다. 고객을 이해하고 훌륭한 UX 디자인을 해도 제품으로 만들지 못한다면 소용없다. 이 모든 상상들을 현실화하는 사람들, 소프트웨어 엔지니어들과 일하는 것 역시 PM의 가장 중요한 업무 중 하나다.

쉽게 설명하기 위해서 예를 들어보겠다. 한 도시에서 다른 도시로 이동할 수 있는 다리를 만든다고 가정해보자. 그렇다면 PM의 역할은 가장 먼저 어떤 도시의 사람들을 어떤 도시로 이동시킬 것인지, 다리를 정확히 어느 위치에 건설할지 고민하는 것이다. 해당 도시에서 살고 있는 사람들의 분포도를 공부할 수도 있고, 그 도시를 찾아가 살고 있는 사람들의 의견을 직접 들을 수도 있다. 다리 위치가 정해지면 다음으로는 UX 디자이너와 함께 어떤 다리를 지을 것인지 고민할 것이다. 한강 잠수교와 같이 아래에는 사람들이 조금 더 편하게 다닐 수 있는 다리를 만들 것인지, 아니면 자동차와 기차만 다닐 수 있도록 할 것인지 말이다. 그렇게 타깃 고객에게 가장 잘 맞는 다리를 디자인했다면 그 다리를 건설하는 사람들과 일을 시작한다. 원하는 디자인을 충분히 설명해서 건설하는 사람들이 놓치는 부분이 없는지 끊임없이 살펴야 한다. 디자인 과정 중 놓쳤던 부분이 있을 수도 있으니 꼼꼼하게 확인해야 한다. 다리가 완성되면 시민들이 실제로 다리의 존재를 알 수 있도록 광고할 필요도 있다. 왜 이 다리를 이용해야 하는지 뉴스 광고를 할 수도 있고, 설득할 수도 있다. 보통 해당 업무를 마케팅 팀, 세일즈 팀과 함께 진행한다. PM에게 한 분야의 전문성을 요구하지는 않는다. 다만 PM은 비즈니스, 사용자 경험UX, 기술Tech을 포괄적으로 이해하고 고객 니즈를 현실화할 수 있도록 비전을 제시하는 사람이다.

우선 PM이라면 비전을 조금 더 효율적으로 실천하기 위해서 기술적인 이해를 갖춰야 한다. PM이 직접 코딩하는 경우는 많지 않지만 (스타트업이나 조금 더 기술적인 회사에서는 실제로 PM이 코딩하는 경우도 꽤 있다고 한다) 기술 디테일에 약한 PM이라면 상상했던 제품과 꽤나 다른 결과물을 맞이할 수 있다. 그러므로 기술적인 질문을 이해할 수 있는 수준이 되기 위해 끊임없이 공부해야 한다.

나는 첫 엔지니어와의 미팅을 잊지 못한다. 그 회의의 목적은 타 국가의 세법을 이해시키고 기존 제품을 어떻게 개선할지 토론하는 자리였다. 그런데 세법을 설명한 다음 문제가 발생했다. 그가 A라는 시스템을 변경해야 할 것 같다며 의견을 물어봤는데, 당시 나는 해당 시스템에 대한 이해가 전혀 없었다. 방향을 제시해야 하는 입장에서 되려 하나하나 물어보며 회의를 마쳤다. 한동안 그 엔지니어의 신뢰를 얻지 못했는데 아마도 그에게 나는 제품을 모르는 PM으로 기억되지 않을까. 그 후 시간이 흘러 제품에 대해 이해했고 그들이 사용하는 언어를 같이 사용하며 조금 더 자연스럽게 회의를 진행할 수 있게 되었다.

PM은 좋은 설계도를 작성하는 데에서 시작한다. 우리는 신규 제품을 개발하거나 기존 제품을 개선할 때 변경 내용을 서류에 작성한다. 그 후 엔지니어들과 서류를 읽으며 왜 그리고 어떤 시스템을 변경해야 하는지 설명한다. 좋은 PM의 글은 명확하고 MECE_{Mutually Exclusive Collectively Exhaustive}(상호 배제와 전체 포괄, 빈틈이 없다는 뜻)하다. 가장 중요한 것은 고객의 입장에서 구체적인 경험을 글로 작성할 줄 알아야 하고, 고객이 경험할 수 있는 수많은 경우를 고려해야 한다. 아마존의 미션은 세상에서 가장 고객 중심적인 회사가 되는 것이다. 그러므로 그 회사의 제품 담당자라면 누구보다 고객에게 집착하고 그들의 입장에 서서 제품을 바라봐야 한다.

이후 제품 개발이 시작되면 PM의 역할에는 약간의 변화가 생긴다. PM은 제품 담당자이지만 상황에 따라 프로그램 담당자_{Program manager} 혹은 프로젝트 담당자_{Project manager}의 역할도 해야 한다. 이는 부서 내 해당 역할을 하는 사람이 있는지에 따라 혹은 담당 제품에 따라 달라진다. 나의 경우 새로운 프로젝트를 진행했을 때 수많은 기존 시스템에 변화를 줘야 했다.

제품이 완성되었다고 해서 테크 팀과의 관계가 끝나는 것은 아니다. 제품을 운영하며 보수 및 유지에도 신경써야 하는데 그보다 먼저 그들의 노고를 인정해줘야 한다. 테크 팀과 같이 근무하다 보면 그들이 얼마나 바쁘고 어려운 문제에 직

면하는지 알 수 있다. 모든 프로젝트가 완료되면 테크 팀의
공로를 인정해주는 것 역시 PM의 중요한 역할이다.

엔지니어와 같이 일하다 보면 어려운 부분도 있다. 대부분
화상으로 회의를 진행하다 보니 소통의 어려움은 항상 존재
한다. 그래서 시간이 날 때마다 연락해 몇 번이고 내 생각을
공유하려 한다. 협업하는 기회가 잦아지면 쿵짝이 잘 맞는 사
이로 발전할 수 있기 때문이다.

15

UX 디자이너와 일한다는 것

/

사용자 경험. UX라는 이 단어를 대학생 시절 처음으로 들었다. 당시 핸드폰이라면 모토로라 레이저폰, LG 초콜릿폰, 조금 힙한 사람은 삼성 아르마니 핸드폰을 썼었고, 국내에서는 김연아 선수의 햅틱이 강타했었다. 흥미로운 것은 그렇게 작지 않은 핸드폰을 들고 다니면서도 반대편 주머니에는 항상 아이팟이 들어있었는데, 지금의 애플에 큰 기여한 아이팟은 그 당시 젊은이들의 필수 아이템이었다. 특히 아이팟에는 클릭 휠이라고 불리는 동그란 원 모양의 컨트롤러가 있었다. 이 장치는 빠른 속도로 수천 개의 곡들 중 듣고 싶은 노래를 찾을 수 있게 해줬다. 그 후 스티브 잡스는 아이폰을 론칭했다. 그는 발표회에서 사용자 경험이라는 단어를 자주 언급하며 터치를 한다는 것이 얼마나 획기적인지 설명했다. 밀어서 잠금화면을 해제하거나 사진을 두 손가락으로 벌리면서 확대하는, 누군가 설명해주지 않더라도 직관적으로 이해할 수 있는 그런 경험들을 예로 들면서 말이다. 직관적인 경험을 선사한다는 것이 얼마나 어렵고 중요한지 나 역시 점차 느끼기 시작했고, 이 작은 경험을 위해서 얼마나 많은 사람들이 고민했을까 생각했다. 그렇게 10년이라는 세월이 흘렀고, 에어팟을 사용하면서 또다시 애플의 고객 만족 정신과 UX 디자이너들의 뛰어난 실력에 감탄할 수밖에 없었다.

대학원을 마치고 나는 부품 관련 제품을 연구했기에 사용자 경험에 대해 직접적으로 고민할 필요가 없었다. 그런데 아마존이라는 소프트웨어 회사에서 PM으로 근무하면서, 멀게만 느껴졌던 사용자 경험이라는 것에 대해 진지하게 고민하게 되었다.

아마존에 입사하고 얼마 되지 않아 UX 디자이너와 처음 일하게 되었다. 그는 아마존에서 근무한 지 12년이 넘는 베테랑이었고, 근속 연수가 10년 넘은 사람들이 받는다는 빨간 배지를 가지고 있었다. 참고로 말하지만 아마존에서 근속 연수를 중요하게 생각하는 사람은 거의 없다. 직급이 있지만 논리가 있다면 누구나 동등하다. 그는 실리콘 밸리에서 유명한 디자인 컨설팅 회사에서 일했기에 그와 어떻게 일해야 할지 감이 오지 않았다. 사용자 경험에 대해서 누구보다 잘 알고 있는 UX 디자이너라면 그냥 그의 말을 따르면 되지 않을까? 사용자 경험에 대해 잘 알지 못하는 내가 과연 이 베테랑의 의견에 반대할 만한 근거를 찾을 수 있을까? 그런데 얼마 지나지 않아서 왜 UX 디자이너와 PM이 협업해야 하는지 알게 됐다.

그는 항상 훌륭한 아이디어들을 제시했고 그 생각들을 구현하는 능력이 있었다. 내가 생각하는 디자인을 글로 적어 설명해주면 그는 얼마 지나지 않아 가상 페이지Mock-up를 만들어냈다. 특히 그는 간결하고 시각적으로도 아름다운 페이지들을 잘 만들어냈는데, 시간이 지나자 점점 아름답기만 한 아이디어들도 보이기 시작했다. 예를 들어 입사 초기 만들었던 페이지의 경우, 세금 및 법률 관련 내용들을 한 페이지에 쉽게 녹여내는 것이 관건이었다. 그런데 그의 간소화된 페이지에는 사용자들이 알아야 할 정보들을 넣을 공간이 없었다. 링크를 제공해 다른 페이지에서 추가 정보를 제공하자고 했다. 고객 경험을 가장 먼저 고민해야 하는 PM이 무작정 그의 손을 들어줄 수는 없었다. 그리하여 페이지의 간소화와 사용자들에게 전문적 지식을 제공하는 것 사이에서 균형을 잡는 것, 그게 내 역할이었다.

전체적인 그림을 봐야 하는 PM은 모든 아이디어를 수용할 수 없다. 모든 일에는 예산 혹은 정해진 리소스가 있다. 특히 소프트웨어 회사에서는 개발자의 시간을 금같이 여긴다. 그들의 시간은 프로젝트 자원이다. 그리고 아마존에서 자원을 이야기한다면 꼭 빠지지 않는 것이 검소함이다. 아마존의 모든 프로젝트에는 꼭 필요한 리소스만 사용하기 때문이다. 그렇다 보니 어떤 것들이 무조건 필요하고(must-have) 어떤 것들은 있으면 좋은지(good to have)에 대해서 끝없이 서로 질문하고 다듬는다. 아쉽지만 UX 디자이너의 멋진 아이디어들 중 있으면 좋지만 꼭 필요하지 않은 아이디어를 걸어내는 게 내 역할이다.

회의에서 그는 무궁무진한 생각들을 자유롭게 털어놓았고, 그의 상상력 덕분에 회의가 산으로 간 적도 자주 있었다. 그럴 때마다 내 역할은 대화를 끊고 주제를 복귀시키며 회의를 진행하는 것이었다. 그리하여 때론 토크쇼 MC가 된 기분이었는데 지금 생각해보면 그 경험들을 통해 조금 더 능숙하게 회의를 진행할 수 있게 되었다.

지난 1년 동안 우리는 끝없는 토론을 했고 수많은 프로젝트를 진행했다. 때론 반대 의견도 있었지만 데이터와 논리를 앞세워 서로를 설득했고, 또 한편으로 서로의 의견 역시 존중해주며 만족스러운 결과물을 만들었다. 덕분에 우리는 새로운 국가에 맞는 서비스를 론칭했고, 서비스 가입 페이지를 새로 만들어 가입률을 기존 대비 50% 이상 증가시키는 놀라운 성과를 내기도 했다.

영어로 서로의 입장에 서서 고민한다는 말을 'put [oneself] in [someone]'s shoes'라고 한다. 말 그대로 남의 입장이 되어 생각해본다는 뜻이다. PM이 지녀야 할 또 다른 덕목 중 하나는 공감능력이다. 무조건 상대방을 이해한다는 것이 아니라 내 제품을 사용할 사람들이 누구인지 끝없이 파악하고 공부해야 한다. 그들의 연령대는 어떻게 되며, 제품을 사용하는 시간대, 기대하는 부분에 대해서 끊임없이 파고들어야 한다.

매니저의 말을 빌리자면 PM은 항상 고객에게 집착해 누구보다 그들을 잘 파악해야 하며, 그 수준이 어느 정도 올라 직감적으로(gut feeling) 그들의 행동을 예상할 줄 알아야 한다고 했다. 현재 나의 제품은 유럽 5개국에 론칭되어 있다. 물리적인 거리는 가깝지만 고객의 특성이 너무 다른 나라들이다. 해당 고객들을 이해하기 위해 직접 전화를 하거나 해당 국가로 날아가서 고객들을 직접 만나기도 한다. 때론 설문조사를 진행해 수많은 사람들의 피드백을 받기도 하고 세일즈 팀의 힘을 빌려 조금 더 구체적인 질문을 물어보기도 한다. 이렇게 쌓인 경험들을 바탕으로 이제 어설프지만 "독일 고객들은 이런 방식을 선호하지 않아" "영국 고객들은 저런 식으로 하는 걸 더 선호할 거야"라며 고객의 소리를 전달한다. 그리고 그 의견들을 잘 조합하여 보편적이지만 각 국가의 특성을 반영한 제품을 만들려고 노력하고 있다. 전문가들 사이에서 고객의 소리를 전달하여 더 좋은 제품을 만드는 것. 그게 PM이 UX 디자이너와 일하는 이유다.

유럽 사람들은 주말에 뭐할까?

유럽에서는 주말에 일하는 것을 상상할 수 없다. 기업에 따라 다를 수도 있지만 적어도 주말에 회사를 간다고 하면 모두들 충격 받을 정도로 주말은 일에서 멀어지는 시간이다. 물론 중요한 일이 있어 주말에 미리 준비하는 경우는 있다. 나도 한 번씩 회사 노트북을 열어야 하는 상황이 생기는데, 이는 강요가 아닌 개인의 선택이다. 예를 들어 다음 주 중요한 회의가 있어 사전에 숙지하고 싶거나 발표 준비가 부족하게 느껴질 때 잠시 일했던 경험이 있다.

나의 디렉터는 자신만의 룰이 있다. 그는 주말과 휴가 중에는 절대로 회사 노트북과 핸드폰을 보지 않는다. 이 시간만큼은 온전히 가족과 본인에게 할애한다. 덧붙여 그는 주말에 되도록 일하지 말라고 항상 말

한다. 매니저 역시 비슷한 생각을 가지고 있다. 그는 주말에 일하는 사람을 굉장히 싫어한다. 팀원 중 누군가가 토요일 오후에 단체 메일에 답장하는 것을 보고 끔찍하게 싫어했다. 그는 이를 이기적인 행동이라고 설명했다. 이러한 행동은 모든 사람들이 쉬어야 하는 주말에 어쩔 수 없이 다른 사람들 역시 노트북을 열어야 하는 악순환을 만든다고. 그러므로 그의 금요일 퇴근 멘트는 매번 비슷하다. "주말 잘 보내. 일하지 말고."

한국에서 근무했을 당시 주기적으로 주말에 출근했다. 누군가의 강요가 있었던 것은 아니었지만 (어쩔 수 없이 출근한 적도 꽤 있었다) 제품 개발 일정을 맞추기 위해서 필요에 따라 출근했다. 주말엔 다른 사람에게 방해받지 않고 내 업무에만 집중할 수 있어서 좋았다. 특히 자유롭게 출퇴근할 수 있다는 점에서 주말 출근이 괴로울 만큼 싫지는 않았다. 삼성에서는 일거리를 밖으로 가지고 나올 수 없었기 때문에 일하기 위해서는 무조건 사무실로 출근해야 했다. 대부분 주말 약속이 저녁에 있었기에 오전에 출근한다는 것이 불편하지는 않았지만 어느 순간부터 누군가의 강요에 의해서 일을 하거나, 업무가 없어도 출근해야 하는 상황이 생기면서 주말 출근에 대한 생각이 바뀌었다. 보여주는 것을 중요하게 생각하는 상사와 일하면서 불필요한 출근이 많아졌다. 팀원들끼리 돌아가며 당번을 정하기도 했다. 심지어 공휴일 또는 명절에도 이어졌는데 중요한 업무가 있다면 이해했겠지만 그러지 않은 상황에서도 이러한 시스템이 유지되는 게 안타까웠다. 주말에 일하는 사람들을 일 잘하는 직원으로 인정해주는 윗사람의 문제일 수도 있고, 윗사람들에게 일 잘하는 직원으로 인정받고 싶어서 일이 없어도 출근하는 사람들의 잘못일 수도 있다. 그나마 다행인 것은 잔업을 줄이기 위한 회사 차원의 다양한 시도 덕분에 주말 출근이 많이 줄어드는 추세라고 한다.

물론 여전히 주말 출근은 존재한다. 월요병을 없애기 위해서는 일요일에 출근하라는 말도 안 되는 소리도 여전하다. 많은 상사들이 착각한다. 주말에 출근하는 직원들을 보며 회사가 바른 방향으로 나아가는구나 혹은 더 많은 일들을 해내고 있으니 경쟁사보다 더 빨리 발전할 수 있겠구나. 허나 실체는 그렇지 않다. 직원들에게 주말 출근을 금지시키되 업무 결과는 동일하게 가져오기를 요청한다면 지금과 큰 차이가 있을까? 없다고 본다. 많은 직원들이 꼭 일이 많아서 주말에 출근하는 것이 아닐 수도 있다는 말이다. 주말 출근을 금지시킨다면 오히려 직원들의 능률은 오를 것이고 회사 차원에서는 잔업비를 부담할 필요가 없어진다. 특히 워라밸을 중요시하는 밀레니얼과 Z세대의 출현으로 더는 주말 출근을 가볍게만 바라봐서는 안 된다.

그렇다면 유럽 사람들은 주말을 어떻게 보낼까? 크게 3가지로 나눌 수 있다.

가족과 친구들을 찾아 떠나는 싱글족

룩셈부르크에는 다양한 국적의 사람들이 살고 있다. 프랑스, 독일, 벨기에, 네덜란드와 같이 4개 국가를 마주하고 있는 이 나라에는 룩셈부르크 국민보다 이방인을 더 쉽게 만날 수 있다. 그렇기에 싱글족들은 주말만 되면 본인의 나라로 돌아가 가족 혹은 친구들과 시간을 보낸다. 같은 팀에서 일하는 동료는 프랑스 파리, 벨기에 나무르 출신이다. 거리가 가까워 금요일 점심 후 짐을 싸고 고향으로 돌아간다. 파리로 돌아가는 친구의 경우 기차에 올라타 회사 노트북을 꺼내 일한다. 그는 이동 중에 일함으로써 퇴근과 동시에 고향으로 돌아간다. 이 친구를 보며 가장 부러웠던 것은 주중에는 업무에만 집중하고 주말에는 일상으로 돌아갈 수 있다는 점이었다. 중요한 일이 있거나 집에서 더 머물고 싶을 때는 매니저와 상의해 이틀 정도 파리 오피스에서 근무하다가 돌아오기도 한다.

아직 자녀가 없는 신혼부부

자녀가 없는 신혼부부는 보통 룩셈부르크에 집을 구매해 아예 정착한다. 아직 자녀가 없기에 조금 더 이동이 수월한 이들은 주말에 여행을 간다. 짧게는 30분에서 멀게는 4시간 거리의 다양한 유럽 국가로 떠난다. 도시에서 10분만 나가도 독일의 아우토반이 기다리고 있고 위로는 벨기에, 네덜란드, 서쪽으로는 프랑스, 남동쪽으로는 독일과 스위스가 있다. 조금 더 멀리 가고 싶은 친구들은 저가 항공편을 이용해 스페인의 작은 섬으로 가서 휴식을 취하기도 하고 그리스의 섬들로 날아가기도 한다. 물론 매주 여행하는 것은 힘들기에 룩셈부르크 내에서도 많은 일들이 벌어진다. 타 부서의 매니저는 요가와 같은 취미활동을 하거나 혹은 친구들과 친목활동을 한다고 했다. 특히 그녀가 추천한 특이한 액티비티는 5개국 맥주 투어Pub crawl다. 아침부터 기차를 타고 프랑스, 벨기에, 네덜란드, 독일의 도시에 방문해 맥주를 마시고 마지막에 룩셈부르크로 돌아와 맥주와 저녁을 먹는 코스라고 했다.

자녀가 있는 부부

룩셈부르크에 사는 사람들은 기본적으로 연령층이 높은 편이다. 이들에게 주말은 가족과 함께 하는 중요한 시간이다. 특히 이들이 출장 가는 방식은 굉장히 신선했다. 대부분 새로운 도시로 출장가게 된다면 주말까지 관광하다가 돌아오는 경우가 많다. 하지만 자녀가 있는 사람들은 월요일 아침에 출국해 금요일 저녁에는 무조건 돌아온다. 디렉터는 주말에 딸들과 케이크를 만드는 시간이 가장 즐겁다고 했다. 직접 만든 케이크를 직원들에게 나눠줬는데 맛을 보면 이게 한두 번 만들어본 솜씨가 아니라는 것을 알 수 있다. 매니저는 딸과 함께 공원을 가거나 친구들의 생일파티에 참석한다고 했다. 자녀가 좋아할 것 같은 놀이를 같이 하거나 친한 친구 부모님과 교류하며 지낸다고. 친척이 룩셈부르크에 사는 경우 그들에게 주말은 함께 모여 맛있는 점심을 먹거나 차를 마시며 근황을 묻는 시간이다.

유럽에도 월요병은 있다. 수요일을 험프 데이Hump day라고 하는데 마치 언덕의 정상을 찍은 것처럼 남은 이틀만 더 고생하면 주말이 온다는 의미다. 그렇게 주말이 되면 스트레스를 없앨 수 있는 방법을 찾아 떠난다. 그것이 여행이든 사랑하는 사람들과 함께하는 시간이든 말이다. 하지만 나같은 이방인들에게 유럽에서의 주말은 외로운 시간이다. 물론 여행을 가면 되지만 매주 먼 곳으로 떠날 수 있는 것도 아니기에 때론 이틀 동안 그 누구와도 대화할 기회가 없을 때도 있다. 다행히 이 곳에서 만난 사람들과 여행을 자주 다니고 있다. 최근에는 벨기에 수도원에서 만든 맥주를 마셨고 유럽 소도시를 방문하기도 했다. 여행을 가지 않을 경우 운동을 하거나 밀린 집안일을 하며 시간을 보낸다.

3장

어떻게 일하며 성장할 것인가

01

동료의 신뢰를 얻는다는 것

/

연초 다면평가 결과를 매니저와 함께 읽어본 적이 있다. 익명으로 작성된 수많은 평가들 중 나의 강점으로 자주 등장한 아마존 리더십 원칙은 신뢰 얻기Earn trust다. 아마존 사이트에선 이를 'Leaders listen attentively, speak candidly, and treat others respectfully. They are vocally self-critical, even when doing so is awkward or embarrassing. Leaders do not believe their or their team's body odor smells of perfume. They benchmark themselves and their teams against the best'라고 설명한다(출처: Amazon.jobs).

해석하면 다음과 같다. 리더는 경청하고 솔직하게 말하며 다른 사람들을 존중한다. 또한 자신에 대해 비판적이다. 그게 어색하고 불편할 때라도 말이다. 리더는 자신과 팀의 실수를 합리화하지 않는다. 리더는 항상 최고에 비춰 자신과 팀을 벤치마크한다.

많은 사람과 협업하는 PM은 다른 부서원들의 신뢰를 얻는 게 굉장히 중요하다고 매니저는 말했다. 다른 사람들의 신뢰를 얻는다? 과연 타인의 신뢰를 얻는다는 것은 무엇이고 나는 이를 위해서 어떠한 노력을 했는지, 그리고 최근 이 원칙에 의문이 들기에 나의 경험을 이야기하고자 한다.

소통

가장 기본적인 신뢰는 소통으로 형성된다. 나는 입사 후 매니저가 담당하던 회의들을 넘겨받았다. 법무 팀, 세무 팀과의 회의를 진행하며 유럽 세법에 대해 토론했고 이를 바탕으로 제품 개선 방향을 구체화시켰다. 또 다른 회의에선 세일즈 팀으로부터 피드백을 받았는데 고객을 유치하는 데 어려움은 무엇이고 어떤 제품을 개발해야 고객의 어려움을 최소화시킬 수 있을지 알 수 있었다. 입사 초기 복잡한 세금 용어들과 줄임말이 난무하던 회의는 항상 나를 힘들게 했다.

사람들의 단어 하나하나에 집중해 회의록을 작성했으며

"내가 잘못 알아들은 게 없는지 확인해줘" 간절한 마음으로 공유했다. 회의록에는 피드백과 더불어 개선 및 요청사항들 그리고 다음 행동Next action item에 대한 설명을 적었다. 특히 세일즈 팀의 목소리가 제품 개선에 도움이 된다는 점은 그들에게 큰 동기가 되었고 덕분에 그들의 신뢰를 얻을 수 있었다.

소통 없이 신뢰를 얻는다는 것은 쉽지 않다. 세일즈 팀과의 원활한 소통을 위해서 3가지를 노력했다. 첫 번째로 듣고 또 들었다. 초반엔 배우는 입장에서 열심히 들었고, 나중에는 그 경험들의 소중함을 잘 알고 있었기에 항상 감사하며 들었다. 실제로 세일즈 팀의 피드백은 현재 제품에 많이 녹아 있고 제품 향상에도 큰 도움이 됐다.

두 번째로는 솔직함이다. 많은 세일즈 팀원들이 자신이 접한 고객의 불만사항을 토대로 제품 개선을 요구한다. 이는 국가별 그리고 고객별로 다양하다. 그러나 아쉽지만 제품 담당자의 시간과 자원은 한정적이어서 전부 들어줄 수는 없다. 그렇기에 최대한 객관적으로 피드백을 보고 그들의 요구사항을 들어주지 못할 경우 수치와 함께 그들에게 설명한다.

"네 피드백에 대해서 자세히 살펴봤는데, 제품 개선을 위해서는 얼마의 자원이 필요할 것 같아. 하지만 우리가 얻을 수 있는 결과가 그것보다는 작아서 현재 우선순위에는 포함시키지 못할 것 같아. 좋은 피드백 고맙고 혹시 우선순위에 변동이 생기면 제일 먼저 공유할게."

요구사항이 매번 반영되지 않으면 말하는 입장에서도 불만이 생길 수 있지만, 수치가 뒷받침된다면 대부분 잘 이해해 줄 것이다.

마지막으로 가능하면 메일을 늦지 않게 보내기 위해 노력한다. 직장인은 종일 메일과 씨름하며 하루를 보낸다. 회의로 메일을 빠르게 답하지 못하는 경우가 많은데, 그렇기에 효율적으로 메일을 처리하는 전략이 필요하다. 나는 노트북과 핸드폰을 이용해 최대한 메일을 자주 확인하려 한다. 그 다음 언제까지 회신해야 하는 메일인가, 얼마나 깊게 고민해야 하는 메일인가에 대해서 정리한다. 우선순위를 부여하는 작업이다. 그리하여 오늘 회신해야 하는 메일 중 바로 보낼 수 있는 것은 망설임 없이 보내고, 고민이 필요한 경우 이동 중 혹은 모든 미팅이 끝나고 답변한다. 이런 식으로 오늘까지 회신해야 하는 메일을 전부 해결하고 퇴근하는데, 이렇게 메일의 우선순위를 정하면 메일이 쌓이는 것을 최소화할 수 있다.

협조

입사한 지 3개월 정도 됐을 무렵, 담당 제품을 다른 국가에 론칭하게 되었다. 제품에 대한 전반적인 이해만 있을 뿐 동료들과 대화하면 항상 어색한 공기가 흐르던 시기였다. 제품 론칭 경험이 전무한 내가 어떻게 동료들의 신뢰를 얻고 프로젝트를 성공적으로 마칠 수 있었을까?

제품을 론칭하기 위해서는 수많은 팀과 상황을 고려해야 한다. 자주 소통하며 문제가 될 만한 부분들은 사전에 확인하는데, 어느 회사나 그렇듯 빠듯한 일정을 맞춰야 했다. 하루는 가까이에 위치한 부서가 일정을 맞추기 어렵다는 소식을 전해왔다. 해당 부서의 업무가 마무리되지 않는다면 제품을 일정 내에 론칭할 수 없었기에 해당 부서의 업무들을 내게도 나누어 달라고 요청했다. 개인주의가 강한 미국 회사에서 일을 돕는 게 신기했는지 그 친구들은 "우리는 이제 형제 부서야"라며 고마움을 표현했다. 결과적으로 늦은 저녁까지 함께 일하며 제품을 성공적으로 론칭할 수 있었고 짧은 기간에 많이 친해졌다. 이 모든 일들을 지켜보던 매니저는 일손이 부족할 때 도움을 주며 좋은 신뢰를 쌓은 것 같다며 나를 칭찬했다.

모든 직장인들에게는 KPI가 있고 우리는 이를 달성하기 위해서 각자의 방향으로 달린다. 때론 같은 방향, 때론 반대 방향으로 떠나는데, 혹시라도 같은 방향으로 가는 사람이 있다면 먼저 손을 내미는 것도 좋은 방법이다. 하지만 추후 다른 경험들을 하면서 배려가 항상 좋은 결과를 낳는 것만은 아니라는 것을 깨달았다. 호의가 계속되면 권리인 줄 아는 사람들과 일해봤기 때문이다. 특히 업무를 자진해서 할 경우 일을 좋아서 하는 사람이라고 오해할 수 있다. 실제로 이렇게 생각하는 사람들 꽤 많다. 그러므로 호의를 베풀기 전, 받는 사람이 어떤 사람인지 그리고 혹시라도 당신을 단순한 기버Giver로 보는 게 아닌지 고민해야 한다.

항상 협조하는 사람이라는 타이틀

동료의 실수로 담당 프로젝트를 멈추고 계획을 전체 변경해야 하는 상황이 있었다. 그는 미안하다는 말을 반복하며 이해해주기를 바랐다. 그가 바쁜 일정 중에도 나의 프로젝트에 도움을 주고 있다고 생각했기 때문에 필요 이상으로 그의 일을 도와주었다. 그리고 거기에서부터 금이 가기 시작했다. 그는 업무 납기일을 맞추지 못하더라도 내가 도와줄 것이라고 생각하고 있었다. 그리하여 본인에게 더 중요한 업무에 집중하며 나의 프로젝트를 아주 가볍게 생각했다.

이 경험을 통해서 항상 협조하는 사람이라는 타이틀이 썩 좋지만은 않다고 느꼈다. 그렇다면 우리는 어떻게 일해야 할까? 그런 고민을 하던 중 매니저가 일하는 방식에 대해서 생각해봤다. 그리고 해답의 실마리를 찾을 수 있었다. 매니저는 모두가 인정하는 사람이다. 임원들도 그의 말을 굳건히 믿는다. 그와 나의 업무 스타일을 비교해보니 가장 큰 차이점이 있었다. 그는 공과 사를 구분한다. 쓸데없는 농담을 하기보다 직설적이고 효율적인 방식을 택하는데 이는 아마존의 업무 프로세스를 누구보다 잘 이해하고 활용하는 것이다.

아마존에서는 상부보고escalation를 잘 활용해야 한다. 최근까지도 나는 이를 마치 매니저에게 이른다는 느낌이 있어 쉽게 활용하지 않았지만, 이제는 우선순위 정하는 방식 중 이보다 더 좋은 방법은 없다고 생각한다. 다른 부서에서 일정을 맞추지 못할 경우 원인을 파악하고 만약 그 이유가 적절하지 못하면 그 사람의 매니저를 포함해 다시 연락한다. 어차피 모두가 바쁜데 그 사람의 사정을 고려하며 혼자 스트레스 받는 것보다는 윗사람에게 보고해 그들이 결정하게 하는 게 더 효율적이다. 그리고 이와 같은 방식을 자주 사용하는 나의 매니저를 두고 나쁜 사람이라고 말하는 사람은 없다. 오히려 많은 사람에게서 신뢰를 얻고 있다.

매니저와 식사하면서 최근 경험을 이야기한 적 있다. 이번 경험을 통하여 신뢰를 얻는다Earn trust는 것이 참 어렵게 다가온다고 말을 건네자 그는 답했다. "나도 참 힘들었어. 이를 이해하는 데 몇 년은 걸린 것 같아. 내가 줄 수 있는 팁은 공과 사를 구분하는 것이 가장 중요한 것 같아. 어설프게 다른 사람들을 배려해 프로젝트에 영향을 주는 것보다 때로는 조금 나쁜 사람의 모자를 쓰고 그들을 대하는 게 너 그리고 상대방에게 더 좋을 수 있어."

신뢰를 얻는다는 것. 소통과 협조를 통해 얻을 수도 있겠지만 그 상대가 누구인지에 따라서 유연하게 접근해야 한다. 항상 상대방의 상황을 이해하는 것보다 조금 가혹하더라도 큰 그림을 위해 결정할 수 있어야 하지 않을까.

02

다툼은 어디에도 있다

/

기업의 목적은 분명하다. 대표, 직원, 주주 모두 기업에 기대하는 것 역시 확실하다. 하지만 막상 그 조직 속으로 들어가보면 부서마다 달성하고자 하는 목표는 다를 것이고, 예상치 않던 부서 간 잡음이 들린다. 슬프게도 기업 내 부서들이 모두 사이 좋게 협업하는 것은 힘들다. 큰 목표는 같을지 몰라도 팀내 세부적인 목표는 서로를 걸림돌로 만들기도 한다. 직장인이라면 누구나 겪어본 부서 간 불협화음.

나 역시 타 부서 덕분에 스트레스를 받을 일들이 정-말 많다. 고객사에 30일 내로 샘플을 제출해야 할 일이 있다면, 부서 A는 일정을 넉넉히 잡은 뒤 15일 내로 필요하다며 부서 B를 닦달한다. 덕분에 부서 B는 주말까지 반납하면서 일정을 맞췄는데, 막상 부서 A가 느긋하게 일하는 것을 보며 허탈감을 느낀다. 이런 일들이 반복적으로 일어나면 부서 간 신뢰는 무너진다. 모든 요청들이 거짓으로 보이고, 평소에는 아무렇지 않게 도와줄 일들도 꺼려지게 된다. 물론 사이가 좋은 부서들도 많다. 서로의 업무량을 사전에 고려하고, 관련 부서가 해결하기 벅차다고 느껴진다면 소매를 걷어붙이고 (영어로 자주 표현하는 방식으로는 roll up your sleeves) 협업하는 부서들도 있다. 조금만 서로를 이해하여 사이 좋게 일하는 간단한 해법이 있는데도 왜 모든 부서들은 좋은 관계를 맺지 못하는 것일까? 바로 서로가 서로의 업무를 파악하지 못하기 때문이다.

사람은 자신이 하는 일이 가장 힘들다고 생각한다. 쉬는 시간에 사내 카페나 휴식 공간에 가보면 종일 핸드폰 게임을 하는 사람, 다른 직원들과 계속 커피를 마시러 오는 사람들도 흔히 보인다. 왜 똑같은 월급을 받으면서 그 사람들은 편하게 일하고 나는 온갖 스트레스를 받아가면서 일해야 하는 것일까? 왠지 그 사람들이 부럽고 밉기도 하다. 이 사람들이 나와 동일한 고과를 받는 것도 마음에 안 들고, 회사가 돌아가는 속도가 오늘따라 느려 보이는 이유는 그들 때문인 것 같다. 하지만 만약 당신이 이런 생각을 하고 있다면 이건 오해일 수 있다. 그들 역시 힘들게 일하다가 조금 자유로운 하루일 수도 있고, 다른 결과를 기다리거나 타 부서와 협의하는 중일 수도 있다. 보이는 게 전부가 아니다. 실제로 그 사람들이 어떤 업무를 하는지 경험해보는 게 그들을 이해하기 위한가장 좋은 시작일 수 있다.

예전 타 부서에서 "아니 이 녀석들은 도대체 일을 하는 거야?"라며 우리 프로젝트를 퇴짜 놓았던 차장님이 있었다. 덕분에 개발 일정은 항상 지연되었고 차장님을 설득하는 게 프로젝트에서 가장 힘든 일이었다. 그 후 누군가 임원 간담회에서 이 문제를 흘러가듯이 이야기했고, 사태를 파악한 임원들 역시 로테이션을 적용해보자는 의견을 내렸다. 기존에 진행하고 있는 일들을 멈추고 부서를 옮기라고? 한 곳에서 진득하게 일하는 게 전문성을 높인다고 생각하던 우리들에게는 청천벽력 같은 소리였다.

결국 그 차장님이 우리 부서에 오셨다. 굉장히 혁신적인 인사이동이었다. 물론 1년짜리 로테이션이었지만 그 차장님은 본인이 가장 반대하던 프로젝트를 이끌어야 하는 사람이 되었다. 시간이 지나 여쭤보니 우리 부서의 이미지는 뭔가 일은 크게 벌리지만 막상 일하는 사람이 아무도 없는 부서였다고 한다. 하지만 그렇게 6개월이 지났고, 그 차장님은 우리 부서에서 실무에 가장 뛰어드는Hands-on 인력이 되었다. 윗사람들이 아랫사람들에게 업무 지시만 하는 모습을 보고 본인은 다르다는 것을 보여주기 위해서 몸소 실무를 진행했다. 이는 실무자들에게 충격으로 다가왔는데, 기존의 상사들과 다른 모습을 보여준 그의 모습에서 서로에 대한 오해를 풀고 더 열심히 일할 수 있었다. 시험적으로 진행된 로테이션 프로그램은 성공적이었다. 기존의 부서로 돌아간 차장님은 개발 팀의 업무 방식을 완벽하게 파악했고 실무자들에게 도움이 되는 방향으로 업무를 진행했다. 가장 협조적이지 않았던 사람이 가장 협조적인 사람으로 변하는 마법. 직접 그 일을 해보면 된다. 서로의 입장이 되어서 일을 해보면 이해관계를 형성하는 것은 시간문제다.

사내 로테이션의 강력한 영향력

사내 로테이션의 영향력은 강력하다. 각 부서의 업무를 파악하는 데 로테이션만큼 좋은 방법은 없다. 인재를 채용하고, 그 직원이 어느 정도 성과를 낼 때까지 많은 시간이 필요하다. 그 기간 동안 잘 적응할 수 있도록 회사에서는 지원을 해주는데, 왜 굳이 팀을 옮겨서 일을 다시 배워야 할까? 어떻게 보면 경제적인 측면에서 논리적이지 않은 생각이다. 그럼에도 왜 로테이션이 좋다고 하는 것일까?

로테이션에는 다양한 장점이 있다. 우선 새로운 일을 함으로써 동기부여가 된다. 아무래도 우리 모두 사람인지라 같은 업무를 반복적으로 하면 지루해진다. 특히 개인 발전에 갈증이 깊은 밀레니얼에게 로테이션은 좋은 해결책이 될 수 있다. 새로운 사람들과 일하면서 자극을 받을 수 있고, 본인의 역량을 늘리면서 많은 희열을 느낄 수 있다.

또한 로테이션은 사내 정보 교류를 활성화시킨다. 각 부서마다 가지고 있는 장점 혹은 단점들을 경험함으로써 이를 기존 부서에 적용할 수 있다. 장점이란 부서마다 사용하고 있는 소프트웨어가 될 수도 있고, 회의 방식일 수도 있다. 이와 같이 잦은 교류를 통해 더 좋은 부서로 거듭날 수 있다.

마지막으로는 네트워킹이다. 결국 인간관계다. 국내외 기업 모두 사람을 얼마나 잘 알고 있냐에 따라 협의 속도가 달라진다. 한 번이라도 술을 기울인 타 부서 사람들과 일할 경우 잡음도 없고, 서로를 도와주려고 노력하는 모습들을 쉽게 볼 수 있다. 이렇게 로테이션을 통해 친분을 쌓게 된다면 더 사이 좋게 일할 수 있지 않을까?

물론 단점도 있다. 개인의 전문성 때문에 로테이션을 꺼려할 수도 있다. 결국 스페셜리스트Specialist vs. 제너럴리스트Generalist 방향을 결정해야 한다. 본인의 방향이 리더십인지 아니면 테크니컬 어드바이저Technical advisor인지 고민해보는 게 중요하다. 리더십이라면 전반적인 회사의 그림을 볼 수 있어야 하기 때문에 로테이션을 통한 제너럴리스트가 좋을 수도 있고, 그게 아니라면 한 분야의 전문가가 되는 것도 좋은 방법이다. 사람마다 목표가 다르기에 회사는 이를 존중해주며 프로그램을 지원해야 한다. 무작정 "다른 부서로 가!"가 아닌 "로테이션 하고 싶은 사람 있나요?"라며 모든 직원에게 선택권을 주는 것이 중요하다.

아마존 역시 로테이션 프로그램을 적극적으로 지원한다. 직원이 원하는 경우 다른 업무를 할 수 있도록 회사에서 많은 지원을 해준다. 나는 현재 아마존 MBA Leadership Program 이라고 하여 1년 반마다 부서를 옮겨 다양한 경험을 하는 프로그램에 참여 중이다. 물론 말도 안 되는 부서로 이동하는 것은 아니다. 동일한 포지션을 유지한 채 다른 팀으로 옮길 수도 있고, 혹은 동일한 팀에서 다른 포지션으로 이동도 가능하다. 이는 전적으로 직원이 결정하는 문제다. 심지어 개인적인 이유로 다른 나라에서 근무하고 싶다면 변경도 가능하다. 친하게 지내던 타 부서 친구는 시애틀로 부서를 이동했고, 나와 자주 일하는 세금 전문가는 룩셈부르크에서 근무하다가 "이제 어디서 살아보지"라는 고민 끝에 파리로 이동했다.

일에 치이다 보면 서로를 이해할 만한 여유가 없다. 직원들의 만족감을 높이기 위해서 일을 줄이거나, 사람을 더 채용해서 일을 분담하는 것이 가장 좋은 방안이지만 이는 현실적으로 어렵다. 그렇다면 이와 같은 프로그램들을 도입해서 서로를 이해하는 것은 어떨까? 회의를 하러 가는 게 전장에 나가는 마음가짐이 아닌, 친한 동료들과 프로젝트 방향을 정하기 위해서 편한 마음으로 갈 수 있다면 업무 결과는 확연하게 달라질 것이다.

03

닮고 싶은 나의 상사

/

첫 상사를 잊을 수 없다. 어리바리한 이십 대 초반의 나에게 일을 가르치고 가치관을 형성해준 분인데 어찌 쉽게 잊을 수 있으랴. 좋은 상사, 유능한 상사를 만나는 것도 운이다. 훌륭한 상사에게 배운 일에 대한 자세는 쉽게 잊히지 않는다. 하지만 반대로 운이 나쁘면 어떨까? 우리는 쉽게 주변에서 상사에 대한 불평을 들을 수 있다. "우리 부장은 꼰대야." "우리 차장은 자기가 하기 싫은 거 있으면 다 넘기고 결과만 챙겨." 상사에 대한 불만들은 주변에서 쉽게 접할 수 있지만 막상 좋은 상사들에 대한 이야기는 별로 없다. 분명 우리 주변에는 칭찬받아 마땅한 상사들도 있다. 그렇다면 어떤 상사가 좋은 상사일까? 내가 만났던 닮고 싶었던 상사들을 이야기해보고자 한다.

나의 첫 상사는 진정으로 후배를 아꼈고 일도 잘했다. 특히 나중에 팀원이 생긴다면 어떻게 대해야 할지 리더로서 좋은 본보기를 보여줬다. 그를 만난 건 행운이라 생각한다. 그는 부서원들에게 기회를 자주 제공했다. 개발 성과를 발표할 때도 본인이 나서기보다는 업무를 담당한 부서원들에게 기회를 줬고 뒤에서 지원하는 역할을 자처했다. 내가 경험해본 결과 이런 리더와 일할 경우, 부서원들은 그런 리더를 존경할 뿐만 아니라 더 성실하게 일한다. 리더 역시 윗사람들로부터 부서 관리 능력이 뛰어난 사람으로 인정받을 수 있다. 또한 그는 문제가 생기면 앞장서 부서원을 변호해주었다. 좋은 상사는 과연 어떤 사람일까? 동기를 부여해주는 상사가 아닐까 싶다. 월급이 동기를 부여해줄 수도 있지만 동료들과 의지하는 것 역시 동기부여가 된다.

아마존에서 만난 상사는 앞서 경험한 상사와 전혀 다른 성향을 갖고 있었다. 그는 프랑스인으로 아마존에서도 일을 잘하기로 소문난 사람이다. 많은 사람들이 그의 업무 능력을 높게 평가하고 인맥도 넓어 그를 모르는 사람이 없다. 그의 장점은 회의 중 본인의 의견을 짧지만 임팩트 있게 말하는 것인데, 상사들 역시 그의 의견을 들으면 매번 고개를 끄덕거리며 귀 기울인다. 이렇게 업무적으로 뛰어난 그에게서 닮고 싶은 점들은 무엇일까.

다시는 늦게까지 일하지 마

워라밸이 좋다는 유럽에서 새벽까지 일한 적이 있었다. 관리하는 제품에 문제가 발생했는데 하필 다음 날 보고가 있었다. 원인 파악과 해결책을 찾기 위해서 어쩔 수 없이 야근을 했는데 모든 일을 마무리하고 보니 새벽이었다. 당시 입사한 지 얼마 되지 않았기에 상사의 성향을 잘 몰랐지만 '내일 출근하면 칭찬받겠지'라는 흐뭇한 마음으로 잠들었다. 그러나 예상과 달리 상사는 막 출근한 나를 회의실로 불러 왜 늦게까지 일했는지 물었다. 당황한 나는 보고를 위해서 어쩔 수 없었다고 답했다. 그러자 그는 "네가 이런 식으로 일하지 않았으면 좋겠어. 우리가 제품의 문제를 알고 있는 게 중요한 거야. 물론 해결책을 찾아야지. 하지만 이런 식으로 일하는 건 바라지 않아"라고 했다. 그 후 회의에서 상사는 이렇게 대답했다. "어제 퇴근 전 이 문제를 확인했습니다. 현재 ABC와 같은 현상이 확인되는데 우리는 XYZ방식을 통해 해결하려고 합니다. 예상하는 버그 해결 완료 시점은 XX 시간 후이고 해결 후에는 DEF와 같은 방식으로 영향을 받은 분들에게 설명할 것입니다. 추후 문제 방지를 위해서 우리는 QQQ를 준비하고 있고 MMM을 적용할 것입니다." 전날 늦은 시각까지 찾았던 자료 없이 회의 참석 인원들을 안심시켰다. 그는 업무 시간을 지켜야 한다는 것을 알려줬다. 그 후 상사는 한동안 출근 때마다 "어젯밤 늦게까지 일한 거 아니지?" 퇴근할 때는 "집에 가서 일할 거 아니지?"라며 나를 놀려댔다.

네가 실망시킬 사람들을 생각해봐

하루는 상사가 일이 많지는 않은지 물어본 적이 있다. 그러면서 그는 평소 본인이 일하는 방식에 대해 설명해줬는데 그 중 우선순위의 중요성에 대해서 이야기했다. "일을 하면서 모든 사람을 만족시킬 수는 없다. 시간을 지키지 못한 업무도 있을 것이고 메일 답변이 늦을 수도 있다. 그런데 상사 입장에서 너희들이 그러는 게 당연하다고 생각한다. 다만 일을 할때는 100명 중 어떤 90명을 실망시킬지 잘 고민하고 일하면 좋겠다. 그리고 그 사람들을 실망시키는 게 맞는 건지 끊임없이 돌이켜보며 10명에게만 집중한다면 조금 더 편하게 일할 수 있을 것이다. 그 10명 중 때론 직속 상사가 없을 수도 있다. 그럴 때 너무 눈치 보지 않고 네가 맞다고 믿는다면 그렇게 밀고 나가."

그가 했던 이 말은 매일 아침 노트북을 열 때마다 되새기고 있다. 실망시킬 사람들을 결정한다. 그게 우리가 복잡한 회사 생활에서 평점심을 유지하는 방법이고 워라밸을 유지하는 방법이 아닐까 싶다.

모든 피드백을 귀담아듣지 마

아마존에서는 상사 평가만큼 같이 일하는 동료, 부하 직원, 타 부서 등 많은 사람들의 의견을 듣고 다면 평가를 한다. 나역시 다면 평가를 받아본 적 있다. 수습기간이 끝나고 상사와 평가 결과를 같이 읽어보았다. 다행히 대부분 좋은 평가 결과가 나왔는데 그중 눈에 띄는 피드백이 있었다. 뭐가 중요한지 모르는 것 같다는 식의 글이었는데 읽자마자 누가 쓴지 알 수 있었다. 당시 담당하던 프로젝트가 있었기 때문에 그 사람의 업무에 많은 도움을 줄 수 없었다. 그렇기에 그가 쓴 글이라는 걸 쉽게 알 수 있었다. 물론 그 사람의 입장에서 생각해 보면 도움을 주지 않기 때문에 부정적으로 평가할 수 있다.

그러므로 이 의견을 겸허하게 받아들이려고 했는데 되려 상사는 "네가 누군가의 피드백은 항상 감사하게 생각했으면 좋겠어. 그런데 모든 내용을 마음에 담아두진 마. 아마존의 모든 직원들은 개인 목표가 있어. 이 사람의 피드백은 본인의 목표에 도움을 주지 않아서 이런 피드백을 준 것 같아. 너는 우리에게 필요한 일을 한 것임으로 이 피드백은 감사하게 받아들이되 너무 귀담아듣지 마. 지금 충분히 잘하고 있어"라고 했다.

그와 함께 일하며 배운 것들이 많다. 먼저 그에게서 준비의 중요성을 아주 철저하게 배웠다. 나는 아직도 그와 회의하기 전에 긴장을 한다. 그는 질문에 꼬리를 물어 내용을 파악하는데 수많은 질문에 답하지 못할 경우 어색한 시간들을 보내게 된다. 덕분에 회의에 앞서 논의할 내용들을 노트에 적고 질문할 수 있는 내용들을 대비한다. 이렇게 하면 자신감이 생길 뿐만 아니라 사전에 스스로 질문함으로써 놓칠 수 있는 부분들도 보완할 수 있다.

두 번째로 그는 나의 글쓰기 선생님이다. 그는 아주 높은 수준의 필력을 자랑한다. 실제로 그가 작성한 글을 읽는 회의에서는 "정말 좋은 글이다"라는 칭찬을 자주 들을 수 있다. 그는 나 역시 비슷한 수준의 글쓰기를 요구하며 자세한 피드백을 준다. 초안을 보내면 "정말 좋은 글이야. 내가 간단하게 코멘트를 썼어"라고 회신을 주는데 막상 문서를 열어보면 새로 작성해야 할 정도로 많은 문제가 발견된다. 이와 관련하여 그는 "처음에 습관을 잘 들여놓으면 항상 좋은 글을 쓸 수 있다"고 말했고 그 혹독한 트레이닝 덕분에 남의 글을 읽을 때 꽤나 깐깐하게 보는 습관이 생겼다. 이런 꼼꼼함은 토론에서도 이어지는데, 그는 중요한 이야기를 완벽히 이해할 때까지 질문한다. 덕분에 나 역시 주제가 불분명할 경우 계속 파고드는 습관을 얻게 됐다(때론 상대방을 너무 피곤하게 할 수 있어 자제하기도 한다). 그는 정말 완벽주의자다. 덕분에 항상 긴장하고 피곤한 회사 생활을 하고 있지만, 나는 깐깐한 나의 상사가 너무 좋다. 배울 수 있는 상사와 일한다는 것은 직장인으로서 큰 축복이다.

창조는 모방의 어머니라고 했던가. 어려서부터 나는 남들을 관찰하고 흉내 내는 것을 좋아했다. 농구를 잘하는 선배들의 슛 폼을 따라했고 글을 잘 쓰는 친구의 글씨체를 흉내 냈다. 멋진 억양으로 대화하는 선배들의 악센트를 연구했고 최대한 나의 것으로 만들려고 노력했다. 물론 실패도 많이 했다. 아마 이 모든 것들이 쌓여 지금의 내가 되지 않았을까.

우리는 수많은 상사들을 마주한다. 매번 상사가 마음에 들 수는 없겠지만 그들은 우리보다 많은 경험을 했고 숨겨진 능력치를 갖고 있다. 그러므로 무작정 색안경을 쓰고 보기보다는 그들의 장점은 무엇인지 관찰하고 그것들을 내 것으로 만들기 위해 노력해야 한다. 그렇게 노력하면 나 역시 더 좋은 사람이 될 수 있지 않을까 생각하면서 말이다.

04

일 잘하는 신입사원

/

프로젝트가 끝났다. 2019년 말부터 시작해 수많은 장애물과 마주하며 겨우 세상에 선보인 이 프로젝트는 나에게 또 다른 경험을 선사했다. 그것은 바로 신입사원과 함께 일한 것이었다. 중간에 UX 디자이너가 퇴사하면서 신입사원으로 인력이 대체되었고, 코딩을 담당하는 소프트웨어 엔지니어 역시이 영역에 처음 발을 디딘 사람이었다. 그들은 기존에 근무하던 동료들과 다르게 패기와 열정이 넘친다는 장점이 있었지만 또 한편으로는 디테일에 약한 모습을 보여주며 잦은 시행착오를 겪기도 했다. 나 역시 이들로 인해 좋은 자극을 받았고 신입사원과 일하는 방법에 대해 많은 것을 깨달을 수 있었다. 그렇다면 일 잘하는 신입사원이 되기 위해서는 어떠한 자세가 필요할까?

　신입사원은 그 존재만으로 큰 역할을 한다. 드라마 〈미생〉에서 갓 입사한 장백기는 역량을 발휘할 기회가 주어지지 않는다는 점에서 스트레스를 받아 하는 반면 비슷한 처지의 장그래는 때론 엉뚱하고 실수도 하지만 기발한 아이디어를 제시하며 인정받는 모습을 보여준다. 과연 장백기는 일을 못하는 신입사원이라고 할 수 있을까? 회사는 신입사원이 입사하자마자 미래 먹거리를 제시할 것이라고 기대하지 않는다. 이제 막 사회로 발을 내딛으며 뭐든지 할 수 있을 것 같은 자신감과 스펀지처럼 모든 지식을 빨아들일 준비가 되어 있는 신입사원들의 입장에서는 답답할 수 있겠지만, 회사는 사실 크게 기대하지 않는다. 오히려 이 기간을 통해 앞으로 잘 배우기를 바랄 뿐이다.

　삼성에서 근무했던 부서는 신입사원이 자주 들어오지 않았다. 그렇기 때문에 후배나 인턴이 입사하면 부서 분위기가 급격하게 변했다. 열정적인 신입사원이 입사하면 업무를 알려주는 입장에서도 건강한 긴장을 하게 된다. 신입사원이 물어보는 내용에 답을 할 수 있어야 하는데, 제대로 답하기 위해서는 공부가 필수다. 단순히 후배를 가르치는 것 이상으로 많은 것을 배울 수 있다.

게다가 신입사원은 편견이 없다. 회사에 익숙해지면 할 수 있는 일과 할 수 없는 일을 구분하게 된다. 그리하여 새로운 아이디어라도 내가 할 수 없는 일이라고 판단되면 외면하기 마련이다. 이럴 때 신입사원의 편견 없는 시선이 좋은 아이디어가 되기도 한다.

내가 경험한 아마존과 삼성의 차이는 신입사원에게 성과를 기대하는 시점이었다. 삼성의 경우 상사마다 다르겠지만 선배들의 업무를 하나씩 넘겨받으며 본인의 일을 잘할 수 있도록 체계적인 도움을 받을 수 있었다. 하지만 알아서 배워야 하는 아마존의 경우 최소한의 정보를 주고 그 이후부터는 스스로 터득하기를 기대했다. 여섯 장짜리 Launch Plan(어떤 업무를 담당하게 될 것이고, 어떤 성과를 기대하며, 누구와 함께 일해야 하는지 설명된 글)이 전부였던 입사 첫 주는 꽤나 당혹스러웠다. 매니저는 "앞으로 세 달 동안 네가 성과를 낼 것이라고 기대하는 사람은 아무도 없어"라며 부담을 덜어주었고, "이 기간을 최대한 잘 살려서 모르는 것들이 있으면 질문하고 모든 정보를 빨리 네 걸로 만들어"라는 조언도 했다.

입사 초기, 질문이 있으면 이메일을 통해 답을 얻을 수 있었고, 회의 중 멍청한 질문을 해도 괜찮았다. 이 기간은 친절한 동료들과 배울 점이 많은 매니저들을 보며 나 역시 열심히 따라가려고 노력했다. 하지만 3개월이 넘어가는 시점부터 분위기가 달라졌다. Launch plan에는 입사 3개월부터 6개월까지 달성해야 하는 일들이 자세히 적혀있었는데, 그 시점부터는 기존 동료들과 비슷한 성과를 내기 위해 열심히 달려야 했다. 또한 안락지대에서 벗어나는 시기기도 하다. 영어로는 흔히 'Step out of your comfort zone'이라고 한다. 본인이 평소에 갖고 있는 배움의 속도에서 벗어나야 하고 프로젝트의 답을 얻기 위해서는 한계를 뛰어넘는 행동을 해야 한다. 어느 회사의 방식이 옳다고 생각하지는 않는다. 회사마다 차이가 있을 수 있으니 본인이 속한 환경이 어떤 곳인지 잘 고민해볼 필요가 있다.

그리고 삼성에서나 아마존에서나 일 잘하는 신입사원들은 공통된 모습들을 보여줬다. 약간 꼰대 같은 발언일 수 있지만 그래도 공통점을 추려보았다.

같은 질문을 세 번 이상 하지 않는다

학습장을 만들어라. 원노트와 같은 프로그램을 통해 업무를 정리하는 사람들도 있다. 그런 방식이 더 효율적이라면 스스로에게 맞는 방식을 택하면 된다. 여기서 중요한 것은 적어도 신입사원 기간 중에는 배운 내용들을 정리하는 습관이 필요하다는 점이다. 신입사원들은 초반에 수많은 지식들과 마주한다. 내용이 워낙 다양하고 많다 보니 바로 이해하지 못하고 선배를 찾아가 다시 질문할 수밖에 없다. 물론 성격이 괴팍한 사람이 아니라면 그런 후배의 행동에 토를 달지 않겠지만, 그 다음에도 똑같은 질문을 하게 된다면? 아무리 성격 좋은 사람이라도 과연 이 사람이 내 말을 제대로 듣고 있는 걸까 하는 의문을 품을 수 있다. 이 상황을 사전에 방지하기 위해서 노트에 정리할 것을 추천한다. 퇴근 전 배운 내용들을 다시 정리해 추후 노트를 펼쳐봤을 때 바로 이해 가능한 족보를 만드는 것이다. 별거 아닌 것 같지만 생각보다 이런 노트를 갖고 있는 신입사원들이 없다. 그리고 배운 내용들 중 이해하지 못한 내용이 있을 경우 노트와 함께 선배를 찾아가라. 본인이 이해하고 있는 내용이 맞는지 질문한다면 열정 있는 후배로 충분히 눈도장 찍을 수 있다.

프로세스를 이해한다

회사마다 그리고 부서마다 프로세스가 있다. 예산을 정하기 위해서는 무엇을 해야 하는지, 협력업체와 일하기 위해서는 어떻게 해야 하는지 등 일의 순서를 이야기하는 것이다. 신입 기간 중에는 많은 프로세스들을 이해하기 위해서 시간을 할애해야 한다. 예를 들어, 새로운 제품을 개발하기 위해 사전에 어떤 준비를 해야 하고, 누구의 승인을 받아야 하며, 실제 프로토타입을 만들기 위해서는 누구와 진행해야 하는지, 선배들의 어깨너머로 배우며 기록해두자. 생각보다 프로세스를 이해하는 사람들이 많지 않다. 회사의 프로세스를 정확히 이해하고 있고 실천하는 사람들은 신뢰를 받을 뿐만 아니라 일을 잘 아는 사람으로 인정받는다.

두세 번 확인한다

이 역시 생각보다 많은 사람들이 놓치고 있다. 이메일을 작성할 때 혹은 서류를 작성할 때 두 번 그리고 세 번 확인하라. 오타는 없는지, 부적절한 단어를 사용하진 않았는지 그리고 메일을 읽어볼 사람은 누구이며 전달하고자 하는 메시지는 간결하게 표현됐는지 확인해보자. 예전에 메일을 작성하는

데 5분이 걸렸다면 5분만 더 투자해 업무의 질을 높이는 것이다. 특히 회사생활 초반에 습관을 잘 들인다면 이는 평생 큰 도움이 된다. 잊지 말자. 별생각 없이 보내는 메일이라도 상대방에게는 당신을 평가할 수 있는 유일한 수단일 수도 있다.

롤모델이 있다

회사에는 많은 롤모델이 있다. 단순히 일을 잘하는 사람뿐만 아니라 대인관계가 좋은 사람, 메일을 잘 쓰는 사람, 회의 진행을 잘하는 사람 등 배울 점이 있는 사람들이 굉장히 많다. 상황에 맞게 배울 점이 많은 사람을 잘 찾는 것도 좋은 방법이다. 나의 매니저 역시 항상 롤모델을 찾으라고 조언한다. 그 사람과 비슷한 퀄리티의 업무를 하기 위해 노력하다 보면 얼추 비슷하게 따라갈 수 있다.

반대로 배울 게 없는 선배라도 주의 깊게 바라보는 것 역시 중요하다. 만약 정말 배울 게 없는 사람이라면 왜 배울 점이 없는지에 대해서 고민해보고 그와 같은 사람이 되지 않기 위해서 노력해야 한다. 만약 누구를 롤모델로 삼아야 할지 모르겠다면 가까운 선배에게 물어보자.

간단한 구두 보고도 정리한다

직장인이라면 누구나 보고를 한다. 가까운 선배에게 할 수도 있고 임원 보고를 할 수도 있다. 그러므로 본인이 하고 있는 일을 보고하는 방법에 대해 고민해봐야 한다. 일주일 동안 하고 있는 업무를 상사에게 보고한다고 가정해보자. 그렇다면 이번 주 업무들을 열심히 나열하며 떠드는 것보다 우선순위를 바탕으로 정리하는 것이 효과적이다.

"이번 주 우선순위 업무는 A를 론칭하는 것입니다. 저번 주 진행한 테스트를 통하여 기존 X%에서 Y%로 상승한 것을 확인했습니다. 이를 통해서 제가 배운 것은 C입니다. 제품은 수요일 오후 1시 론칭 예정입니다." 이와 같이 본인이 업무를 얼마나 잘 이해하고 계획을 잘 세웠는지 보여주는 것이 중요하다. 사전에 예상 질문을 준비하고 가능하면 보고 내용에 포함시키는 것도 좋은 방법이다.

일 잘하는 신입사원과 그렇지 않은 사람의 차이는 종이 한 장 차이다. 그 한 끗 차이가 점차 큰 차이로 벌어진다. 그렇기 때문에 초반에 좋은 습관을 만들어가는 것이 중요하다. 그 종이 한 장 차이를 극복하기 위해서는 약간의 여유와 완벽을 추구하는 자세가 필요하다. 당연하지만 우리가 잊고 사는 그것들. 새로운 환경에 적응하느라 정신없겠지만 여유를 갖고 자신의 모습을 돌아보자.

05

배움에는 끝이 없다

/

회사 동료에게 큰 변화가 생겼다. 나보다 높은 직급인 그는 항상 바쁜 스케줄에 쫓기면서도 훌륭한 결과를 냈고 깔끔한 업무 처리로 주변 사람들의 신뢰를 한껏 받고 있었다. 그런데 다른 매니저 한 명이 퇴사하면서 자연스럽게 그 팀을 흡수하게 된 것이다. 본인의 역량을 발휘할 수 있는 기회가 주어진다는 것은 신나는 일이지만 기존 업무량이 워낙 많던 그였기에 나는 약간 걱정이 되었다. 그와 식사하면서 "이제 더 정신 없어지겠네. 괜찮겠어?"라고 질문하자, 그는 웃으며 대답했다. "Of course. I think this is an exciting opportunity to expand my horizons. What more can I ask?(물론. 이번 기회로 많은 것들을 배울 수 있는데 뭘 더 바라겠어?)" 엷게 미소 짓는 그를 바라보며 그가 진심으로 이 기회를 반기고 있다는 것을 느꼈다.

우리는 태어난 순간부터 끝없는 배움과 마주한다. 조그마한 치아들로 이유식을 씹고 천장만 바라보다가 작지만 무거운 몸을 뒤집는다. 다리에 약간의 힘이 생겨 어딘가에 기대어 일어나고, 수천 번 넘어져도 다시 일어나 걷기를 배운다. 어느덧 세월이 흐르면 초등학교에 입학해 작은 사회의 일원이 되어 살아가는 법을 터득한다. 그렇게 우리는 사회에 나오기 전까지 다양한 경험과 지식을 습득한다. 그리고 많은 사람들이 신입사원이 될 때 마치 다시 어린아이로 돌아가는 경험을 한다. 평소에는 눈을 감은 상태로 할 수 있는 복사나 컴퓨터 작업들이 신입사원이 되어 마주하면 이상하게 어렵다. 그만큼 신입은 새로운 환경에 들어와 긴장한 상태로 일을 배우는 기간이다. 일을 대하는 자세를 배울 수 있는 아주 중요한 시기다.

나는 첫 사회생활에서 배워야 할 것들이 너무 많았다. 한국어로 회의를 진행하는 것도 어색했고 매일같이 쌓여가는 이메일을 한국어로 답변하는 것 역시 힘들었다. 많은 신입사원들이 그렇듯 전달하고자 하는 내용이 글에 담겨 있을까 걱정하며 이메일을 쓰는 데 많은 시간을 할애했다. 오랜 외국 생활로 인해 혹시 무례한 행동을 하지 않을까 조심스러웠다. 모르는 것들은 선배에게 질문했고 배운 것들은 다시 복습했다.

삼성은 직원 교육에 투자를 많이 하는 회사다. 연수기간을 통해서 상대방을 대하는 에티켓부터 효율적인 업무 프로세스들을 배울 수 있다. 상사가 누구냐에 따라 다르겠지만 좋은 선배들을 만나 전문 지식들을 배웠고 그 덕분에 제품을 잘 이해할 수 있었다. 회사 차원에서도 개인의 능력에 따라서 많은 기회를 제공하기 위해 노력하고 있다. 전문성을 기르기 위한 대학원 진학 프로그램도 있고, 글로벌하게 사고하는 인재를 늘리기 위해 해외 연수 프로그램도 제공하고 있다. 실제로 많은 사람들이 일을 배우기 위해서 삼성에 입사한다고 말할 수 있을 정도다.

그렇게 약 3년 정도가 흘렀을까. 어떤 메일을 받아도 크게 당황할 일이 없었고 어떤 질문을 받아도 막히는 일이 줄어들었다. 학습곡선에서 흔히 볼 수 있듯이 나 역시 배움의 속도가 더디어지는 것을 경험했다. 아무래도 비슷한 일을 자주 하다 보니 팀이 바뀌지 않은 이상 변화가 없었다. 물론 회사생활은 만족스러웠다. 동료와의 관계도 만족스러웠고 일이 손에 익어 효율성을 고민할 수도 있었고 성과를 내는 과정에서 뿌듯함을 느끼기도 했다. 그러나 그와 동시에 한 가지 생각이

들었다. 앞으로 더 배울 게 없으면 어쩌지?

당시 많은 일이 탑다운 방식이었고 그렇기에 제품의 방향성에 대해 고민할 필요가 없었다. 장점으로는 큰 스트레스 받지 않고 위에서 원하는 제품을 만들면 되었고 단점으로는 내가 담당하는 제품임에도 불구하고 주인의식을 갖기가 쉽지 않았다. 물론 상사가 올바른 제품의 방향성을 알고 있다면 탑다운은 경쟁사보다 더 빠른 속도로 성장할 수 있도록 돕는다. 허나 업무에 대한 편안함과 동시에 무심코 찾아온 배움에 대한 두려움. 아마 그것이 퇴사를 처음으로 고민하게 만들었다.

삼성에서 5년간 근무하면서 어떻게 일해야 할지 배웠고 이는 실제로 아마존에서 근무하면서 큰 도움이 되었다. 다만 나는 궁금했다. 과연 다른 기업, 다른 국가의 사람들은 어떤 생각을 갖고 일하는지.

그렇게 입사한 아마존에는 새로운 배움이 있었다. 리더십 원칙 중 하나인 항상 배우고 호기심을 가져라(Learn and be curious)에서 알 수 있다시피 아마존이 원하는 리더들은 배움을 멈추지 말아야 하고 발전을 위해 노력해야 한다. 리더들은 항상 새로운 가능성에 대해 호기심을 가져야 하고 이를 위해 끊임없이 움직여야 한다.

삼성은 결과물을 효율적으로 낼 수 있는 프로세스들이 잘 정립되어 있는 반면에, 아마존은 매번 백지에서 시작한다. 이를 보통 'Dealing with ambiguity'라고 표현하는데 우리말로 하면 불확실성 돌파다. 나 역시 수많은 시행착오를 겪으면서 나만의 프로세스를 만들어가고 있다.

아마존 역시 회사 차원에서 배움을 장려하기 위해 노력하고 있다. 삼성과의 가장 큰 차이로는 부서원들에게 부서 이동을 장려하는 점이다. 흔히 부서 로테이션이라고 하는데 일정 부서에서 더 이상 배움이 없다고 느낄 때 새로운 경험을 장려하는 것이다. 물론 원하는 부서로 모두가 갈 수 있는 것은 아니다. 해당 부서에서 원하는 경험을 충족시켜야 하고 내부 인터뷰를 통해 결정된다. 물론 전문성을 걱정할 수도 있다. 허나 이와 관련해 아마존은 직원 개인에게 결정권을 준다. 전문성에 집중해 빠르게 진급할 수도 있고 원한다면 진급은 느리지만 다양한 경험을 할 수도 있다. 개인이 결정해야 하는 문제이고 아마존에서는 이를 아마존의 커리어 개발이라고 한다.

로테이션에도 단점은 있다. 관계자들의 잦은 부서 이동으로 막상 남아있는 사람들은 새로운 사람에게 일을 가르치면서 업무를 진행해야 한다. 그러나 로테이션은 직원들에게 동

Work hard, Have fun, Make history는 아마존 슬로건이다.
복도나 식당 곳곳에서 이 슬로건을 찾아볼 수 있다.

기를 부여하고 좋은 영향을 준다.

나의 매니저는 "아마존의 업무 방식을 이해하고 편안하게 일하는 데 약 3년이 걸렸던 것 같아. 그만큼 앞으로 새로운 것들을 자주 접하게 될 것이고 이를 배우기 위해서 많은 노력을 했으면 좋겠다"고 말했다. 회사가 배움의 기회를 제공하는 것도 물론 중요하겠지만, 배움을 멈추지 않고 새로운 도전을 하게 만드는 환경을 만들어주는 것도 중요하다.

06

번아웃과 마주하는 법

/

최근 세계보건기구World Health Organization, WHO가 번아웃Burn-out을 질병으로 분류할 것인지에 대해 세계적인 관심이 쏠렸다. WHO는 결국 번아웃 증후군을 질병이 아닌 직업적 증상이라고 결정했지만, 번아웃이 우리 일상에 침투하여 많은 사람들을 괴롭히고 있다는 대목을 잘 보여주었다. 번아웃 증후군. 네이버 지식백과에 따르면, 의욕적으로 일에 몰두하던 사람이 극도의 신체적, 정신적 피로감을 호소하며 무기력해지는 현상이라고 한다. 전력을 다해 나아가는 사람들에게서 주로 발견된다는 이 증후군은 모든 게 소진된다는 뜻의 'Burn-Out'이라는 용어를 사용한 것으로부터 유래되었다.

바쁘지 않은 직장인은 없다. 누구나 자신의 업무가 가장 많다고 여긴다. 나 역시 바빴던 시기가 있었다. 인력 충원을 하지 않아 8명이 하던 업무를 3명이서 했던 적도 있었고, 화장실 가는 시간을 줄여가면서까지 일한 적도 있었다. 지금 와서 생각해보면 쓸데없는 걱정이었지만 프로젝트에 영향을 줄 것 같아 휴가를 쓰지 못했던 적도 많았으며, 설 연휴엔 고향이 아닌 회사로 향한 적도 있었다. 덕분에 나 역시 번아웃 증후군까지는 아니지만 때때로 무기력해지거나 예민해졌다. 특히 성과를 동료나 선배에게 뺏겼을 때나 업무의 끝이 보이지 않을 때가 그랬다. 〈파이낸셜 타임즈〉에 따르면 번아웃의 기본적 원인은 원하는 모습과 현실과의 괴리에서 온다고 한다. 특히 업무량, 자율성, 보상 시스템, 주변 동료의 관계 및 업의 공정성에서의 괴리가 있을 때 번아웃을 경험한다고 했다.

누구나 일이 힘들어 그로 인한 스트레스로 번아웃을 경험할 수 있다. 하지만 WHO 그리고 정신건강 의학계에서는 왜 번아웃을 질병으로 분류해야 할지 고민하는 걸까? 누군가는 배부른 소리를 한다고 말할 수 있고 더 큰 스트레스를 겪은 예전 세대에 비하면 나약하다고 생각할 수 있다. 하지만 회사도 열심히 일하던 직원이 어느 순간 열의 없이 일을 대하는 모습을 원치 않을 것이다. 특히 밀레니얼 세대와 Z세대들을 마주해야 하는 상황에서 단순하게 참고 일하라는 말은 더는 그들을 설득할 수 없다.

이 점을 잘 인지하고 있는 국내 기업들은 직장 스트레스를 개선하기 위해 많은 노력을 하고 있다. 자율출퇴근제를 도입하여 출퇴근 시간에 대한 스트레스를 완화하기 위해 노력하고 있고, 몇 년 전부터는 퇴근 후 삶의 중요성도 강조하고 있다. SK에서는 격주로 주 4일 근무제를 도입함으로써 직원들의 행복을 우선으로 하겠다고 했다. 이런 실험적인 모습들은 직장 스트레스를 최소화하고 직원들의 행복 증진을 통해 생산성을 향상하려는 모습이다. 그만큼 직장인들에게 중요한 화두로 자리 잡은 번아웃 증후군. 과연 유럽 사람들은 어떻게 마주하고 있을까?

"미안하지만 미팅에 참석하지 못할 것 같아. 오늘 저녁에 우리 아들 축구 경기를 보러 가야 하거든."

디렉터와 매니저의 대화를 우연히 듣게 되었다. 급한 저녁 미팅이 잡혀 매니저는 디렉터가 참석할 수 있는지를 물어보았다. 하지만 캘린더를 확인한 디렉터는 아들의 축구 경기를 보러 가기로 약속했기 때문에 회의에 참석할 수 없을 것 같다며 미안하다는 말을 전했다. 어떤 회의인지 그리고 누가 참석하는지 알 수 없었지만 내 입장에서도 놀라운 대답은 아니었다. 매니저 역시 "선약이 있었다면 가야지. 그럼 내가 알아서 처리할게"라고 말했다. 유럽 사람들은 본인의 업무가 중요한 것만큼 회사 밖 개인의 삶에도 큰 무게를 둔다. 각자 본인들의 방식으로 휴식을 하거나 행복을 찾으려고 한다.

매니저 역시 자신만의 번아웃 방지법이 있다. 그는 분기마다 휴가를 가지 않으면 스스로 지칠 수도 있음을 잘 알고 있다. 그리하여 분기마다 휴가를 가는데, 정말 중요한 일이 아닌 경우 핸드폰을 보지 않는다. 그는 갓 입사한 나를 앉혀놓고 비슷한 이야기를 한 적 있다. "번아웃을 피할 수 있는 본인만의 방법에 대해서 잘 생각해봐. 만약 나처럼 주기적인 휴가를 가는 게 좋겠다면 그렇게 하고, 그게 아니라면 다른 방법을 찾아봐." 휴가를 권장하는 매니저의 모습에 당황했지만 그가 했던 말은 진심이었고, 일을 해보니 왜 번아웃을 방지하는 게 중요한지도 이해할 수 있었다. 그는 평일 혹은 주말에도 자신만의 삶을 즐기기 위해 노력한다. 스트레스 해소법을 잘 알고 있고 이를 실천하기 위해서 꽤나 노력하는 스타일이다. 최근 회의 시간을 변경하는 것 관련해 약간의 마찰이 있었다. 이 회의는 유럽 기준으로 금요일 저녁에 진행되었는데, 이로 인해 유럽 팀들의 참여율이 저조했고 날짜를 변경하자는 의견들이 많았다. 그러자 미국 담당자는 화요일 저녁 7시로 변경하는 게 어떻냐고 연락했는데, 이를 들은 매니저는 "너무 늦어. 안 돼"라며 단호하게 거절했다. 누군가에게는 야근을 꺼려하는 사람으로 보일 수 있겠지만, 그는 매해 평균 이상의 성과를 내는 사람으로 늦게까지 일하며 워라밸이 붕괴하는 것을 지양한다.

한번은 프로젝트를 진행하다가 타 부서의 업무 지연으로 문제가 발생한 적이 있었다. 때마침 아일랜드로 휴가를 다녀오려고 했던 시기였다. 타 부서의 업무가 끝나지 않았기에 결과에 지장을 주지는 않았지만, 이런 상황에서 휴가를 가는 게 꺼려졌고 결국 자발적으로 출근했다(매니저는 휴가를 가려고 했다는 것도 모른다). 그리고는 어떻게든 일을 무마하려고 정신없이 뛰었는데, 반대로 매니저는 차분한 모습이었다. 분명히 그에게도 중요한 프로젝트였는데 그는 어떻게 마음의 평화를 유지할 수 있었을까? 그리고 달라지는 것이 없는 상황에서 왜 나는 휴가를 가지 않았을까? 결국 스트레스를 받아들이는 태도의 차이다. 매니저는 타 부서에 잘못을 묻고 본인이 결과를 바꿀 수 없다면 굳이 스트레스를 받지 않는다. 일을 하다 보면 모든 일들이 예상대로 흘러가지 않는다. 때로는 예상치도 못한 곳에서 문제가 발생하고 때로는 동료들이 기대 이하의 결과물을 가져오기도 한다. 그럴 때마다 스트레스를 받아들이는 방법, 그리고 이를 해소하여 번아웃까지 가지 않게 하는 방법에 대해 고민해봐야 한다.

열정을 잃지 않고 일하는 법

"너무 즐겁지 않아? 나는 내년 프로젝트가 너무 기대돼." 아마존에서 일한 지 10년이 넘은 동료는 진심으로 내년 프로젝트에 대한 기대감을 표출했다. 많은 사람들이 동일한 회사에서 비슷한 종류의 프로젝트를 하다 보면 지치거나 흥미를 잃게 된다. 업무가 더 이상 어렵게 느껴지지 않을 수도 있고, 지루함을 느낄 수도 있다. 하지만 입사한 지 10년이 넘었다는 것을 보여주는 빨간 배지를 차고 있는 그는 오히려 회사 업무가 너무 즐겁다며 만족감 넘치는 표정으로 맥주잔을 들이밀었다.

나는 열정을 잃지 않고 일할 수 있을까. 주인의식을 갖고 새로운 어려움과 마주할 때마다 머리를 맞대어 해결책을 찾는다는 건 즐거운 일이다. 하지만 과연 나는 10년 후에도 같은 마음을 갖고 있을까? 잘 모르겠다. 직원들이 이런 생각을 한다는 것을 아마존도 잘 알고 있다. 그렇기에 로테이션 프로그램을 제공하는 것이다. 하지만 팀을 이동한다고 해서 직원들의 열정이 식지 않을 수 있을까? 그건 아니다. 아마존은 회사 차원에서 스트레스의 원인에 대해서 고민한다. 예를 들면 업무량에 대한 고찰이다. 아마존은 정말 일이 많다. 일을 끝내고 퇴근하겠다는 생각을 애초에 할 수가 없다. 일에는 끝이 없고 원한다면 얼마든지 더 할 수 있기 때문이다. 업무를 끝내는 것을 퇴근의 기준점으로 삼으면 안 된다. 그리하여 우리는 무한대의 업무 중 본인 역량과 우선순위에 맞는 업무를 정한다. 매니저는 객관적인 입장에서 업무량을 정해준다. 이런 점에서 매니저의 역할이 특히 중요하다. 업무가 많아 부하 직원이 번아웃되면 그건 업무량을 잘 정하지 못한 매니저의 잘못이기도 하다.

또한 아마존은 업의 공정성이 잘 갖춰진 편이다. 막내가 한 일을 선배가 가로채지 않는다. 실무자들이 박수 받는 분위기다. 흥미로운 점은 이러한 분위기는 회사 차원에서 구축한 것이 아닌 개인들의 양심에서 비롯된다는 점이다.

두 팀이 동일한 고객을 상대하는 업무를 담당한다고 가정해보자. 그렇다면 그들은 누가 먼저랄 것 없이 자발적으로 역할 분담을 한다. 식탐 많은 누군가가 닭다리부터 집어 드는 것이 아닌 본인의 몫을 공평하게 정한다. 상사는 부하 직원의 공을 가로채지 않는다. 부하 직원이 인정받는 게 곧 매니저로서 역할을 잘한 것이라고 생각하기 때문이다. 그 덕분에 서로의 공에 욕심내지 않으면서 업의 공정성을 유지하고 있다.

마지막은 주변 동료와의 관계다. 아마존은 미국 기업이다 보니 수평적인 분위기가 잘 녹아있다. 임원과도 이름으로 인사하고 상사라고 무조건 어려워할 필요가 없다. 퇴근 후 가볍게 맥주를 마시거나, 술을 마시기 싫다면 싫다고 이야기해도 어색해지지 않는다. 특히 이들과 지내면서 좋았던 것은 직급과 상관없이 각자의 삶을 존중해주고 사생활을 침범하지 않기 위해서 노력하는 모습들이었다. 부하 직원이라고 하여 가볍게 대하지 않고 어느 정도 거리를 유지하며 서로를 존중해준다.

SNS에서 한동안 떠돌아다니던 글이 있다. 구글에서는 "만약 공항에 종일 갇혀 있어야 한다면, 과연 그 동료는 같이 있고 싶은 사람인가?"라고 묻는다고 한다. 그런데 다행히 나의 동료들은 같이 있어도 즐거운 사람들이다. 같이 있으면 즐거

우나 공과 사를 구분하며 서로 존중하는 그런 관계. 어렵겠지만 불가능한 것도 아니다.

유시민 작가의 《어떻게 인생을 살 것인가》를 보면 그런 대목이 있다. 한 평생을 살아오며 스스로 삶을 설계하지 않았다고 고백한 그는 앞으로 마음의 소리에 귀 기울이며 살아가고 싶다고 했다. 이는 번아웃을 마주하는 그리고 앞으로 마주할 사람들이 새겨야 하는 메시지가 아닐까. 마주한 결과가 예상과 달라서 갖게 되는 실망감은 환경의 문제일 수도 있겠지만, 한편으로는 스스로를 돌보지 못한 우리의 문제일 수도 있다. 때론 우리가 어느 방향으로 달리고 있는지 그리고 그 끝에서 기다리고 있는 결과가 예상과 다르진 않는지 충분히 성찰하는 시간이 필요하다. 그렇게 마음이 내는 소리에 귀 기울여 보는 것이 번아웃을 방지하기 위한 첫걸음일 것이다.

어려운 결정을 내리다

/

삶은 결정의 연속이다. 눈을 뜨는 순간부터 어떤 옷을 입을지 결정하고, 세상 어렵다는 삼시세끼 메뉴를 매일 골라야 한다. 학업을 마치면 어떤 업계에 뛰어들지 고민하고, 어떤 회사에서 역량을 펼칠 수 있는지 비교한 다음 이력서를 제출한다. 그 후 마음에 들지 않는다면 큰 위험을 감수하면서 새로운 도전을 결정한다.

내가 걸어온 길에도 수많은 고민과 결정이 있었다. 매번 좋은 결정을 한 것은 아니다. 때론 돌이킬 수 없는 실수를 하여 한동안 이불 킥 했던 적도 많다. 다행히 대부분 만족스러운 결정이었다. 그런데 우리가 내려야 하는 결정은 개인의 삶에만 있는 것이 아니다. 학교 졸업장을 받고 사회에 나오면 결정을 내려야 할 상황이 더 많이 발생한다. 특히 회사라는 환경은 우리에게 수많은 선택과 결정을 요구한다. 간단하게는 어떤 프로젝트를 우선순위에 둘 것인지부터 복잡하게는 어떤 협력업체와 일할 것인지 결정해야 한다. 그리고 그 결정을 잘 내리는 사람이 일을 잘하는 사람이라는 타이틀을 얻게 된다.

"뭘 이런 것까지 보고해. 그냥 네가 알아서 해." 회사 생활을 하다 보면 보고하는 게 정말 어려운 일이라는 것을 알게 된다. 어디까지 보고하고 어디까지 혼자서 일해야 하는지 결정하는 것부터 어렵다. 혹시라도 모든 일을 보고하거나 결정을 부탁한다면 우유부단하다는 평가를 들을 수 있다. "옆 부서 박 대리는 혼자서 잘 해내는데 너는 왜 매번 질문하냐?" 화내는 상사가 있을 수도 있고, 그 압박에서 벗어나기 위해서 내린 잘못된 결정 때문에 시말서를 써야 할 수도 있다. 이렇게 작지만 어려운 결정들. 과연 아마존에서는 어떻게 결정을 내릴까?

아마존에서 결정 내리는 법

첫 번째로 가장 흔한 방법은 결정을 상사에게 맡기는 것이다. 아마존 입사 후 받았던 교육에는 매번 'escalation'이라는 단어가 등장했다. 상사에게 어려운 결정을 해달라고 요청하는 것이다. 업무 우선순위를 정하지 못할 때 "타 부서에서 이런 일을 해달라고 하는데 나는 지금 너무 바빠. 정말 내가 하고 있는 일들을 내려놓고 이 일을 도와줘야 할까?"라고 상황을 설명하고 결정을 대신 요청한다. 처음에는 이런 질문을 해도 된다는 문화가 꽤나 새로웠다. 보통 이런 질문을 하면 "뭘 이런 것까지 물어보고 그래?" 혹은 "그냥 다 하면 안 되나?"라는 역질문을 받을 것이라고 생각했기 때문이다. 그런데 아마존에서 상부보고escalation를 안 하면 오히려 이상하다고 생각한다. 매니저라면 본인이 담당하는 직원이 어떤 일을 하고 있는지 알아야 하고, 혹시라도 잘못된 우선순위로 업무를 진행하다가 정작 중요한 일들을 놓치게 된다면 이 역시 매니저의 잘못이다. 그러므로 어려운 결정을 해야 한다면 주저하지 말고 매니저에게 메일을 전송하거나 매주 진행하는 1:1 미팅에서 보고하면 된다. 그러면 매니저는 "혹시 이 일을 하는데 30분 이상이 소요된다면 하지마. 그렇게 중요한 일 아니니까"라며 확실한 결정을 내려줄 것이다.

상부보고는 타 부서와 반대 의견이 있을 때 적극적으로 사용된다. 타 부서에서 A를 주장한다고 가정해보자. 그런데 내가 보기엔 B가 더 효율적이고 고객에게 더 좋은 경험을 제공할 것이라고 생각한다. 그렇다면 우선 주장을 밑받침해줄 데이터를 찾는다. 그런 다음 상대방에게 이 데이터를 공유하면서 설득한다. 하지만 아마존은 반대 의견에 관대한 문화를 갖고 있기에 다른 이유로 다시 반대할 수 있다.

그럴 경우 아마존에서는 나의 매니저와 상대방의 매니저에게 메일을 보낸다. "우리는 이런 이유로 반대 의견을 갖고 있다. 너희가 결정을 내려줬으면 한다"라고. 그러면 매니저들끼리 대화를 나눠볼 것이고 그래도 결정되지 않을 경우 다시 상부보고를 한다(대부분 매니저 레벨에서 결정된다). 이런 방식을 통해서 서로의 주장을 펼치되, 스트레스를 줄일 수 있다.

두 번째로 아마존의 리더십 원칙으로 돌아가는 것이다. 아마존에서는 14가지의 리더십 원칙을 정말 중요하게 여긴다. 아마존을 이루는 가장 기본적인 테마로 대부분의 직원들이 이를 믿고 업무에 적절하게 적용하고 있다. 아마존은 정말 원칙이 지켜지는 곳이다. 특히 아마조니언들은 중요한 결정을 내릴 때 리더십 원칙을 되새기며 모든 사항들을 충분히 고려했는지 돌이켜본다. 새로운 서비스 론칭 전 우리는 아마존의 기본 원칙인 '고객에게 집착한다Customer obsession'에 대해서 다시 생각해본다. 이 제품을 론칭함으로써 고객들이 아마존에서 최고의 경험을 할 수 있는지, 그들의 입장에서 질문하는 것이다. 또 다른 예로는 '신속하게 판단하고 행동하라Bias for action'라는 원칙이 있다. 21세기와 같이 급변하는 세상에서 리더들은 빠른 결정을 내릴 줄 알아야 한다. 그렇기에 너무 고민하여 중요한 시기를 놓치는 것보다, 되돌릴 수 있는 결정을 내려야 한다. 최악의 상황을 대비해 결정하는 것이다. 이런 결정 방법을 영어로는 'two way door'라고 한다. 물론 이런 과정을 통해서 실패할 수도 있지만, 모든 상황을 원래대로 돌이킬 수 있다면 가만히 서서 중요한 무언가를 놓치는 것보다 시도하는 게 더 낫다.

아마존의 리더십 원칙을 읽다 보면 결정 전, 과연 이게 최선인지에 대해서 고민하게 된다. 처음에 이 원칙을 들었을 때 '과연 얼마나 사용하겠어?' 하며 콧방귀를 뀌었다. 하지만 실제로 이 원칙들을 통해서 배운 점들이 많고, 이는 지금의 아마존을 만들어준 가장 기본적인 원칙들이다. 실제로 제프 베조스는 사이트에 올린 14가지 리더십 원칙을 설명하는 단어 하나하나에 엄청난 심혈을 기울였다고 한다.

마지막으로 직감을 믿어라. 어려운 결정을 하는데 왜 직감을 따라야 하는지 많은 사람들이 의아해할 수 있다. 하지만 살아오면서 우리는 수많은 결정들을 했고 경험을 통해 직감이라는 게 자리한다. 물론 주식 투자에 있어 직감을 믿으라고 말하고 싶지는 않지만, 직장 내 인간관계 혹은 일하면서 마주하는 선택들을 대할 때는 직감이 더 정확할 수 있다. 아마존은 데이터로 이루어진 회사다. 수많은 데이터들을 기반으로 옵션들을 나열하고 최선의 결정을 내린다. 그런데 왜 직감을 믿어야 할까?

나의 매니저는 초반에 이런 말을 한 적 있다. "좋은 PM이라면 가까이해야 할 것들이 몇 가지 있어. 우선 데이터. 아마존에는 수많은 데이터가 있고 이를 잘 활용하는 것은 엄청난 힘이 될 거야. 두 번째로 고객들. 아마존은 고객을 위한 회사이기 때문에 네 제품의 고객이 누군지 알고 있어야 하고 그들의 소리에 항상 귀 기울여야 해. 마지막으로는 직감이야. 네가 PM이라면 때론 데이터가 설명하지 못한 직감을 믿어야 해. 그리고 그 직감을 얻기 위해서는 수많은 경험을 하는 수밖에 없지."

예전에 스티브 잡스는 이런 말을 한 적 있다. "Customers don't know what they want until we've shown them." 우리

말로 번역하면 다음과 같다. 고객들은 본인들이 뭘 원하는지 우리가 보여줄 때까지 모른다. 예를 들어 마차가 활보하던 시기에 지금 고객들에게 필요한 게 무엇이냐고 물어본다면 자동차가 아닌 더 빠른 마차일 것이다. 스마트폰이 나오기 전 학생들에게 찾아가 원하는 통신장비가 무엇이냐고 물어본다면 그들은 터치가 가능한 핸드폰이 아닌 문자를 더 보낼 수 있게 알을 더 달라고 요구할 수도 있다(이걸 이해한다면 나와 비슷한 세대일 것이다). 이와 같이 때로는 데이터와 고객의 소리에서 얻을 수 없는 것들이 있다. 이는 제품을 만드는 사람의 상상력에서 나올 수도 있고, 본인이 경험하고 고민한 끝에 나올 수도 있다. PM이라면 전적으로 데이터에 의존하기 보다는 20% 정도의 직감을 섞어주는 것도 필요하다. 그렇다면 직감을 얻는 방법은 무엇일까?

가장 좋은 방법은 직접 경험하는 것이다. 조수석에 앉은 사람은 운전자의 느낌을 평생 알 수 없다. 주변에 있는 차들이 생각보다 거슬리고 신호등이 노란색으로 바뀔 것 같아 속도를 내야 하는지 고민하는 것은 전적으로 운전자의 몫이다. 본인의 직감을 믿고 결정해라. 물론 실패할 수도 있지만 그 이유를 바탕으로 끊임없이 직감을 개선한다면 누구보다 훌륭한 결정을 내릴 수 있을 것이다.

당연하다고 느껴지는 이 방법들이 실제로 아마존에서 결정을 내릴 때 사용된다. 살다 보면 누구나 실수하고 잘못된 결정을 한다. 여기서 중요한 것은 잘못된 결정을 하지 않기 위해서 사전에 경험이 많은 사람의 의견을 듣거나 자신만의 지표를 만들어 지금 내리려는 결정이 신념에 부합한지 생각해보는 것이 중요하다. 그리고 마지막으로 우리가 수없이 넘어지며 깨달은 직감을 조금 더 과대평가해도 괜찮을 것 같다.

08

회사를 '잘' 그만두는 법

/

친한 친구의 생일 파티에서 있었던 일이다. 그는 아마존 입사를 굉장히 부추긴 친구다. 당시 친구는 아마존에서 인턴십을 했기 때문에 룩셈부르크 칭찬을 입에 침이 마를 때까지 했고 결국 나를 입사하게 만들었다. 생일 파티에서 다양한 주제를 가지고 이야기했는데, 그중 가장 기억이 남는 것은 최근 그가 매니저와 나눴던 대화였다. 입사한 지 어느 정도 시기가 지난 그는 승진에 관심이 많았다. 평소 매니저와 승진에 대한 이야기를 자주 나눈다는 그는 부서를 옮겨야 하는지 고민이 많다고 했다. 그리하여 그는 "지금 조직에서 승진할 수 있을까?"라며 매니저에게 돌직구를 날렸다. 아마존의 경우 어느 정도의 경력을 갖춘다고 하여 승진을 시켜주는 시스템이 아니다. 해당 직급에서 요구하는 능력을 갖췄고 그만한 성과를 보여준 사람에게는 시기와 상관없이 승진할 수 있는 기회를 제공한다. 허나 친구의 매니저는 확실하게 답해줄 수 없다는 말을 전했고, 이런 불확실한 그의 입장에 친구는 다시 한번 돌직구를 날렸다. "그렇다면 팀을 옮기는 게 승진에 더 도움될 것이라고 생각해?"

우리는 개인적인 이유로 퇴사하기도 하고 승진하기 위해 조직을 떠나기도 한다. 룩셈부르크 오피스에는 안식 기간Sabbatical이 있다. 입사 2년 후 개인적인 사유가 있고 매니저가 동의한다는 가정하에 3개월 동안 쉴 수 있다. 얼마 전 동료가 학업을 마무리하기 위해서 안식 기간을 사용했고, 최근 한 임원은 조금 쉬면서 유럽 여행을 떠날 것이라고 했다. 이 이야기를 듣고 슬그머니 매니저에게 "안식 기간은 언제부터 갖는 거야?"라고 물어봤는데 그는 웃으면서 말했다. "너는 안돼. 어디 갈 생각하지 마."

누군가에게는 배부른 소리로 들릴 수 있겠지만 사표 한 장 안 품고 사는 직장인이 어디 있냐고 할 만큼 회사 생활은 스트레스의 연속이다. 퇴사 과정 역시 결코 쉽지 않다. 사표를 건네는 데 수많은 용기가 필요하다. 같이 일한 사람들에게 작별을 고해야 하고 월급 역시 더 이상 받을 수 없다.

요즘 어디서나 퇴사와 관련된 글을 접할 수 있다. 유튜브에서도 퇴사 관련 콘텐츠들이 인기를 얻고 있는데, 회사를 그만둔 사람들이 본인의 스토리를 공유하며 큰 공감을 얻고 있다. 회사를 그만둔 원인부터 퇴사 과정 그리고 그 후의 이야기를 다루는데 인생의 큰 변화를 다른 사람들과 공유하며 응원을 받기도 한다. 이런 모습들이 자주 다뤄지는 것을 보면 밀레니얼이 더 자유로운 세대인 것은 확실한 것 같다. 한편으로는 이런 트렌드가 부작용을 낳지 않을까 걱정하는 사람들도 있다. 많은 사람이 목적을 가지고 퇴사한다. 힘든 회사생활로 어쩔 수 없이 퇴사하는 경우도 있지만 어쨌든 대부분이 목적을 가지고 사표를 던진다. 그런데 실상 우리가 접하는 이야기들은 퇴사 후 즐기는 내용들이 다분하다. 나 역시 회사를 그만두고 발리에서 한동안 지내며 재충전의 시간을 가진 적이 있다. 그 모습만 본 사람들에게 퇴사란 발리를 가기 위한 행동으로 보였을 수도 있다. 그 이면의 힘듦이나 계획은 퇴사한 당사자가 아닌 이상 제대로 이해할 수 없다.

삼성과 아마존에서 근무하며 수많은 동료들과 퇴사에 대해서 이야기했고 또한 많은 선후배들의 행보를 지켜봤다. 경험을 바탕으로 잘 그만두는 법에 대해 다루고자 한다.

좋은 퇴사 이유 3가지

첫 번째로 일보다 내가 먼저다. 일보다 중요한 건 나 자신이다. 자신의 삶보다 커리어를 중요하게 생각하는 사람들이 있다. 승진하기 위해서 가족과의 시간을 포기하고 퇴근을 미루는 사람들도 있고 몸에 무리가 갈 정도로 일에 몰두하는 사람도 있다. 사람마다 신념이 다르기에 뭐라고 할 수 없지만, 만약 일이 자신의 삶을 잡아먹는다면 다른 일을 고려해봐야 한다.

지인은 국내 유명 대기업에 다닌다. 그런데 그의 상사는 꽤나 유명한 '싸이코'다. 그는 평소에 말도 안 되는 걸로 트집 잡고, 모욕적인 발언을 서슴지 않는다. 그 결과 공황장애를 앓는 팀원도 생겼다. 물론 극단적인 경우지만 과연 그에게 퇴사의 목적이 필요할까? 건강을 포기하면서까지 과연 회사에서 무엇을 얻을 수 있을까?

두 번째는 전략적으로 그만두는 것이다. 앞에서 이야기한 나의 친구 이야기로 돌아가보자. 그는 그의 매니저에게 강수를 뒀다. 매니저가 승진시켜줄 자신이 없다 말한다면 새로운 팀을 찾아 떠날 것이고, 그렇지 않다면 매니저는 승진 준비를 해야 할 것이다. 승진에 가장 중요한 것은 매니저가 충분한 동기를 갖고 있느냐다. 보통 본인보다 높은 직급 사람들에게 추천서를 받아야 하는데, 이를 위해서 매니저는 "A라는 친구가 이제 다음 레벨로 올라갈 준비가 된 것 같은데 혹시 추천서를 써줄 수 있니?" 하며 주변 사람들에게 연락한다. 그리고 그 추천서들을 바탕으로 토론하고 승진 여부를 결정한다. 매니저에게 강력한 동기가 없다면 승진 결과는 부정적일 가능성이 크다. 그러므로 친구는 매니저에게 동기를 갖도록 자극했고, 그 결과를 바탕으로 로테이션을 결정할 것이라고 했다. 이와 같이 퇴사하거나 다른 부서로 이동하기 전에 전략을 세워야 한다. 그리고 그 시작은 지금의 경험을 다른 환경에서 활용할 방법은 없을까 고민해보는 것이다.

승진하기 가장 좋은 방법은 부서를 옮기는 것이다. 특히 이제 막 성장하는 사업부에 들어가 역량을 키운다면 다른 조직 대비 더 빨리 조직의 사다리를 올라탈 수 있다.

마지막으로 회사는 단순히 돈을 버는 곳이 아니다. 공부하는 곳이다. 내가 대학교를 졸업한 시기부터 전 세계적으로 스타트업 붐이 일어났다. 주변에 있는 많은 직장인들이 자신의 회사를 차리고자 사표를 제출했는데, 그들을 바라보며 참 많은 생각을 했다. 창업이란 참 매력적인 선택지다. 정해진 월급을 받는 것은 아니지만 열정적으로 일할 수 있고, 경제적인 리스크가 있지만 또 한편으로는 리턴도 클 수 있는 게 사업이다. 그리고 그런 생각을 가지고 회사를 다녔던 선배가 있었다. 그는 언제나 본인만의 사업을 할 것이라는 목표가 있었다. 그리고 실제로 3년이 지나 그는 미련 없이 사표를 제출했다. 어떤 사업을 할 것인지 결정하지 않은 상태로 사표를 냈는데 그 후 다양한 국가를 여행하며 사업 구상을 시작했다. 사업 아이템이 확정되자 그는 직접 시제품을 생산한 다음 여러 벤처투자자들을 만나며 투자를 이끌어냈다. 처음 그가 사업 아이템에 대한 이야기를 했을 때 나를 포함한 많은 사람들이 걱정 어린 조언들을 했다. 그러나 그는 본인이 회사를 다니며 모은 자금을 투자하여 직접 프로토타입을 만들었고, 얼마 후 지인들과 모이는 자리에 들고 왔다. 처음 그의 아이디어를 들었을 때 미지근한 반응을 했던 사람들은 그가 얼마나 진지하고 열정적으로 사업을 준비하고 있는지 알게 되었고, 그 후 무조건적으로 응원했다. 결과적으로 그는 많은 시행착오 끝에 본인의 회사를 국내 스타트업 중 가장 핫한 기업으로 성장시켰다. 무서운 기세로 수많은 데모데이에서 상을 휩쓸었는데, 예전부터 준비해왔던 그의 사업이 멋지게 성공하는 모습을 보며 참 많은 것을 느꼈다. 그렇다면 왜 그는 먼저 회사를 다녔을까?

회사에는 배울 것들이 참 많다. 조직마다 다르지만 우리가 당연하게 여기는 시스템과 프로세스는 수많은 고민과 시행착오 끝에 만들어진 효율성의 집합체다. 회사를 다니지 않았다면 알지 못하는 것들이고, 습득한다면 추후 내 사업을 하는 데 큰 도움이 될 수 있다. 그뿐만이 아니라 회사를 다니면서 창업 자금을 모으거나 인맥을 구축하려는 사람들도 꽤 많다. 남의 돈을 버는 게 쉬운 일이 아니라고 하지만 때로는 회사를 돈 버는 목적이 아닌 공부하기 위해 다니는 것도 좋은 방법이다. 무조건 창업할 필요는 없지만, 오너의 입장으로 사내 프로세스들을 바라보고 이해한다면 분명히 더 좋은 아이디어들이 생겨날 것이다.

09

커리어의 끝

/

아마존에서는 매년 커리어 상담을 한다. 사내 사이트에 적힌 질문들과 본인이 생각하는 커리어 목표를 작성하고 나면, 얼마 후 매니저와 함께 앉아 허심탄회하게 이야기한다. 최근 커리어 상담을 마쳤다. 이유는 모르겠지만 상담을 준비하면서 참 많은 생각을 했고 매니저와 대화를 나누며 느낀 점이 있다.

나의 첫 장래희망은 변호사였다. 구체적으로 이야기하면 초등학교 1학년 작성했던 장래희망 설문지에 변호사라고 적었다. 돌이켜보면 변호사가 무슨 일을 하는지도 몰랐던 나이였는데, 왜 변호사가 되고 싶었을까. 어렴풋이 기억나는 것은 변호사가 좋은 직업이고 부모님이 선호하는 직업이라는 것을 알고 있었던 것 같다. 의사 역시 어린 학생들의 장래희망에 자주 등장하고는 했는데, 어렸을 적 피 보는 것을 무서워했던 나는 사람을 대하는 변호사가 더 적성에 맞는다고 생각했다. 사람이 더 무섭다는 것을 커서야 알았지만 말이다. 고등학교 때에는 방송 일을 하고 싶었다. 피디나 작가 혹은 연기자가 되면 좋겠다고 생각했다. 어렸을 적 일기에는 "어서 좋은 대학에 가서 학업을 마치고 방송 일을 해보고 싶다"는 글이 있으니 꽤나 진지했던 것 같다.

허나 결국 공대에 진학했다. 대학시절에는 하고 싶은 게 너무 많았다. 쉽게 장래희망을 결정하지 못했는데 그래서 더 열심히 공부했던 것 같다. 공부를 열심히 하면 내가 하고 싶은 일이 생길 때 조금 더 많은 선택지가 있지 않을까 하는 믿음으로.

졸업 후에는 대기업에 취직했다. 살면서 생각해보지 않았던 연구개발 직무에 지원하게 되었지만 새로운 도전을 한다는 점에서 설렜다. 신입사원 시절 상무님의 강연을 들은 적이 있다. 그는 강연을 끝내기 전 마지막으로 질문을 던졌다. "여기서 목표가 회사 임원인 사람 손?" 회의실에는 약 60명이 넘는 신입사원들이 있었지만 그 가운데 손을 드는 사람은 아무도 없었다.

장래희망이 뭐야?

아마존 커리어 상담을 준비하면서 쉽게 답하지 못한 질문이 있다. 바로 '당신의 커리어 목표는 무엇인가요'였다. 여기서 말하는 목표가 회사 내 어느 위치까지 올라가는 것을 이야기하는 것인지 아님 다른 의미가 있는 것인지 몰라 검색을 해야 했다. 그리고 매니저와 만나기 전 내가 적었던 내용은 대략 아래와 같다.

"내 목표는 프로덕트 매니징에 있어서 아마존 내 최고 전문가가 되는 거야. 그렇게 하기 위해서는 이번 진행한 프로젝트보다 더 복잡하고 더 도전적인 과제를 맡아 성공적으로 해내고 싶어."

상담 중 매니저는 좋은 목표 설정이지만 조금 더 장기적인 목표에 대해서 이야기하자고 했다. 나는 솔직하게 물어봤다. "커리어 목표가 뭐야? 예를 들어줄 수 있어?" 이에 매니저가 답했다. "너무 복잡하게 생각하지 말고 네가 나중에 하고 싶은 일이 뭔지 고민해봐. 그 일이 꼭 아마존에서 해야 하는 일이 아닐 수도 있어. 예를 들어서 자선 사업을 하고 싶을 수도 있고, 창업이 될 수도 있겠다. 네게 중요한 목표가 있다면 그걸 알려줬으면 해. 그래야 네가 나중에 그 일을 하기 위해서 지금 더 도움될 만한 일을 할 수도 있잖아."

신선한 발상이었다. 매니저와 장래희망을 이야기하게 될 줄이야. 게다가 아마존에서 해야 하는 일이 아니어도 된다니! 그는 추가적으로 더 많은 예를 알려줬다. 커리어 목표란 경력 사다리Career Ladder를 밟고 회사 내 사장이라는 위치까지 올라가는 게 될 수도 있다. 그럴 경우 전문성을 확실하게 키워야 하고 다음 위치에 맞는 모습들을 보여줘야 한다. 그러나 다른 누군가에게 커리어 목표란 넓은 경험을 쌓는 게 될 수도 있다. 회사 내 위치를 수평적으로 바라보는 것이다. 예를 들어 추후 목표가 테크 벤처 창업이라고 한다면 회사 시스템을 전반적으로 알고 있는 것이 중요하다. 그렇다면 제품 담당자 경험을 쌓고 마케팅 매니저, 세일즈 팀 등 다양한 업무를 파악하며 수평적인 지식을 쌓을 수도 있다.

아마존에서는 경력이나 나이가 되었다고 해서 무조건 승진하거나 회사를 떠나야 하는 것이 아니다. 본인의 선택과 능력에 따라서 역할과 목표를 설계할 수 있다. 내가 입사하고 얼마 되지 않아 테크 디렉터와 회의를 했었다. 근속 연수가 15년이 넘는 그는 아마존 내 적은 숫자의 직원들만 갖고 있는 보라색 배지를 받을 수 있었지만, 그는 근속 연수 1~5년

차들이 하는 하늘색 배지를 차고 있었다. 하루는 그와 맥주를 마시며 왜 보라색 배지를 받지 않냐고 질문한 적 있다. 그러자 그는 웃으며 대답했다. "나는 지금 내가 하는 일이 너무 좋아. 회의에 들어가서 테크 디자인들을 리뷰하고 반대 의견에 논리적으로 반박하는 거. 그런데 내가 만약 보라색 배지를 하고 들어가면 젊은 친구들이 내 목소리에 조금 더 무게를 두려고 할 거야. 난 그런 게 싫고 동등한 위치에서 싸우는 게 좋더라고."

내 커리어 목표는 무엇일까? 매니저에게는 "아직은 단기적인 목표밖에 모르겠어. 조금 더 고민해볼게" 하며 상담을 마쳤다. 살아왔던 모든 시간이 그랬는지도 모르겠다. 삼성에서 근무할 당시 내가 아마존에서 근무하게 될 것이라고 상상하지 않았고, 대학원에 진학했을 때는 삼성에서 근무할 것이라고 생각해본 적 없다. 많은 사람들이 MBA를 졸업하고 나면 삶의 답을 찾을 거라고 생각한다. 그래서일까? 사적인 자리에서 내가 목표가 없다고 말하면 놀라워하는 사람들도 있다. 하지만 장기적 목표가 없는 것이 꼭 나쁜 것이라고 생각하지 않는다. 억지로 목표를 설정할 경우 그 긴 터널을 지나면서 어느 순간 동기가 바닥날 수도 있다. 혹은 이뤄낸 목표의 모습이 본인의 바람과 다를 때 오는 실망감도 크다. 그것보다 스스로를 누구보다 잘 이해하고 현재 할 수 있는 최선의 단기적 목표를 설정하는 것이 가장 중요하다. 그리고 그 단기적인 목표들을 향해 조금씩 나아가다 보면 본인이 가고자 하는 최종 목적지에 도달하지 않을까.

TIP

아마존에서 느끼는 언어의 온도

나는 언어에 온도가 있다고 믿는다. 예를 들어 같은 단어를 사용하더라도 언어의 온도는 다르다. 이는 화난 애인에게도 느낄 수 있고 최대한 일을 적게 가져가기 위해서 눈치 보고 있는 타 부서 동료에게도 느낄 수 있다. 더 쉽게 설명하자면 분명히 괜찮다고 말하지만 누가 봐도 기분 상한 부장님에게서 전달되는 언어의 온도는 평소의 "괜찮아"보다 차가울 것이다.

우리는 세상을 살아가면서 수많은 온도를 경험한다. 이를 잘 파악하는 사람은 눈치가 빠르다는 소리를 들었을 것이고 그렇지 않을 경우 고구마와 같은 별명을 갖게 될 것이다. 언어의 온도를 파악한다는 것은 몸소 느껴지지 않지만 사회생활을 하는 데 큰 장점이다. 단순히 상사들의

272 삼성인, 아마조니언 되다

비위를 맞추는 데 사용되는 것이 아니라 회의 중 오가는 대화 속 진짜 의미를 찾을 수 있기 때문이다. 미세한 언어의 온도차는 앞으로도 매번 우리를 긴장하게 만들 것이다.

아마존에는 다양한 국적의 직원들이 전 세계로 흩어져 본인의 역할을 해내고 있다. 평소 내가 협업하는 팀은 미국 시애틀, 유럽뿐 아니라 인도, 중국 등 아시아 국가에도 위치해 있다. 우리는 워낙 다양한 시간대에 일하다 보니 같은 시간에 모여 회의를 진행하는 것이 꽤나 어렵다. 그리하여 비슷한 시간대를 갖고 있는 팀들끼리 화상통화를 하거나 정기적으로 워크숍을 열어 협력 관계를 유지하고 있다.

우리는 영어로 소통한다. 하지만 물리적 거리와 문화적 차이로 같은 말을 하더라도 다른 의미를 뜻하는 경우가 있어 서로를 당황스럽게 하는 상황들이 빈번히 발생한다. 예를 들어 예스는 어느 국가에서 '그래, 할게, 알아들었어'라는 의미를 갖지만 다른 국가에서는 먼저 던지고 보는 단어다. 그 결과 상대방이 전혀 기대하지 않았던 결과물을 가져오는 경우가 발생하고, "네가 분명히 할 수 있다고 했잖아"라고 따졌다가 다투기도 한다. 서로를 이해하지 않는다면 회사 입장에서도 언젠가 원치 않은 손실을 마주할 수 있다. 그러므로 같은 언어 속 다르게 전달되는 언어의 온도를 해석하는 능력은 글로벌 사회에서 꼭 필요하다.

금년 KPI 달성을 위해서는 A팀의 역할이 중요하다. 그러므로 그들이 성과를 달성할 수 있도록 PM 입장에서 최대한 지원해주고 있다. 그들이 요구하는 제품 개선 사항들을 우선적으로 검토하기도 했다. 그러던 어느 날 제품을 개선하더라도 원하는 성과를 달성할 수 없다는 연락을 받았다. 그 메일에 작성된 그들의 설명에는 논리가 없었고 전달하고자 하는 내용이 확실하지 않았다. 매니저는 나에게 물었다. "얘네들이 하고 싶은 말이 뭐야?" 그들의 설명에 반박할 수 있는 데이터를 찾고 난 뒤 매니저에게 말했다. "밑밥 까는 거 같은데?"

낚시를 즐기진 않지만 밑밥을 까는 것이 무엇을 의미하는지는 잘 알고 있다. 예전에 함께 일했던 동료 중 밑밥을 자주 깔던 사람이 있었다. 본인이 진행하는 프로젝트에서 문제가 생기면 다른 사람들에게 책임을 넘기는 사람이었다. 이를 위해서는 사전부터 밑밥을 깔아야 한다. 그런데 결국 사람 사는 건 다 똑같다고 했던가. 아마존에서도 밑밥을 까는 경우가 있다.

다양한 국가의 팀과 근무하다 보니 그들이 갖고 있는 문화와 특징들을 이해하기 시작했다. 나와 같이 근무하는 테크 팀은 미국과 인도에 있다. 두 팀은 같은 일을 하고 있지만 굉장히 다른 모습이다. 예를 들어, A라는 제품을 만들어야 한다고 가정하고 얼마나 걸릴 지 예상 기간을 물어봤다고 하자. 적절한 기간이 2주라고 한다면 보통 미국 팀은 4주라고 답한다. 그들은 항상 최악의 상황을 고려하여 지연 없이 제품을 전달할 수 있는 시간을 계산하여 알려준다.

반면 인도팀은 다르다. 만약 2주의 시간이 걸린다면 더 빨리 가져올 수 있다고 생각하고 10일이라는 파격적인 시간을 말한다. 물론 약속한 시간을 잘 지키는 경우도 있지만, 예상하지 못했던 문제에 봉착하여 10일이 아닌 4주 후 제품을 완성시키는 경우도 있다. 어느 하나가 옳고 틀리다고 생각하지 않는다. 다만 이런 특징이 있음으로 각 팀을 대할 때 최대한 그들의 온도를 이해하려고 노력한다. 미국 팀에서 4주라는 시간을 말할 경우 매주 어떤 작업을 할 예정이고 그중 불필요하거나 완충 기간으로 잡아 놓은 시간이 있다면 이를 최소화하기 위해서 많은 대화를 나눈다. 반대로 인도팀에서 10일이라는 시간을 말할 경우 혹시 발생할 수 있는 문제에 대해서 생각해봤냐고 질문하며 약간의 완충 기간을 잡는다.

물론 모든 미국 팀이 앞서 설명한 것과 같이 행동한다는 것은 아니다. 함부로 국가마다 정해진 언어의 온도를 갖고 있다고 말하고 싶지는 않다. 다만 국가별 꽤나 비슷한 온도를 갖고 있고 이를 전반적으로 파악하고 이해하는 작업은 필요하다. 더 나아가 같이 근무하는 팀들이 갖고 있는 고유의 온도를 이해한다면 업무에 상당히 도움이 된다.

세일즈 팀에서도 이러한 차이가 나타난다. 독일 팀은 함께 일하기 참으로 좋은 부서다. 왜냐하면 이들은 A부터 Z까지 모든 것을 이해하고 공부하는 타입이다. 그들이 마주하는 독일 고객들이 워낙 치밀하고 디테일에 강하다 보니 모든 것들을 파악하지 않는다면 세일즈를 하기 어렵기 때문이다. 독일 팀의 가장 큰 장점은 그들이 제품을 잘 이해하고 있기에 불필요한 설명을 할 필요가 없다는 것이다. 하지만 단점으로는 워낙 완벽주의 성향이 강하기 때문에 다른 국가에 비해서 추진력이 조금 느리다. 반면 영국 팀은 '좋은 게 좋은 거지'라는 유연함이 있다. 그리하여 새로운 제품을 론칭하거나 피드백을 받고자 할 때 영국 팀에 가장 먼저 연락을 돌린다. 중국 팀은 독일 팀과는 전혀 반대되는 모습이다. 디테일에는 약하지만 추진력은 가장 뛰어나다. 본인들이 해야 하는 일이 있다면 불도저처럼 달려 나가기 때문에 제품을 맡기는 입장에서 약간의 걱정도 되지만 또 한편으로는 꼭 필요한 존재다. 이렇게 같은 일을 하고 있는 세일즈 팀도 각자의 색깔을 갖고 있기 때문에 그들에게 무언가를 전달할 때 그들에게 맞는 온도의 언어를 사용해야 하고 전달해오는 말도 올바르게 이해할 줄 알아야 한다.

다시 밑밥을 깔았던 A팀의 이야기로 가보자. 나는 데이터들을 모아 매니저에게 보여주며 말했다. "얘네들은 실적을 유리한 방향으로 가져가기 위해서 이런 말을 했어." 이는 우리가 갖고 있는 숫자들을 통해 명백히 확인할 수 있었다. 문제는 그 다음이었다. 과연 우리는 어떻게 그들의 주장에 반박할 것인가. 이에 대해 매니저와 잠시 대화를 나눴다. 나는 갖고 있는 데이터를 전부 보여주고 그들의 주장이 틀렸다는 것을 밝혀야 한다고 했다. 우리 역시 데이터를 확인할 수 있다는 것을 보여주고 이를 통해서 그들이 함부로 밑밥을 깔면 안 된다는 것을 깨닫게 해줘야 한다고 생각했다.

매니저는 고민 후 직접 회신 메일을 보냈다. 그는 "그런 어려움이 있었구나. 공유해줘서 고마워"라며 서로의 상사에게도 메일을 보냈고, 불분명한 설명을 읽은 상사들은 A팀에 제대로 된 데이터를 요구했다. 결국 A팀은 알아서 밑밥을 수거해야 했고 문제는 생각보다 쉽게 해결됐다. 기분 나쁠 수 있는 상황이었는데도 매니저는 짧은 메일 한 통으로 상황을 역전했다. 이 경험을 통해 때론 본인만의 언어의 온도를 적절하게 사용하는 것이 필요하다는 것을 깨달았다. 남들을 배려하기 위해서 서로의 온도를 파악하는 것처럼 때론 본인의 온도를 돌이켜 보는 것도 필요하다.

취업을 준비하며 참 많은 선배들에게 연락을 드렸다. 여기서 선배는 동문이 아닌 내가 가고 싶은 길을 먼저 걸어간 일면식 없는 분들이다. 모르는 분들에게 질문하는 게 부끄러워 한참을 망설이기도 했고 때론 술의 기운을 빌려 오타 가득한 글을 보내기도 했다. 그런데 무작정 보낸 메일에도 선배들은 위로와 격려를 보내줬고 그들의 조언을 바탕으로 조금씩 나아갈 수 있었다.

어느덧 시간이 흘러 비슷한 연락을 받는다. 어린 공대생부터 MBA를 준비 중인 직장인들까지 다양한 분들에게 연락이 온다. 그리고 그들의 열정 넘치는 글들을 읽다 보면 선배들의 마음이 조금이나마 이해된다. 그 후 어떻게 하면 나도 그들에